Ann Vickers

Ann Vickers

安·维克斯

[美]
辛克莱·刘易斯
著

孙昶临
韩晓洁
戴璇
李梓
等 译

山东大学出版社
SHANDONG UNIVERSITY PRESS
·济南·

图书在版编目（CIP）数据

安・维克斯 / (美) 辛克莱・刘易斯著; 孙昶临等译.—济南:山东大学出版社,2023.6
ISBN 978-7-5607-6801-4

Ⅰ.①安… Ⅱ.①辛… ②孙… Ⅲ.①长篇小说—美国—现代 Ⅳ.①I712.45

中国版本图书馆 CIP 数据核字(2022)第 244071 号

图书策划：滕希功
责任编辑：滕希功
装帧设计：牛 钧 禾 乙

出版发行：山东大学出版社
社址：山东省济南市山大南路 20 号
邮编：250100
电话：市场部(0531)88363008
经销：新华书店

印刷：山东和平商务有限公司
开本：720mm×1000mm 1/16 印张：22.25 字数：376 千字
版次：2023 年 6 月第 1 版 2023 年 6 月第 1 次印刷

ISBN 978-7-5607-6801-4
定价：68.00 元

目　录

1 ………………………………………………………… (1)

2 ………………………………………………………… (7)

3 ………………………………………………………… (13)

4 ………………………………………………………… (20)

5 ………………………………………………………… (27)

6 ………………………………………………………… (34)

7 ………………………………………………………… (41)

8 ………………………………………………………… (52)

9 ………………………………………………………… (59)

10 ………………………………………………………… (66)

11 ………………………………………………………… (76)

12 ………………………………………………………… (85)

13 .... (93)
14 .... (98)
15 .... (108)
16 .... (118)
17 .... (123)
18 .... (130)
19 .... (137)
20 .... (146)
21 .... (157)
22 .... (167)
23 .... (175)
24 .... (186)
25 .... (193)
26 .... (204)
27 .... (209)
28 .... (216)
29 .... (221)
30 .... (233)
31 .... (240)

32 ……………………………………………… (248)
33 ……………………………………………… (250)
34 ……………………………………………… (257)
35 ……………………………………………… (261)
36 ……………………………………………… (269)
37 ……………………………………………… (275)
38 ……………………………………………… (278)
39 ……………………………………………… (287)
40 ……………………………………………… (295)
41 ……………………………………………… (302)
42 ……………………………………………… (309)
43 ……………………………………………… (315)
44 ……………………………………………… (322)
45 ……………………………………………… (328)
46 ……………………………………………… (333)
47 ……………………………………………… (338)
译后记 ……………………………………………… (347)

1

黄色的河水缓缓流淌，垂柳在八月温柔的空气里摇晃，四个孩子正玩着英雄角色扮演的游戏。当然，他们相信英雄也是会玩耍的。这样吵闹、天真又机灵的四个孩子是幸福的，那时的他们还不懂年近半百时所要面对的种种人生妥协与颓唐。

本、迪克与温斯罗普这三个男孩，每年春天都要饱受无聊透顶的历史课的折磨。为了挥弄所学，风光一把，他们构想出“伊莎贝拉女王与哥伦布”的角色扮演游戏。然而，究竟该让谁来演伊莎贝拉呢？正当三人争论不休时，柳林中传来一个小女孩的歌声。那片散落树叶的柳林，是孩子们童年的圣地。

“噢，是安·维克斯！伊莎贝拉就是她了。”温斯罗普说道。

“不行，哎呀，那就成了她的主场了，”本说，“虽然她应该比谁都更适合这个角色。”

“不行，不行！她连棒球都不会打。”

“嗯，没错，不过她竟敢朝滕布姆牧师扔雪球。”

“是的，那雪球真的扔了过去。”

女孩在他们面前站定，两手叉腰——身姿结实，有着圆润的肩、细瘦的腿。她身上兼具一种美，是除了清爽皮肤外的那双深邃、有神又充满热切的眼睛。

温斯罗普开口道：“过来加入我们的‘伊莎贝拉与哥伦布’游戏。”

“不，”安·维克斯说道，“我现在可是裴迪普斯。”

“裴迪普斯又是谁？”

“是个老隐士，或许叫佩利普斯吧，名字倒无所谓。他曾是一位出色的王子，由于忍受不了皇宫里的阴狠邪毒，就选择背井离乡，前往沙漠。他放弃了过去的耳目之欲，只靠喝粥、吃花生酱生活。而且，他无时无刻不在虔心祈祷。”

“真没劲，还喝粥呢！”

“沙漠里的各种猛兽围着他，有美洲狮等等。但隐士一一将其驯服，它们常常来听他布道。而现在，我要开始布道啦！那些巨熊都听好了！”

“呀，还是先来扮伊莎贝拉，”温斯罗普说，“你要是扮演她，我就把我的左轮手枪拿给你用。不过用完要还我，我演哥伦布的时候它还要派上用场！”

他把枪递了过去，安接过来仔仔细细打量了一番。虽然温斯罗普靠着这份资产在孩子群里“声名远扬”，可她对此并不介意。这是一把点22口径的真枪，部件虽完整，枪口里却布满铁锈，兴许连根牙签也塞不进去了。安拿着在手里比画了两下，有些激动和紧张，这枪仿佛向她注入了一腔英雄热血，恐怕裴迪普斯的高尚苦行早已仓皇远去了。

“好吧。”她说。

“你来演伊莎贝拉，我演哥伦布，”温斯罗普说，“本扮演国王斐迪南，迪克演嫉妒心切的大臣。你看到皇宫里所有人都在对我横加指责，于是将他们全部撵了下去……”

安跑去捡起一根折断的柳枝拿在左手，右手紧紧地抓着那把上了魔法的手枪，又徐徐地走回来，下令道：“列位阁下，都给我跪下。你，斐迪南，你倒是可以站着，我们应该是一伙的。不，你也跪下吧，省去麻烦。那么，请问你哥伦布，有何要事来访？”

跪着的温斯罗普激动地喊道：“尊敬的陛下，我想去探索美洲……该你了，迪克，说话呀！”

“啊？天哪，我不知道该说啥……呃，别听他的，女王陛下……他是个疯了的傻子，哪有什么美洲，所有的船只最终都会滑向地球边缘。”

“这事是谁负责的，大臣？还是我吧！想倾尽国力供他出航并不容易，但我可以给他三条船。你怎么想，我的伙伴？本，说你呢？”

“谁？我？噢，我没意见，女王！”

“那么就送他启程远航吧。”

一艘破旧的沙驳船停靠在河岸，四个孩子向它狂奔而去。安挥动着手枪，带领所有人，她跑得最快也最兴奋。站在船上，她大喊道：“现在！我就是哥伦布！”

“不对！”温斯罗普反对道，“我才是哥伦布！你不能同时扮演两个角色。况且，你还是个女的！把左轮手枪还我！”

“哥伦布就是我！我就是那最伟大的哥伦布！否则，你们怎么会连他的船名都叫不上来！”

“我可以！”

“好呀，那你说那些船都叫什么？”

“好吧，我不知道……但你也叫不上来！装什么！”

“哈，我叫不上来？”安扯着嗓子，“它们分别是平拖号、圣卢西亚号和……和阿马达号！”①

“唉，好吧，没错，可能她更适合演哥伦布。”被废黜的斐迪南国王惊叹道。这位杰出的航海家带领她忠实的船员登上了圣卢西亚号，她跨越那三尺浑水时的英姿可全无少女的淑仪与端庄。

哥伦布伫立船头，这艘船像一条双桅带船头的平底船，她用手挡住阳光，向三十英尺宽的小河望去。“剧烈可怕的风暴即将来临，我的伙伴们！扬起主帆！收起次帆！该死！这雷声轰鸣，火光冲天！放轻松，顽强的勇士们！你们的领袖会来助你一臂之力！”

赶在飓风裹袭这艘勇士之船以前，船员们急忙将帆收紧，暴风(源自驳船一侧正努力蹦跳的船员)似乎要将这艘不幸的小船倾覆。船员们欢呼雀跃，毫无疑问，他们为领袖的赤诚所激励。安站在那里，右脚迈向前侧，一手放在胸前，一手握住手枪，口中大喊：“砰！砰！砰！”

可是风暴未曾停歇。

“我们一同唱圣歌，以示坚硬的决心！”哥伦布发令道。她领着他们唱起了她最爱的歌谣：

叮叮当，叮叮当，
铃儿响叮当。
我们滑雪多快乐，
我们坐在雪橇上，嘿！

风暴终于平息下来。

他们即将靠岸华特林岛，安凝视着小梭鱼翻腾的汹涌水面，突然瞥见了岸上一队正在巡荡的野蛮人。

---

① 此处船只的名称是由安·维克斯捏造的，哥伦布舰队的三艘船分别名为“尼雅号”(Nina)、“平塔号”(Pinta)和“圣玛利亚号”(Santa Maria)。——译者注。以下同此，不再一一标注。

4

“看，那儿！在棕榈树和宝塔之间！是可恶的红种人①！”哥伦布当即警示道，“我们必须做好牺牲的准备！”

“没错，”她的船员们应和着，一行人直直地望向河对岸那排排阴森可怖的毛蕊草。

“你们这群小孩儿在搞什么名堂？”

一个陌生的声音突然出现。

他们寻声望去，只见一个从未见过的男孩站在岸上。安向他投出了欣赏的目光，因为突然间身边就冒出了一个情节里不曾书写过的英雄。像本或温斯罗普这样的男孩，安不会对他们产生崇拜的感情，除了打棒球和吐口水外，自己可以说同他们毫无两样。但眼前这个陌生的男孩不一样，他或许要比她大一两岁，像是一位神祇，一名勇士，一个领袖，一种威胁，一道光芒：鬈发，宽肩，窄腰，还有一抹谑笑，挺拔的鼻梁更凸显其主人的高傲。

“你们在做什么？”

“我们在玩扮演哥伦布的游戏，你要加入吗？”安突如其来的体贴温驯让船员们吃了一惊。

“不会吧！游戏！”男孩一跃而上，登上船只，动作干净利落，丝毫没有别人那般费力。“把这把枪给我看看。”安小心翼翼地把手里的左轮枪递过去，他自然地接过来，“啪”的一声打开枪筒瞅了一眼。“这枪也太烂了，不如直接扔河里算了！”

“呀，别！”安喊道。若晚一步，枪的主人温斯罗普就要爆发出惊天动地的哀鸣了。

“好吧，孩子，你留着吧。你是哪位？叫什么名字？我叫阿道夫·克莱布斯，我和我父亲刚搬来这个镇上。他是个鞋匠，也是个社会主义者。如果没人赶我们走，我们就准备在这里落脚了，过去他们把我们从黎巴嫩赶了出来。哈！我根本不怕他们，我只要对那警察喊：‘你若碰我一下，我就送你一拳！’他就再也不敢动我了。那么，来吧，玩你们说的那个游戏，我来演哥伦布，把枪再给我用一下。现在你们这些孩子都要忙活起来，在船那边排成一排，这儿有一大批红种人就要乘着独木舟走了。”

随着“砰！砰！砰！”三响，阿道夫·哥伦布，通过杀戮把欧洲文明引入了美洲土著人中。在他所有的跟随者里，没有人会比安·维克斯更忠实或更狂热。

---

① 此处是对美洲印第安人的一种误称。

5

在此之前，安从未遇到过一个能使自己心生爱慕、仰视的男性，这种屈从折服所带来的快乐，要比过去的自命不凡舒坦得多。

伊利诺伊州中心偏南的沃巴纳基镇上，安·维克斯的父亲在当地的学校里担任校监，大家都称其为“教授”，地位堪比一位乡绅富族。与他同处这一圈子的还有三位医生、两位银行行长、三位律师（其中一位是治安法官）、波士顿商店的老板，以及圣公会、公理会和长老会的牧师们。

事实上，沃巴纳基镇并没有在安的人生里占据太多篇幅，如同大多数从主街跑到第五大道、密歇根大道或市场街的美国人一样，安对于自己的故土可谓毫无依恋，这与那些英国人和深处腹地的内陆人是不一样的。父母去世后，安再也没有回到家乡，也没有打算在那儿购置一份田产作为事业或生活中的一粒火光，或者，她也不愿像拥有代理执政官身份的英裔印度人那样，长眠于农村的坟墓。

母亲在安十岁的时候就离开了人世，而安上大学的前一年，父亲也撒手而去，她没有兄弟姐妹。中年之时，沃巴纳基镇仅仅成了安回忆中的一段略带荒唐与感怀的图景，那时候，她的童年时光虽然梦幻、浪漫，但是早已烟消云散。

然而，沃巴纳基小镇和那儿的风土人情，以及贯穿她父亲一辈子的生活准则，无一不出现在她的生命里：清醒的态度、勤恳的劳作、吃力地还债、对伴侣和朋友的忠诚、对不劳而获者的蔑视——曾经有个他瞧不上的叔叔为他留了一份微薄的遗产，结果被他果断回绝——既不怯懦也非粗暴的清高——这些都是父亲的行事原则。在纽约这个充斥着噬骨寄生与蜚语谰言的大都市里，无论是无名小卒还是狼群鼠辈，都能够引起人们的关注，这种现象甚至蔓延到了社会或科学工作领域。而过去的那些准则依旧盘踞在安的脑海里，她从未在意或为此难过，虽然每月初四还不上钱的时候，耐不住心里的焦虑，她总要对自己嘲讽一番。

安曾听卡尔·范·多伦在一次演讲中说过，在还未离开家乡伊利诺伊州的霍普村时，他其实已经见识过了这辈子所能遇到的各型各色的人。安对此感同身受：沃巴纳基镇上的瑞典木匠谈起斯韦登伯格[1]时的样子，简直和三十年后自己在纽约见到的俄罗斯大公一模一样，只是口音不同，那天花乱坠的茫无头绪总会使人倍感亲切。

---

① 斯韦登伯格（Swedenborg，1688～1772），瑞典科学家。

是的，沃巴纳基在她心中留下了如此深刻的烙印，以至于她一生都天真地把遇见的人分为好、坏两类，如主日学校的教师一样武断：这儿来了一个迷人的小伙儿，敏锐机智、温雅绅士，属于纽约的上层圈，“借钱”从来不还，约会惯来迟到。哈！那么沃巴纳基镇的安·维克斯——永远伟大的改革派（法学荣誉博士）安·维克斯——判定他是个坏人——与镇子里朝父亲倒坏水的醉汉属于同一类人。

她从未对这种偏见产生过怀疑。

安是从美国传统观念里成长起来的，她不像苏格兰乡村出身的英国首相或普罗旺斯出身的法国总理那样，为自己的美国本土身份感到羞赧。在安所处的年代以前，美国人往往对周遭的世界有着敏锐的察觉力和独特的感悟力，他们要么哀叹阿肯色州式傲慢的狭隘和粗莽，要么换上一副谦卑的姿态，夸耀自己那完美而敦厚的品格。然而安（连同其他一亿两千万美国人）却是异常幸运的，她生活在一个辉煌而又可怖的时代，那时的美国已经开始笨拙地醒悟：它不再是欧洲的私生子，而成了自己的主人。

除了在犹太、德国或意大利成长起来的人以外，像安这样野心勃勃、期待闯荡的女孩总要经受重重羁绊，这羁绊的一端不仅联结着自己的村庄，而且连系着他们的家庭。因而，倘若他们失去了欧洲大家族所具备的富裕而安全的团体性，同样地，他们也终将从那精神与社会层面纠缠不清、令人厌恶的关系里解脱出来。

在曼哈顿的时候，安有时也会庆幸，父亲和沃巴纳基镇把她带到了这个资产阶级殖民地——直到 1917 年，这里都是独一无二的美国。

2

对新来的鞋匠奥斯卡·克莱布斯，即帅气的阿道夫之父，沃巴纳基镇并未给予他应有的热情和温暖。童年时代，这片一望无尽的草原（从曾斯维尔延伸至道奇城）从不知晓自己身处庞大世界的一隅，生活在这里的人只感到自己与世隔绝，他们也的确与世隔绝。

其实，奥斯卡·克莱布斯这样的德国人（镇上的人称他为“德国佬”）并没犯过什么错。

“有的德国佬的确不错，就和你我一样，比如德国天主教堂里的那个牧师。当然，他的会众大部分也是德国佬，但他确实是个好人。听说他曾到意大利罗马等地学习，可是相信我，对于那些该死的欧洲人来说，他不会比我更有用。但如今这个鞋匠，据说是个社会主义者。听我说，我们这个国家再无地方可以容纳一帮乱投炸弹、胡作非为的流氓乞丐了！想都别想！”

然而，镇上唯一一位鞋匠偏偏是个醉气熏天的新英格兰人，谁也不敢保证他究竟能否赶在星期六晚奇数成员独立会[①]的舞会开始前搞定一双皮鞋。沃巴纳基镇的市民们对此既生气又没办法，不得不去求助那“无赖”奥斯卡，可奥斯卡即便是在刘易斯 & 克拉克酒馆里，也扬言“斯托克夫妇和范德比尔特夫妇无权支配他们的财产”。

大家对他可谓深恶痛绝。

林肯与道格拉斯银行总裁埃文斯先生耐心已尽：“这么说吧，克莱布斯，这

---

① 奇数成员独立会（Independent Order of Odd Fellows），1815 年创立于英国，1819 年引入美国。该组织成立的目的是帮助那些需要帮助的人。

里遍地都是机会，对于那些落魄的人，我们懒得予以同情。也许我要说，堕落的欧洲人早已告诉我们该在何处下车。在这个国家，一个人只要能够把工作做好，就会得到人们的认可，包括财富。再委婉一点说，你如果过得不好，不能把责任怪在别人头上！”

“天哪，先生，说得太对了！”卢卡斯·布拉德利的员工满口赞同。

维克斯教授有些恼火，因为安拿着日常穿的鞋子向他抱怨：“爸爸，这双皮鞋的前掌得修修了。”放在过去，安是不会在意这些的，不管是磨破的鞋底、掉落的纽扣，还是她那乱蓬蓬的头发。

“好吧，我的宝贝女儿也开始爱美了。可以，你明天带着去修一下吧！主日学校的课上完了吗？”维克斯换上天下父母皆有的那种愚笨的温柔和生硬的语气问道。

那天是星期日，也就是勇士哥伦布、阿道夫·克莱布斯炫丽亮相的第二天。而星期一早上八点，安便带着这双鞋去了奥斯卡·克莱布斯开的新店。这个店面原来是一家时愫珠宝店（店名与“时速”同音），一进门，就能看到板凳上方的架子上摆放着一排鞋子。打量一番就会发现，这些鞋子都是农场的雇工们换下来的旧鞋，褶痕里积满了泥土和灰尘，每一双都磨损得十分严重，还有几双像是乡下的女帽制造工人穿的舞鞋，表面鲜红靓丽，鞋底却陈旧肮脏。可对这一切，安都未作留意，她看着老奥斯卡·克莱布斯，就像看着他的儿子阿道夫一样，他是她所见过最为英俊的老人——花白的胡子、饱满光洁的额头，细腻的亚麻色皮肤下隐约透出细细的淡青色血管。

“早上好，姑娘，”奥斯卡说道，“有什么需要吗？”

“请帮我给这双鞋换个前掌，这是我平时要穿的，现在我只能穿上自己星期日要换的鞋子了。”

“为何星期日还要特地换一双鞋？”

“因为那天是安息日呀。”

“对于不上班的人来说，难道每天不都是安息日吗？”

“也许吧……阿道夫呢？”

“小姑娘，你有没有想过，资本主义是个彻彻底底的错误？你我就活该成天工作？但是埃文斯，那个银行家，他只是把我们的钱存起来再借给我们，便该是富有的？虽然我不知道你叫什么，姑娘，但我看你那双眼睛挺亮，估摸你也会动些脑筋。你寻思寻思，在一个全新的世界，每个人付出他所能给予的，又得到他所需要的，这就是一个社会主义国家！这是马克思说的。你想不想过这样的生活，嗯？在这个国家里，每个人的工作都是为了整个集体？”

安·维克斯有生以来第一次碰到愿意与她平等对话的大人，也是第一次被人问到比“女孩该不该把死猫扔往篱笆外”这类问题更为复杂的社会问题。或许，她对这个世界的求问就由此开始了。

这个女孩，身上还带着稚嫩与天真，她坐在那儿用手支着下巴，沉浸在第一次抽象思考的旋涡中。

“是的，”她说，“是的。”随后，她脑子里闪过一丝光亮。“我们的世界一定要是这样的！不能有人富有而有人贫穷。嗯！可是，克莱布斯先生，我们应该怎样做？我要做些什么才能实现这种生活呢？”

奥斯卡·克莱布斯笑了，他不是一个会常常微笑的人——他的内心是受折磨的，如同受苦的圣徒们因为人未能成为神而感到悲凉，但现在他却背弃了那个一直以来的自己，脸上泛露出罕见的笑意，说道：

“怎样做？做些什么是吗？噢，我只希望你能继续把这个想法传递下去，像我一样！”

“不，”她惋惜地说，“我不能就这么说说算了！我希望温思罗普·蔡司也能拥有埃文斯先生那样的漂亮房子。天哪，埃文斯先生过得可真够滋润！我想——哎呀，克莱布斯先生，我想做些真真切切的事情！”

老人默默地盯着她看，“你会的，亲爱的，上帝会保佑你的灵魂！”这位无神论者说道。安现在已全然忘记去打听那位耀眼夺人的阿道夫身在何处了。

但她的确又遇到过阿道夫，并且经常遇到。

奥斯卡·克莱布斯的鞋店成了她常去光顾的地方，这里甚至比车站还要让人兴奋。每天下午五点，所有解放的孩子们都聚集在这附近，欣赏飞往芝加哥的小飞机。从奥斯卡嘴里，安见识了一个迄今为止多彩却又平淡的世界，里面的一切就像是一个二维的地理谜团；也了解到 1871 年他在俄罗斯的一个伐木营地工作——那个地方终有一天会发生一场革命。他还谈到蒂罗尔(奥斯卡按照无神论观点愤怒地表示，圣诞节午夜时蒂罗尔的牛圈中，奶牛都会开口说话)；谈到金鲤鱼在枫丹白露宫的池塘里向人们索要面包屑；谈到卡塔赫纳的城墙有十英尺厚，里头装满了海盗藏储的金子；谈到他驾驭那艘汽船，任性而自在，还有那些住在水手舱的利物浦人；谈到孤独的麻风病人坐在巴巴多斯岛屿的海滩上，久久凝望大海，不停地祈祷；谈到欧仁妮皇后①鞋子的样式；谈到各国的首相、俄罗斯的同僚们、瑜伽修行者、冰岛的渔民、钱币收藏家、各种名流显贵以及一些伊利诺伊州沃巴纳基镇闻所未闻的人。奥斯卡总会一直说下去，直到社会主义的概念与吉卜林的浪漫在他的叙述里模糊了边界。

安坐在小板凳上，红彤彤的小脸上那双兴奋的眼睛闪烁着光芒；而奥斯卡则滔滔不绝，如同一只活泼的小鼓，咚咚咚不停地敲着。

这时候，阿道夫走了进来。

他没有坐下，你也很难想象一个弹簧样威风的男孩能够安分地坐在板凳上。不同于父亲那一辈的人，阿道夫厌恶身懒嘴勤式的生活，他生于躁动的机械化时代，遍处是锃光瓦亮的凸轮轴和钢铁，活塞高昂地冲入"地狱"，里面盛满了爆炸性气体，发电机则始终嗡嗡作响。倘若生于 1931 年而非 1901 年，他在面对父亲的无聊见解时也许会回以"哦，是吗"，可现在是 1901 年，即便回复个"好，知道了！"也会显得无礼刺耳，不符道义与规范。在安·维克斯心目中，阿道夫是她所见过的最完美的人，他有着挺拔的轮廓、调皮的神情、敏捷的身手，还有他"倚靠门框，双手插兜却似要一跃向前"的画面，这些都已经成为安·维克斯心目中对于英雄的一切幻想。

虽然安从小就从父母身上、从沃巴纳基镇的公立学校和第一（也是唯一的）长老会教堂里接受过良好的教育，并且银行家埃文斯的那群出类拔萃、精致优雅的孩子也曾环绕在她周围，可她真正对人生开始有所了悟其实是在与这个鞋匠和他儿子的相处过程里，以及看到父亲偿还那些可恶的债务和他身上体现出来的忠诚时。所有这些事情都是如此对立和矛盾，以至于这种对立与矛盾始终贯穿着她的人生。老奥斯卡使她获晓人生不过是构想着自己的乌托邦，而阿道夫却使她懂得人生只意味着磨砺以须、坚韧自足。

坐在沃巴纳基河（其实只是一条小溪）畔，她曾有一两次想与阿道夫分享自己的一些观点：

奥斯卡说的没错，我们必须、最好是立刻成为一个社会主义国家，从而使每个人都能够各自工作、造福彼此。

喝酒，或是男孩、女孩躲在谷仓后面探觉彼此身体的差异都是极为下流的事情。

---

① 欧仁妮·德·蒙蒂霍（Eugénie de Montijo，1826～1920），法兰西第二帝国皇帝拿破仑三世的妻子。

若是有了窍门，代数课会变得无比轻松。

丁尼生勋爵的《国王叙事诗》真的精彩绝伦。

倘若耶稣替我们而死，当然，他的确如此做了，那么我们在星期日晚还熬夜，或者未洗澡就跑去主日学校上课该是件多么可怖可悲的事。

每当安认真倾诉时，阿道夫总是保持微笑。他无论是在他父亲说话时，或是在任何人说话时，都是这副模样，这使安有些受伤，开始羞涩起来，她说的可都是些真心话呀。那些琐碎的话语流落在潺潺河水旁的沙船上，柔软的柳枝依旧在八月温暖的空气里飘荡。

阿道夫那看似倨傲的笑容是否源于一种看穿、洞悉这个机械化时代的智慧，又或者只是用来掩盖内心的浅陋无知，包括安在内的任何人都不得而知。未来的某天，他也许会成为洛杉矶一家相当不错的汽车修理厂经理，而那时的老奥斯卡兴许正在伊利诺伊州沃巴纳基镇的天主教墓地里面辗转反侧。

即使没有遇到老奥斯卡，安也不会是一个规规矩矩的女孩。那是在主日学校的女子中级班里（老师是弗莱德·格雷夫斯夫人，木材场老板的妻子），安首次转变为一名女权主义者。

这堂课的内容是关于索多玛①的毁灭，而故事中最为生动的部分却被刻意省略了。格雷夫斯夫人困恹恹的声音嗡嗡作响，“但是罗德的妻子没有轻蔑这座可怕的城市，她忍不住回过头，瞬间化为了盐柱。对我们来说，这是一个很重大的教训，它向我们展示了违抗命令所带来的后果，以及我们对于那些邪恶的事物或人必须做到目不苟视、心无旁骛，否则就意味着我们实际已和他们的罪行产生了关联，甚至沉溺其中……”

“可是，格雷夫斯夫人！”安的声音有些突兀，“为什么罗德太太不可以回头看看自己的家园呢？她的邻居都在那儿，也许她们曾一同拥有难忘的时光，她只是想跟索多玛说一声再见！”

“安妮，何时你变得比《圣经》更有智慧了！罗德的妻子是个违背旨意的人，她的内心充斥着质疑和争辩，就像某些我见过的小女孩！看，第十七节中说：‘不要回头看。’这是一道神谕。”

“可是，上帝发完脾气后，就不能再将她变回来吗？”

---

① 索多玛（Sodom）这个地名首次出现在《旧约圣经》的记载当中，这座城市位于死海东南方，如今已沉没在水底。据《旧约圣经》记载，索多玛是一个耽溺男色而淫乱、不忌讳同性性行为的性开放城市。

格雷夫斯太太逐渐严肃起来，她的眼睛里闪烁着火苗，棕色光滑又丰满的胸脯上挂着的那副眼镜在不停颤动。起初其他女孩们还畏惧地窝在座位上，后来则忍不住偷笑起来。安心中不适，她一定要问清楚这些问题，否则自己难以继续忍受这主日学校里面的课程。

“上帝就不能再给她一次机会吗，格雷夫斯太太？如果我是他，我一定会这样做的！”

“我这辈子从来没听过对上帝如此亵渎的话——”“不是的，罗德太卑鄙了！他从来没有为他太太伤心过、分担过，哪怕是一点点！他就这么走了，留下她一根孤独的盐柱。为何他不向上帝申诉呢？那个时候的人们总是想着和上帝沟通，《圣经》里也是这么说的，但他就是没有告诉上帝不该这样刻薄和暴躁！”

“安·艾米莉·维克斯，我需要就这个问题和你父亲谈谈！我从没见过你这样的孩子！你现在可以出去了，离开主日学校，我会找你父亲谈！”

安惶恐无比，她未曾想到她眼里的不公竟引发了一场冲突，她沿着教堂过道从无数嬉笑的孩子们的面前走过，忍受着他们的幸灾乐祸和指指点点，仿佛走入了一个听不到鸟鸣的沉默世界，一个可怕的、充满非难的虔诚而神圣的世界。满心愤慨还未熄灭的安回到家中，看到自己的父亲正穿着齐整准备前往教堂，她望着父亲光亮的鞋子以及沐浴后换上的长款礼服，终于忍不住对他痛诉了自己的“悲惨命运”。

父亲则笑着说：“这没什么的，安妮，不用介意格雷夫斯太太说的话。”

“可是为什么没人去理会罗德那可恶的行为呢！我可不要袖手旁观！”

他微笑着，打开门走了。

安从厨房后面跑了出去，吓了正在炖鸡肉的女佣一大跳。安穿过后院，登上西卡莫山的那条小路，自言自语道：“没错，就是罗德、上帝，还有爸爸这样的男人——笑！——我们女人遇到的所有麻烦都是他们惹出来的！”安一刻未回头，始终背对着那片村庄，直到跑到半山腰才转过身。

她颤颤悠悠地，用手触摸沃巴纳基的片片屋顶，喊道：“再见！再见，索多玛，我爱你！好吧，上帝！”她抬起眼睛望向那深不可测的天空。

3

一直到十五岁，安始终沉浸在对阿道夫·克莱布斯的迷恋之中，但这并不代表她便因此陷入了所谓爱情的痴狂，以致终日无所事事。实际上，她忙碌得像只团团转的小狗，每天都会参与各式各样的冒险活动：滑雪、打溜、钓鱼、游泳，或是逮一只兔子，再出于怜悯之心将它放走；照料小狗、小猫还有鸭子，虽然这些小动物常常因此倍感痛苦和不安；尝试去读维吉尔、麦考利勋爵还有《哈姆雷特》，看各种新电影还有款式别致的汽车；在东方之星的招待会上聆听黑色卷发的绅士背诵吉卜林的诗歌；制作糕点，清扫卫生，熨烫衣物，安十分享受抚熨衣服的过程，享受那种触碰物件使其变得平整光亮的感觉。有时，在女佣歇息的间隙，安还承揽了其余所有的家务活。一直以来，她都在照顾父亲世俗生活的一面，在生活中他更像一个孤儿，比安还容易困惑、慌乱。安要为父亲摊开手帕，给他戴上围巾，星期日下午还要拽他一起散步。她对男性群体产生了极深的保护欲，以至于她未来会不会爱上一个她既怯于欺负也无须去照顾的人，都已成为疑问。

可她每天都会碰到阿道夫，对他的身影迷恋一番。

他们在同一个班读书，克莱布斯在班里很出风头，他在游泳、打架、滑雪、投球方面也比其他男孩技高一筹，虽然上课遇到不会回答的问题时他还是会露出那种看似谦逊的微笑。镇子上的警察对于克莱布斯可谓一点震慑力都没有，即便在万圣节当天也是如此。那帮男孩常常壮着胆子把一些可移动的小板房挪到学校里的空地处，用它们打造一条微缩版街道，上面还画上与主街商铺类似的招牌，等着晨曦一亮这帮人就可以欣赏自己的得意之作了。他的舞跳得也不错，除了安，班上的其他女孩子都学过舞蹈。安有时也会去参加青年舞会，然而在每个那样落寞无聊的夜晚，她总是无时无刻不在渴望着克莱布斯能够对她说一句："小姐，有幸邀你跳一支舞吗？"

在安参加过的几场舞会里，有一场当属气派隆重之最，举办者是马斯顿·埃文斯夫人。她是林肯与道格拉斯银行总裁的妻子，同时是中州犁车厂的老板，她的实力堪比沃巴纳基镇的洛伦佐·德·美第奇①、约翰·皮尔庞特·摩根②和罗斯柴尔德爵士③。这场舞会是为了庆祝她的女儿米尔德里德的十五岁生日，她的生日正好比安·维克斯的生日晚两个月。

安一直很羡慕，甚至有点嫉妒埃文斯的那栋豪宅，雪白的墙体与深绿的塔楼直耸入云，里面有偌大的客厅和藏书间，客厅铺着深色的木地板，地板锃亮光滑，上面铺着一层真虎皮地毯，而墙上则挂了两幅古老的手绘画，每幅都像有七十五岁高龄了，据说价值数百美元。藏书间有一扇上了锁的玻璃门，后面摆放了一排镀金皮面书。

五月的星期六，安专门请来一个女孩帮她准备派对礼服，不过她特别想知道阿道夫·克莱布斯是否也会参加派对。对此传言不一，她也没有勇气亲自去问。阿道夫总是拒绝回答私人问题，他有一套聪明的回避方式，比如反问："哎？鱼竿被谁偷走了？"

马斯顿·埃文斯夫妇究竟会不会邀请一个拥护社会主义的鞋匠之子来参加派对呢，这很难猜测；不过，他们的女儿米尔德里德似乎对那个男孩"陷入了疯狂"。

站在熨板前，固执的安不无痛苦地说道："如果他不去的话，我就白费这些工夫了，这么漂亮的裙子！"

她的新礼服其实并不是崭新的。这本是去年夏天的一件白纱裙，腰间缝着一条红色缎带，在夏天的夜晚穿出去会显得很高贵。如今安把整条裙子染成了淡蓝色（这让她的双手看上去跟所罗门群岛人的手一样），她和厨子整天都围着裙子缝绣那白色的袖口和领子，衣料熨了一遍又一遍，直到它崭新如初。

她戴上母亲的蕾丝头巾，父亲主动为她买了一双钴蓝色的舞鞋。（多年之后，安不时会好奇这位阅览学校记录、卡莱尔和《教育评论》都会心平气和的人，

---

① 洛伦佐·德·美第奇（Lorenzo de' Medici，1449～1492），意大利政治家、外交家、艺术家，同时是文艺复兴时期佛罗伦萨的实际统治者。

② 约翰·皮尔庞特·摩根（John Pierpont Morgan，1837～1913），美国银行家、艺术收藏家。

③ 罗斯柴尔德爵士，罗斯柴尔德家族（Rothschild Family）一员，该家族是欧洲乃至世界久负盛名的金融家族。

是否真的像她以为的那样，将父母的角色扮演得如此得心应手。父亲去世后，安很想念他，她再也无法听见那曾惹人恼火的笑声了）

派对将在晚些时候举行——有些人可能要一直待到晚上十一点，所以晚上八点才赶到，这与沃巴纳基镇的普通派对其实并没什么区别。

打扮过后，安就急匆匆地奔赴聚会了。傍晚的月亮还未出现，夕阳的余晖却比月光更加温暖、温情，因为月光总像是垂死恋人嘴里吐出的寒气，带着冰冷与嘲讽的暗影。南希汉克斯街上厚厚的梧桐树在余光的映衬下伸展出雕琢过的斑驳枝叶，树干上树皮剥落的裂痕在黄昏时刻露出一片神秘的空白，小镇的空气里弥漫着乡间的低语、隐约的笑声、偶尔的马蹄声和农场里狗的吠叫——在这朦胧的喧嚣声里，安体会到无比的快乐。

当转过街角，看到远处那片耀眼的灯火时，她既兴奋又震惊。埃文斯家的草坪被日本灯笼照得透亮，那并非教会节日里悬挂的一两串灯笼，而是一直沿着草丛外的尖桩向外延伸至尽头，每棵云杉与玫瑰花丛中也散布着它的火光，直到那建筑宽阔的前廊。这简直是巴黎！再走进一些，安看到草坪上的——房门外、夜色下——点心桌上堆满了世界各地的珍馐佳馔：各类蛋糕、柠檬水等精致饮料，还有三柜冰冻的冰激凌。参加聚会的小姐们和绅士们兴奋地端着碟子，埃文斯一家专门雇来一个女孩来给他们分发冰激凌。

茶点从派对开始到结束都会一直供应，无须等到宴会将散之时再去享用！

不过，一贯爱冒险的安也有她多余的担心，面对这整晚如此庞杂繁复的备餐，难道不会有人吃坏肚子吗？

音乐如火箭般蓦然而又辉煌地穿梭着，人们在跳舞——门廊处，大门外，到处都是！那乐声并非来自留声机，而是一个真正的管弦乐队演奏出来的：钢琴（恰好设在门廊入口！）、小提琴，还有单簧管。其中，吹单簧管的正是尤里卡干货店老板、沃巴纳基乐队领头人毕比先生

这个场面太壮观了，但是安却逃走了。这个敢于潜水、爬房子的女孩对这里的人群感到恐慌，她跑进黑暗里，站在那儿咬着指头。多年过后，安主持了一场大型会议（这场会议的目的是推动一场毫无希望的改革，安从容地在其中担任主持，参与者都是些有钱又清闲的贵太太们），会后她被人拽进纽约一家喧闹的夜总会里，那时候这种感觉又一次涌上心头。

安起初的兴奋感已经丧失殆尽，她抱着要完成任务的心态，重新朝着埃文斯家走去，穿过大门后，她的心情越来越糟。她发现自己的印花纱裙与周边女孩们的秀丽装扮格格不入：米尔德里德·埃文斯穿着蕾丝花边的粉红色柔缎；

梅贝尔·麦戈内格尔(医生的大女儿)则是一身红宝石色的天鹅绒,搭一条莱茵石项链;费斯·德拉姆则身着精致的日本丝绸——那么优雅、迷人、轻盈,而自己却如此平凡与老气!

(她其实没有注意到其他二十个女孩子里,大部分的衣服比她还要朴素无奇。每场宴会上,米尔德里德、梅贝尔和费斯都会设法把自己打扮得惊艳出众,咯咯笑着,不知不觉中把自己捧至人群最前。她们既不擅长拉丁文,也不懂烹饪,然而她们生来就注定优越地活着:嫁给立陶宛的名流,成为光鲜的影星,或者靠赡养费、饮着鸡尾酒享受奢华的余生时光)

就像一只健壮的老农场狗被一只高视阔步的灰狗震了一跳,安盯着她们,看她们随着天籁般的旋律旋转。这时,埃文斯太太和蔼可亲地迎上前来,她善解人意地笑着说:"哎呀,安妮,亲爱的,我们都好想你呀!你有想念我们吗?你可必须得来,跳舞前先喝点柠檬水!"安好受了许多。这杯柠檬水的味道多么美妙啊!就像西方黎明时静待喷发的一冽清泉,像药店里买到的香草味冰激凌苏打汽水。埃文斯夫人给安的是一杯果味柠檬水(然而她没解释什么是非果味柠檬水),里面有许多碎冰、菠萝粒、橙粒,还有两个樱桃作点缀!安如痴如醉地品着手中的柠檬水,直到发现身边的埃文斯夫人早已不知去向。

孤身一人!安想偷偷离去。

突然她看见不远处云杉阴影下的凳子上有个人,那个人也拿着一杯柠檬水,那是阿道夫·克莱布斯。

"嗨,安妮,过来坐。"他招呼道,实际是在哄她。

也许阿道夫此生再不会遇到这个场景,安把没喝完的柠檬水放到点心桌上,里面的樱桃还在荡来晃去。他身旁有个小马扎,安坐上去,用手支撑着下巴。

"你怎么没去跳舞呢?"安问道。

"噢,去他的,我可没他们那么时髦,我不过是个老疯鞋匠的儿子!你怎么不去,你老爹有钱,和他们一样!"

安没有故作谦虚地去否认。当然,阿道夫说的没错,她父亲每年能有2800 美元的收入。"可是,天哪!她们可都会为你疯狂呢!你应该去的,我们镇上属你跳舞跳得最好,这些女孩哪个不想跟你跳一支舞呢!"

"去他们的!你看这些人,安,这里只有我们两个是正经孩子,那些女孩不过是一群舞弄腰肢的艳女,她们既不会打猎也不会游泳,你会的那些她们可一概不懂,这些人在学校里也是榆木脑袋。像你,你不会撒谎,她们可都是些骗子。不过，在我眼里你是个极好的孩子，安妮！”

“我？真的吗？”

“当然！”

“噢！阿道夫，我希望我在你眼中是这样的！”

她握着他的手，他笨拙地吻上她的脸颊。那个夜晚就只有这些了，虽然这个纯真的年代也存在漫长的亲吻或更亲密的接触，但“拥吻”的确不是适合在公众场合做的事。

“我们去跳舞吧，在他们面前！”她坚定地说。

二人穿过草坪，向更光亮的方向迈去。安发现她身边的男人同摩根·埃文斯一样衣着华丽——一套货真价实的蓝色哔叽西服，高高的衣领上系着墨绿色的绘有白车轴草的蝴蝶领结，胸前的口袋里别着绿色丝绸手帕，精致而优雅。

奇怪的是，这个鞋匠儿子却没有换上名流们一贯穿的浅口鞋，只搭了一双笨重的黑皮鞋。

一曲舞刚结束，安与阿道夫就大胆地走向门廊，跳起了两步舞，音乐如泡沫、月光般在周围弥漫开来，沉迷的歌手哼唱着：

那一天，我的孩子被送去了远方
只有一袋清茶在身上

在阿道夫的臂弯内，安思绪分飞。她感到身上的力气纷纷朝他涌去，在一圈一圈的旋转中，她仿佛化作昏迷的气泡、翩翩的蝴蝶与飞燕，她忘记了对那群优雅女孩的敌意，甚至跳舞时也没有刻意去避躲她们。阿道夫带动着安，无形中使她变得自信而坚定。二人尽情地跳着，虽然隔着一定距离，但他轻触背后的那双宽阔紧张的手掌好似一股叫人心悸的电流，注入安的心里。

一曲又终了，安从天堂重坠现实，不知所措地站在原地。这时，埃文斯夫人用她那清晰有力的基督徒腔调喊道：“孩子们，下一首《马卢舞曲》！”

安与她的男伴分开了。面对这个恢宏的新凡尔赛宫盛宴，阿道夫不再羞怯，他比任何人跳得都要洒脱、唱得更加大声……阿道夫比其他孩子大上几岁，也更加成熟。昨晚他还偷偷与一个二十来岁的男的一起喝酒，今晚又成了孩子群体里的带头者。新曲再次响起时，安试图在人群中寻找阿道夫，她的目光像是等待回应的一双手臂。然而，他先同费斯跳了一曲，又牵起医生的女儿梅贝尔·麦戈内格尔（擅长弹班卓琴、背诵加拿大佬的方言诗歌）的手，最后则同米尔德里德·埃文斯一同跳了起来。

埃文斯夫人在一旁看着，对丈夫笑着说："你看，克莱布斯家的孩子可够有派头的！"

"嗯，毕竟他爹是个社会主义者，我才不过是个农民。"马斯顿·埃文斯先生叹道。

安·维克斯看着在跳华尔兹的阿道夫和米尔德里德，眼神再度流露出一种老农家狗似的伤感。

她已然沦为了局外人，只得和自己的忠实伙伴温斯罗普跳着两步舞。然而阿道夫的一举一动无不牵动着安的神思，她近乎是在扯拽着舞伴温斯罗普，如同拖着一辆旧卡车，把周围的人撞了个遍。尽管温斯罗普热情且恼人的哼唱伴着音乐不停，可他那双诚实的双脚已然踏上了未知名的野路子。

曲子又换成了《邮局乐歌》。

邮政长阿道夫站在漆黑的藏书间门口，一面沉陷在各式亲吻中，一面揣度他要挑选哪一个女孩，今晚的她们都不较平时自然。阿道夫时而堪比人群中的放逐者，时而又化为舞池之王，或是庭中驰骋的罗宾汉。

"哎——哎——安！"邮政长喊道。

笑声随之响起。

"她看上他了！"梅贝尔对米尔德里德嘀咕道。安并没有听见，这对梅贝尔来说是件好事，安的报复之心可不亚于上帝的怒火。

不知情的安走进黑暗的房间，这间古典的藏书间如同一个充满神秘与惊奇的岩洞，她小心地探索着，迷失其中，感受着这种快乐。安伸出双手向前探去——这是？天真的她对肉体的灼热一无所知，现在的她渴望的是有爱的灵魂，而非肤浅的外壳……然而，终有一天她会懂得，肉体并非爱情的宿敌，而是它的另一种诠释。

"喂！"她听见阿道夫咕哝了一声。

他撩拨着她，将吻落在安的下巴上，低声说道："现在轮到你了！"说完，她的骑士便打开门，匆匆离去。

再次进来的人，是本。他从小就喜欢安，跟在她身后，给她带苹果吃，却没有吻过她。如今他不再是个小孩子，亲吻对他来说已经被冠以特殊的意义。他傻笑着试图在黑暗里找到安，暗自感叹："天哪，这太黑了！"他发现安正坐在扶手椅上，于是怯生生地去拥抱她，惊叫道："哎呀，安妮，你怎么哭了！"

"噢，不！本，你不能亲我！"

"可是你哭了！是不是因为阿道夫？"

“不是，只是我没看清，不小心撞到桌子上了。”本笨拙地轻拍着她的肩膀，两人就这么安静地坐着，直到安小声说：“没事了，我还是出去吧。”

走出藏书间时，安发现那群年轻人正望向她，接着爆发出一阵狂笑。“哈！你和本在里面做什么呢！噢，安妮，你们是不是接吻啦！”

阿道夫也不怀好意地笑着。

安强忍着情绪才没有甩手而去，她心中的愤怒好似一把匕首，恨不能杀了在场所有人。她让自己坐下来，一句话也没有说。不知下一位去藏书间的是哪个女孩，或许她会顺从于本温柔的爱抚。

但她很清楚阿道夫何时又被召进黑暗里去取悦梅贝尔·麦戈内格尔。

大家私下都说，梅贝尔十分轻浮，喜欢在男孩面前卖弄风骚。除了安，所有人都盯着藏书间的门口，不时发出尴尬的笑声，那青春期的躁动足足持续了近五分钟。

“他和我不过才待了五秒！”安又一次恼羞成怒。

梅贝尔从藏书间走了出来，装模作样地摇摇头。她和安不一样，对于人情世故一套可谓谙熟于心。在大家插科打诨之前，梅贝尔就抢先嚷道：“太别扭了！”

安的心已经凉透了。

阿道夫也走了出来，他趾高气扬的神态并未刺激到安。她突然感觉这一切都如此好笑，暗自想：“瞧他那走路的样子，活脱脱一只发情的公猫！”

那一刹那，安对英雄的爱慕消失了。当她听到阿道夫低声对梅贝尔说“我可以送你回家吗”时，内心已无触动。

本护送她回了家，他在安的身边显得笨手笨脚，每次想要说些什么，总要先以“啊，呀”或者“你看”开个头。

周遭的一切都平息了下来。

在安的家门口，本抱怨道：“哎，安，你为什么不谈个恋爱呢？我从来没见你谈过。可是，我多么希望你能属于我！”

突如其来的一个激吻令本措手不及，尴尬地立在原地。然而，下一秒更使他惊讶的是，安说：“你很好，可我谁也不属于！”说完，她冲回了家中。

4

“我讨厌埃文斯家！什么富丽堂皇！我只爱这里！”安怒气冲冲地说。这时，她已经抛下本，跑进了自家那个昏暗、简陋却舒适的客厅：厚重的布鲁塞尔地毯，霍夫曼的基督画像，破旧的学校课本，沃尔特·司各特、狄更斯、华盛顿·欧文的著作，英国名人传记系列，《丛林》与《鸟儿的圣诞颂歌》，以及《克鲁登圣经索引》，摆着签名靠垫的簇绒沙发，旁边的墙柜上还放着爸爸的拖鞋。

“还是家里好，终于清静了！”拖着沉重的步伐，安爬上床去。

她迅速摆脱掉那件华丽的薄纱连衣裙，不过并没有将它撕成夸张的碎片或掷弃在地上。单纯的她慢慢抚平裙上的皱褶，手指触着上面的丝丝凉意，然后将它挂了起来。

她梳了梳头，拍拍枕头，但并不准备去睡觉，而是披上她的小外套（1906年，维克斯家还没人拥有睡衣），坐在一张直椅上，默默打量起这个房间，仿佛从未到过这里。

整个房子并不大，简单整洁的布置使其显得很宽敞。安不喜欢凌乱的感觉，因此家里也很少出现女孩子们喜爱的那些小物什，只是梳妆镜边悬置着几支眉笔，她当时去海滩野营享受日光浴时的照片也没有摆在外面，更别说那些耶鲁或伊利诺伊大学等一类名校的纪念品了。

书架上堆满了书：汉斯·克里斯蒂安·安徒生的童话、《水娃娃》、《古罗马谣曲集》、《大卫·科波菲尔》（从楼下的箱子里偷拿上来的）、勒·加里恩的《金色女孩的探寻》、母亲用过的《圣经》、一本关于蜜蜂的书，还有《哈姆雷特》和《金》，里面的书页已经被翻得发黑了。旁边的梳妆台上则顺次摆着梳子、小刷

子和绊钩。（相比于那些打怵生活、疲于整理的人，安这样惯于冒险、喜爱恶作剧的孩子反而更擅长打理自己的生活）

整洁的床上有一个小小的系带枕头，透露出其主人的多愁善感，还有一把直椅，一份瓦茨对加拉哈德爵士的恶评复印本，一扇总是敞开的大窗，一张破旧的地毯，一片安详平静。

这个房间，就是安的写照。自母亲去世后，没有人告诉她一个有教养的女孩子的房间应该是什么样子的，她便按照自己的想法去打造它。而现在，看着这个属于自己的房间，安就像在审视自己，心中产生了一丝奇怪、陌生和不可思议的感觉。

她要与自己进行对话。

事实上，现在十五岁的安除了容貌穿着以外，与四十岁的她不会有什么区别，只是现在的她还无法像多年后那样尖言刻语地进行自我对话，她的独白总是难以尽述其怀。不过，此刻她坐在那儿，缩在小外套里，摆弄着自己的手掌，她的思绪大概正在对她如此倾诉：

“我爱阿道夫，天啊，我的确很爱他，即使这样不好。之前那件荒唐的事情发生后，爸爸告诉我无须担心，但我渴望他亲吻我。噢！亲爱的，我真的很爱你，你是如此迷人，你那矫健的体魄和你那跃入水里的雄姿，但你又是这样的冷漠，今晚云杉树下我竟对你信以为真！我可不是呆蠢滞笨没人爱的女孩！”

“我再不可能拥有恋人了，也许是我太强势。天呢，我不想这样的！我知道自己总是主导一切，我也不想，只是忍不住就说了出来……他妈的，还不是因为其他人都是些蠢货！……亲爱的上帝，原谅我不该说脏话，但那些人就是他妈的蠢！”

“本，他会爱我的，他这么好。”

“不，我不指望被什么西班牙猎犬看上！我就是我！我要去更宽阔的世界——斯普林菲尔德、乔利埃特，甚至芝加哥！”

“我想，倘若我爱过一个同我一般结实的人，他一定会畏惧我的——”

“不，阿道夫不会畏惧我，他压根儿瞧不起我！”

不知为何，安突然读起了母亲的《圣经》中《诗篇》第二十四篇，那本书的黑色软皮装订的边棱已经磨损，而她的声音变得清晰透亮。她站起身吟诵道：

谁能登耶和华的山？谁能站在他的圣所？就是手洁心清，不向虚妄，起誓不怀诡诈的人。

他必蒙耶和华赐福，又蒙救他的神使他成义。这就是寻求耶和华的族类，是寻求你面的雅各(细拉)。

众城门哪，你们要抬起头来！永久的门户，你们要被举起！那荣耀的王将要进来！荣耀的王是谁呢？就是有力有能的耶和华，在战场上有能的耶和华！

众城门哪，你们要抬起头来！永久的门户，你们要把头抬起！那荣耀的王将要进来！荣耀的王是谁呢？万军之耶和华，他是荣耀的王！(细拉)

她的父亲敲起门来，焦急喊道："安！安妮！你在干吗？还好吗？"

此时的她憎恨一切男人，只有那她愿为之牺牲世上一切的荣耀之王——傻笑的阿道夫和殷勤的爸爸。她自觉残恶，却尽力平静地说：

"哦，没事，爸爸，我只是在读——呃——背诵一些我们该当践行的事情。很抱歉把你吵醒了，早点休息吧，爸爸，晚安！"

"晚上玩得开心吗？"

安像个绅士一样善于说谎，大声回应道："噢，很好，晚安！"

"没错，我必须放弃。那些男孩，我喜欢过的，他们永远不会喜欢我。天哪，可我是真的喜欢他们！但我只能自甘于像个男孩子一样去生活。"

"我并不想这样。"

"我不会干坐着，'永久的门户，你们要被举起！'"

"他这样强壮而敏捷！"

"他！"

"我不能恬不知羞，谁都别再想了！"

"墙上那幅画挂得不正，歪了点。"

"梅贝尔那种女生！整日围着男孩转！"

"我再不会被他们取笑，也再不会去坦承心扉！"

"'你们要被举起！'睡觉！"

虽然安常常在杂货店碰到摆脱了高中学习生活的阿道夫，并且这个年龄阶段的孩子无法避免要结群扎堆、聚在一起，但安再也没有对阿道夫流露出一丝兴趣。

“天哪，安·维克斯疯了吧，”米尔德里德·埃文斯说道，“她说她以后不想结婚，只想成为一名医生或律师，这是什么想法，她肯定是疯了！”

噢，米尔德里德，你多么聪明，多么聪明啊！今天却嫁给了本，你不是有城里最好的收音机吗？难道就没收听过《阿莫斯与安迪》[1]或者拉姆齐·麦克唐纳[2]从伦敦隔空遥寄的敏言慧语吗？当安·维克斯开着那辆破旧的福特，你不是驾着别克一骑绝尘吗？当她和一个沉默不语的人玩皮诺切尔时，你不是正在上流圈子里打桥牌吗？善良的米尔德里德，机智的米尔德里德呀，你从未征服过这个世界，只是等它来把你推翻在地。

晚安，米尔德里德，你也不过如此。

十七岁的那个平安夜，如梦似幻。安跑往教堂参加主日学校的训练，邻居家的灯光投在雪路上，映得两道车辙好似磨光的钢条，夜晚的月亮又高又冷，云杉树挂了冰，发出微弱的叮当声。这干冷的空气里，四处弥漫着节日喜庆的氛围。

安忙得不可开交，已经没工夫顾及其他，她不可能再像十五岁时那样专注于自己的衣着仪态。过去，她确实渴望拥有一件比格子绸衬衫更时髦的衣服，也厌恶古板父亲给她买的厚厚的工作服；可是现在，那种爱慕虚荣的轻浮日子已经一去不复返了。

她是第一长老会女子中级班的教师，曾经这个班由弗莱德·格雷夫斯夫人任教，她现在正在格林伍德公墓内安眠，曾经一个叫安·维克斯的女孩因为不服管教而被驱逐出门。女子中级班准备在主日学校的活动上表演康塔塔《天使报信》，安很着急，很着急，这个时候可缺不了她，一切事情都等着她来负责，她的班级必须惊艳全场。

赶到教堂时，她发现那里已经完全沉浸在欢腾的氛围之中：金碧辉映的窗户，哥特式木拱门，走廊上站满了男孩子，虽然他们几乎一整年都没认认真真地对待过安息日，但是在过去的两个星期里却表现得像是开了窍一样。

教堂内部如同布满绿植与水晶的岩洞，圣诞花环几乎遮住了侧墙上的箴言

---

① 《阿莫斯与安迪》(*Amos 'n' Andy*)是一部美国广播电视情景喜剧。

② 拉姆齐·麦克唐纳(Ramsay MacDonald，1866～1937)，英国政治家，出身工党，1924年1月至11月出任英国首相兼外务大臣，1929年6月至1935年6月二度出任首相。

“愿主的圣名被称颂”与“你是否得救”，但最显眼的当属台上的圣诞树，足有十英尺高，上面悬挂着手持蜡烛的折纸天使。在平安夜这天，长老会允许将自己的教堂装扮得同天主教会差不多，以便迎接天使和圣婴。深绿色映衬下的蜡烛、雪白的天使、银球和大片雪花都是用蓬松的棉絮做成的，树下挂着圣诞袜，每只都属于长老会的孩子们，包括那些最近两星期才开始信奉加尔文教义的孩子。袜子带有老式棉网，里面塞着橘子、一袋硬糖、红色包装的薄荷糖，上面印着“来吧，宝贝！”之类的字样，还有三个巴西坚果（沃巴纳基镇上的人称其为“黑脚趾”），一本《约翰福音》小册子副本，锡制小号、哨子、小棉猴各一。

这些都是新来的年轻牧师唐纳利买的，花了他刚得到的 1800 美元年薪。这个年轻人并不十分聪明，喜欢吓唬小孩，包括安·维克斯。他声称愤怒的上帝在凝视着他们，如果表现不好就把他们抓走。他的布道也乏味得令人窒息。然而，唐纳利牧师十分善良热情，此时他（而非本地的老牧师）第一个冲向过道来迎接安。

“维克斯小姐！你能早来真是太好了！这个平安夜一定精彩绝伦！”

“但愿如此，我的班级都准备好了吗？”兴致高昂的安问道。

晚上的所有表演都非同凡响：祷告、唱诗班和会众一同唱诵的《齐来崇拜》、牙医布雷弗斯博士的滑稽之歌、由安指挥的轻快明亮的康塔塔，最后是演出的关键环节——圣诞老人派发圣诞袜子。英俊慈祥的圣诞老人穿着红外套，戴着花白胡子，他是由尤里卡干货店老板、吹单簧管的毕比先生扮演的。

毕比先生说道：

“嘿！孩子们！我——呃——不远万里，离开地冻天寒、冰天雪地的北极来到这里。因为我听说众位沃巴纳基镇长老会的孩子们表现好，听父母老师的话，所以我放弃了约见罗马教皇、英国国王，只为来此与大家相会。”

作为参与者之一，安·维克斯的座位设在前排，圣诞树较低的位置上垂着一支蜡烛，这令她难以集中注意力。安责怪自己不该这么谨小慎微，可她还是无法尽情沉浸在毕比先生的风趣幽默与插科打诨之中：

“不过我猜你们其中也有些人在过去一年里表现得并不如意，也许你们前往主日学校的次数屈指可数，我知道我的班——我是说，我接到了朋友、男子高级班教师泰德·毕比的电话，他告诉我，在某些美好的夏日清晨——”

蜡烛好似一只疲惫的手垂着，安握紧了拳头。

“——有的男孩宁愿跑出去钓鱼，也不去听主的话，生怕雅各、亚伯拉罕等老智者的教诲启悟了他——”

蜡烛一下触到棉絮，圣诞树瞬间燃为一团火焰，狂裂而可怖的火焰。唐纳利牧师与圣诞老人毕比吓呆在原地，安·维克斯冲上讲台，把毕比推到一边。

孩子们尖叫着，惊慌失措地朝大门奔去。

安拽起装饰讲台的绿毯，扔向燃得正盛的圣诞树，并用手去扑打未被盖住的部分。火苗啃噬着她的肌肤，令她疼痛难耐，安心中的怒火仿佛也蹿跳出来，她喊“哦，天哪！”语气要比“哦，他妈的！”还饱怀恼恨。

快要倒下时安意识到火快要熄灭了，麦戈内格尔医生把自己那件浣熊皮大衣也往树上扔，她暗自心疼那件衣服，可别给烧坏了。

足足两星期，安都躺在床上，麦戈内格尔医生说除了手腕上隐约的两个斑点，其余地方不会留下疤痕。这两个星期里，安可是成了所有人的英雄。

唐纳利牧师每天都打电话来慰问，毕比先生送给安一串珍贵的珠子，父亲则为她读《大卫·哈伦》来解闷，沃巴纳基镇的“情报员”说，她与苏珊·布朗奈尔·安东尼[①]、伊丽莎白女王和圣女贞德有着血缘关系。

但最使她感动的是奥斯卡·克莱布斯——他那荷马般的眉毛、花白胡子，以及那平静的哀痛。

看到这样一个无产主义者到访，维克斯教授觉得有点不可思议，他装作热情地说道：“安妮，又有客人来看你了。”

化身为女英雄的安面对慈祥却依旧严肃的父亲少了很多敬畏，她将他推出门去，差点把头撞到门框上，只留下奥斯卡和她单独待在一起。

老人坐在床边，轻拍着她的手。

“你很棒，孩子，我并不会偏执地把这一切归结为去了教堂。不，也许不是！但是我过来——小安妮，并非为了让你觉得自己成了英雄！生活，可不是逞能，这是不值得提倡的。祝你早点康复，孩子，我得走了！”

这是所有看望中最短促的一次。整整一周，安摆脱了在所有无关紧要的事情上的忙碌和顾虑，只躺在床上静静思考——迄今为止，她第一次能有这样长的时间停下来思考。

仿佛奥斯卡·克莱布斯一直坐在她的身边，让她的大脑没法停止运转。

“嗯，这种感觉可真好，”她思索着，“做个女英雄！还没来得及反应我就把

① 苏珊·布朗奈尔·安东尼(Susan Brownnell Anthony，1820～1906)，美国民权运动与女权运动的著名领袖。

火给扑灭了。安妮,你真的很厉害,能够扑灭这场火。没错,亲爱的!毕比先生和唐纳利牧师都没这个胆量,你却有!可那又如何呢?你只是比别人快了一步而已,你依旧没法得到阿道夫的心!”

“噢,亲爱的上帝,使我变得坚决些吧!别让赞美的声音蛊惑了我!”

“谁能登耶和华的山?谁能站在他的圣所?就是手洁心清,不向虚妄,起誓不怀诡诈的人。”

“可是天哪,我成功地扑灭了一场火,并且是在其他人都束手无策的时候!”

5

博恩特皇家女子学院坐落于康涅狄格州胡萨托尼克河畔的一座小山坡上，那里景色宜人，四处遍布着格鲁吉亚风格的砖房、绿野、橡树和榆树。

安·维克斯的父亲已经离开了她——他死得很平静，也很体面，就像生前始终维持的那个样子。他给安留下了1000美元，这是他的全部家产。安拿着交完学费后剩下的钱，在学校餐厅道利大厅内等候着，顺便修改自己的社会学论文。

现在已是1910年的秋天，她成了一名大学三年级的学生。

十九岁的安·维克斯自认为拥有“惊人壮实的体格”，高个头、大骨架，一直都在同肥胖做斗争。她的头发是棕色的，需要费尽心力去打理才不至于显得凌乱。她最好看的部分在于那双眼睛，漆黑的瞳孔点缀在苍白的脸上，炯炯有神，让人一望便知它们是愤怒或是喜悦。她的臀部也日趋丰满，安有时会为此苦恼，然而那漂亮而修长的双腿、纤细有力的手掌则足够令人满意。

安以为自己是个文静的女孩，相比于第五大道、法明顿和布鲁克莱恩等一众光彩照人的姑娘，自己不过是一只乡间田鼠。但她其实根本不属于温柔安分的一类人，即便与匹兹堡钢铁大亨的千金相比，她也毫不逊色。安的脾气依旧是风风火火的，时而欢欣雀跃，时而忧闷惆怅，林赛·艾特威尔后来直接叫她“小情绪”。博恩特皇家女子学院有时会举办戏剧表演，表演结束后，女孩们常常聚在一起感叹这“一出好戏”或“枯燥无味”；而安则会跑去外面散步一会或许久，以此排解心中对戏里反派的憎恶，或沉浸在主角的光辉形象中，有时甚至会爱上里面的英雄角色。

她并没有想成为一切的中心。如今的安加入了篮球队，也是低调谨慎的社会主义俱乐部的成员以及基督教女青年会的副会长，并且明年可能会出任会长。两年来，安都是一个人住一个单间，但今年她搬进了一间更好的公寓（有自来水），同时有了一个室友——尤拉·托尔斯。尤拉拥有苍白可爱的面庞，柔和的色调与精致的色彩使她像一幅纯洁苍翠的绿叶作品、一份珍藏了十年之久的世纪末艺术品。尤拉为年度课程贡献了大部分的画作，包括几张女孩肖像，里面的人物大都拥有天鹅般的脖颈与扁平的胸脯，还有前拉斐尔派风格的作品，文艺却乏味。

安一直很欣赏尤拉，却没有机会认识她。安是个可以在篮球场上为自己包扎伤腿、为社会学论文的统计数据愁眉苦脸，或在面对同贝瑟尔学院联合举办一次营地集会的问题上怀着虚假的快乐与女青年会和解的女生，她惊讶于尤拉竟然可以为教职工画像，同时戴五个镯子，时而包上头巾，并为《博恩特皇家文学社刊》撰写动人的诗句：

夜——黑暗而可怖——
夜——孤单又孤独——
渐行渐远于你，我抬头望向——
苍白的月光。

尤拉家很富有，她的父亲是布法罗的一个大毒枭。尽管安坚持付清了自己那一半房租，但她还是同意把二人房间的装扮、布置权交给尤拉。看看那些家具！看看那些装饰！尤拉只懂摆弄那令人眩晕昏厥的粉彩以及逃脱庞大阔气的毒品批发业务，对其他好似一窍不通。她们有一间书房和卧室，尤拉把书房称为“画室”，并将其粉刷成黑色和淡紫色，金色和浅紫色的日本织物则映衬着缺乏审美的学校所安置的米色石膏墙，黑色的地毯，一张铺着黑丝绸的长沙发又宽又奢华，坐在上面背不酸是不可能的，还有一张放着浅紫色坐垫的黑漆木椅，以及照片、照片、照片……奥博利·比亚兹莱、巴克斯特、凡·高和珍贵的理查德·曼斯菲尔德的签名照，还有几千张不一定来自日本的日本版画。

基础工作完成后，尤拉开始将屋内的光线调暗并通风换气，房间内还有三个煤油灯，一个放在桌子上，还有一个悬在天花板上，上面盖了三层薰衣草色的丝绸遮布。屋内有两扇漂亮的窗户，透过窗户能够望见外面的橡树、草地和远处的山丘，但尤拉改用淡紫色丝绸和黑色天鹅绒帘子将它们给遮了个严严实实。

在一个小桌几上，她又摆上了一尊镀金的铁铸佛像。

安十分恼火，却选择了沉默，苦于自己“对这些艺术知之甚少”。

大功告成后，尤拉兴奋地对安说：“是不是特别完美！博恩特皇家学院的房子，天哪，太过简陋粗犷，大部分都是如此粗俗！我们可以打造一个真正的沙龙，在这里交谈、休息、安放我们的灵魂，当然，还有追寻我们的梦想！看看我对卧室的改造方案，保留黑色主调，配以旧玫瑰色点缀，再挂上黑色天鹅绒，可是——”

“等等！”安对优雅与高尚事物的敬畏之心已于对阳光和新鲜空气的渴求中消失了，后者可是她年轻而坚固的万神殿内最伟大的两位神祇，除此以外还有勇气、忠诚以及对爱因斯坦如何解释世界的好奇之心。“这房间确实很不错，亲爱的，我相信会很漂亮。是的，一定会很漂亮！但是可否别在卧室装那么厚重的窗帘或华丽的灯罩呢，我需要足够的空气。如果你不介意的话，我准备把我的桌子移进来靠着窗边，以便我学习，台灯只用绿色玻璃罩就可以。这个已布置好的房间就这样吧，但卧室还需要两张床、两个柜子和一张草毯，这些就足够了。”

面对眼前的这个非利士人(那时是1910年，人们仍然用“非利士人”称呼一些庸俗之辈)，尤拉恨不得捶胸顿足，她像个葬礼乐队上的银色喇叭大声说道：“安！天哪，亲爱的，我这么弄都是因为觉得你会喜欢！哎呀，你为什么不早说呢！”

“当然有个房间能装成这样是很好的，但我们也需要一个可以学习的地方。你看这样怎么能学得了！”

“噢，当然，亲爱的！就随你意吧！”尤拉像蛇一样突然朝安扑来：她抱住安，吻上她的脖子，“我只想按照你的想法来！我的一切才华都愿意来配合你——”

“天哪，别这样！停！”奇怪的是，安对这场滑腻的袭击更多的是感到震恐而非愤怒。这简直是对神明的亵渎，她恨不能赶紧逃走，而不是继续做那个勇敢无畏的女孩。“我得去体育馆一趟。”安嘟囔着，抓起自己的帽子，夺门而去。

“真搞不懂，我不喜欢被女生这样抱着。哎，太吓人了，这都什么呀，跟阿道夫一个模样！”安感叹道，一边朝图书馆走去。

静静地读了一小时丹比的《税收原则及其与关税的关系》后，安叹了口气，“唉，这不过是个愚蠢女学生的一时冲动而已，仅仅因为她亲了一口，你就一副如临大敌的样子，是否把自己想得太崇高了！……但是无论房间装饰成什么样，我们也不能沦落为巴比伦一迦太基人，不是吗？”

她们并没有。

虽然在寒冷夜晚敞开大窗时，尤拉常常看似痛苦地不断哀号，但其实她也十分享受这种所谓的“斯巴达式的简易休息场所”。

步入大三学年的第三天，六个女孩聚在尤拉的“沙龙”里。房间内的家具虽不齐全，但宽大的黑色沙发和几百张日本版画已经就位。六个人围坐在一个火锅旁，里面的威尔士干酪酱汁正冒着邪恶的气泡，这种场面颇像1932年哈佛、耶鲁或普林斯顿里“某某六绅士”在宿舍内围着一瓶杜松子酒的画面，只是威尔士干酪酱汁的烈性还要更大一些。

她们说笑着，兴奋地畅谈着人生……大学生活的前两年，她们还不过是单纯无知的学生，如今她们尽情地展望着更广阔的世界，等待着施展自己的能力与才略，希望找到一份在最好的高中任职的工作，或嫁给一个显贵的丈夫（最好有一技之长），也聊到未来的某天她们也许会结伴到法国旅行或共同去帮助某个贫穷而落后的群体。

“班上有那么多女孩只想着结婚，我不想结婚。我可不愿每天对付一群孩子，伺候丈夫！我想要的是工作。”苔丝·莫里西说道。

那是1910年，这群女孩热情洋溢地交换着各自的感想，仿佛婚姻和事业必然会格格不入。

“哦，可别！我觉得这样看待家庭是有问题的！”艾米·琼斯说，“毕竟，文明难道不是建立在庭闱之上的吗？一个女人除了为丈夫和儿子树立一个好榜样外，哪还有什么更好的方式去改变这个世界？”

“哎，糊涂，你也太落伍了！”埃德娜·德比反对道，“你们觉得我们来受教育是为了什么？一直以来，女人总是男人的奴隶，而现在我们的时代来了！我们应该抓住一切自由，我们应去周游山川，去进取开拓，去拥有男人所拥有的一切！我们应有自己的花销！噢！我也需要一份工作！成为一名演员！就像美丽的莎拉！想想，那闪耀的灯光！不停歇的掌声！脂粉香！人前爱！化妆间里充斥着赞喝，令人神魂颠倒的世界！噢，我一定要实现……或者，我可以从事园艺工作，据说这也很赚钱。”

“我说，”安不耐烦地说，“要是你上了舞台，除了等掌声，至少也得会演戏吧！”

“哦，当然，我当然愿意使如今暗淡沉闷的舞台再度熠熠生光，谢谢您的好意，莎士比亚先生。”

“行吧，我自己可无所谓，”玛丽·万斯说，“我认为艾米说的没错，有自己的事业当然很好，我也想继续弹奏钢琴和班卓琴，但我也想有一个温馨的家，这也是你接受良好教育的原因。你可以嫁给一个不傻不穷的风流情种，理解他，帮助他，共同面对这个世界，就像法国国王和他的妻子。”

尤拉说：“我不担心自己的未来，我要成为一个画家！巴黎！噢！我向往的地方——塞纳河畔的灰色古镇，还有永悬在沙龙内的画布！”

“嗯，我打算写作。”苔丝说。

“写什么？”安烦躁地打断她。

“你知道啊，就是写作！像诗歌、散文、小说、文学批评一类的。我可以先从为出版社筛稿做起，或者在某家纽约的报社寻一份差事。我现在正准备写篇文章，刚刚有些灵感，关于书籍如何成为人最好的朋友，无论你身处何种境遇，书籍都不会使你失望。但是你有什么好烦恼的呢？难道毕业后你会心甘情愿地为了丈夫或什么家务等等放弃自己的追求？你不打算拥有自己的事业吗，安？”

“我绝对会的！可我跟你们这些半瓶醋式的玛丽[①]不一样的地方在于，我一直认为玛莎是很委屈的！我渴望工作！我渴望一切我所能获取的快乐和金钱，并为之不辞辛苦！我渴望去做能对人类产生影响与改变的事。如果我能拥有委拉斯凯兹般令人赞佩的画技，或扮演麦克白夫人时可以将观众吓得魂不附体，我会不惜一切地去为之努力，而不是满足于简单勾勒脚下的绵绵雪迹。”

“为什么呀，安？”尤拉叫道。

“或者出演查尔斯·克莱恩的作品，这都是胡说八道！我要成为一个可以影响别人的人——但我并不清楚究竟要怎样做——我懂得的太少了。要不当一位传教士？或者去中国？做一名女医生？去社区救助中心工作？我不知道，但我希望影响这个世界。”

“哦，是的，”未来的文学天才苔丝友善地附和道，“我当然也愿意帮助人们，帮助他们脱离困苦的生活。”

“哦，我的意思不是去给别人送煤或棉毯，或是教南海岛民穿裤子，我的意思是——”安急切地想袒露自己的内心，因为的确在某些方面她与其他女生存

① 典故出自圣经故事。耶稣来到玛丽与玛莎家中，玛莎辛勤地在厨房里忙里忙外，而玛丽什么活也不干但一直听耶稣说话。玛莎便向耶稣抱怨玛丽懒惰，这时耶稣却说，其实玛丽才是在做更重要的事情。文中的玛丽与玛莎便指代此故事中的两个人物。

在着分歧,"就像赫伯特·乔治·威尔斯的新小说《托诺一邦盖》[1]一样,我愿意去做些贡献,拿出百万分之一的能力,使那些肥脑碎嘴的人变得更像天使。"

"嘿,安·维克斯!"一直维持优雅的艾米·琼斯忍不住开口,"《圣经》里说人类是仿照上帝的形象创造出来的,你觉得称其为一群肥脑物种合适吗?"

"好吧,施洗者约翰把他的家乡人称作毒蛇的一代,但我不这样认为。我们并没有毒蛇般迅捷的速度和平滑的行径,我们的毒液少而非多,我们是如此的柔弱,如此的畏惧生活!"

弗朗辛·马利威勒"砰"的一声关上门,走进了房间,屋内热火朝天的有关生活目的的讨论伴随着她的叫喊畏缩起来,顿时死掉了。她仿佛身处一个希腊式的悲剧之中:

"听着,姐妹们!你们知道吗!西格玛·迪加马帮要推选尼比·穆勒为会长,格蒂为文学主席!我们可不能熟视无睹!"

"没错!"安喊道。人类救世主的影子已经消失,此时此刻安充满愤怒与活力,"姐妹们!我们推麦格·多尔蒂为会长!行动起来!如果大家没意见的话,我想辞掉副会长的职位!然后我们推举米齐·布鲁尔为秘书。"

"为什么?你昨天还说她不过是个骚货!"埃德娜·德比埋怨道。

"呃,"安含糊地说,"我并不是那个意思,另外,假如我们能把她纳进来,就有希望赢得音乐协会的全部选票。虽然这是一群笨蛋,但他们手里的选票和其他人的价值是一样的。"

"安·维克斯,你怎么说起话来像个政客。你那些所谓的赫伯特·乔治·威尔斯等等的话,简直一个字都不能信。"

安十分惊讶,"我?政客?怎么会,政客多么可怕!我从来没有想过任何关于政治的事,我只在乎怎样才能赢得多数的选票;我的意思是,如何竭尽我们所能去争取胜利!"

正如刚刚现实事务打断了女孩们对人生的探讨一样,才进门的激动不已的弗朗辛又扔来一个更有意思的话题,"噢,姐妹们,你们有没有见过新来的欧洲史教授哈吉斯?我刚才在办公室里看到他了。"

---

① 《托诺一邦盖》(*Tono Bungay*, 1909),作者是H.G.威尔斯(H.G.Wells, 1866~1946),此书讲述了叔侄两人靠推销假药"托诺一邦盖"成为巨富,后来又在竞争中惨遭失败的故事,反映了19世纪末英国社会变革时期复杂的社会状况。

“他长什么样?”女孩们齐声问道。

“听着！特别帅！啊，让我先缓缓！我们这修道院可算等来一位摄政王了！他属于红发帅哥那种类型。”

“哪有什么红发帅哥？女人红发还好，他可是男人!”尤拉嗤之以鼻。

“你们就等着瞻仰这个希腊之神吧！他的发色是那种近乎金色的红，而且是卷发！美丽的灰色眼睛，还有他的肤色，像是游了一个夏天的泳才晒成的小麦色，以及他宽阔的肩膀和浅浅的微笑。噢，你们这群年轻的波西娅会为之神魂颠倒的!”

“他多大年纪?”姑娘们齐声问道。

“不过三十岁。听说他是个芝加哥博士，或德国或别的什么博士，我打赌他跳舞绝对一流！我要不要选欧洲史的课？赞成的举右手！通过!”

不过，安悄悄地发誓:“我就别去选欧洲史了……虽然自己的课程还有一门空缺着……但还是别让什么希腊之神掺和了。男人都是些流氓之辈！爸爸怎么说来着:‘男人是航船，娘儿们是蛇蝎，小孩儿是肠虫。’不，男人就是动物……不过，尤拉这种样子的女人我也受不了……我不能再耽溺于任何男性了，只要我还活着……可我觉得还是应该去咨询一下这个哈吉斯有关课程的事。”

6

格伦·哈吉斯，文学硕士、博士、博恩特皇家女子学院历史系副教授，他的办公室在苏珊·布朗奈尔·安东尼大厅的底层。那是一间很小的办公室：粉色的石膏墙，碳素印的帕特农神庙相工巧得使千年建筑宛如在面前，一张单薄的办公桌，一本世界年鉴，一本博恩特皇家学院概况，一厚册班级记录以及新一期的《纽黑文时报》，还有哈吉斯博士本人，再无其他。直到安·维克斯大步走进，这个被扣分、成绩、挂科、讨论和任务型阅读等麻痹了的地牢，才突然苏醒了过来。

坐在办公桌前的哈吉斯博士望向她那雨露般清透的脸颊和兴奋的眼睛。安低头看着他，肯定面前这位绝对不是那个饥渴的弗兰辛遇见的“希腊之神”，但他的确是个标致、健壮、友善的青年，有着饱满的前额和欢快的眼睛，此时正叼着一支烟斗。安带着莫名的欣赏观察着他，大多数博恩特皇家学院的男教师不是这样的，他们往往脸色苍白、愁眉锁眼，性格大都腼腆而怯懦，习惯嘴里塞满仁义道德或者花生酱。

“嗯？有事吗？”他站起来，声音出人意料的清薄，甚至有些女性化。

二人坐下来后，安发现他故作姿态地吸了一口烟。她坐在一把“刑讯椅”上，身子向前微倾。这把椅子接待过无数的学生，他们坐在这里对着数学教授解释为何年轻女性更钟情于跳舞，而非搞懂微积分。

“我上午九点半的课还没有选，”她急匆匆地说，“有‘和声课’‘莎士比亚’和‘欧洲历史 1400 年’这三门，不知该定哪一门。”

“‘和声课’或‘莎士比亚’怎么样？莎士比亚，不错的家伙，讨论寻欢作乐的课程在这个纯洁的氛围里是很容易被忽略的。或者选‘和声课’？我的欧洲史课选的人已经很满了。”

“可我对声乐一窍不通，恐怕没有什么艺术细胞，我唯一一次碰音乐是在教堂演奏管风琴。至于莎士比亚，我和父亲大声朗读过他的剧作，但我受不了将其细究拆解，所谓——‘研究’他。”

“嗯，很好。可你或许同样受不了把欧洲史拆分肢解呀。”

“这是不会的，因为我对它一点都不了解。”

“告诉我，呃，小姐，除了欧洲史课正好符合你的时间以外，你还有其他选择这门课的理由吗？”

“我想去了解它，真的！我想学习这门课！我希望某天——曾有个女孩指责我像个政客，就在昨天，我否认了，但后来我又想：也许我一直在欺骗自己，或许我会成为一个政治家，如果妇女能够获得选举权。为什么不呢？既然政府必然存在，即使它不够健全，政客也一定会是不可或缺的组成部分。”

“政客——我可爱的小姐——只是经济的掮客，你懂得什么是掮客吗？他们抓取‘经济的真相’，把其中的少量兜售给顾客，然后从中攫取暴利。”

“可是，那，那么教师，甚至大学教授是不是知识的掮客呢？”

他咧嘴一笑：“是的，也许吧，那么作家就是美的掮客——他们审慎地将美稀释，分装打包，贴上亮丽的专利标签，系上仿丝带，再附以响亮的名称出售。或许，律师是正义的掮客。好吧，也许这个学校能够帮你成为一个政客，但这又与欧洲史有什么关系呢？还有，九点半这个时间，正是北纬地区寒冷可骇的时候！”

“呃，如果要成为一个政客，那我也要做那种不只懂得为帕萨万帕溪修建邮局大楼的政客。既然如今不会再有什么大的战争，美国与欧洲的联系肯定会更紧密，我也希望能够为之献出一分力量。无论如何，我都愿意上这门课！”

“那么你可以来上我的课，”他站起身，看上去很高兴，“我想你一定希望听到，你是这个文化团体里我第一个无比愿意吸纳进来的年轻女士，因为你‘愿意学习’，而你的那些同僚们，还有那些我了解的芝加哥大学以及之前奥塔瓦塔米学院内的年轻绅士们，都对学术十分抵触，仿佛以此为乐。不过，无论如何，现实会向我证明我对你的判断是错的。”

“不会的，”安颇为郁闷地说，“女人是很勤奋的，只是很少有人懂得该什么去勤奋。她们就像蚂蚁，你会发现很多女孩十分用功，甚至将课本内容倒背如流，但她们却很少能够知道自己学习这些知识的目的为何。否则，即便你不布置这些任务，她们自己也会去学的。”

“可是你，我敢肯定，一定会学的！”

“是这样的啊，”安没有被他略带讥诮的语气影响，无比坦诚地说，“你知道我会的！”

走往学生志愿者协会会议室的路上，安扬扬得意地想：“他真的不错！的确算得上这里唯一一个讲话不会无聊的教授！”

志愿者协会是一个校际团体，里面的成员都曾立下庄严的誓言，并怀着恳切的热忱希望自己成为一名传教士。今年博恩特皇家学院里的四十二名志愿者中，有五名已经实现了自己的理想。参加会议的志愿者们需要唱圣歌、做祷告以及了解关于基督教在世界各地——包括俾路支省、尼日利亚或墨西哥——迅速传播的各种报道，而从博恩特皇家学院的角度来看，这些地方都不算是真正的基督教国家。

今天会议室迎来了一个传教士，她刚从缅甸归来。在讲话中，她并未提及那里镀金的穹顶和叮当的寺庙钟声，更未谈及太阳落山时在洒满薄雾的稻田上同当地少女席地畅谈的景象，她说起了拉扯孩子的母亲，说起了热病以及在污浊环境中玩耍的婴孩。安被她的讲话吸引，忘记了镶嵌马赛克的神庙，转而关心那些饱受饥饿的孩童。传教士叹道：“噢，倘若你们能够帮助他们接收耶稣的音信，那这片异教之邦将会同我们基督教国家一样，摆脱流离失所、食不果腹的惨象！”听到这，安一改往日质疑的态度，赞同地点点头，可她其实什么都没听见，她的思绪已然被那红发格伦·哈吉斯占据了。

他是真的很睿智，还是仅仅(用她 1910 年的话来说)“有点自以为是呢？”

她怎么会沉迷烟斗的味道胜过尤拉身上萦绕的那种浓郁温暖的香气呢？

而且，正当大家专注地聆听传教士讲话之时，她怎能这样令人失望地心不在焉？

可是，哈吉斯博士究竟有没有结婚？

他没有结婚。

不到一天的时间，这已成为全校都默认了的真相。

学院里能有这样一个单身且相貌英俊的教师，简直过于罕见了。不过，据说哈吉斯博士是博恩特皇家学院已故校长梅里贝尔·皮埃莱的表亲，那么难怪他会这样优秀。

“好吧，也许，”三年级班上出了名的米齐·布鲁尔说，“但他长得真有点像我的早餐派！”

“别说得这么难听!”安回道,“他人真的很好,是个很敬业的老师,他想让我们懂得如何重构人类社会,他是有学术理想的。”

“安妮,他没办法教我们如何重组社会。你该关心的是,如何甩开院长的命令,乘着免费巴士去耶鲁大学的校园跳一整晚的舞。话说,你这是怎么了? 安,你太纯洁了,每次看到你我都会担忧,可别自鸣得意了,小绵羊! 当我在家给我第六个男人织袜子的时候,你兴许会醋死呦!”

“你真让人恶心!”安的无力感使她自己都吃了一惊。

尽管安的性格使她自认为同校长阿加莎·斯诺博士一样受人尊敬,尽管她在篮球和家政课上的表现还算不错,可在内心深处,面对博恩特皇家学院一切落后保守的思想(如果有的话),她常常感到惶恐不安。奥斯卡·克莱布斯的灰暗影子依旧在她身后盘旋,更让她恼火的是,这里的大多数女孩都认为工人要低人一等,她们觉得俄亥俄州的新华盛顿一定比维也纳、威尼斯和斯德哥尔摩加起来还要好。虽然安认为自己是个坚定的基督徒,甚至未来会成为传教士,然而对于“某人像评议莎士比亚那样评议《圣经》是否是一种缺乏教养的表现”这类问题,她依旧是迷茫的。1910 年的博恩特皇家学院无法像 1810 年的野营集会那样崇奉原教旨主义,这里的女孩子读《圣经》并非出于渴望净化灵魂的想法;相反,她们对《圣经》或宗教并没有足够的兴趣,因而从不会试图去捍卫它或者质疑它,也没有足够的勇气让自己成为一名狂热者或无神论者。安知道几所更为出名的女了学院　　瓦萨、韦尔斯利、史密斯——那里会有一小部分的女生把学业看得与网球同等重要,但博恩特皇家学院同其他许多中西部宗派学院一样,完美诠释了在时间和空间上美国式的优越性,即同一个人可以同时具备 17 世纪的信仰、18 世纪的婚姻观、19 世纪的金钱观和 20 世纪的才干。

内心的愤愤不平加上对奥斯卡·克莱布斯的回忆,促使安创建了博恩特皇家社会主义俱乐部。这个俱乐部毫不激进,规模也很小,平均出席人数也就六人。她们平时就坐在某个女孩的房间地板上,激动地探讨一些社会问题,比如“当数百万人正忍饥挨饿之时,少数人却坐收渔利”。只要一有时间,她们就会阅读卡尔·马克思的著作。有一次,惯来严肃的苔丝·莫里西提出商讨节育的问题,于是女孩们便换作低沉而紧张的语调小声交换着看法。“没错,妇女应当有权决定自己的命运。”安悄悄说。可当苔丝搬出她最近了解到的生物学知识来形容节育的具体操作流程时,大家则流露出一种不自然的状态,并转而讨论妇女选举权的好处,称其可以终结一切罪恶与腐朽。

俱乐部内没有一个成员觉得安同时在社会主义俱乐部与志愿者协会有任何矛盾之处，这是一个被称为基督教社会主义的魔幻时代，是充满风起云涌的乐观主义与战前理想主义的时代，人们满足于相信各种数据，一面确信资本主义注定长存，一面笃定资本主义在兵不血刃的情况下将迅速被国际乌托邦（而非路易莎·梅·奥尔科特[1]所谓的家庭生活）取代。正是从这个时代开始，到1930年，每个年龄介于三十五岁到五十五岁的人都吸取了各种浮夸的、萧伯纳式的、自由的、略显滑稽的观念；而他们会发现，这些观念在他们的子孙后代眼中同浸信会的伦理以及摩西的宇宙观一样显得过时而久远。

作为班上最有抱负的学生，1910年读大三的安·维克斯在精神上却更接近威廉·华兹华斯和1832年的反传统田园主义者，而非一个摇旗呐喊的热血青年，后者在1929～1932年都带着一颗清醒的头脑，对于过去维多利亚时代的繁重礼节以及三十年代还在朝维多利亚风的尸体挑衅般投掷海螺壳的幽灵战士已经感到厌倦了。除此以外，1919～1929年当从战场回来的烂醉的奥德修斯不断叹道："吃吧！饮吧！沉沦吧！这世界已堕入地狱，我们身后再无芳华、春天与希望啦！"这些人要显得比以往任何沦落年代的人更加不屑和轻蔑。

安，以及所有她同时代的人都没能预见这场战争。1932年，她不过四十一岁，那时的她仿佛生活在美第奇所处的佛罗伦萨，身上的故事已足够谱写一部罗曼史或一本散发霉味的关于信仰和文化的编年册了。在所有我们这些上了年纪的人的记忆里，世界大战就是一种现实。那虚假的日历告诉我们度过了四十年或五十年，可事实上，我们仿佛经历了五个世纪的沧桑变化，与安一样，我们也曾感觉自己和列奥纳多·达·芬奇处于同一时代，同时伴随我们的还有格兰特将军可怕的大胡子、收音机里新出产的庸俗内容以及最近那个二十二岁的物理学家：他开着自己的私人飞机，淡定地给共产主义者投票，还与其女伴同居却未受到任何正式处分或来自老一辈激进者对"性自由"的指指点点，除此以外，他可以操控、旋转、分裂原子，而我们在他这个年纪的时候，这一切都可谓天方夜谭。

在这纯净的社会主义隐居地以外，安了解到的革命并不比一个桥牌手所能了解到的更多。她希望从美好的格伦·哈吉斯博士那里得到一些与之相关的"福音"，而她的愿望的确在他的第一堂课上就实现了。

---

① 路易莎·梅·奥尔科特（Louisa May Alcott，1832～1888），美国女作家，曾投身于妇女选举运动和禁酒运动，其代表作是《小妇人》（*Little Woman*，1868）。

苏珊·布朗奈尔·安东尼大厅的C2教室里布满光亮坚硬、带有扶手的椅子，前方是黑板、一个供教师使用的低矮讲台以及一幅哈丽叶特·比切·斯托阴郁的画像。和所有的教室、结婚登记所、医院、候诊室和南卫理公会教堂一样，这间教室也摆脱不了它那传统、神圣和沉闷的气息。这里如同一个洞窟，设计它的人仿佛执意要让学习变得艰难而高尚。四十个女生就是一个老式花园，而讲台上散发魅力的格伦·哈吉斯，就是一位红发园丁。

他先占用了几分钟时间抱怨学校里的一些琐事，比如座谈、课题和阅读，接着就微笑着看向学生，开始说道：

"女士们，如果我有足够的能力，我希望这门课所能带给你们的不只是知识的增长，而是偏见的减少。当今天被埋没的庞贝城存在过的铁证摆在眼前时，我们依然倾向于相信，那些生活在公元1400年以前，尤其是公元500年前的人类，同我们的区别就跟人与猿猴的区别一样大。可如今学术领域以及我们的想象力所遇到的最艰巨的难题，就是去承认公元79年庞贝城被火山灰掩埋以前，它的臣民同今天的我们一样能够参与选举、拉票、政治宣传、贪污、改革和分肥项目！那时的妇女也会购物，买香肠和葡萄酒，而水管工人也像如今这样傲慢懈怠。"

"针对'罗马为何走向衰落'的问题，社会上存在着众多愚蠢的讨论，其中我们经常会听见一种典型的误解，声称古代历史与如今的社会相隔甚远。神职人员会告诉你，罗马的灭亡是因为他们在安息日那天喝酒、比赛，且不设令禁止与女孩跳舞。"

安点点头，她在沃巴纳基镇时也从唐纳利牧师和其他六位牧师的嘴里听到了这样的解释。

"素食者将证明罗马沦陷是因为堕落的晚期罗马人背离了他们原先以香草、水果为主的饮食，转而大口吃肉；为国捐躯者则认为其原因是罗马在军事训练和军备方面的落后……而在美国早期，当沐浴刚兴起时，又有智者说，罗马的陷落完全是因为那儿的贵公子哥每天都要蒸泡热水澡。"

"可所有这些回顾式先知都未曾意识到，事实上，罗马从来未曾衰落！"

"罗马没有衰落！它只是变了模样！它经历了野蛮人即如今英国人的祖先的入侵，他们在力量与占有欲方面相差无几，与此同时，还饱受瘟疫肆虐。在中世纪，罗马不过是个蕞尔之地，没法与倚靠海港的威尼斯和那不勒斯相提并论，而奥斯蒂亚马尔，罗马的圣佩德罗则常年淤塞。可罗马并未沦陷，一直以来，它凭借多重命运存在着，今天它同纽约、伦敦、柏林、巴黎、维也纳、北京、东京、里约和布宜诺斯艾利斯并肩而立，而其中——让我想想有多少——其中九分之一或十分之一正统领着这个世界，这些人口相当于当时整个的罗马帝国！”

“我希望你们能够寻找到，并且我自己可以保持一种科学的态度，无论在听到一些尤为笃定的言论时，还是在课堂、讲坛或餐馆里，自己试着去寻找这些问题的答案：为什么罗马灭亡了？为什么黑暗时代是黑暗的？人们为什么要忍受封建主义的暴敛？新教改革为何被视为是神圣的？再试着去思考，罗马真的灭亡了吗？黑暗时代果真要比1910年的南芝加哥更黑暗吗？封建农奴一定会比如今灿耀文明年代里有自由身份的匹兹堡旷工更为悲惨吗？以及，一个体面感性的人从吉卜赛某牧师那儿得到的宽慰不可能等同于从大弥撒中所收获的慰藉吗？”

在门肯[①]时代来临以前，哈吉斯博士大肆发表的这场异端言论着实把安吓得喘不过气来，她环顾四周，发现有的女孩也表现出震惊的样子，有的则感觉课堂无聊透顶……大多数人都乖乖地拿着笔在整洁的小本子上记下考试要点，倘若哈吉斯博士这时候说麦秸辫草帽是公元12年塞纳一个名叫奥古斯都·齐萨尔的人的跛足姨妈发明的，她们也会一五一十地记下来。安放下心来，重新看向格伦·哈吉斯，这是自阿道夫·克莱布斯之后她唯一转而面对的男性。

① 门肯(H.L. Mencken，1880～1956)，19世纪20年代美国知识生活的中心人物。

7

她本该提防一些的。

第一堂课结束后，安冲动地走上前去，稳住声音说："噢，哈吉斯先生，从来没有一堂课能令我如此投入，我希望大家不会把你想得过于激进了。"他呵呵笑道："我？激进？怎么会呢，亲爱的，我可是完完全全的保守主义者——一个纯粹的共和党人、圣公会教堂的牧师，而且我十分喜欢米莱斯和莱顿的画作！"

"可是，你不是谈到那些宾夕法尼亚的矿工和奴隶吗？"

"啊，"他轻松地说，"那只是举例子而已！"

困惑的安退到一边，把地方让给其他同学，她们迫不及待地询问哈吉斯博士吉本和布克尔的书该作为必读还是选读。

在回家的路上，安泛起一种母亲般的愤怒，心想："他怎能如此轻浮地对待自己的天赋，真是太可惜了。不过也许他比自己所认为的要更激进一些。看那愚蠢博士挥手作别的样子，想必也是故作姿态，就跟克莱布斯先生看鞋底时的样子似的，自认为这样会显得潇洒而自然。科学的态度，不知我能不能做到呢？会的！我是不是有点多愁善感呢？可他真的很好看，那紧蹙的眉毛，还有手背上浓密的红色汗毛。"

相遇总是经常的，如同互相吸引的两个人总是莫名其妙地遇到一样，有时在课后、在他办公室会议上，或是在基督教女青年会的茶歇间、星期四晚院长所举办的可可与亨帕饼干派对上，或是在辩论会里（哈吉斯担任其中的指导老师）。过去安一直鄙弃这种称作"辩论"的费解而自我的活动，如今却发现辩论是对政治素养的良好锻炼。许多女孩都对哈吉斯博士生出一种情愫，但安可以肯定的是，学院里那群温驯的艾米·琼斯一定对他毫无兴趣，因为相比于加洛林王朝，她们还是对蛋糕面团和家居陈设更有兴趣。同样，米齐·布鲁尔那类女生也不会对他心生爱慕，因为她们那双调情的眼睛根本无法落在一个年轻认真的副教授身上。安为他的盲目感到心疼，看他在一个又一个女孩间穿梭，最后好似停靠在她身边时——哦，你明白这是单纯而友好的——她觉得自己应当表现出一种高傲的姿态，可她没有。

他们算是朋友。

每当两人在女青年会大楼的休息室里长谈时，他会卸下优越的尊荣。在安眼中，这种高傲是出于对那些有所蓄意的学生的自我防备，因为有些学生会假设他通晓一切知识，并等他出错时躲在一旁窃笑。

他们也会一同散步，但只在校园内，而且话题总是严肃的。

皇家学院对此有相关的规定，男性人员，无论是教职工还是来探望学生的外来人员，可以在校园里和女生一同行走而无须理会一旁兴奋的年轻女士们发出的嬉笑声或羡慕的眼神，但他们通常不可以前往其他地方散步或野餐。虽然学院内部也开展过几次大胆而前卫的讨论，虽然这里的学生无论在生理或身体上都与常人无异，且在国王情妇众多和卖淫背后的经济真相面前都展现出一致的冷漠，虽然她们自认为是普通人，并且正如她们最近所说，已经做好了结婚生子的准备或即将踏入与男性相比并不公平的工作行业；可现实是，这些女孩的确身处一种修道院似的环境。而相较之下，其他男女同校的州立大学里的女学生可以惬意自然地同男青年相处，因为她们每天都能够在图书馆或实验室看到男性，所以不会太将他们当回事。可在此处这个修道院禁地内，即使那些从小就跟哥哥弟弟们玩的女孩，习惯了这里淡淡的阴柔气息后，再看到男生也会按捺不住内心的激动，活像一只寄宿学校里聒噪异常的鹦鹉。

她们对男性魂牵梦萦，周围没有男人时，她们装作对其嗤之以鼻，可一旦有男性出现——比如那位拉丁语和希腊语教授亨利·索格斯，低调的文学硕士，这群叽叽喳喳的女生总会在他每堂课结束后围在他四周，怀着崇拜的心情听他讲索福克勒斯比大卫·格拉汉姆·菲利普斯的人品更好、写作水平更高。她们还紧赶着去帮忙找他那双破旧的、布满灰尘的高帮胶鞋，一个酷似从法国复制品里走出来的小女生在桌子下面找到了，气喘吁吁地把鞋捧给他。

然而，真正能让女孩们疯狂起来的则是在她们看到某个帅气的校外青年的时候。随着这个倒霉男孩走在校园大道上，附近建筑的窗户上会探出十几个漂亮的脑袋，而他抓着帽子、别扭地迈入学生宿舍时，就会察觉到楼梯间里藏匿着的各种窸窣声和窥寻的目光,自己如同在穿越一个有着上千只老鼠的巨窝。当他终于能够笨拙地坐在客厅的沙发上,鼓足勇气面对自己当下的心上人时,无数的年轻女性会装作找书的样子一同挤进来;待他走后,她们便聚在一起讨论有关这个浮浪少年的所有细节,比如他那双可疑的黄色鞋子或那精致的高衣领。

这些女孩听闻其他实力更强的女子学院里的女生可以自由地跑去耶鲁或哈佛参加舞会,而她们自己呢,只能放假回家后到乡村俱乐部跳舞,那里集中了许多美国新贵,瞬间将牧牛场变为富饶的竞技场。可一旦回到皇家女子学院,这个纯粹、神圣、娇妩之地又会再次将她们吞噬,使她们眩晕昏沉,如坠云雾,她们会坠入一场盛宴——蕾丝、花带、仿造的法国内衣、连铅笔都削不好的银制小刀、无比易碎的茶杯,还会互相赏鉴香水,赞美其味道之柔和——却不是为了迷醉对方,而是为了诱惑那脑海里的男主人。

每个班级里也会有一些女孩反抗这种追求,她们骄横地显摆自己厚厚的法兰绒,用粗陶杯喝茶。还有些女生则展现出一种张扬、精巧的男子气概,并享受到周围女孩子们怯懦的青睐。

安十分厌恶这种甜腻、如催眠般的扭曲冲动,当她想驱赶这些想法时,会去打篮球,到女青年会诚恳或虚伪地做祷告,或去阅读那枯燥无味的经济学,但它们依旧会以诡诈的甜蜜亲抚着她。并且,今年她忍不住去咒骂(用的是长老会文雅的诅咒语言)自己的室友,那位越来越爱触摸她、冲她低语的尤拉·托尔斯。

第一个月,尤拉把她吓了一跳;第二个月,尤拉使她烦躁不堪;第三个月,尤拉终于把安惹恼了。随着时间的推移,尤拉的存在只是将格伦·哈吉斯的雄性气概衬托得更显可贵。

可安不能完全对尤拉置之不理。这个穿着雪纺衫的美术家尽管总是十分矫揉造作,可她却懂得许多精悍干练的安所不知道的事,她教会安如何欣赏济慈、雪莱、贝多芬和罗丹,虽然安始终无法忍受尤拉的真正偶像——斯文宾、埃德加·萨尔图斯和奥斯卡·王尔德。伴着一声尖锐的笑声,尤拉揶揄安竟然会喜欢阿尔伯特·哈伯德[①],安则坚持称哈伯德先生写过一封“十分出色的信”,直到尤拉追问她那究竟是怎样的一封信才作罢。不过用了一个小时,尤拉又让安

① 阿尔伯特·哈伯德(Elbert Hubbard,1856～1915),美国著名出版家和作家。《菲士利人》《兄弟》杂志的总编辑,罗伊科罗斯特出版社创始人。1899年,创作的《把信送给加西亚》,在全世界引起了轰动。

永远地合上了那本珍爱的小册子。这是本多好的小书啊，安叹道，是当时唐纳利牧师在圣诞节的时候送给她的，里面收录了自亨利·沃德·比彻时期起的美国牧师所做过的一些饱富诗意的布道，书名叫作《亲吻天堂的心》。

"哦，天哪！"尤拉兴奋地喊道，她抓着自己的脚踝，把胳膊拉开，用她那审美生活中罕见的粗俗语调叫道："《亲吻天堂的心》！怎么不叫《扬帆起航的肝》，或者《狐妖脸的英雄》？"

老实说，安从来都不清楚自己那本漂亮的小书有什么毛病，过去她一直很爱这本书，常常计划一定要读到第二十一页，可她还是放弃了，并把这本书藏到了自己的箱子里。某天，安承认自己的确更欣赏尤拉所谓的最爱：

猫头鹰缩在羽毛中，浑体冰凉；
小野兔在僵冷的草地上颤颤发抖，
簇成一团的羊群静默不语。①

可当安想对尤拉表示感谢时，当她准备挣脱自己面对含沙射影的尤拉所竖立起的堡垒时，尤拉又一次飞扑而来，亲她、吻她，其间还夹杂着甜腻的呼吸，愈要挣脱的安泛起一阵恶心。"噢，我亲爱的，看见你的笑容我是多么开心呀！你从前总是一副疏离冷漠的样子，好像有什么心事，我常常想走近你，为你分忧！是的，让我亲吻你的手吧！以示我对你的崇敬！"

"嘿！打住！你难不成想拿锤子把我钉住，然后勒死我吗？你还画什么素描，干脆出去跟人摔跤吧！"安怒吼道，声音连她自己都不认识了——那愤恨的声音并非源自仇恨，而是来自一种虔敬的恐惧。

除此以外，尤拉总想在寒冷的早晨和安一起爬上床，抽着味道刺鼻的烟，喃喃地说："噢，我们今天别去上课了吧！那些课真够恶心的！不如就这么躺着，一起幻想一下当我们走出这座监牢后要做些什么。想想：你我住在卡普里岛上的别墅里，每天坐在赤青的山峰下，望着紫罗兰色的海面发呆。亲爱的，你喝不喝咖啡？别起来，别动！我这就去用酒精炉给你泡上一杯！"

"不用！我八点半还有场考试！"安还是撒谎了，接着便以过去会令父亲皱眉的速度爬起身，套上衣服，夺门而去。

整个女子学院像尤拉这样的女生不过四五个，可在安心目中，她们足以将

① 选自济慈(John Keats，1795～1821)的叙事长诗《圣阿格尼斯节前夜》(*The Eve of St.Agnes*，1819)。

格伦·哈吉斯，以及同他一起在校园蛀虫草地上的漫步，衬托为一场无畏而清和的快乐冒险。

无须刻意安排，他们习惯在散布着橡树的岬角见面，那里有内战时期使用过的大炮和面向赭褐色胡萨托尼克河的伊丽莎白·卡迪·斯坦顿[①]雕像，印第安夏日的阳光使其布满了金色的皱纹，穿过河流是一片高地农场，杨树林中露出座座红色谷仓。他会精神奕奕地聊起德国的大学、柏林菩提树大街和库达姆大街上的咖啡馆，以及某位低调的法学生的真实身份竟是一位伯爵，并且曾经带他到位于图林根州城堡的家里过节，还聊起他在埃及度过的稀奇而振奋的几周（为了省出钱，他连续多月不吃早饭，不买新鞋）——在那里，他看到了挖掘出土的帝王陵墓以及埋葬了四千年的绚丽绘画；在那里，他体会到历史的心跳，从而今后眼前的世界不再坐困于 1910 年或康涅狄格州这个贫瘠的校园；此时此刻，他或是走进公元前 2000 年的底比斯，又或是公元 3000 年亚洲或南美大陆上的新底比斯。"我的生活由此变得不一样了，好比一个天文学家一旦透过望远镜观察过天空，他的世界就会立刻开阔起来，月亮与火星都会投影在他的牧场上！"哈吉斯感叹道，这是他为数不多的能够放肆、单纯而感性的时刻。

她欣赏他的智慧，不，应该是他的学识。安依旧认为他到底是个自负、同老修女一样挑剔的人，可说愚笨却也算不上；作为这修道院里突出的男人，他能在一群女孩中注视到自己，使得安对他的稚态只感到惋惜，甚至不予留意。

可安作为年轻有朝气的学生，在见多识广的教授面前是无法一直保持谦恭尊敬的姿态的，她无法像当初面对善于细察的阿道夫·克莱布斯那样欺骗自己的内心。因为阿道夫与格伦·哈吉斯博士不是一类人，阿道夫会更自私、更傲慢。她"嗯嗯"地淡淡附和着哈吉斯，而非激动地说："噢，真好！"

他很是不满。"你一点都不认真！"他略带哀怨地说道。

"嗯？那你呢？"

"我当然是！好吧，也许我也没有。但是你应该认真一些的，安，虽然我没有要装作高你一等的样子，可我至少比你懂得的事情多一些。"

"所有人都是这样，但我自己也许是个执行派，许多我领导之下的人懂得的知识比我要多。不过，我不认为做个行走的百科全书是种特殊的美德。如果你拥有花 50 美元就买到一件上档次的二手座椅的能力，那岂不是要更厉害！"

---

① 伊丽莎白·卡迪·斯坦顿（Elizabeth Cady Stanton，1815～1902），生于纽约州约翰镇，是美国女权运动的先驱领袖之一。

“我不是一本百科全书！我教课是希望启发我的学生，希望你们懂得如何自主地去思考。”

“好吧，我现在就在思考——关于你，哈吉斯博士，所以你应当高兴。”

“你真是最无礼的女孩！”

“老实说，我不是有意这样的！我想，我不是这个意思，可不知为何，所有男人，包括我的父亲——尤其是他——在我面前总像个孩子。他们总渴望得到关注，‘妈妈，看我！我在扮演士兵！’还有上个星期日教堂里的波士顿牧师：‘女士们，看我！我是如此的高贵，你们都是可怜的小绵羊，等着我来带领。’不知他有没有听到教堂后面传来的阵阵笑声！”

“那么，”哈吉斯烦躁地说，“我猜上课的时候，你们这些迷人的姑娘们也在背后如此笑我吧。”

“不，我们并没有，大家都在全神贯注，因为你口中描述的狮心王理查就如塔夫脱总统一样真实动人。”

“嗯，这是肯定的，他其实还要更真实。你知道吗？理查还是一位出色的诗人以及一流的文学评论家，他曾说……”

哈吉斯博士像过去一样，进入了一种忘我的享受状态，安同样忘我地听着，已经不再将他看作一个男人，而是一本正在倾授真言的宝书。

显然，哈吉斯博士没法通过暴力或扮演孤独忧郁的男孩来打动这个年轻有抱负的女生，他采取了一种让安也无能为力的策略，那就是打趣她，打趣她身上所具备的天真——这是她一直都有的。而安虽然在完成工作任务时思维敏捷，可在守卫自己那些幻想时却显得无比迟钝与困惑。

他打趣她会为尤拉那种明显软弱的人所困扰，会担心目前篮球队里的情况，会关心新上任的秘书米齐·布鲁尔（她亲自推出来的恶魔）是否篡改了记录，会为自己在无聊的数学方面得了高分而得意忘形，还打趣她真切地相信女性能够拥有投票权，并带着沃巴纳基镇的笃定，坚持认为一杯威士忌相当于一张开往地狱的直通票。

后来，他开始试图触及她的宗教信仰，而安面对他的强势的确畏缩了，她痛苦地背叛了自己。

最初这不过是一场才智的交锋，可最终她却鄙劣地做出了此生最富戏剧性的决定——为那可疑的诚恳撕心裂肺，她以为那就是爱。

他们在斯坦顿岬角的大炮附近散步，在十一月无色的空气里，用冰冷的手指不断拍打着双腿，如梦似醉的交谈总会驱散所有的寒意。

“我们昨晚的女青年会开了有史以来最成功的一次会议，秋收感恩节让这场会变得与众不同……每个人看起来都挺高兴。”安说道。

“噢，安，那我们在这高兴的节日里都做了哪些事情呢？”

“哦，你别嘲笑！那天真的很好，我们一起唱歌，当然，还有做祷告——是真诚的祷告，不是装模作样的。每个人都很兴奋，都愿意加入进来。你知道吗，就连米齐·布鲁尔也在场，当带头人叫她的时候——”

“我猜带头人就是你吧？”

“没错，是我，如果你要知道的话，正是在下！然后当我叫她的时候，她竟真的站起来，而后完成了最完美的一次祷告。”

“那么，我们风情的朋友米齐小姐向神圣的宝座奉献了什么呢？”

“哦，你知道的，就是祷告，诉说了她应该做却没有做的事，不过她希望自己得到指引。”

“嗯，我们的米齐最近一定在搞什么名堂，我好像听说了她和一个长相不错的修车工之间堕落的种种。很好，所以你过了一个地道的秋收感恩节，也许还唱起了《收禾捆回家?》，太棒了！当然，基督教与现代精神使你不会做一些古罗马人所做的原始而无知的事情。你还记得《享乐主义者马利乌斯》中说起的六月节吗？里面提到白衣男孩抬起克瑞斯的圣棺、祭坛上等待圣火焚烧的羊绒花冠与花束、豆田飘来的味道和穿着古旧硬袍的祭司。马吕斯负责把蜂窝和紫罗兰摆在他父亲的骨灰瓮上。蜂窝和紫罗兰！大哪，这些山里的异教徒太不新潮了！他们没有听过米齐为情爱而做的祷告，也未曾默念‘赶紧工作，夜快临，那时人安息’这样的句子，这也是我所认为的文学中最无厘头的话。”

“哦，也许罗马人唱的东西一样糟糕！我不觉得帕特先生会理解他们唱过的所有内容！不管怎样，我们都很开心，我们感受到那里存在着一种真正的——噢，静谧如暮色般的幸福——真正的信仰。”

“可爱的孩子，你对于宗教的态度简直幼稚得感人！你竟全然相信那些奇迹会发生，相信拿饼和鱼分给众人的故事[①]是史实，而非编纂而成的诱人神话。你果真将《圣经》看作史书，而非诗歌。”

“可是，天哪，难道你不是如此吗？怎么，你可是教堂法衣室里的一员啊！”

“我当然也如此，这是传统。我也刮胡子，但我不认为这种行为是神圣的，

① 所谓“饼和鱼”的故事，是指少量的食物经由耶稣的祝福，分发给成百上千的人吃饱后还有剩余。

倘若亲切的年轻教授蓄起胡子能够成为一种时尚的话，就和不久前的那个年代一样，那我也是会留起来的。哦，没错，我确实是法衣室的一员，但你会注意到我并不常常出席那里的活动。别说我是什么伪君子，我清楚地知道自己在做什么，在想什么。然而你是不敢的，你会把现实的量度应用到中世纪的历史记载上，却未曾将其应用在这些你称之为“信仰”的模糊情感上。毕竟，安，你是女人中的一个典型，你对那些不会触发情感的事情保持着理性，你掂量着黄油，数着零钱，所以可怜的女佣没法骗到你一文钱。但是你拒绝质问自己真正相信什么，你的信仰是否来自真诚的思考还是仅仅遗传自你的家族？总有一天你会对你的丈夫和儿子抱有同样的信念——也许这是值得的，但绝非出于理性！你会是个平凡的女人，终归如此，我亲爱的学者女士！”

“你太过分了！”

“我知道！我一刻也不想剥夺你迷信的慰藉，但我希望你认识自己——这是读大学的主要目的，不是吗？但凡你能做个甜美、娴静、健全的家庭主妇，就别去试图成为一个锋芒毕露的知识分子！”

“别用健全形容我！我不允许你——你简直——你——”

“‘可恶’这个词？”

“没错，你确实如此！”

她一路怨气重重地回到宿舍，而他轻轻地走着。这位学校老师的脸上挂着满意的微笑，因为他镇压住了她，并满怀深情、快乐地道了晚安。

再次交谈前的一周里，安变得十分不友善，她始终开心不起来。

最糟糕的是，她气不过自己确实从未审度过自己的信条。她把其中的一些细节都剔除掉了，大学一年级的时候，她经历了一番挣扎后决定不再相信“童女生子”或“永恒的诅咒”，但她没有忖度过或肯定过“来生是否存在”“真实而全能的上帝是否存在”，或者“神圣的基督是否存在”这类问题。

现在的她确确实实是在面对自己了，可也满心愁闷。在客西马尼园[①]里痛苦度过的一周内，尤拉曾提议她们举办一次开放的诗歌朗诵会，结果安以“别烦我——去死吧！”将其震退而返。

安翻出《圣经》举在脸上，带着难以平抚的恼怒与陌生的心绪再去读这本册子，结果发现里面所发生的种种奇迹似乎真的难以置信：耶稣释放了被群鬼附

---

① 客西马尼园，在耶路撒冷东、汲沦溪旁，靠近橄榄山，据传耶稣在这里被捕，代表使人受折磨的地方。

身之人，又将群鬼附至两千只正在吃草的猪群里，以使其发疯，冲入海中淹死？这是什么呀？安觉得不太可能。对于这群无辜的猪和它们损失惨重的主人来说，这种方式未免太奇怪了！

而以新的眼光重读《路加福音》第四章：魔鬼引耶稣上了高山，霎时间把天下的万国都指给他看，并称如果耶稣在其面前下拜，这些都会归他。

安闷声说："怎么可能呢！这是个象征，很明显！这是个富有戏剧性的寓言，也仅仅是寓言！"

她惊讶地发现自己竟然一直以来都把这本书当作真实的编年史，沃巴纳基镇的主日学校也把它当作史实来传授。安像初识自己一般客观地审视自己的内心，发现自己从来没有认真地思考过《圣经》以及童年所知的那些教会信条，而是未经消化就把它们吞了下去，还有老奥斯卡·克莱布斯嘴中模糊的不可知论，虽然那都是些只言片语，可她不经理解就全盘接收了。

"所有的奇迹——都是如此——美丽的神话——就像为圣诞节着迷的四岁孩子眼里的圣诞老人一样真实！"她愕然道。

安觉得自己像个被丈夫欺骗多年的妻子，而明智的旁观者们则望着她哧哧地笑，她需要再读一读《诗篇》中的第十九篇，尝试恢复过去那自洽的信仰：

> 诸天述说神的荣耀，穹苍传扬他的手段。这日到那日发出言语，这夜到那夜传出知识。无言无语，也无声音可听。他的量带通遍天下，他的言语传到地极。神在其间为太阳安设帐幕。太阳如同新郎出洞房，又如勇士欢然奔路。
>
> 耶和华的律法全备，能唤醒人心；耶和华的法度确定，能使愚人有智慧；耶和华的训词正直，能快活人的心；耶和华的命令清洁，能明亮人的眼目……都比金子可羡慕，且比极多的精金可羡慕；比蜜甘甜，且比蜂房下滴的蜜甘甜。

她第一次觉得这其实是一首妙诗，她浮夸地将其铺展开，庆幸尤拉不在这里嘲笑她。可这也是她第一次觉得这些文字对生活毫无用处，这些内容虽然可爱，但更像是一本《忽必烈汗》。她仿佛又听见格伦·哈吉斯响亮的嘲笑："你竟全然相信那些皆为史实，而非编纂而成的诱人神话。"

她气势汹汹地前往斯坦顿岬角去找哈吉斯博士。

他们一同走在悬崖边，看着满是霜草的灰色山谷，他笑道："你有没有再去想想那有意思的中世纪信仰?”

“我想过了!”

“那么你有没有想清楚七饼二鱼的问题呢?这可是解决经济问题的绝妙方法——”

“哦,别说了!我已经决定了,明晚——再过几个月我可能会被选为基督教女青年会的主席——但明晚开会时我打算辞职,原因我也会说明的,我不再相信它了,也无法再相信,我不能说谎。”

“你的意思是,你要在一群无比虔诚的人面前宣布自己不相信基督教,就跟自己不信佛教一样?”

“当然!”

“但是,呃——这与他们有什么关系呢?这是你的私人问题,也不涉及是否说谎的问题,并没有法律强迫你一定要说出自己的想法。”

“也许是这样,但我主持过会议,做过祷告,承认过我的信仰——这一切都建立在了错误的土壤上。哦,我并不打算扭转他们的信仰,不会的!如果他们喜欢,让他们保持着,可我有义务将自己的立场交代清楚。”

“但你想想看,安!”哈吉斯博士收起以往戏谑的态度,以及在年轻女子面前表现出的得意的优越感,他的眼神里透出无助和稚气,他用单薄而锐利的声音说道:“我不知道我是否非要卷入这件事,是否要把我的私人观点拖出来亮给一群叽叽喳喳的乡下人,虽然我没什么好担心,你是知道的!可是倘若大家都知晓了这件事,尤其是传到校长耳朵,让他得知是我影响了你,那我教授历史的慧业使命一定会受到影响!”

“噢,你不用怕,我不会暴露你!”

“别犯傻了!我会怕这些乡巴佬?胡说!我只是不想让他们钻到空子来干涉我的隐私。”

“我说了,我不会暴露你的,再会啊!”她跑走了,像一只狂奔的母狮。

第二天晚上,安在基督教女青年会的会议上发表了讲话,严肃而简短地陈述了这件事,她没有紧张地摇动身体,也没有自我陶醉式的英雄主义,只是说明自己无法继续信仰《圣经》或任何基督教信条,她只能将这一切当作一个勇敢而美好的寓言,就像亚瑟王的轮回故事一样。她宣布辞去副会长职位——面对在座情愿支持的政客,突然间,她真的希望艾米·琼斯能够当选继而接替她的位子!

安的确没有提及哈吉斯博士,无论当时还是以后。她的房间里,除了尤拉,所有的朋友都在哀号:“你是怎么了? 一定疯了! 如果当真那么认为,何必要让其他人知道呢?”(尤拉趁此抹起泪来,让她可爱的、心爱的、亲爱的安相信无论她想要什么,自己都会跟随安穿越地狱之火,甚至甘愿一同去释经解文)

博恩特皇家女子学院这一整个月的沉闷都被这场轰动引燃。这里的校长虽然是某位著名圣公会主教的妹妹,但也是个虔诚的信徒,她召来安,并与她争论,为她读纽曼[①]的文章,当然这些文章都是他早期受骗以前所写的。在女青年会的一场董事会特别会议上,一位名叫莎拉的慌张而贫弱的女生大声为安做起了祷告,这让安深为恼火。事情虽很奇怪,可一周过去后,安觉得这一切挣扎仿佛早已结束,也已被遗忘多年了。

她只能同哈吉斯博士讨论这些问题,当然,对尤拉是要保密的,以免再去招惹那双缠绕湿绵的细胳膊。

虽然她有些看不惯哈吉斯最初显露的惊慌,可毕竟他们也一同承担着被放逐的风险。况且——噢,他是位男性,她需要安全感,而她听说只有男性才能带给弱女子这样的感觉。

---

① 约翰·亨利·纽曼(John Henry Newman,1801～1890),英国基督教圣公会内部牛津运动领袖,后改奉天主教。

8

现在是十二月，天气十分寒冷，他们已经无法继续相约去岬角的大炮旁散步了。安和哈吉斯都不愿在基督教女青年会上看那群杰出女士们略带责备的脸色。青年会拥有学校里唯一一个宽敞舒适的休息厅——与交谊厅不同，里面并没有莫里斯椅[①]、学生上课时的照片（照片里的学生大都戴着眼镜，神情忧郁），或者摆满传教杂志的桌子，而是设有一个自助食堂。每天下午，在那些华而不实的锡制桌椅旁，都能看到这样的殷勤画面：某地质学女教授给第一普救教堂的牧师端去茶和肉桂面包，而体育部的负责人，一位健壮的年轻女教师，则正同一位学院城来的轻浮商人在角落里咯咯地调笑着，喝着可口可乐，吃着纳贝斯克威化饼，据说有人曾看到她在纽约的穆坎餐厅里抽烟。

安和哈吉斯原本打算去相对干净一些的咖啡馆，但他们受不了里面嘈杂的人声，于是彼此缠绵的两个人就改约在安宿舍楼内的等候室里。那是一间位于底层的贮藏室，里面有一个生锈的大暖气片和八把坚硬的扶手椅。

“我受不了这里了，”哈吉斯不满地说，“星期六下午我们偷偷去乡下吧！”

“可这是违规的，格伦。”因为安已不在乎他的懦弱，而两人又互为知己，所以她也无须再自欺欺人了，她直呼其名，不再对他使用敬称。

“噢，规矩！”他失望地说。

“当然，我不想被开除，不想惹麻烦。”

“不会的，准确地说，我们都不会。听着，宝贝，上个星期六我去爬阿博拉山时，发现了一个樵夫的旧屋——一个没有门的小木屋，那可是个好地方，可以生

---

① 莫里斯椅，一种靠椅。

火，可以野餐，可以俯瞰山谷美景，里面还有张木桌。我会把午餐需要的东西都带过去，如果你拿的话，女孩们难免会四处打探，问东问西。来吧！让我们摆脱这个讨厌的学校，好好做个自由人吧！该死！我觉得我应该从事广告业，当个默默无闻的小老师实在憋屈，畅所欲言都成了奢侈。我有一个朋友，也是我的同班同学，他是芝加哥响当当的广告人之一，还真提出过让我跟着他干！噢，我们跑出去吧，你在外面也用不着怕我，安妮。”

“我才不怕呢！阿博拉山？”

“对，沿着莱提斯维尔路走，下星期六中午十二点在旧砖砌的教堂等我。你觉得呢？可以吗？”

小木屋、露天篝火、从山顶俯瞰山谷、从善于细察的女孩们的眼皮底下溜走，这太刺激了，她仅犹豫了几秒就答应了：“好，十二点见，晚安。”

怕他！怎么会呢！这个爱打趣人的潇洒公子，真的有双铄亮的眼睛和温厚的手掌。

哈吉斯穿了一件草绿色的英式粗花呢，她之前从未见他穿过，另配了一条灯笼裤。无论如何，这些都是地道的英国品牌，是从芝加哥的马歇尔菲尔德百货公司买的，他搭了一条皱巴巴的橙色生丝领带，俗中带雅。哈吉斯激动地告诉安，他的背包是货真价实的德国帆布包（上面绘着一道遥远的地平线），说起他去过施瓦茨瓦尔德①。

他轻轻地提着它，在粗花呢褶皱的映衬下，他显得比以往都要健壮，走起路来步履轻盈，嘴里还哼着歌。尽管哈吉斯光彩夺目又充满着欧洲主义气息，但他并没有在他们一起走路时高谈阔论，而是亲密地和安一起八卦各种丑闻，如女校长喜欢穿男士连衫裤，那厚棉袜下的块状疙瘩出卖了她；受人尊敬的索格斯教授有一位卧床不起的娇弱病妻，可他却对健壮的体育老师心怀不轨；还有传言，贾斯威奇教授（教授法语和西班牙语）的所有报告和论文都是由他的妻子撰写、修改的……俩人似乎情投意合。

“她是个非常聪明的女人，但大家说她爱喝鸡尾酒！”安说。话一出口，她就感到了一丝羞愧，她喜欢听这种流言蜚语——当然，人的天性使然。

“鸡尾酒？我勇敢的小安，鸡尾酒怎么了？我倒想在咱们吃午餐的时候也来点儿。”

---

① 施瓦茨瓦尔德，位于德国。

“怎么了——怎么了——它可是会损伤脑组织的！这是有科学依据的！所有生理学方面的书都能证明这一点！”

“我很高兴你读过所有生理学方面的书，俄语和西班牙语的呢？”

“噢！请别曲解我的意思。”

“当然了！但你怎么认为呢？实际上，鸡尾酒可能是有些好处的，它可能会激发你对无足轻重之事的一点热情，会使你更接近人的本真，使你快乐！难道你不愿为爱或斗争，痛活一次吗？嗯？”

他的固执像一根手指刺入她的肋骨，使她感到难受。

但无论如何，哈吉斯并不是一个执而不化的人。

这个地方像某部西部电影或小说里的场景，故事也许讲的是某个粗鲁又残暴的乡巴佬绑架了柔弱的城市女佣，最后却让她爱上了那里。房子是由粗糙的原木做的，上有泥缝，是个真真正正的小木屋。里面有一块木地板、一张空荡荡的双层床和一个生锈的炉子，中间还有个未刨平的桌子。坐在桌上，你的视线便可穿过门口，越过一片乱石林立的草地与绵延的积雪，进而俯瞰整个山谷与幽暗处密密麻麻的云杉。她的思绪仿佛飘到了一百年前的博恩特皇家女子学院，好似自己来自某个遥远的地域、一个空气寒冷却清新的地方。

哈吉斯可谓兼具浪漫先锋和文雅旅客的双重魅力。

“来！”他盛气凌人地说，“这里有一堆树枝和木头，是那天我来的时候堆的。不得不说，我承认自己当时产生了这样的想法，希望某天你和我共享这一切！来吧，快点！我去拿包里的东西，你来生火，火柴在这。”

他的背包，连同三明治、煮好的鸡蛋、咖啡壶和棕色的细颈酒瓶，暴露着他文雅的一面。

“天哪，是葡萄酒！”她吃惊地说。

“当然啦！纯正的吕德斯海姆酒①！”

“我好像——我记得以前从没见过葡萄酒，只在电影里看到过。”

“你是说你从没喝过葡萄酒？”

“是的，从来没有。我在家聚餐的时候喝过几杯啤酒，但不怎么喜欢。不过，葡萄酒的话——”

“它会打破你那清规戒律吗？”

---

① 吕德斯海姆酒，德国吕德斯海姆地区产的一种白葡萄酒。

“不会，我想尝尝。当然，这是违规的，但——”她高兴地说，“和你来这儿也是违规的，格伦。”

“没错，亲爱的！”

安很诚实，她从未喝过葡萄酒。除了啤酒，她每年仅喝一茶匙热威士忌，那都是为了驱寒。在1910年，许多女大学生都是如此，甚至包括一些冷漠离群的男学生。时间的钟摆随美国人的狂热而左右晃动——实际上，对于美国人来说，钟摆的每一次活动都像机械化时代下正猛力冲刺的活塞。1915年，加利福尼亚的优质葡萄酒享誉全球，各地的美国人开始端起酒杯；1920年，女孩们再次像安一样对葡萄酒一无所知，却对杜松子酒和用焦糖着色的生酒，即威士忌，近乎了如指掌；直到1930年，禁酒令[①]的功效使美国女人同欧洲女人一样，学会了与自己的男人共享葡萄酒，同样再度爱上葡萄酒的还有没放下杜松子酒杯的女学生、富贵太太、暴躁的大学女教授及虔诚的精神追求者，比如狱警安·维克斯博士。

捧着精心包装的葡萄酒——哈吉斯女人似的朝她喊道：“噢，悠着点！”他带了两个高脚杯。

吃过三明治后，安尝了一口葡萄酒，觉得酒的味道有点淡，有股淡醋味。她有些失望，难道这就是诱使年轻女性陷入奢靡罪恶的琼浆玉液、液态珍宝？相比之下，她还是更想来一杯草莓麦芽牛奶。

“再来一杯吧，安妮？”

“不了，谢谢。我想你一定习惯这味道了，才品味得了它。”

“噢，得了吧！难不成带它走个路就习惯了它的味？你肯定能喝惯的，算啦，没关系，给我再来点儿！”

安很感激哈吉斯没有坚持让她喝下去，现在，冰凉的葡萄酒已经在她的胃里发热了。她又给自己倒了半杯，而哈吉斯聪明地什么也没说，这真出人意料。一种温暖又幸福的感觉涌上心头，苍茫的山谷在一片寂静之中越发令人陶醉，一旁的哈吉斯轻言细语地谈论着莱茵河畔那些长满藤蔓的小货摊。

安和哈吉斯面朝门口，坐在桌旁的长凳上。吃完午饭，他什么也没说就递给她一支烟。也许这是安第十二次尝试抽烟，但没有一次能让她上瘾，不过在

① 1920年，美国禁酒法案正式生效。它规定，自己在家里喝酒不算违法，但与朋友共饮或举行酒宴则属违法。

此时抽上一支或许会十分应景：名贵的葡萄酒，遥远的山丘，神秘的木屋，阳光下的莱茵河葡萄园，摆脱校园里叽叽喳喳的女生后，同一个男人共处的宁静时光。

当哈吉斯把安搂过来时，她的脸颊顺势贴在他的肩膀上，安很高兴，丝毫不觉得惊讶。她依偎着他，粗花呢的质地很温暖，但当哈吉斯扬起她的脸颊亲吻她、触摸到她的胸时，安瞬间被刺激到了。

她虽然没什么生活经验，但起码对跳舞、滑雪都颇有了解，算不上懵懂无知的少女。“天哪，难道所有的男人都擅长这种故意为之又装作无意的把戏吗？我竟满心期待，等待着被他征服？这就好比所有的猫都用相同的伎俩逮住老鼠，却自以为与众不同！现在这个白痴大概就要把他的胳膊和手贴上我的大腿了！”

没错。

安一下坐起身，怒不可遏：哈吉斯背叛了自己，把自己当作批量生产线上的任意一台T型车；他也背叛了她，粗暴地视她为机械，认为她像化油器一样可操控，像汽油一样可兜售！哈吉斯用手摩挲安的大腿时，她甩掉了他的胳膊，“停下来！”

“为什么，安！你怎么了？你想毁掉这一切——从离开学校到现在，难道我们不是一直都很开心吗？而现在你想用你那肮脏的想法毁掉这一切——”

“肮脏！”她更加愤怒了，“我不介意你想勾引我（只是你不能！），但你已经过了故作委屈的年纪了！”

“我没想勾引你。”

“没有吗？”

“天哪，真是够了！你，还有你的那帮‘修女’、你看的书、建立的委员会以及那些愚蠢幼稚的小调子，都让人难以忍受！你的心理年龄怕是只有十岁吧！不可理喻！告诉你，原本将来的你可能生活在繁华热闹的世界各地——神圣的希腊、辉煌的意大利，还有多雾的英国——但当你选择放弃自我、嫁给一个卖保险的，还住在前门有平板玻璃的土房里时，你就彻底摆脱不了这种平庸的生活了！”

“我不明白勾引女性和去神圣的希腊、多雾的英国有什么关系，怎么支付观光旅行的费用才是我要考虑的！”

“一切，一切都和它有关！无所畏惧的女人、情感体验丰富又刺激的女人，是不会甘于生活在荒郊的！她们了解世界，不，不仅像一个游客那样流于风景，而是能够认清这个世界的真相，住在想住的地方，成为自己命运的主人！当我试图让你领会欧洲的文明与优雅时，当然，还有欧洲人所匮乏、美国人所具备的忠诚、踏实与善良时，你却对此冷嘲热讽，简直像个白痴！”

令她大吃一惊的是，他突然抓住她，狠狠地吻着，夺走了她的呼吸。安不再鄙视他，也不再坚持自己的理智和高傲，她的嘴唇似乎也柔软了起来。“拜托！”她请求道。

“难道你不想成为一个真正的女人，而不仅仅是当一个受过教育的木偶吗？难道你不想去认识、去燃烧自我，去享受荣耀，而甘于做一个套着围裙的胆小鬼吗？”

“我想，但——我还没有准备好——”

“你懦弱得就像个主日学校里的小孩！”

“我一点儿也不懦弱！天哪，这是现代社会了！不是1890年！我可学过生物学！然而单凭我自己去应付这些并不容易，未来我会拥有一个特别的爱人，如果我需要的话。”

“不会的！你太懦弱了！”他又吻了安，粗鲁又热烈。她一时迷失了，内心难以平复，仿佛自己成为一个贫瘠的河口，返回的潮水流经此地，霎时涌出。哈吉斯做得太过了，她感到一阵凉意，觉得空荡荡的，他的过于现实让他显得如此遥远。

“我说，停下来！”安要求道。哈吉斯松开了她，仍充满渴望地盯着她，就像个迫不及待要去看马戏的小男孩，他用激将法说道：“你真是少有激情！”

“不是的！既然我们都不喜欢拐弯抹角，那我就直说吧，最初我的确会有那种兴奋的感觉，可你突然就变得粗鲁又野蛮，哈吉斯博士！”

“没有激情，冷血动物！你和这里所有的女孩都够怪的，自以为优越，没有能配得上你的好男人！奇怪，这就是所谓有教养的美国女人！一点儿阳光、美好的热情都没有！”

“或许你觉得，我对某些男人充满热情，对你却没有？也许你应该怀疑一下自己，究竟你是不是自己所认为的那种英勇且魅力十足的男人。曾经我差点爱上了一个鞋匠的儿子，他在杂货店工作，那才是个真男人，而你——用手指勾引别人，是惯用的伎俩吧！我倒宁愿勾引我的是安东尼大厅的门卫！”

哈吉斯把咖啡壶扔进背包，猛地把包甩在肩上，然后头也不回地沿着林道走了。

安想叫他回来，虽然自己不想被他戏耍——起码现在不想——但哈吉斯曾是她最真挚的朋友——他在最讨人厌的时候也比其他女孩温暖可靠——

她大声喊了句“格伦!”但为时已晚,他早没了踪影。

这个年轻人触动了她,他连看到自己的午餐、欧洲背包、铜制咖啡壶还有昂贵的葡萄酒时都流露出一种骄傲。

“也许他是对的,也许我只是在强迫自己去坚守道德。”这个单纯而又正义的女孩暗自说道。

当她脚下的山谷变得灰暗、阴冷又荒凉时,一切试图看穿她真实内心的努力都荒废在了这片深沉的孤寂之中。

9

安对自己的身体一直都不是很了解，它就像一个经常遇到的熟人，却称不上是密友。她知道，每当自己打完篮球或长途步行后，它会变得疲惫不堪；她也知道，在冬夜盖着棉被睡觉时，它会感到舒服惬意；它会因吃热气腾腾的玉米面包、喝冰凉的牛奶而欣喜，也会因生病而昏沉。它的存在主要是为了服务她，其余别无所求。而现在，不可避免地，这一切都变了。

哈吉斯的抚摸使安的身体意识到了自己的权利，也寻找到了能勾起其兴味的事情。安难以入睡——比尤拉亲她的当晚更甚，捆绑着她的那种焦躁感像蜂蜜般黏稠、如润肤膏般腻滑——腰际的疼痛蔓延至胸口，她沮丧地发现格伦·哈吉斯挑逗的画面像滚滚车流般穿梭于她的大脑：那嘲讽她缺乏激情的灰蒙蒙的眼睛、厚实但指关节突出的双手，还有他强壮的胸膛，结实得像一个橡木桶，而他的皮肤，不似滑石粉那般光洁，甚至有些粗糙，更像山毛榉的树皮。安躺在铁床上，将胳膊伸过头顶，放在枕头底下，她呆呆地盯着一处，盼望着哈吉斯来找自己。

安默默对自己重复着这样一个童话：尤拉不知何故神奇般地消失了，她一觉醒来，正看到哈吉斯大步走上前，没有遮遮掩掩，没有道歉，也没有虚伪地坦承自己其实就是一个专横的野蛮人。他会来到她身前，坐在床边，喃喃地说："我们都是孤独的人，却对生活怀有热望。无论如何，我们都需要彼此。"

在阿博拉山野餐后的当月，聪明的哈吉斯博士本可以随时掳获她的芳心，可他对此却无动于衷。

安现在不再去他的办公室了，课后不再同他讲话，也不和他一起散步。课堂上，哈吉斯带着令人难以置信的孩子般的愤恨挑她的毛病，引得周围人议论纷纷。他讽刺安回答问题时的急不可耐："年轻姑娘们，请注意了！维克斯小姐要和大家分享她的澎湃激情了。虽然鄙人认为灵机一动所产生的想法并非创造史实的最好办法，但谁又知道呢？"他批评她在作文里使用分离不定式，可只要安能够断定他挑不出其他毛病后，就会继续堂而皇之地沿用这种语法，对众人的厌烦不予理会。

等她激情殆尽，重新像只小猫一样睡得香甜时，安才相信他的所作所为只是报复别人的小气举动。这世上比难以认清自己更加令人费解的是：有些人总是可以找准自身的定位，从而规避掉普通人常犯的错误。她原以为哈吉斯是个软弱却不古板的人，后来才发现，他执意刁难别人时，就绝不会做一时的献殷勤者，全然成为一个顽固不化的可怕怨妇。

有一次，安当众朝哈吉斯发了火。此前他一直指责如今的"自由"工人并不如中世纪的农奴过得好，现在她明白了（不同于第一堂课的时候），他并不是真为工人危迫且不幸的处境愤愤不平，他只是蔑视他们，视他们为天生的愚人，只配做臣服的奴隶。

"哈吉斯博士，"她抗议道，此时，全班都对这对公认的恋人间的争吵饶有兴趣，"你的意思是，我们在正确的道路上一无所成？工人和解放者所进行的斗争只是一场闹剧？那沃尔夫·托恩①、克伦威尔、华盛顿、德布斯②、马克思这些人呢，他们算什么？"

"至于这样吗，我亲爱的维克斯小姐？如果你认为塔夫脱总统③要比伊丽莎白女王更有所作为，霍华德·钱德勒·克里斯蒂④比莱昂纳多·达·芬奇更卓异不凡，威廉·詹宁斯·布赖恩⑤是比马基亚维利⑥更擅长思辨的哲学家，那么在时间的滚轮上我们绝对是绩满功成！可惜在下难以苟同，各有所见罢了，不过何必同你争论呢，我才疏学浅，你是知道的！"

过去的大学教授常常这么说话，嘴里动不动就是"各有所见"的小帮派口号，令人生厌，保不定其中某人的基因就被继承到了现在。

临近春天，除了上课时间，安已记不起他了，为此她略感欣慰。到了大学四

---

① 沃尔夫·托恩（Wolfe Tone，1763～1798），爱尔兰人联合会领导人，后领导爱尔兰的反英起义。

② 尤金·V.德布斯（Eugene V.Debs，1855～1926），美国劳工组织者。

③ 威廉·霍华德·塔夫脱（William Howard Taft，1857～1930），美国第二十七任总统。

④ 霍华德·钱德勒·克里斯蒂（Howard Chandler Chrisey，1873～1952），美国艺术家。

⑤ 威廉·詹宁斯·布赖恩（William Jennings Bryan，1860～1925），美国政治家、演说家。

⑥ 马基亚维利（Machiavelli，1469～1527），意大利政治家。

年级，安不再有哈吉斯的课了，除了在教师茶会上，她再也没有见过他。安将她的热情转而投向带有某些社会性质的忙碌活动中去了。

自从安脱离了宗教旋涡——基督教女青年会、学生志愿者协会、班级祷告会及装饰教堂活动等，她那活泼外向的灵魂、那酷似西奥多·罗斯福的气魄，就渴求着投身于其他正义活动。她带着过去参加宗教活动时的种种痴想、对牧师的崇敬、对传统仪式的惜爱以及对拯救并改变世界的信念，热爱着眼前这全新的一切。

安疯狂地宣传社会主义俱乐部，积极游说人们加入，使得俱乐部的规模迅速翻倍。他们沾沾自喜地向学校图书馆捐赠了一幅尤金·维克托·德布斯的画像。校长是一位处事狡诈又愤世嫉俗的老女人，她授意图书馆接受该画像，并安排将其挂在图书馆后廊，那里是个无人涉足之地。这狠狠地打压了他们的气焰（安毕业后，那幅画像又换成了在美国印第安部族传教的玛丽·威尔克比牧师）。

安还加入了辩论协会，并在大四选修了公共演讲课。

她的叛教行为及和哈吉斯博士间流传的绯闻，使她与除了社会主义俱乐部成员外的其他所有高洁的年轻女孩都格格不入。事实上，在最后也最感伤的几个月里，安是班里最有望成为班长的人选，但她甚至都没进入候选名单，她在辩论协会也不太受欢迎。她感到了一丝惊慌，曾在班上叱咤风云的安，如今好像变回了多年前那个在米尔德里德·埃文斯的生日聚会上被满街的日本灯笼震在原地的小女孩。

但在一场辩论队的选拔赛上，正值大四的安表现得出类拔萃。她一贯认真地对待演讲这件事，深信自己所言意义重大，与此同时也会尽情地享受台下的掌声与喝彩。几次公开演讲课帮助她纠正了站姿，也加剧了她与生俱来的紧迫感，不过教会了她一种专业技巧，那就是各种愚笨的手势。这些手势像有妙不可言的魔法，指挥着人群发出苏打水般的嘶嘶声。这种新技能，再加上她的真知灼见，促使她成为一名活跃的辩手，进而当选为辩论队队长。安带着这支辩论队一路北上，与大名鼎鼎的不败之队——新罕布什尔州南部的基督教女子学院进行较量，辩题是“教会的重要性大于学校”。安并不认同这一说法，却只能持正方。这简直是一场强盗之辩！她是和另外两个优秀的女孩一起去的，无人陪送，临行前来了十二个人欢呼着为她们送行，塞给她们鲜花、一盒两磅重的帕蒂糖，还有一本《生活》杂志！火车上的陌生男人好奇地打量着她们，直到后来大家都腼腆地笑了起来。三个女孩愉快又认真地制订着各自的辩论策略。全新的城市、寒冷的山地气候以及陌生的环境使她们激动不已，更甚的是，竟有十六个来自基督教女子学院的漂亮女孩前来迎接她们！三人被安排住进了女生宿舍楼内的两个豪华房间，里面还设有一个私人浴室。辩论会的观众多达两百位，看上去都很慷慨友好。

各个辩手都精彩地陈述了自己的观点，大概前来参赛的都是演讲课上的优秀学生。（“我亲爱的朋友们，威尔伍德郡或河谷郡的棕色小教堂虽然对于我们来说意义非凡，可当我们走在‘世界通往何处’之路上，转而瞥见一旁小红屋学舍里鞠躬尽瘁的女教师时，你依然会认为那些教堂要比她们更为神圣吗？”）听完各派论述后，安抖擞精神，抛却淑女的包袱，对接下来五分钟的陈述充满自信。她卖力地鼓吹教堂的荣耀——十字军东征的支持者、有史以来最辉煌建筑的建造者、奠定学校道德根基的先知，其中她提到倘若道德不复存在，学校也将毫无意义。当然，还有完美的民主政府的创立者、屈服于木石的野蛮人中的启蒙者，等等。“学校的确好比我们的老大姐，善良又忠诚，但教会堪比我们的母亲，她给予我们生命，给予我们一切！噢，抱歉，如果我有失态之处，请原谅我——如果我表现得过于激动，也请宽恕我。可当人们决意剖析、批评、嘲讽自我之时，谁还能依旧保持冷静与得体呢？恐怕只有我们的‘母亲’吧？”

掌声如潮，不败之队也被击败了，安成了女生联谊会中的上宾，可随意享用咖啡、生菜番茄三明治和魔鬼蛋[①]。这场与宗教有关的辩论在带给她名誉的同时，也引发了不少无伤大雅的笑话。第二个星期，安的照片就登上了《博恩特皇家周刊》的首页，她还被邀请到托灵顿妇女选举协会和阿梅尼亚第一批门徒教会青年妇女协会发表演讲。

可她为“威尔伍德郡的棕色小教堂”所做的激情辩护使她陷入了困境。基督教女青年会的负责人像一群争玩网球的小猫一样扑向她，质问她既然对教会如此虔诚，为何还不回到青年会？正当安束手无策之时，青年会的顾问比拉·斯托莱维瑟小姐站出来说：“安，毕竟你跟我们是一条心的。你瞧，亲爱的，我比你自己更了解你！从本质上讲，你是个彻彻底底的基督徒，比你自以为的更彻底！我听见你在离开时说了句‘上帝保佑’！终有一天，你会再次回到我们这里！”

于是安又恢复了体面，但她并不满足，每当深夜来临，渴望有人拥抱的想法便开始蠢蠢欲动，这是委员会或女顾问的温言软语所无法代替的。同时，她也

---

① 魔鬼蛋，蘸了很多芥末的鸡蛋。

为落选班长而闷闷不乐……当然，她对那劳时伤神的职位根本不感兴趣，但这涉及原则问题。她一定会证明自己的！一定会在大学毕业时大放异彩，到那时岂是一个愚蠢的小班长所能比得上的！

在极高的人气下、在经历了一场无形的政治旋涡后，安在大四那年扶摇直上，重获了因叛教、被哈吉斯博士抛弃的谣言而失去的一切。她所住的房间已经成了单人间，尤拉·托尔斯今年可能不会来了，感谢上帝！这里成了辩手、经济学家、未来社区服务中心的工作人员以及博恩特皇家女子学院学子们的聚集地，似乎只需要一杯热柠檬水，他们便能解决选举权、世界和平和薪资发放等问题。

安亲自去拜访自己不喜欢的女孩，对着校园里记不清名字的同学强颜欢笑，为辩论队的发展奔走效命。她想方设法地要与瓦萨学院开展一次辩论，这震惊了整个学校。因为相比于瓦萨学院，博恩特皇家女子学院简直埋没于农学院、天主教学院及防腐处理教学机构等一众凡俗之流中。（这场辩论真的实现了，不过是在两年后，那时，安已经毕业了）

谁知道安在大四这年的领导经历对她后来冒险投身于男权政治产生了什么样的影响呢。这段经历确实熏染了这个从小镇来的善良姑娘，但更重要的是，使当时狼狈又窘迫的她重获了力量。要不是后来安结识了性情古怪的珀尔·麦凯格，她可能会继续变得愤世嫉俗又自命清高。

珀尔是继安之后班上的领军人物，是个又瘦又小、有着高高额头的孩子，她自命不凡，缺少幽默感，热切又早熟，比班上的平均年龄要小两三岁，但她获得的奖学金就像酒鬼拿到的免费威士忌一样多。珀尔的同学们嘲笑她，捉弄她，也厌恶她那天真率直的样子。

珀尔参加过辩论队的选拔赛，但失败了，这是她为数不多的失败之一，幸于她从不去参加体育运动。在选拔赛中，她的演讲准确无误，像温度计一样精准，却又如干面粉一般索然无味。

安只要开始激昂地舞文弄墨，珀尔便会聚在她的身边，睁着那双苍白的眼睛崇拜地望着她。珀尔也加入了社会主义俱乐部，当她听到安的慷慨陈词："我们都是受过高等教育的知识分子，有责任帮助不幸的工人……"这时，她十分欣喜，结结巴巴地表示赞同。当安在校园里匆忙地从她身边经过，亲切地挥手致意时，珀尔高兴得满脸通红。

然而，就在安本应该去参加校园植树协会的春季晚祷会时，珀尔·麦凯格来到了安的房间，说了几句话便扑通一下坐在莫里斯椅上，一言不发地盯着安，直到安按捺不住喊了她，她才摸了下自己那不起眼的下巴，说道：

“安，你——你比两年前，我第一次在基督教女青年会上听你演讲时自然太多了。”

“是吗？”

“也犀利多了，你总能抓住人们的眼球。”

“噢，那只是——”

“你对很多事都兴致勃勃，你已不再是一个小镇女孩了，但我想我还是。”

“呃，其实——”

“你可能会成为全国响当当的大人物。”

“噢，这可不能乱说，亲爱的！”

“但是，为什么，安，为什么你要为难自己？为什么你那么渴望得到学校里那群傻瓜的青睐？”

“呃，的确——”

“你得听我说！因为我喜欢你！因为唯有我敢对你直言不讳，可能也唯有我深谙其中道理！你从青年会离开时，我就在那里。我敬佩你，噢，太敬佩了。接着我也离开了，只不过我没告诉任何人，就那么走了。我想没人会注意我的，你太出色了！如今，你经常和青年会的领导者们待在一起，哄着她们，让她们觉得其实你早已后悔当初的离开，只是苦于覆水难收罢了。你变得越来越自以为是了，没错，这是真的！就像那位可敬的斯特普莫伊博士，他一来这里便与所有人以兄妹相称，他会在精神上安慰你，也会轻拍你的背，但他对所有的女孩都这样！你自以为是却平易近人，爱管闲事但为人处世皆面面俱到，行事决断又精明爽快！即使你心里愤愤不平，也会强颜欢笑！你很聪明，但这太虚伪了！噢，安，别再为难自己了！也别再抬高自己了，那样会把心堵住的。噢，看来你不会再搭理我了……不过，我是真的很喜欢你！”

珀尔哭着从房间里跑了出来。

安·维克斯没去参加春季晚祷会，也没说那几句精心准备的发言。她身处一片黑暗之中，感觉灵魂受到了束缚，就像久坐的时候肩膀也会发酸一样。

“没错，”安不加思考地说，“现在，我不得不信教了，我要变得谦卑！也许我永远都无法那样，但只要能，我要‘杀’了那个小鬼！她那像煮熟的鸡蛋般的额头和自鸣得意的正义，竟令我对自己产生了怀疑！只要能的话，谦卑会使我放弃一些刻意的冒犯。谦卑！‘虚心的人有福了[①]，因为——’”

“不，他们有福了我就完了！精神丰富的人有福了，因为他们不需要天国！心中无所畏惧的人有福了，因为上帝必会看见他们！”

但奇怪的是，无论在毕业时，还是毕业后，安都默默无闻。在布林莫尔暑期班，她拒绝了一份经济学助理的工作，去了一家环境闷湿的福尔里弗棉纺织厂上班。在那里，她了解到，优雅的小姐与法裔加拿大纺纱工人们在爱情、出身、疲倦、饥饿、求职、成立工会以及隐藏罢工时所用的砸窗砖头等方面都是不同的。

安的确变得谦卑了，这足以使她在这个对谦卑持有矛盾态度的世界中生活得游刃有余。

① 这句话引自《马太福音》第5章，虚心的人即灵里贫穷的人。

10

自1912年毕业以来的十年里，安从事了五花八门的工作。安在纽约长老会医院学了一年护理。护理作为社会工作的基础，将在妇女拥有选举权之日引导安走向政治之路。她的朋友们建议她应该去研究生院或社会工作者学校读书、听听关于受压迫者的演讲，但她更喜欢用眼睛、双手和鼻子（主要是鼻子）来感受同她打交道的人的苦恼之处。

随着妇女选举权运动的蓬勃发展，安成了其纽约指挥部的组织者，因此被派至俄亥俄州的某个城市（为了保密，姑且称其为克莱特伯恩）组织运动。安是这群激进分子中表现最为突出的年轻女性，她们斗争起来如同强盗一般。在成立气势汹汹的全国妇女党的前几年，她们兴致勃勃地闹事，在参议员庄严的办公室里胡搅蛮缠。美国若干个城市里都存在类似于这样的年轻"恶魔"，她们使多年来享受至高地位的国会议员们痛苦不堪，她们得意地宣称女性是种族的救世主、生命的给予者、文化和良好教养的传承者、男性所有高尚品质的启发者，但这些高雅的女性（她们也能胜任洗衣服、换尿布、喂鸡等家务）却被肮脏的投票站拒之门外。女性早晚会拥有选举权，但现在还不是时候。这个"早晚"可能会和英国发现古印度文明、美国发现菲律宾有自治能力的"早晚"是同一天，但谁又知道具体时间呢。那时，雇主们也许会为非工会雇员与工会会员享有同等工资而欢呼雀跃，夫妻间和睦友好，卖淫酗酒的现象消失不见了，大学教授对生活的了解程度堪比普通卡车司机，农民会掌握农业的基本原理，无神论者会将所有的信徒合理地发展为天真烂漫的唯物主义者，狗狗一出生便知道在哪里大小便，猫和老鼠也会和谐同处。

克莱特伯恩组织选举权运动的指挥部设在一栋1880年建的宅子里，名为

“老范宁公馆”。那是一栋又大又丑的建筑物，上面涂有一层棕色的灰泥，其间穿插着白色的线条，仿石的建筑外墙使其显得略微另类，阴沉的柱廊里有几根涂着棕漆的爱奥尼柱式[①]木柱，上面粘着沙子，摸上去像棕色的砂纸。这可苦了喜欢用手触摸这些柱子的西联男孩了，他们经常在门口等信——妇女参政者们会在闲暇时间将这些信拍成电报，再急急忙忙地互相发送。范宁公馆的屋顶是平的，有一个压平的锌檐口。

范宁公馆看起来像一所老年医院，只是没有那么引人注目。

房子里那高高的天花板回荡着枯燥的声音，宽敞的客厅里塞满了桌椅，桌上满是沉闷乏味的选举权小册子及待寄的信。三楼是有着斜屋顶的卧室，以前住着范宁的仆人，现在被包括安在内的四名选举权运动支持者占用着。

克莱特伯恩指挥部的负责人、高级执行官是埃瑟琳达·圣·文森特夫人，她能获得这一职位，可能是因为她捐了一大笔款，也可能是因为她有着笨手笨脚的干劲。圣·文森特夫人是一名身材高大、意志坚定的女性，戴着紫色的帽子，胸部丰满得像有一袋子小麦。指挥部的埃莉诺·克雷维科尔说，在嫁给圣·文森特先生前，圣·文森特夫人还是埃塞尔·彼得森小姐时，是一家管道公司老板的女儿。虽然圣·文森特先生是位捆绳生产商，但也是位贵族，这意味着他去东部上过大学，他两代半的家族都生活在克莱特伯恩，而捆绳厂则是其父创办的。

圣·文森特夫人喜欢在剧院散场后再去一趟指挥部——她自称为“剧院”，不过粗俗的埃莉诺认为那只是“影院”——如果发现有年轻的工作人员在晚上十一点便无所事事、拉闲散闷，她就会大吼道：“你们以为，选举权运动只是份寻常的工作，就像在办公室上班一样，还有规定的上下班时间吗？”

从未有人回击过圣·文森特夫人，因为妇女参政者们都读过《路加福音》第六章第三十七节：“你们要饶恕人，就必蒙饶恕。”

圣·文森特夫人在波托夫大街上有一栋乔治亚风格[②]的房子，她在那里招待了著名的选举权运动演讲者，其中包括一位有爵位的英国女人，她之前来过克莱特伯恩。这种高雅的氛围助圣·文森特夫人赢得了克莱特伯恩凤凰音乐俱乐部的选举。

指挥部真正的执行者、领导者是带薪部长梅米·博加杜斯小姐，克莱特伯

---

① 爱奥尼柱式，希腊古典建筑的三种柱式之一。

② 乔治亚风格，1714～1811 年在欧洲特别是在英国流行的一种建筑风格。

恩内外的许多人都称她为“战斧”[①],俄亥俄州的新闻界则称其为“选举权界的凯丽·内森”[②]。

博加杜斯小姐成了漫画杂志图片上选举权运动的代表人物:一个高高的、头发蓬乱的老处女,目光凶狠,声音尖锐粗糙。(在战前的和平年代,她们究竟是如何变成彪悍的女战士,或是“尖叫姐妹”[③]的?)她是在肆意挑衅,还是当真无所畏惧,这取决于读者自身的理解。如果博加杜斯发现某些市参议员贪污,她绝不会慑于他们地位的威严,而是跑去参加他们的会议,并义正词严地用事实揭发他们。如果她看到有人虐待孩子、马,甚至破坏小提琴,她都会站出来教育他。她大概还是个处女,五十岁,既不抽烟也不喝酒,经常公然宣称男人(七岁及以上)全都笨拙得像狗,肮脏得似猴,残暴得如灰熊,迟钝得若豚鼠。博加杜斯穿着俄亥俄州最令人大跌眼镜的衣服——一套男式西装和一双男式平底鞋,淡黄色的上衣配着深红色的纽扣,纽扣竟一个都没掉,头巾的材质是金色的中国布料,总是松松散散又歪歪扭扭,她还有十几条项链,都是用廉价的玻璃珠或木盘做的。她很少在下午或晚上穿连衣裙,连衣裙也是双绉[④]料的,多热烈的深红色或淡淡的紫色,总是乱糟糟的,下摆在鞋头处翘起,再后拉一下,臀部那儿便又歪斜了。人人都问她是从哪淘来的衣服,毕竟没有正常的裁缝会做这样的衣服。做针线活时,她那长满老年斑的粗大手指便会笨拙得像个挖沟机。

博加杜斯常常把基层的工作人员折腾得筋疲力尽。她责骂起人来比体态丰满的埃瑟琳达·圣·文森特夫人更甚,她到指挥部更多的是为了训斥别人。她在七点时就把女孩们从床上提溜起来,半夜她们摇摇晃晃地要去睡觉时,她又大声叫嚷。她对偶尔来访的年轻人嗤之以鼻,还用嘶哑的声音询问他们是否抽烟。如果女孩们衣着精致,她就会抱怨,因为她觉得这是在浪费钱,而钱应花在事业上;如果女孩们穿得不那么整洁,她就会抱怨得更厉害,因为那“可能会给人留下不好的印象”。据她说,在别人眼里,她们似乎做什么都是错的。

安·维克斯初来克莱特伯恩时,被这种四面楚歌的境地吓坏了,差点放弃这份工作。

不到两个星期,安就发现“战斧”——梅米·博加杜斯小姐是世界上最勇敢、最诚实、最亲切、最多愁善感的女人。如果她咄咄逼人,那是因为她坚信大

---

① 战斧,意为硕大凶悍的女人。

② 美国禁酒运动期间,凯丽·内森拿着斧头冲进酒馆,把东西打得稀碎。

③ 罗斯福曾称妇女和平运动为“尖叫姐妹会”。

④ 双绉,属于薄型绉类丝织物。

多数男女都会因懦弱或怠惰而放低对自己的要求;如果她不修边幅,那是因为她将所有敏锐的心思都用在工作上了。虽然她把自己的副手都赶走了,但她是第一个维护她们的人,这是安听博加杜斯小姐在私下咆哮时发现的,她甚至对富有又丰满的圣·文森特夫人说:"你不要再刁难我的女孩们了,必要时我会亲自教育的!"如果真的有女孩生病了,博加杜斯会让她躺在床上,并端上一碗热气腾腾的牛肉汤——虽然味道不是特别好。

公众、新闻界、所有喜欢喝酒的男人,甚至一些选举权运动的支持者都认为,博加杜斯小姐之所以成为一名妇女政权论者,是因为她从未征服过一个男人。他们觉得她想得到点什么,但那并不是选举权。

安猜测,如果博加杜斯小姐真的从未拥有过一个男人,并为自己无法找到一个能理解她的忠诚、深切的诚实以及那无法抑制的热烈激情的男人而愤愤不平,那么众人的想法倒也是可信的。可如今,安确信,即使博加杜斯小姐结了婚,生了十个健壮的儿子,她同样会是一名战士,同样会渴求正义。

安想起了美国史(这个主题在克莱特伯恩新闻界并不受欢迎:只有说到棒球的击球平均得分数、乔治·华盛顿和汽车自动起动器的开发时,才会稍微提及一下),她在博加杜斯小姐身上看到了先辈祖母的影子,一只胳膊抱着婴儿,另一只胳膊端着印第安人的步枪。

除了博加杜斯小姐和安,还有另外两位带薪的工作人员——埃莉诺·克雷维科尔和帕特里夏·布兰布尔。

对于安来说她们都是浪漫又可爱的战友。要说帕特里夏·布兰布尔,实事求是地讲,用"精致"来形容她再合适不过了,这个词出自一部维多利亚时代的小说。帕特里夏和小内尔、尼克尔贝[①]小姐、哈里·梅莱家的露丝[②]都属于同一类,不同之处在于她的文化水平和水手舱里的船员相当,她像时髦的牧师一样愤世嫉俗,又似爱尔兰骑兵般快乐,起码在选举权运动期间与警察战斗时是这样的,她还具备梅米·博加杜斯的诚实品质。她的身材婀娜多姿,即使是讲究的狄更斯也会喜欢的,她有着金色的秀发、花瓣色的脸颊,私下她只抽玫瑰花瓣做的香烟,而粗俗的埃莉诺还在一旁炫耀她的小烟斗。

---

① 狄更斯(Charles Dickens,1812～1870)小说《尼古拉斯·尼克贝尔》(*Nicholas Nickley*,1838～1839)中的人物。

② 狄更斯小说《雾都孤儿》(*Oliver Twist*,1837～1838)中的人物。

埃莉诺·克雷维科尔是范宁公馆的神秘人物。只有安·维克斯向往的率真、效能、善良和两性自由的简单欲望与所处的环境发生冲突时，安才会感到费解；博加杜斯小姐就像边远地区的妇女，而帕特里夏·布兰布尔做作的优雅下潜藏着一颗平和的心境，埃莉诺·克雷维科尔却有着分裂的个性，她不仅会分裂成明显的两重面目，还会分裂成三四种甚至十几种样子。

如今，埃莉诺二十八岁，安二十三岁，帕特里夏十九岁。埃莉诺又高又瘦，腿脚纤细，双手的手腕处青筋突出，脆弱得好像风能把它们折断一样。她有一张长得略显着急的棕色的脸，鼻子又大又弯，但她一点也不丑。她身上充满了热情，同时具备极强的自制力，这便是男人们一开始就欣赏她的地方，他们都会不知不觉地靠近她，和她一起谈笑风生。

埃莉诺的主要谜团在于她的出身。她可以模仿帕特里夏·布兰布尔的渎神之语和平庸，但不是十分自然。在克莱特伯恩选举权运动的圈子里，人们常在私下说，埃莉诺出身一个法国贵族家庭：一位克雷维科尔侯爵娶了一个头发蓬乱的野丫头，而这个野丫头正是英国将军和印度公主（无论具体是哪位印度“公主”）的女儿。

安和帕特里夏都不清楚真实的情况。关于埃莉诺的童年，她们只知道她来自加拿大，在修道院女子学校上过学。她们怀疑那些关于埃莉诺是贵族的传说，这源于在克莱特伯恩这样的城市，人们的名字都是史密斯、布朗、罗宾逊、穆勒、施瓦茨、豪普茨纳格尔、琼斯、路易斯、汤普森、科恩、莱维斯、金斯伯格，而克雷维科尔听起来虽然很像贵族，可当安翻阅字典、感慨地对帕特里夏说“这个词真的有‘心碎’的意思，它肯定和浪漫有关”之时，帕特里夏则在更包罗万象的字典里查到了这个词，并煞有介事地跟安说：“‘克雷维科尔’也指‘一种法国家禽，有浓密的冠毛和颌毛，鸡冠像两个角——见家禽’。”

还有一个女孩，虽然她不住在范宁公馆，但几乎每晚都会去那儿——她就是玛吉·奥玛拉，女服务员和女洗碗工工会的组织者。最近她找了两份工作，既当服务员又当洗碗工。她面色红润，目若秋水，胳膊却和洗衣女工一样有力，她是一个受欢迎的成功演说家。玛吉坦言，相比于帕特里夏和埃莉诺，她才是真正的粗俗之人。

这四个人，安、帕特里夏、埃莉诺和玛吉·奥玛拉组成了一个团队，这个团队就是名扬整个俄亥俄州选举权运动圈子的“母虎队”，其中的来龙去脉会在之后说明。

她们的私生活，并不是说她们有很多的私生活，除了在冰冷的单人床上睡六七个小时外，也许每个星期可以看一次戏，每个月可以边跳舞边自由地和别人聊一次天，她们从来没有摆脱过女性这个令人生厌的话题：女性的权利、女性的义务、女性对于男性的优越感……这种优越感既体现在积极的精神上，也体现在身体对疲劳和痛苦的忍耐力上——无论这些讨论是否有意义。

她们在范宁公馆的旧厨房里做饭、用餐，那是一个地面满是石头、面朝院子的地下室，院子里有杂草、向日葵、之前留下的一堆堆废墟和一些锡罐。她们本该轮流做饭，但通常是玛吉·奥玛拉协助安准备餐食。安来的时候还是客人，现在也算半个女主人了。此外，一向是安，或玛吉和安一起，擦水槽和石头地面上的油毡条，洗擦碗布。

安后来常常吹着口哨做家务。她在护理学校学习期间还是个孩子，一直尽心尽力地照顾临时安排给她的病人。虽然安不是专业的护理人员，但她懂得铺床，会夜复一夜地整理埃莉诺凌乱的贵族式长榻。安认为做家务就是抖抖床单和毛毯，铺平被褥，最后再整体拍打一下，她觉得这也算是一种工作。

范宁公馆里只有安一个人做这些家务。除此之外，安还是选举权运动的一名工作人员、活动秩序的维护者、这个复杂庞大队伍中起桥梁作用的关键人物。

其他人，甚至是玛吉·奥玛拉，似乎都心甘情愿地只做集体中的平凡个体，她们缺乏拥有权力的野心，甚至缺乏追求进步的上进心，而安却能担起发表演讲和写信的任务，还会适时地奚落男人，虽然她还是那个来自沃巴纳基的安·维克斯，但她是归于自然的自由女性。如果安仍像过去那样专横，她就只能做个孤零零的激进分子，毕竟她在童年时就想过社会化犯罪的问题。

只有在午夜时分，趁着博加杜斯小姐在对面大厅熟睡之际，“母虎队”成员才会盘腿坐在床上或地板上，摆脱女人的话题，悄悄地谈论起男人来。

1914年到1915年，正值第一次世界大战爆发之际，虽然早有一些匿名的“天才们”开了谈论性的先河，但当时还未能得到人们的广泛接受。关于这个话题，玛吉和埃莉诺可能会开门见山地大谈男女混居，帕特里夏也许会借庄严的字眼儿咒骂，而安则或许会摆脱先前那种沃巴纳基式的沉默，加入讨论之中。不过，当时的她们都没想到，十五年后她们的话题将会停留在女同性恋、乱伦或其他私密的话题上。但此刻她们谈论这些话题时的心情与1930年时的心情却是一致的，这种情绪表现为急切的求问和不安的忏悔。

安认为，对于那些身边尽是温顺或大胆的独特男人的人以及想同范宁公馆进行社交的人来说，帕特里夏在性这方面就像玫瑰花蕾一样冷酷。对此，玛吉·奥玛拉只是笑着说:“你们只是些受过良好教育的小姑娘而已,我觉得爱上一个小伙子没什么——噢,我只是说我不是处女了!”

“好吧,我还是,”帕特里夏说,“我想,这样会少很多麻烦!”

埃莉诺喊道:“你俩真让人心累!性,你们都不懂性!对你们来说,它就是狂吃咸牛肉和卷心菜。如果你们想了解,噢,我觉得你们也不想,我就是个色情狂。如果我——只不过我有似捕兽夹般的毅力,你们想笑就笑吧,但这是真的!如果我情不自禁,我会一直跳上男人的床,像个疯女人一样。我也不是处女了,我引以为豪的玛吉!我试了两次,但不得不放弃,我感觉不到存在了。接着,我的整个身体如同熊熊火焰一般,就像有火箭要发射。我再也不会想方设法地改变自己了,除非我能遇到一个让我崇拜的真汉子,但像我们这样的乡下姑娘是不会遇到这种男人的。如果我和任意一个年龄在八至八十岁之间的男人看电影,看一部关于抓鲱鱼或做玻璃的电影,那么他一定会用手背轻擦一下我的手背。当我们在家门口分别时,倘若我怒气冲冲地说一句‘晚安’,他便会以为我冷淡得像把冰凉的斧头,但跑上楼后,我又会整晚地踱来踱去、思前想后。我们这些妇女参政者们就应该讨厌男人!当然,我敢打赌,博加杜斯小姐年轻的时候也和我一样堕落!噢,好姑娘是不会像男人那样充满激情的。没错,我们不需要尝试,我们务必要控制好自己那双温柔的双手,耐心等着那些胆小怕羞的男人靠近,他们会向我们示好的。该死!噢,安,你的忏悔是什么?像玛吉一样粗俗,同帕特里夏一样冷酷,还是似我一样疯狂?”

“我,呃,不知道!老实说,我没有!”安结结巴巴地说。

自格伦·哈吉斯那事以来,安一直渴望逃脱一切可能遮蔽她清澈双眼的狂热。所以,当男人们——知名男士、被追求女权主义的妻子硬拖过来而不知所以的商人、开明的神职人员、克莱特伯恩大学血气方刚或上了年纪的教员(通常单身)以及依靠这些潜在的女性选票打赌的政客们——来到范宁公馆,喝着凉茶,吃着蛋糕,或在晚上帮忙写信,商讨集资事宜时,通常帕特里夏、玛吉和一些做兼职助手的女大学生会主动上去和他们聊天,偶尔还和他们一起跟着留声机、沿着桌椅间的走道跳舞,而安和埃莉诺有时不见踪影,有时会坐在角落里。

“总有一天,我想吻的那个人,比如阿道夫,也会像格伦·哈吉斯一样想吻我,我会抛开所有令人发疯的统计数据(关于女工报酬过低),用力地回吻他。那时,世界将化为乌有。或者,我会不会和帕特里夏一样,像一个冷漠的冰柱?”安焦躁地想着。

“母虎队”成员忙起工作来就像身处狂风暴雨之中的水手或期末考试前争分夺秒的学生，这是一种长久性通宵达旦的生活。当衣着邋遢的家庭妇女们说：“如果你们这些女孩结婚了，必须洗衣、做饭、照顾孩子，还得像我一样出去工作，那么你们就没有时间考虑选举的事了，我就是这样！”她们笑了起来。

她们被派往妇女俱乐部、男子教会俱乐部、基督教妇女禁酒联合会及宗教事务局发表演讲，在狭窄的大厅里连续不断地举行着选举权运动集会。在那里，人们甚至会因无法通风而感冒。大厅里有独自一人或成群结队的业余工人，还有嬉笑怒骂的风情女郎——这些新女性使这项事业变得略显滑稽。为获得资金和政治支持，“母虎队”成员会周游于或豪华或寒酸的公寓、中国人开的洗衣店、谷塔以及某个百万富翁经纪人的办公室，偶尔也会碰到一些下巴尖瘦的人摇头晃脑地朝她们调笑道：“来吧，给我们一个吻，你会忘记投票的！”

有时，她们会碰到某个目不识丁的人夫（新奇的词！），他承认他完全支持妇女拥有选举权，但坚决反对“选举权运动”，他认为那相当于在范宁公馆举行茶会，会影响他妻子对他的侍奉。有一次，安请求和一位男士谈谈，他的妻子——家庭主妇（更新奇的词！）拿着扫帚追赶安：“你给我出去！我了解你们这些人！你再怎么偷偷摸摸，再怎么纠缠，我的先生都不会离开我的。一群妓女，这就是你们的真实面目！走开！”

在这四个女孩和博加杜斯小姐中，安常常会被选中去搜寻她们经常发给报社的宣传材料，内容有奇人堂难得成功的会议、针对贾金斯参议员的慰问同情、著名又可敬的艾拉·韦瑟比博士“受邀”（在枪口下）来到克莱特伯恩以及为西克莫大街基督教会的女士们所举办的演讲。

埃莉诺写的散文比安写的更易懂、更动人，但也许因为如此，她无法用适合这种艺术的生动和虚假的欢乐来胡乱地宣传运动。大概安的辩论经历给了她恰到好处的口才，她成了活跃且十分受欢迎的宣传家。之后，她在周日报纸上发表文章，上面满是透露着歧视的统计数据，这在一定程度上推动了事业的发展。安满怀激情地写下世界的罪行，但在写的过程中，她始终不明白为什么一个形容词所表达的意思要比另一个形容词更具感染力。多年后在纽约，当她报社的朋友暗示她是一个可爱的女人、但新闻工作却做得一塌糊涂时，她既伤感又有点受伤。

安、帕特里夏和埃莉诺被分别从克莱特伯恩派往锡安山[①]，以帮助当地妇女组织选举权协会。她们被派到了一些对此充满怀疑和男权霸行的小城镇，在那里，妇女们的活动场所大都局限在家里，也就是厨房和婴儿室。尖酸刻薄的主妇们接待了她们，主妇们低沉地说："噢！我真惊讶指挥部竟找不到人了，派你们这样的年轻姑娘到我们这来，我们都已经这么卖力了！"只有三四个老政治家支持她们——还不如没有人支持，因为这些人都是当地有名的怪诞之人、讨厌之人、"梅米·博加杜斯"般的人。安、帕特里夏和埃莉诺会租一辆杂货店的送货车或摇摇晃晃的汽车，然后到街角演讲，而慢慢聚集起来的听众却对着她们喝倒彩，吹口哨，发出亲吻的声音。她们在当地的"卡桑德拉"[②]的潮湿的空房里睡觉，空房里面有几张阴森的黑胡桃木床。早餐吃的有肥熏肉和菊苣。次日傍晚，她们乘坐慢车——通常是在味道刺鼻的吸烟车厢，返回范宁公馆，那时候大家都垂头丧气、筋疲力尽。这时，博加杜斯小姐便会朝她们大嚷："你们坐在这干什么？我们还没有写信呢！"

然后，写信至第二天半夜，隔天早晨又要开启另一个奔赴穷乡僻壤的凄凉之旅。这些天，如果安有时间读吉卜林的书，她可能会撕了它，因为书上说只有男人（只有英国男人）才能对土著部落实施侵夺性远征，才能从容应对这群可怕的人。她和帕特里夏每周要进行两次这种"侵夺性远征"，却也没沦落到西姆拉[③]的混乱时期或是喝威士忌苏打、乘四轮大马车的时期。

信！

写信！

信封的左上角工整地印着淡蓝色"俄亥俄州，克莱特伯恩，麦金利大街232号，全美妇女选举权协会"的字样。桌子上放着成堆的信，还有城市指南、电话簿、蓝皮书和油印的争取对象名单，以便邮寄。信中写着资金支援请求，呼吁"写下您支持的国会议员和参议员"，呼吁"初选时只把票投给明白'妇女是人'的候选人"——信封中带四叶草的小册子让人想起了沃巴纳基，唯一不同的是，这个册子上面写着"能拯救整个世界并使之趋于完美的是选举，而非羔羊之血"[④]，以及"信封里有厚厚的小卡片，如果您愿意，可以夹住一角，浸湿其红色圆片，然后寄回选举权运动指挥部"。

---

① 锡安山(Zion Mount)，位于美国犹他州(Utab)西南部。

② 卡桑德拉(Cassandra)，特洛伊国王普里阿摩斯的女儿，拥有预言灾祸能力。这里指灾祸预言家。

③ 西姆拉(Shimla)，印度城市。

④ 基督教认为，羔羊之血可除去世人罪孽。

安认为——安、帕特里夏、埃莉诺和玛吉都认为——选举是十分必要的，妇女可以参与公共事务，她们可以摆脱同儿童、白痴和罪犯归为一类的耻辱(可参见安的任意一次演讲)。但安确实厌倦了信封，她一想到信封就会发疯。在完成选举权运动组织工作的多年后，她仍为成堆黄色信封的过往所困扰，信封上面印着蓝色“俄亥俄州，克莱特伯恩，麦金利大街 232 号，全美妇女选举权协会”的字样，下面是椭圆的工会标签以及 F16 的标志。信封在她的梦里堆积如山，直到它们倒了，死死地压住她。对于安来说，在信念、希望和信封之间，对她影响最为显著的其实就是这些信封。

11

接待女权运动代表人物是安、帕特里夏和埃莉诺最重要的工作，这些名人常在后半夜到达范宁公馆，因而被称作“出动的消防员”。

有些“出动的消防员”十分惹人厌，有些则极富魅力，令人为之振奋。

在安着手组织运动的一年后，纽约著名的马尔维娜·沃姆斯医生要来参加在克莱特伯恩华美的交响乐厅举行的选举权运动集会。马尔维娜·沃姆斯是曼哈顿艾格尼丝·考伦妇女纪念医院的首席外科医生、痊愈产科协会主席、知名计划生育组织主任、《解放与性》一书的作者、耶鲁大学和瓦萨学院[①]的理学博士。

“母虎队”成员对沃姆斯医生的到来感到紧张不安，她们认定她是一个骨瘦如柴、脸又长又难看、比梅米·博加杜斯还要严厉的女人，因为名人都是这样。

达德利·考克斯夫人将会亲自招待沃姆斯医生。达德利·考克斯夫人是克莱特伯恩组织中真正有智慧的女人，她（婚前姓多兹沃思）小时候在蒙特勒[②]、福克斯通和凡尔赛上过学，拥有一栋位于巴尔港[③]的避暑别墅，她的姐姐还嫁给了一位德国男爵。在集会上，考克斯夫人穿了一件粗花呢，若不是衣领处的荷叶边，她整个人会显得很严肃。她一向故意冷落爱卖弄的埃瑟琳达·圣·文森特夫人，今天也不例外，但她没有冷落“母虎队”成员，她朝她们点头示意，不过之后就没再理会她们了。

考克斯夫人应该会在她位于皮尔斯高地的诺曼式城堡里款待沃姆斯医生，

① 瓦萨学院（Vassar College），享誉美国乃至世界的顶尖文理学院。

② 蒙特勒（Montreux），瑞士小镇。

③ 巴尔港（Bar Harbor），阿卡迪亚的核心城镇。

如此一来，也会让这位优秀的博士心生敬畏。

在沃姆斯医生参加克莱特伯恩集会的当天上午十点，当所有的组织人员和志愿者都在接电话、写信时——信！——范宁公馆来了一个身材矮胖的邋遢女人。她满头银发、脸颊肥胖苍白、双目明亮，双手还有柔软的小肉垫，她对靠近门口的安说——如此矮小的女人还能发出这么低沉的声音，真令人震惊："博加杜斯小姐在吗？我是马尔维娜·沃姆斯。请问考克斯夫人是哪位？我要住在她那，我是下了火车径直小跑过来的。噢，亲爱的，你的脸色苍白，不过我可以开种补药给你，但老实说，我觉得抹点胭脂也行，能起到很好的心理作用。"

尽管博加杜斯小姐说起话来直言不讳，但她还是训练自己及下属们要谨慎地与新闻媒体交谈。记者们或编辑们，都渴望挖到范宁公馆的丑闻，有人暗示，这是一个可以自由恋爱的聚居地，或几乎是一个由厌世者、无政府主义者、无神论者、唯心论者，或其他任何古怪、可耻的人组成的"疯狂动物园"。博加杜斯小姐向她年轻的姑娘们说到，她们下一步可能会抨击水气部门、市孤儿院、威尔逊总统，甚至是正在延长第一次世界大战时间的同盟国，但如果她们要做只能以基督教文雅之士和可靠的纳税人身份进行。不管姑娘们私下里怎么想，必须说服她们，再让她们说服别人，证明选举不会导致"道德败坏"（另一种流行的民俗用语），却会立即终止卖淫、赌博和喝啤酒的现象。

博加杜斯小姐满怀敬佩地问候了马尔维娜·沃姆斯医生，之后却吃惊地听到，曾在范宁公馆对沃姆斯医生刨根问底的记者们再次得意地向她抛出了十分尖锐的问题，但沃姆斯医生兴致勃勃地答道："我相信自由恋爱吗？小姐，你这是什么意思呢？爱情怎么会不自由呢？你想问我：是否相信，真正的激情——不仅仅是月光下的一时之痒——能胜过某些传教士所遵循的那些幼稚的仪式？当然相信了，你不相信吗？"

"我觉得女人比男人更聪明吗？啧啧！这算什么问题！不是更聪明，只是没那么刻薄罢了，别想让我数落男人！我就是个孤苦伶仃的老姑娘，我喜欢他们——这些可怜的笨蛋！你知道男医生没有女护士和女秘书会怎么样吗？我知道！成为医生之前，我就是一名护士。"沃姆斯医生轻声地笑了，"如今，令我比较欣慰的是，当外科医生走进房间时，我不必再站起来了！你瞧见了吗？像之前那些愚蠢的习惯都是男人养成的——可怜的宝贝儿，而我们却不得不迁就他们以及他们那微不足道的自我价值感！这便是我们需要选举的原因，也是为了他们着想！"

“我认为女人会成为总统吗？我怎么会知道！但我要说明的是，女性统治者——伊丽莎白女王、美丽的俄国女皇凯瑟琳、中国的女皇帝、奥地利的玛丽亚·特雷莎、安妮女王和维多利亚——是比同等数量的国王或总统还要优秀的统治者！”

“你们也许发现我并不喜欢拐弯抹角，这将是一场旷日持久的斗争，绝不仅仅是获得选举权，毕竟这是几年就可以实现的事。之后我们还要继续——计划生育，如果有已婚夫妇恰好愿意，那么我们可以为他们提供独立的公寓——女人想得到的不仅是一张选票，还有更高层次的东西。”沃姆斯医生摸了摸额头，“我们需要的不是外在的机会，而是内在的东西，当我们得到并利用它的时候，就能抓住机会。自由对猫咪不利，只对雌虎有利！女人已团结起来了，男人对自己的兄弟总是很讲义气，或许我们也应该像男人那样，为了自己的朋友而撒谎，偷偷溜出去，然后一起痛痛快快地喝一杯。”

“我相信现在没有哪个领域完全是由男人控制而女人无法涉足的。医学、法律、政治、物理、航空、探险、工程、参军、职业拳击、写十四行短诗——只不过我希望女人能稍微远离职业拳击或十四行短诗，这都是男人逃避现实时才会涉足的领域，你如果仔细观察，会发现它们非常相似！”

“只是我不希望女性在任何领域上模仿男人或试图取代男人，我并不是那种认为男女只在概念上不同的人。女性具有人类未用于发展文明的特殊品质，我认为女人可以像任何男人一样成为杰出的建筑师——这就是所谓的异曲同工吧。我为医学带来的进步，是无论多么出色的男人都无法做到的。如果你认为女人不能参战，想想条顿①部落，他们带着自己的女人一起行军，重创了卓越、强壮又专业的罗马士兵！但一千五百年来，顽固不化的男权世界忘记了这个教训，直到弗洛伦斯·南丁格尔②出现了，她迫使处于男权之下的大英帝国陆军部接受了任何正常女孩在七岁时都知道的一些常识！”

“不，我不想和男人相匹敌。只是女性一直对一天工作十八个小时的特别待遇忍气吞声，但我并不想被束缚。我不太支持民主党，倘若民主党人是下等人，我就认同下等人应该服从命令的说法。如果一个女秘书比她的男老板还富有智慧，那就该让他做她的秘书。听着！到了 1945 年，也许你在英国（英国出

---

① 条顿人，古代日耳曼人中的一个分支。

② 在克里米亚战争爆发之际，南丁格尔主动申请担任战地护士。她是世界上第一个真正的女护士，开创了护理事业。

现了女性下等的荒诞说法,这样一来,男人便可以顺理成章地创建男性俱乐部)随便碰到个什么人,即使他再愚昧无知,当你谈到求职者有性别或其他除能力外的任何差异时,他也能明白你的意思。”

“我之所以说到1945年,是因为我有一种预感,在获得选举权后,我们就不那么热衷于女权主义了。我们会发现工作很辛苦,而且没有保障。我们必须比获得妇女选举权更进一步,也许是发展社会主义,不管怎样,要发展能让男女在根本上都参与的事业——不仅仅关乎女性。许多妇女参政者们假装讨厌男人,她们认为家里有个男人的感觉很好,这会影响我们的事业。不过之后我们会卷土重来——不是以男人影子的身份,也不是以忙乱的职场女性的身份,而是自伊丽莎白女王以来第一次以人类的身份!好啦!你们应该能从我说的话中得到足够有价值的信息了,这会给我带来大麻烦的,不过选举权运动的演讲者应该会满意的!再见。”

采访的记者们走了,沃姆斯医生去考克斯夫人那吃午饭。在摄影记者们拍完照片后,博加杜斯小姐大声疾呼:“这太可怕了!他们会把完整的故事登在下午报的家庭版上,太糟糕了!今晚会有大批读者!不用担心,噢,他们真令人厌恶!准备好应付麻烦吧,姑娘们!我本打算让你们站在台上,但你们最好混在人群之中,一旦发生争吵,看看能不能阻止得了吧。噢,我们已经如此小心翼翼了!自由恋爱!”

安之前从未见过梅米·博加杜斯哆嗦,那天下午,她们对她毕恭毕敬、态度温和。下午四点,她们冲出去看下午报的家庭版,读到头版的宣传文章时,她们自己也哆嗦起来了。

报社在一定程度上放大了沃姆斯医生的言论:

> 爱情不过是月光下的一时之痒,即使如此,它也比持久的婚姻更重要,因为婚姻是幼稚的牧师主持的。自由恋爱,即任何时间你都可以和心上人待在一起,这对自由女性来说甚至是必不可少的。
>
> 男人比女人刻薄多了。男医生随意支使自己的护士,对她们也很苛刻。
>
> 下一任美国总统将是位女性,她会比任何男性都卓越,像俄国的玛丽·路易斯就是有史以来最伟大的国王。

(两份用黑体字印刷,一份用红体字,其中一段大体如下)

一旦我们获得选举权，我们将继续提倡计划生育、社会主义和无神论。所有已婚夫妇将住在独立的公寓里。妇女会模仿男人，偷偷溜出去，一起喝酒，也会隐瞒彼此的行踪，以欺骗男人。

要说当士兵、职业拳击手、工程师或诗人，女人会比男人还要出色，而男人只适合做女人的秘书、雇工。我知道如此直白的话会惹上麻烦，不过所有的选举权运动演讲者都喜欢公开，而我可能会更甚。

到了该去参加交响乐厅集会的时间，姑娘们还在范宁公馆里走来走去，人人苦不堪言，甚至从女服务员工会办公室赶来的玛吉·奥玛拉也沮丧地一言不发。她们穿的不是合乎公共宴会礼仪的女装，而是夹克和水手服。

安在焦虑之中暴怒，因为她辛辛苦苦攒钱买了一件蓝色塔夫绸晚礼服，她满怀期待，为的是给观众甚至达德利·考克斯夫人留下好印象。她愤怒了，她的确想做一次与众不同的人，而不是那个窥探廉价公寓、忙于写信、在中心街角讲话的邋遢组织者。

“我喜欢美好的事物！原本我还奢望今晚能在这里遇到某个名人，可如今我只穿了件旧运动裙，该死！”

博加杜斯小姐和“母虎队”成员一本正经地乘电车前往交响乐厅（她们坐不起出租车），她们感觉车厢对面长座椅上的每个男人都对她们怒目而视，都视她们为邪恶又危险的女人。她们怯生生地穿过交响乐厅前面的人群，从后台入口处溜进了安全的“‘艺术家’休息室”。那天中午只卖出了一半的票，这时，一个身穿蓝色镀金衣服的服务员大喊道：“只有站位了——票都卖光了——只有站位了！”可大厅里有足足三千个座位。

尽管服务员发出了警告，三重门外仍有数百人试图挤进去。那群气喘吁吁、兴风作浪的人咆哮道：“应该把她们赶走——一群妓女——都疯了！这就是她们的本来面目——不会有女医生支持病猫的——自由恋爱，我要用击棍让她们见识一下什么是自由恋爱——一群疯狂的无政府主义者……”

这群人还没达到暴徒那种丧失人性的愤怒程度。他们中有许多选举权运动的支持者，也有许多不相信沃姆斯医生说了报纸上那些话的人。最有意思的是，这些捍卫者要么是富裕的“重要人物”，要么是粗犷又寒酸的清洁工人，但都不是白领阶层的有用人才。交响乐厅的门廊、如面包布丁般光滑的大理石柱子、壁龛里平静却略显呆笨的莫扎特半身像及与之有关的晚礼服、西普香水和圣文斯劳协会的年度舞会似乎都在反对暴力。安猜想，不会的，这群人不会动私刑的，但他们可能会阻止沃姆斯医生发声，她突然觉得沃姆斯医生是她见过的最有影响力、最明智的人。

在后台，她们发现，虽然沃姆斯医生的手在颤抖，但她看起来很平静，苗条的达德利·考克斯夫人和她待在一起。考克斯夫人穿着朴素的黑色绉绸衣服，只戴了一串珊瑚，她似乎不像其他人那么害怕。“那些可恶的报纸！”她厉声说道，“你们谁能告诉我，为什么报社里的每一个记者和编辑都可能是自由主义者，也可能是激进分子，而报社却像麻疹患者一样谨慎？别担心，沃姆斯医生。我丈夫和两个又高大又憨厚的兄弟在外面，他们会顺路到俱乐部小酌一杯，那时他们能对付至少三百个闹事者。”

考克斯夫人温和的话语并没有缓和紧张的气氛。这间“‘艺术家’休息室”是一个沉闷的套间，石膏墙上还留有熄灭香烟的痕迹，里面有一堆堆摇摇晃晃的餐椅和一大堆破旧的板条折叠椅、琴谱架。博加杜斯坐在一张桌子旁，不停地用手指敲打桌上令人厌烦的花纹图案，沃姆斯医生大步走着，准确地说是在原地来回打转，嘴唇排练似的动个不停。时钟缓慢地走到了八点半，到了演讲时间，它似乎已经停了。

她们听到了从舞台那传来的笑声、嘲弄的口哨声、兴奋的嘈杂声，之后还有跺脚声。

“八点二十七分——噢，我们开始吧，医生，克服困难。”博加杜斯小姐叹息道，“听着，你们四个女孩，医生一开始讲话，你们就悄悄溜到舞台后方，如果有事发生，随机应变。”

她走了出来，看似温顺的沃姆斯医生紧跟其后。当她们登台时，迎接她们的是飓风般讽刺的掌声、跺脚声及一阵“战斧万岁！女医生万岁！为女人投票！”的吼叫声。

“母虎队”成员急忙穿过通道门，沿着侧廊到了站满人的舞台后方，刚好赶上主持人博加杜斯小姐发言。如果博加杜斯在后台还算稍感紧张的话，那么这位曾为应对情况更糟糕的舞台而表现得如麦克白夫人般冷酷的老政治家，现在似乎并不紧张了。她笑容满面地看着观众，仿佛她是与窃贼协商的伊迪莎[①]，仿佛她爱他们所有人，而且毋庸置疑，他们也爱她以及选举权。

“我担心，在报社匆忙发行报纸的过程中，我们的记者朋友们夸大了今晚演

---

① 《伊迪莎的窃贼》是一部短篇小说，讲的是窃贼闯进了七岁小女孩伊迪莎的家，懂事的她让窃贼只拿自己的东西，为的是不吵醒妈妈睡觉。

讲者的激进主义。”博加杜斯小姐在大厅安静下来之前说道。之后，她斩钉截铁地说，沃姆斯医生可能是自本杰明·拉什①以来最伟大的内科医生。

台下的这群人或乐于嘲笑某个当地有名的酒鬼会在喝得酣畅淋漓之时打碎饭店的玻璃，袭击警察，或某个喜得千金的政客，或某个臭名昭著的撒谎渔夫，或其他任何生来富于幻想的怪人，因此也会同样地嘲笑家乡的祸害——博加杜斯小姐。当陌生的异教徒沃姆斯医生开始演讲时，这群人勃然大怒。

在重重叫喊声中，安听不到任何个人的声音，只听到一个粗鲁、健壮又醉醺醺的人打着嗝说：“滚回纽约！”

沃姆斯医生身材小巧，长相讨喜，她勇敢地站在那里，伸出胖乎乎的小手示意，人群安静下来了，她可以发言了。

“女士们——先生们——以及妇女参政的反对者们！”(笑声和口哨声)“我理解你们！如果要我仅仅通过读今晚的报纸了解自己，我也会不喜欢自己的！”(笑声)“我会让马尔维娜·沃姆斯离开这座美丽的城市，回到纽约的罪恶中去！”

这时，台下有轻轻的掌声响起，但随后，安先前听到的刺耳声又从掌声中扯出来了：“那就滚回去！走开！我们不需要你！”

安挤到了后排座位上，她看到那位呐喊者位于中间过道的中央处，他早站起来了，转过身等待着人们的响应。他是一个高大肥胖的印第安人，整个人喝得摇摇晃晃的，还傻乎乎地笑着。在这位“阿伽门农”②的鼓动下，几位没有规矩的年轻人又开始吹口哨、跺脚了。

安旁边六个穿制服的警察早已目瞪口呆。安抓住一位警察的袖子，命令道：“你必须把那个男人赶出去！他会闹事的。”

“呃，他什么都没做，女士。他一会儿就老实了。”

接着，这个印第安人开始高歌了。

安彻底发火了，真过瘾。她挤出人群，冲出过道，像一只取回猎物的猎犬，玛吉·奥玛拉像一只叭儿狗一样跟着她，埃莉诺·克雷维科尔像一只奔驰的灵缇，但帕特里夏·布兰布尔却不见了。

警察跟在她们后面，就像一列游行的冰车。

安一把抓住那个印第安人的衣领，她的声音不大却恶狠狠的：“你给我出

---

① 本杰明·拉什(Benjamin Rush)被认为是“美国精神病学之父”。

② 阿伽门农(Agamemnon)，特洛伊战争中希腊军队的统帅。

去，你喝醉了！”他甩开了她，于是玛吉给了他一巴掌，这是极响亮的一巴掌，一个在午夜便餐馆接受训练的女服务员的巴掌。所有观众都大声尖叫着站起来了，他们注视着这一切，沃姆斯医生也被遗忘了。那个印第安人伸手去抓玛吉，但不知怎么的，埃莉诺突然出现在玛吉前面，冷酷、犀利又平静，连酒鬼也不敢轻举妄动。

（但帕特里夏在哪里？她是懦夫！逃兵！）

“喂，你！带他出去！”安正言厉色地对站在最前面的警察说道。

其他男人咆哮着说：“他有权说话！你，还有你的那些彪悍的妓女，应该为自己感到羞愧，称自己为高贵的小姐？让一群像你们这样的坏人获得选举权？”

警察急忙说：“回到你的座位上去，女士！是你在大惊小怪，不是这个家伙！你让开，让我们来处理这场骚乱。”她们心有不甘地后退了。这时，那个印第安人越过埃莉诺瘦弱的肩膀，大叫道：“是啊！来吧，伙计们，我们教训教训她们，从女医生开始！来吧！”

一阵旋风突如其来，好似一列高速列车冲破围墙进入大厅、一群疯牛沿着中央过道飞奔而来。帕特里夏·布兰布尔领着一帮兴高采烈的青年进来了，他们身穿克莱特伯恩大学运动衫。“干掉他！”帕特里夏指着那个印第安人喊道。青年们一拥而上，那个印第安人便淹没在这群年轻人中了，只见在大厅后面，他被倒转过来的双脚在众人头顶上踢来踢去。“把那个人也干掉！还有那一个！”安激动地喊道。

两个男人，之后是六个男人，从抗议人群中被拖走了，他们像柔软的破布口袋一般被拖出去了。现在，在这帮青年的支持下，警察也变得英勇活跃了，他们甚至开始往外拖尖叫过的人，包括一位可敬的克莱特伯恩大学男教授。他是一位女权主义者，据说他自拥有选举权以来，曾两次投票给每位公开支持选举权运动的候选人。

警察和青年在过道上巡视。全场安静下来了，沃姆斯医生继续演讲，安心度过了一个小时，最终以还算过得去的掌声结束了。

“母虎队”成员并没有听她的演讲，她们在后台待着，浑身筋疲力尽。埃莉诺哭了，玛吉则为这场结束了的精彩战斗愤愤不平。

“你从哪儿找来的这些年轻力壮的小伙子？”她问帕特里夏。

“我冒了极大的险找来的！我早注意到他们了，他们就坐在楼厅的第一排，我认出了其中的塔德·佩奎斯特，我见过他的照片，他是足球队队长。出事的时候，我凑到塔德跟前说：‘佩奎斯特先生，我是你姐姐的朋友，你得过来帮一下忙。'我冒险说他有个姐姐，他便和那些热心的青年学生一起来了，他们做得真棒！"

此时，安坐在一旁沉思："真讨厌，我们的实际工作、委员会、拉票、信，那些信！我们永远也无法靠这些得到赏识了。现在我们像男大学生一样夸张，也许所有的报纸都会夸我们是勇敢的好姑娘，因为我们像男人一样愚蠢，试图用暴力解决问题，像男人一样……但我要是能打那个印第安人一次就好了，就一次，像玛吉那样！"

当她们保护着沃姆斯医生离开大厅时，一个瘦弱的小老太太扑向了安和埃莉诺，她嘶嘶地说："女青年，我足足进行了四十年的选举权运动，我和我亲爱的亡夫为我们以为的事业贡献了许多钱，但今晚过后，我会坚决反对妇女参政！你和你的流氓同伴简直毫无优雅，一点也没有！"

埃莉诺大喊道："不优雅？噢，天哪，下次我要参加女红工会了！"

大家都笑了，安却笑不出来，她很沮丧，这场闹剧使她产生了摆脱范宁公馆那些无聊日常的想法。她沉思着："我已不再是独立的个体了。不管是解决暴乱还是写信，我都像一个轮子上的小齿轮，再过一年——在这儿再待一年——我就要离开，验证一下如今的安·维克斯到底能做什么，是否除了'选举权运动指挥部的女青年之一'以外，她什么也不是。"

"然后，我想，我会参加其他那些所谓鼓舞人心的运动，成为另一个轮子上的齿轮。"

"所有热衷于改革的人都这样吗？"

"不管怎样，我不会再卷入另一场暴乱了，我只是爱出风头，就这样！结束吧！"

12

之后，又来了一位“出动的消防员”，她不似马尔维娜·沃姆斯医生那般有名、亲切，她是埃米莉·艾伦·奥凯特小姐，也属于杰出女性——只是大家都不清楚杰出在哪里。与选举权运动相关的杂志称奥凯特小姐是一位“作家、演讲家、改革家”，但对于她写的书、讲的话、奋斗的改革事业，范宁公馆里的人都不是十分赞同。可是，总指挥部却派她激励、动员地方劳工。

范宁公馆的人被告知要为奥凯特小姐提供舒适的住房和丰盛的餐食，在她就寝前准备好一份热乎乎的夜宵，还要备好出租车以便她视察及外出。

“哈！热乎乎的夜宵？出租车？我们这里热乎乎的夜宵就是一大杯热水！”博加杜斯小姐向安抱怨道，“你和埃莉诺负责和她接洽，并照顾她。也许你感觉出来了，我说不定会和她起争执！”

埃米莉·艾伦·奥凯特小姐戴的手镯比博恩特皇家女子学院的尤拉·托尔斯还多，她始终保持露齿的微笑，晚上看她有三十五岁，白天看她却有四十五岁。她说起话来柔声细语，却极挑剔，她暗示范宁公馆提供的房间很糟糕，餐食也有些差，她建议博加杜斯小姐去雇一位“靠谱的黑人保姆”来做饭——她们常常连馅饼也买不起。

“在新英格兰[①]、伦敦、巴黎待过之后，再来你们这个简朴又充满活力的中西部地区，真是令人觉得有趣。”她对着生于缅因州的博加杜斯小姐滔滔不绝。

尽管奥凯特小姐在两次演讲中均表现不佳——一次是在北区的射击俱乐部大厅举行的集会上，另一次是在老榆树站妇女文学协会上——博加杜斯小姐

---

① 新英格兰，包括缅因、新罕布什尔、佛蒙特、马萨诸塞、罗得岛、康涅狄格诸州的美国东北部地区。

也毫不在意。奥凯特小姐太优雅了，做不了强求别人的事，但其他的事她又做得不够优雅。她只会举《女人的错》[①]一书中的几件纯洁事例，想不出任何新的东西，克莱特伯恩的所有人，甚至梅米·博加杜斯都对常提到的那些恶行稍感厌倦了。奥凯特小姐津津有味地讲述与世界名人的相识：她同伍德将军横渡大洋，靠岸时，她对将军讲了一个趣事；阿尔伯特·哈伯德和她分享了一些关于母性高尚的看法。

到了晚上，一番长篇大论之后的奥凯特小姐筋疲力尽，她简单粗暴地解决了热乎乎的夜宵，包括一杯热可可、重新热过的茶点、蜂蜜，饥肠辘辘的安仿佛再次遭受了一场洗劫。

"老实说，博加杜斯小姐，我不想撵人，但那个奥凯特真讨厌。"晚些时候，安抱怨道。此时，博加杜斯小姐正努力准时写完她对俄亥俄州选举权横幅的评论，她本打算三天前就写完的。

"我明白，小姐，我以前认为任何支持选举权运动的女孩都会得到解救，但恐怕我们也会像男人一样堕落。我们要拿她怎么办？"

"你也知道，我们四个必须到塔福德组织运动，这可是全州最艰巨的任务。为什么不让奥凯特和我们一起去呢？"

"我知道了。现在快上床，孩子，去睡——还是先不要睡了，现在还不到午夜。安，我知道你累了，可是那个讨厌的班道夫今晚竟没过来，她的那堆信还没有写，这些志愿者真糟糕！你不想写完那些信吗，亲爱的？至于奥凯特小姐，我去跟她说，她会喜欢塔福德的！"

塔福德是一座老工业城镇，有三代产业，即手表、步枪和打字机，它需要的是高薪、认真又熟练的技工，而不是初来乍到的杂工、波兰人、匈牙利人及意大利人。此外，塔福德还缺少工业区发展所需的社会主义气息。塔福德像康涅狄格州的哈特福德，或任何一个类似于春田[②]的美国城市一样保守，仿佛是一个英国小镇，只不过没有教堂罢了。塔福德抵制选举权运动，尤其是镇长斯诺菲尔德先生，他那高鼻梁、像安装了喷嘴般的妻子是俄亥俄州反选举权运动协会的副主席。但在塔福德，有一位老骨干曼德斯太太，她是一个寡妇，是梅米·博加杜斯的战友，一直在为选举权而战，多次请求克莱特伯恩指挥部派遣演讲者至

---

① 作者是玛莉·渥斯顿克雷福特(Mary Wollstonecraft，1759～1797)，英国著名女权主义者、作家。

② 春田(Springfield，又译为斯普林菲尔德)，美国伊利诺伊州首府。

塔福德，什么都阻止不了她，因为她父亲曾是俄亥俄州卫理公会的主教、内战前修建地下逃亡道[①]的负责人。

为了塔福德以及尊敬的斯诺菲尔德先生和曼德斯太太，博加杜斯派出了埃米莉·艾伦·奥凯特，又仁慈地派了安、帕特里夏、埃莉诺和玛吉·奥玛拉担任护卫。曼德斯太太预定了大歌剧院，并张贴公告，宣告居民将听到“世界上最伟大的思想家、作家之一”——埃米莉·艾伦·奥凯特小姐的演讲。曼德斯太太于五点十八分接到了从克莱特伯恩前来的这五人，她仔细地看着她们，想找出哪位是伟大的思想家、作家。在站台上，埃米莉面带笑容，伸出手走向前，咯咯地笑着说：“我是奥凯特小姐，这些是我的助理——非常可爱的女孩们。在去过巴黎、伦敦和纽约之后，能来到这座活跃又简朴的中西部城市真是太高兴了。”曼德斯太太听后抽了抽鼻子。

“还不知道您是否会满意呢，”曼德斯太太尖声说道，“我尝试拨打火车上的有线电话联系您，但失败了。大歌剧院的负责人违约了，大概是运动的反对者收买又恐吓他，我想再找一个大厅却找不到，他们将我们封锁起来了。”

“曼德斯太太，我是指挥部的安·维克斯，我们不能举办街头集会或空地集会吗？我们经常举办，我相信奥凯特小姐也不会介意的。”

“恐怕我会！”奥凯特小姐大喊道，先前那令人生厌的温和也减弱了，“我觉得在街头举行集会会影响表达演讲要点的效果，而且街头上还有许多不相干的人呢！”

曼德斯太太（她看起来和其他执事的遗孀一样慈祥、深沉而虔诚）大声说道：“我想，那些不相干的人今晚总会知道所有演讲要点的！我知道一块不错的空地，虽然有点泥泞但没有小孩子能扔起来的砖头。不过我们要做好进监狱的准备，现在时间太晚了，无法得到镇长签发的同意举办街头集会的许可证。这并不是说空地必须是合法的私人财产，毕竟无论如何，警察都会来询问的！”

安、埃莉诺和帕特里夏看上去满不在乎，玛吉轻声地笑了，奥凯特小姐也一时语塞。之后，奥凯特小姐笑了，但她笑容里所有的亲切早已荡然无存。她听上去就像咬了什么含沙的东西：“当然，我会尽我所能的，我一向如此，但恐怕这些年轻的姑娘们不得不胡乱地做长篇大论的演讲了，不过她们倒也习惯了！”

---

① 地下逃亡道是（美国内战前）废奴主义者帮助奴隶逃跑用的。

曼德斯太太十分活跃，她立即到大歌剧院门口对面的一家商店挂上了一张手写的海报：

塔福德害怕女性！
阻止我们
在大歌剧院发表演讲
请前来参加露天会议
布莱尔 & 斯塔福德街 晚上八点
聆听绝妙真理
今晚——星期三

曼德斯太太在空地的一个角落安排了一个打鼓的小男孩，还有一个吹军号的瘸腿老兵，他参加过美西战争。他们对自己的才艺引以为豪，并且都愿意大显身手一回。

七点五十五分，当她们乘坐曼德斯太太呼哧作响的教皇汽车出现时，空地上已满是人了。观众们并不像克莱特伯恩交响乐厅的那些有身份的人一样冷漠，他们中大部分是一无所有的人、无业游民、锅炉工、看门人、杂工及女清洁工，他们很欣赏这帮女强盗的胆量。当曼德斯太太和姑娘们驾车行至人群中间、拿出传单并点燃汽油火炬时，他们欢呼雀跃。但在那昏暗而紧张的火焰下，这群人显得很狂野：胡子拉碴的下巴、无领衬衫上方凸起的喉咙、沾满煤灰或石灰的帽子、女洗碗工突出的双眼。

奥凯特小姐气吁吁地对埃莉诺说，埃莉诺是她们那帮人中唯一一个看起来有些文雅的女性："噢，他们是一群可怕的乌合之众！一定要让曼德斯太太认识到其中的危险性！我们必须离开这里！"

曼德斯太太爬上汽车后座，举起双手，人群大喊道："嘿，拼命干，姑娘们！让他们见鬼去吧！选举权万岁！"

"他们会围攻我们！"奥凯特小姐呜咽着说。

曼德斯太太和观众说话就好像在和自己的邻居说话，演讲开始了，安继续着她那一成不变的开头——太一成不变了！大意是女性并不是要追求特权，而是寻求工作机会……这时，一辆警车呼啸而来，尖锐刺耳的声音充斥着整条街。在一名警督的率领下，十几名警员挥舞着警棍穿过人群。

"谢天谢地！"奥凯特抽泣着说。温文尔雅的埃莉诺听后转过身来跟她说："你个胆小鬼！你回纽约要多少钱？"

奥凯特小姐处于恐惧之中，根本没听见，她从车上溜了下来。当高大的警督从车的一旁挤过来时，她尽可能地依偎在他身边，她向他露出了温和又灿烂的微笑，可他压根儿没注意。安在车上望着他，在火炬的光亮下望着他那张恶毒的嘴巴，他向安命令道："嘿，你，女士！你的演讲许可证在哪儿？"

"我们不需要，根本不需要，"曼德斯太太拘谨地说，"请您忙您的吧，警官，这不是街头集会，这是私人空地，不需要——"

"你不需要许可证？见鬼了！看看，听众都挤到公路上了！这就是街头集会！现在闭上你的嘴，离开这里，否则我把你们都抓起来！"

这位主教的女儿不再拘谨了，曼德斯太太吼道："把我们抓起来吧！来吧！我们希望被抓！"（正在冷笑的埃莉诺看见埃米莉·艾伦·奥凯特小姐从警督身后溜走了，消失在人群中）"镇上全都是像你一样的笨蛋，这是唯一一件能震惊你们的事！"

"你说够了吧，曼德斯太太！我知道你所有的事。你应该为自己感到羞愧，像你这样的老女人，一个牧师的女儿，竟然和外地来的妓女混在一起！一群激进分子、无政府主义者！要不是你那有权势的亲戚，我会逮捕你的。不错，如果你再说粗鲁无礼的话，也许我会动用警棍！我敢保证，你的那些好亲戚也受不了你的恣意妄为了，我可知道内幕。现在你们——伙计们！清场！皮尔瓦斯基！来这儿，把这辆车开回这个老女人家里。莫纳汉，你也来，别让这些泼妇跑了！"

皮尔瓦斯基驱车离开时，安看到有官员在训诫一群人，这些官员原是这群人找来维护治安的。安想跳下车杀警察，和他们斗争到死，但她被莫纳汉警员抓起来了。站在车上，她看到了永生难忘的画面，这使她从根本上变为了一名革命者，即使后来她成了一名老成持重的公务人员也丝毫没有动摇。由那个高大的警督领头，八名警员猛烈攻击群众。八个人对五百人！就像报纸上所说的，这听起来很英勇，但实际并不是。她意识到了一些事，以至于后来她无法接受 1920 年到 1930 年间流行于世界各地（俄国和日本除外）的激进和平主义：手无寸铁的群众无力反抗受过武装训练的军队，年龄、性别、所持立场或通情达理的性格在枪支和俱乐部面前都会土崩瓦解。

警员们走进人群中，看见谁就有条不紊地猛敲谁的头——老人、女人、八岁的男孩，还有已成年的工人。若有人反抗，便会打他两次；若他倒在泥里，就把他踢到旁边。当他们打到人群中央时，大家逃跑了，边跌跌撞撞地跑边用力推着前面的人。八名警员随手逮住了八名观众，把他们踢进了跟在警车身后的巡逻车里,然后当啷一声开走了。

皮尔瓦斯基开着曼德斯太太的车缓慢地跟在巡逻车后面。安回头看了看,有的人额头破了,血汩汩地淌着,流进了他们受伤的眼睛里,有的人面朝上地躺在泥里,还有的人边啜泣边踉踉跄跄地走着,双手颤抖。从那一刻起,安不再仅仅是一名女权主义者,她成了一名人道主义者,这是这个令人厌烦的词唯一的正统含义。

奥凯特小姐乘着出租车在他们之前到了曼德斯太太的家,她在一盆天竺葵旁哭得梨花带雨。曼德斯太太没搭理埃米莉,她们进了客厅,曼德斯太太在避开皮尔瓦斯基和莫纳汉警员后说:"我们明早去找镇长,问他要一张街头演讲的许可证,他可能不会给我们。不过也许有一天居民们会明白谁才是街道、煤气、水的所有者!你们说呢,安·维克斯——姑娘们?"

"对极了!""母虎队"成员说。

"噢,不!"埃米莉·艾伦·奥凯特大喊道,"我事先告诉过你今晚会发生什么!这一切都太不成体统了!"

主教的女儿接着说:"没错,生孩子也是这样,我亲爱的女士!你无须担心,你的火车将在今晚十一点十六分发车,我会开车送你。其他人,我们将于明早九点出发……"

曼德斯太太临睡前打电话给晚报的值班人员,说明天市政厅可能会发生一些有趣的事,又打电话到镇长家里,说她们预计九点半到达。姑娘们第一次听见卫理公会信徒博阿迪西亚轻声笑着对镇长说:"嗨,阁下,您能说这样的话真让我吃惊,我仍记得您偷神父苹果的场景,那时还是个讨人厌的小男孩……"

曼德斯太太笑容满面地说:"他一定会叫警察来的。"

"谢天谢地,你没让我去。"奥凯特小姐抽了抽鼻子。

五年后,安在纽约遇见了奥凯特小姐,她们在她第十街上的公寓里喝茶,安发现身处安宁环境中的奥凯特是那么优雅、风趣、明白事理,最糟糕的是,她真的认识以前她假装很熟的那些名人。安叹了口气:"唉,从来没有人会体谅别人,除了你临行前一晚见到的那些人。"像鳄龟[①]一般的博加杜斯小姐大概是最善良的女人;埃莉诺·克雷维科尔能够并且确实震惊了玛吉·奥玛拉;强壮的格伦·哈吉斯可能比尤拉·托尔斯脆弱,比可敬的亨利·索格斯教授(文学硕

① 鳄龟,世界上最大的淡水龟之一,食肉,凶猛。

士)胆小;傲慢懦弱的埃米莉·奥凯特也许应勇敢地鄙视名望;至于她自己,安·维克斯,或许应投身于人类的发展与改革以及父母们所关注的普通儿科领域,这也是她最热切的抱负。然而她一直在想,这一切是否值得?这将她置于人类研究的何处?

她们五人十分谦和地走上市政厅的台阶,走到了被塔福德人民称为实心大理石的巨大圆柱之间。由于镇长斯诺菲尔德所在的政党曾在进行市政工作时发生了一些不幸的意外,因此这些圆柱实际上是装满碎石的炮弹。六名记者、七名摄影师和十九名警察在台阶上等着她们。

"你不能进去,女士。"警官对曼德斯太太说。

"我是塔福德的居民,我要使用我的权利——"

"你到街上去使用你的权利吧!"警官说。话音刚落,警察便把她们抓了起来,一个警察抓着一个女人,虽然抓得不疼,但相当粗鲁。

曼德斯太太、埃莉诺、安,甚至玛吉都静悄悄地站在那。安在想:"我们今天下午三点就能回克莱特伯恩。我想去度假,打扫房间——"

但帕特里夏·布兰布尔,那个小巧玲珑的帕特里夏,从警察手里挣脱出来了,她低下头,猛撞他的肚子。他大声叫喊着给了她一巴掌,抓住她的手腕,一直扭到她尖叫。其他三个姑娘见状便不假思索地加入进来了,她们同警察扭打在一起,还试图扇他们耳光。这时,安想起了交响乐厅的那个指责她们的老太太,在她那没戴帽子的棕色脑袋里有一个理性空间,她在那不经意地想了想,如果拼命地把脑袋从警察紧绷的肩膀上挣脱开也太猛烈了:"一点儿也不优雅,一点儿也不优雅……我希望摄影师能拍下来;应该能极好地宣传我们的事业……一点儿也不优雅,一点儿也不优雅。"

于是,她一口咬上和她扭打在一起的警察。

在安看来,无论在什么地方、出于什么原因被捕都像被抓到通奸一样,永远不光彩。任何被逮捕的人都是罪犯,本质上不同于其他人。他们无缘无故地做出骇人惊闻的事情,踏入了一个迷茫世界,那里充斥着法庭、监狱、酷刑室,还要痛苦地挣扎于良心的谴责。

她们坐着囚车离开了,里面有两张长椅,长椅上铺着极为普通的黑色油布,一个身材魁梧的警察站在后面的台阶上关上了灯。安似乎并不觉得自己正身处任何迷茫又恐怖的地方,而只是坐在一辆拉着窗帘、十分颠簸且不舒适的福特卡车里。安觉得自己不是罪犯,她好奇是不是许多囚犯也有同样的想法,认为自己仅仅是被十分迟钝的警察逮捕的人。

她们在市法院的犯人候审室里被关了半个小时,里面还有三个妓女、一个女黑人扒手和一个酩酊大醉的女人。安并不讨厌她们,她只是不相信,她,一个受人尊敬的年轻女大学生,竟被迫同这些邋遢女人关在一起。但反过来说,她们与她并没有太多的区别,也许她们同她和执事的女儿一样,都不会因被逮捕而受到责备。

这就是后来人们称安、帕特里夏、埃莉诺和玛吉为“母虎队”的缘由。

她们被传讯到一位法官面前,他既不凶神恶煞也不幽默风趣:一个普普通通的胖男人,留着常见的棕褐色小胡子,对他来说,量刑就像吃猪肉和豆子一样平静。

这五个人站在法官那又高又油腻的松木桌前,被指控(安感到惊奇,埃莉诺在窃笑)破坏治安,使用辱骂性、亵渎性语言,妨碍警官执行公务,引起人群聚集。五名警员,他们的个头和其中三名被告一样大,作证说:“这些女人威胁要袭击镇长,当得知镇长不接见她们时,她们便袭击警员,打他们,咬他们,给他们带来严重伤害。”

法官向下看了看曼德斯太太,又看了看她身边的警察。安认为他在按要求向那位警察使眼色:“但这个老太太,她没和这些年轻女人一起做那些恶劣的事!”

“没错,她试图阻止她们。她们是外地人,声称来自克莱特伯恩,她们自称无政府主义者或妇女参政者,或诸如此类的人。在我看来,她们是想误导这个老太太。”

“她们没有!如果她们有罪,那我就有双倍的罪!”曼德斯太太大喊道。

“曼德斯太太释放。其他人关押到镇监狱两周。下一个案子!”

“我要求和这些姑娘们一起去!这太可耻了——”

“警员!把这个老太太带下去。我说,下一个案子。”

当“母虎队”成员被带进右后门时,安回头去看曼德斯太太,发现她又踢又打,被三个身穿蓝色衣服、正咧着嘴笑的身材高大的人拖着走向了自由。

13

关押“母虎队”成员的监狱并不恐怖，也没意思，就像判决她们的那位可敬的法官一样，它不过是无聊、肮脏、毫无意义罢了。

她们听够了一起关押的犯人们所讲的关于其他县监狱和州监狱的事了。对于男女犯人来说，这些地方就是暗中任意进行残酷暴行的窝点，他们会被单独囚禁在阴暗潮湿、爬满虱子的牢房里直至发疯，他们要穿约束服并遭受鞭打，那些粗壮的女看守与男看守一样狠毒，她们喜欢扒光囚犯的衣服，用鞭子抽打他们，不停地责骂他们直到他们变得狂怒起来；接着，女看守会立即惩罚囚犯，用冰冷的消防水管喷他们。难以置信美国会发生这样的事，“母虎队”成员听一个犯人说，在乔治亚州的一个县监狱里，所有的女犯人都只穿一件薄薄的裙子，甚至连鞋都没有，男看守——里面没有女看守——随时都可以在光溜溜的女人之间走来走去，市里有些胆大的二流子在附近徘徊，盯着这些可怜虫上厕所——压根儿没有人管。当优良的公民得知这一切时，他们表示不相信。

塔福德的这所特别监狱里并没有发生暴力行为，有的尽是愚蠢的行为。警官天真无知，副警官则暗地里不断进行骚扰，简直令人作呕，这一切激怒了“母虎队”成员。她们被关在县监狱的女牢房里：一个高高的房间，光线昏暗又沉闷乏味，现在快到十二月了，天气很冷。房间周围有两排用来睡觉的单人牢房，除了那些关着精神不正常或有暴力倾向的囚犯的牢房外，其他的都没有上锁。牢房的床铺上铺着床垫，上面盖着潮湿的黄麻袋布。这个大房间的中央放着几十把摇摇晃晃的直椅、几张油腻腻的桌子和一个生锈的炉子，当然，还关押着囚犯们。

四个女孩刚进来时，地面脏乱，椅子摸起来黏糊糊的，墙上的裂缝里满是虱子，她们立刻着手收拾。如果她们要在这里关一年，恐怕不会一直像现在这样充满新鲜和天真的活力，但在这两个周里，她们像摩门教[①]的传教士一样乐观地忙碌着。由于女看守认为“她们没有必要”打扫房间，于是她们自费买了拖把、刷子、肥皂和杀虫剂，并在两个妓女的热情帮助下，除去了油脂和像垃圾一样的气味。“母虎队”成员开始在闲暇时间学英语和经济学，另有一个犯人——因偷窃衣帽间的皮草而入狱——是巴黎人，她教她们法语，但她所教的大部分单词她们都不敢用。

她们在监狱里关了不满一天，博加杜斯小姐便从克莱特伯恩赶来了。在热情洋溢地接受了报纸的采访后，她去看望“母虎队”成员，把她们亲了个遍。她哭了，说道：“关于法官和警察谁是最蠢的人这一问题，还存在很大的争议。”然后她把匆忙中在范宁公馆里找到的书及在克莱特伯恩车站的报摊上买到的书，都留给她们了。因此，她们有了很多书，其中包括《约翰福音》[②]、《悲惨世界》第二部、《新英格兰烹饪书》《詹达普尔的宝石》、E.菲利普斯·奥本海姆写的剧本、《格列佛游记》《为孩子安排》《猛犸洞的历史》、一部名为《海伦·奥海托尔》的净化心灵小说和魏宁格的《性与性格》。仓促之下，博加杜斯小姐只想得起和女人有关的书。

曼德斯太太每天都来，带着报纸《生命与审判》、冷鸡和又大又美味且凝固力持久的葡萄干布丁。对于四个吃不饱的健康年轻姑娘来说，这可比魏宁格有趣多了。她们平常吃的是黏糊糊的粥、酸面包、人造黄油、淡而无味的咖啡和茶、微热的煮土豆、沾满油脂的炖菜、糖浆和用胡萝卜做的橘子酱。

除了没完没了的谈话以外，其他囚犯唯一的工作是清洗盛着这些“美味佳肴”的锡盘子。这些女人整天——有时只是在半夜，谈论着小偷、妓女、虐待孩子或砍伤情人的女人、酒鬼和瘾君子，她们讲着下流的段子，唱着“弗兰基与约翰尼”，吹嘘自己的情人，哭诉丈夫的虐待及她们擦地板或洗衣服时遇到的吝啬顾客。除了妇女参政者以外，那十七个女人都在聊天，她们憎恨这个世界，也不知该如何面对这个世界。

在安看来，这十七个人中有十四个人和自己一样，都不是“罪犯”，她们因为贫穷、失业或饥饿入狱；至于那些妓女，则是由于头脑简单及盲目追求光鲜亮丽的生活。现在，安已将这十四个邋遢的女人视为好朋友了，她对她们的了解度

① 摩门教正式名称为“耶稣基督末世圣徒教会”，1830年由约瑟夫·史密斯于美国创建。

② 《约翰福音》，《新约圣经》中的一卷。

和帕特里夏、埃莉诺或玛吉差不多——她们中有的人不如帕特里夏那么精明，不似埃莉诺那般粗俗，也不像玛吉那样好斗。

随着日子一天天过去，她们变得更熟悉、更有人情味、更像沃巴纳基或博恩特皇家女子学院的姑娘了，连监狱似乎也不因恐惧而显得那么诡异了。它不是一个带有神秘恐怖气息的“监狱”，而像囚车，只是一个地方，一个她现在恰巧身处的地方，就像她可能身处火车站一样，厌倦了等待，也厌倦了思考世界低效的原因。因为她气愤的不是整个法律、法庭和监狱体系的残酷，而是这个体系一点儿意义都没有。“假设法庭是对的，我是一个罪犯，”她烦躁地说，“唉，可是把我关在监狱两周有什么用呢？理论上说，我是一个暴力的无赖，伤害警察，威胁镇长，但在专职妓女之中闲坐两周就会让我变得温柔，教会我如何自制吗？当我出狱的时候，警察和镇长就会平安无事吗？”

安认为战争是愚蠢的，为了少数人的利益做生意是疯狂的，王位、王冠、头衔和等级就像玩小锡兵[①]一样幼稚，但在人类所有的愚蠢行为中，以坐牢的方式解决犯罪问题是最没有意义的……罪行越严重，就越应该采取残暴的对策。

这种认识，再加上记忆犹新的酸臭味，黏糊糊的桌子，刺鼻的食物，女犯人困惑、绝望又麻木的样子，以及看守人暗地里的骚扰，总有一天会促使安进行监狱改革。即使当她渴望摆脱改革的困扰或风光，想追求拥有一个男人、一栋房子、孩子、土地和平静日常的稳定生活时，这种认识也会鼓励她坚持的。

土地、孩子、灶台、她的男人！

正是由于安此刻无所事事，她才如此渴求这些。她在沃巴纳基东跑西颠，在博恩特皇家女子学院忙忙碌碌，在克莱特伯恩慷慨激昂，她太忙了，根本没有时间充分考虑安·维克斯——这个个体是什么，想要什么。

也许，安叹了口气（看着一只蟑螂，它繁殖的速度比她们打死它的速度还快）——也许她是马大[②]一样的人，马大从不会挥霍无度到用哪哒香膏[③]涂抹世人，他总是在为拉撒路[④]和耶稣准备主餐，他为大众服务，属于大众，从不是一个“个体”。但安是一个十足的个体，她在监狱肮脏变质的女权运动中、在受到性别束缚的女人间，思考着男人。

---

① 小锡兵，一种流行于19世纪的金属玩偶。

② 马大，耶稣喜爱的信徒之一，善于持家，常常款待耶稣和他的门徒。

③ 哪哒香膏是从长在海拔4500米以上的喜马拉雅高原上的甘松中提炼出来的膏油，极其珍贵难得。耶稣曾被当成贵宾，抹上此种香膏。

④ 拉撒路，马大的弟弟。

男人！范宁公馆出现过的男人几乎和博恩特皇家女子学院出现过的差不多，范宁公馆来的都是受约束的人夫、爱好文学的银行职员和社会主义者，这些社会主义者称你为“同志”，转身却以一种所谓的博爱精神将你抛下。姑娘们在忙碌的工作安排之中失去了所有强烈的欲望，但她们现在有时间了。安白天幻想，晚上梦见了一对恋人，男方大概有着阿道夫·克莱布斯的个性及格伦·哈吉斯的外表。沿着山坡牧场那凹凸不平的草地，他来到她身边，他们飞奔过山地，轻如云影……在一座毫无活力的老城里，一个雾气弥漫、灯光朦胧的下午，在一个破烂不堪的门口，他们见面了，这里发生了不正当又令人兴奋的事情。他们一起溜掉了——她挽着他的胳膊，高兴得发抖——跑到他们的秘密基地喝茶……这对恋人一起走过威尼斯的小巷，回到了一个高级酒店的房间里，里面的天花板极高，显得有些冷清，房间的另一头有一张蓝金双色的大床，地面铺着深红色的瓷砖，还有一盏熠熠夺目的水晶吊灯……之后，他们魔法般地住进了康涅狄格州的一间农舍里，那里有一个比水晶灯还小但更令人兴奋的菜园。

现在，每一本浪漫小说、每一部安看过的电影都浮现在她眼前。在她超然的沉思中，这比牢房生锈栅栏上的蟑螂、五英尺外尖叫的妓女、克莱特伯恩的那些等她回去完成的成堆信封更真实。

在一阵暴风般的玫瑰花、五彩纸屑及铜管乐队[①]演奏的“蒂珀雷里”声中，“母虎队”成员出狱了。她们四个人，加上曼德斯太太、博加杜斯小姐和贡多夫街体育教堂的昌西·森姆斯柏瑞牧师，向两千名塔福德群众发表演讲，群众拼命鼓掌，却依旧投票反对妇女拥有市政参政权。

克莱特伯恩的车站聚集了市里所有的摄影记者、十六名商业摄影师、七十二名业余摄影师及一大堆记者和另一支铜管乐队。她们在交响乐厅向三千人发表演讲，唯一一个质问她们的男人被两个热心的商人赶出去了，这两个商人就是连头发也要两周理一次的那种人。

她们没有时间吃饭，只在从火车站赶往交响乐大厅集会的途中吃了巧克力杏仁酥饼。集会后，数百位坚定的女性拥护者走上前来和她们握手，她们逃开了。当到达范宁公馆时，她们却发现慌乱的博加杜斯小姐忘记准备晚饭了，她们只能吃凉罐装咸牛肉和发霉的饼干。

---

① 铜管乐队于19世纪初在欧美许多国家出现，也叫“吹奏乐队”。

不过，她们在范宁公馆阁楼里的折叠床看起来和伊斯兰教天堂的睡椅一样舒适。

安在监狱中的沉思鼓励她摆脱选举权运动所产生的正义束缚，博加杜斯小姐的高尚品德和自我牺牲精神，使她期望别人也具备同样的美德和牺牲精神，这比地牢更专横。在这个世界上，任何人都不可能具备过于高尚的品德，毕竟对世人来说，这很难做到。与一队警察相比，安更害怕博加杜斯小姐，她厌倦了——不仅厌倦博加杜斯小姐要她们在出狱二十四小时内重新写起来的信，而且厌倦选举权运动的所有神学词汇："女性经济独立""平等权利""同工同酬"和"母权制"，就像"理想主义""美德""爱国主义"这些老掉牙的词儿一样，它们已经没有任何意义了，她也厌倦了那些没完没了地讲关于女人不公的故事。上帝知道，世间有许多不公：带着三个孩子的年轻寡妇每天工作十二个小时，却只能勉强维持不被饿死；暴躁的丈夫奚落富有智慧的妻子，使其变得自卑。这些来范宁公馆喝茶的妇女只是抱怨她们的丈夫不懂得欣赏她们更为高贵的品格，安倾听了很久，之后，她开始同情起她们的丈夫了。

安用了四个月的时间才从克莱特伯恩和那些信中解脱出来，其间，她抑制住自己的恐惧，悄悄地与帕特里夏和埃莉诺交流。要不是帕特里夏和埃莉诺坦白她们也计划去纽约，去过随心所欲做自己、摆脱写信的生活，那么在正常情况下，安也许不会在选举权修正案通过之前就逃离了范宁公馆。帕特里夏和埃莉诺将在范宁公馆关注着她，为什么她不给她们做个示范呢？当博加杜斯小姐控诉安背信弃义时，她们也会尽力帮她说话的。

1916年，安在纽约纺织服务界的一个名为"情况调查"的委员会找到了一份工作，过分的是，竟没有工资，不过倒也能保证安在柯利亚斯·胡克社区服务所的食宿，就当是安为外国人上课的报酬。

安有点迷茫，她自由了，却又不知该如何面对自由，她有一小部分良心因博加杜斯小姐的干脆利落而煎熬，"如果你在这儿觉得不快乐，我们不会勉强你"。安熬过了糟糕的四月，来到了纽约的塔楼。

站在高高的台子上，她看到了伍尔沃斯大厦的尖顶，之后她俯视着一群中国人、意大利人、匈牙利人、北方佬、巨富的银行家、刚从爪哇岛来的水手、机智的犹太律师和吹着口哨的钢结构安装工，她的精神随塔楼飞扬，随大港口不断涌现的生命力而活跃，她大喊道："现在，我要采取行动了……什么是我想要的呢？"

14

1917 年，美国卷入战争，安·维克斯从纽约南部的柯利亚斯·胡克社区的普通居民中脱颖而出，成为社区服务所管理员助理。平日里她忙着给区里的穷人上课，教他们基础英语、作文、现代戏剧、经济学、心理学和烹饪。除此之外，还负责管理妇女社团和儿童社团、戏剧协会，组织协调那些关于单一税、钓鱼、西藏探险、和平主义、贝壳采集、食用麸皮、查理曼帝国版图等的公益演讲。

与在范宁公馆的日子不同，安整日周旋于纽约混乱的熟人圈子，电话也总是响个不停。帕特里夏·布兰布尔在丹佛教课一学期后就被解雇了，显然是因为她的工作效率太低了；之后，她去了纽约，成了某广告公司的御用速记员。埃莉诺·克雷维科尔成了一家专门报道家居装饰的商业报纸的编辑助理，写了一堆关于厕所的歌词和壁板的颂文，再套上军歌的调子，可劲儿地颂扬客房里的折叠皮箱有多便利。

在纽约这群粗犷的撰稿人和衣着单一的推销员中间，帕特里夏像位孤傲、甜美又冷漠的处女，整日一副范宁公馆里那群老处男的神态。埃莉诺说："像你这么大的时候我就来这里工作了，不过我真正的目的是寻找我的真命天子。"事实证明，她的确成功了，认识了一位叫尤班克的先生，两人很快便婚前同居。这个年轻小伙高大且健壮，毕业于俄克拉荷马大学，现在是一家出租车公司的秘书，唯一的社交本领就是模仿中国洗衣工和打桥牌。当比他优秀的女人谈论税收和永生的话题时，他总是保持沉默。

一到纽约，安就紧张兮兮地去拜访了马尔维娜·沃姆斯医生，就是她在克莱特伯恩的交响乐大厅力挺的那位备受争议的普选演说者。沃姆斯医生身材圆润，性格颇为亲切，与安礼貌性地拥抱了一下，给她开了感冒药，便带她去了房间。里面拥拥攘攘的，气氛轻松自在，好像每个人都是这里的主角，安也不例外。沃姆斯医生的房间在第五大道上一座30年代的老式公寓顶层，屋子里到处都是灰尘，堆满了德国医学书籍、中国陶器、小提琴（她一直觉得它们是斯特拉瓦迪小提琴）、苏塞克斯的橡木橱柜以及成堆的倡导素食主义与描写马其顿、中国孤儿和结肠灌溉的未拆封杂志，桌上全是烟头，横七竖八地放着苦闷的诗歌和求助信，房间里挤满了产科病人和其他不相干的人。在这里，安结识了建筑师、受伤的法国军官和德国间谍，他们模样正派，通常被当成瑞士银行家、细菌学家和圣公会的牧师，大家都觉得他们是那种谨记《圣经》教诲的人。在那些出版商的秘书和女化学家们中，一半的人都戴着眼镜，神情严肃；而另一半人则一头金色秀发，举止轻浮，常在沃姆斯医生的临时舞会上躲到日本屏风后面接吻。“你会喜欢我们这伙人的，”沃姆斯医生对安说，“而且啊，这种场合可以教你很多东西，你要留心学着，没准儿哪天就能成第一位美国女性大使呢。发现了吗，那些严谨的学者都以为我又不正经又轻浮，还有那些‘惹事佬’，都觉得我有严重的抑郁症，所以他们都不找我看病，我只能靠免费会诊和给那些欠揍的阔娘们出谋划策维持生计。噢，这里有些不错的本笃会甜酒。明晚好像还有个飞行员还是贝壳学家要过来，哎，我也记不清了，总之明晚要记得来啊。”

人际关系方面，安还是和邻居关系最好，二十个邻居里面有七个是男性：两个哥伦比亚大学的研究生、一个年轻的自由主义者、一位蔑视法律却崇拜克莱伦斯·丹诺①的律师、一个中年图书管理员、一个生性自由又有趣的牧师，还有一个富有的年轻官员，总迫不及待地想为受压迫的人做点什么，什么都可以，除了卖掉所有东西把钱分给穷人。这位官员住在穷人中间，却把自己的房子给了已经在纽约拥有四英亩地的父亲。噢，对了，他的晚礼服应该还在他父亲的那些大房子里呢。

安每天都和这些邻居一起吃早晚餐，大家围坐在一张长桌旁，无论是餐桌上的气氛还是食物，都和大学城寄宿公寓里的一模一样。那些男住户的房间离她的房间很近，他们可以穿着家居服或睡衣在居民楼三层的走廊上晃悠着聊天。她喜欢这些人的德行和粗野的气味，比起和埃莉诺去影院，与这些男人去更刺激。哎，他们七个都那么的自由！头脑清晰，讲话充满活力，却不激愤，也不俗气。

---

① 克莱伦斯·丹诺(Clanrence Darrow, 1857～1938)，被后人誉为美国历史上最伟大的辩护律师，在其律师生涯之中成功地代理了许多起疑难复杂的经典案件，为美国社会的劳工领袖、无政府主义者、有色人种、进化论传播者、未成年人以及其他形形色色的刑事被告人出庭做过无数次精彩的辩护。

在威尔逊总统的带领下，胡克社区也加入了战争。同伟大的社会主义思想家厄普顿·辛克莱先生一样，除了安以外，所有社区工人都宣称，虽然作为和平主义者，他们都反对战争，但这次战争除外，因为此次的目的是推翻普鲁士军队，而且这次战争胜利后世界将永远和平。安想起了沃巴纳基镇的老奥斯卡·克莱布斯和女子学院的德语教授，她并不相信德国人是个好战的民族，但朋友们尖叫着驳倒了她：这是一段悠久的历史，现在很多人都不记得了，尤其是那些创造了这段历史的人。他们每周在和平协会发表三次演讲，然后回到柏林向他们的德国朋友们解释，从个人角度讲，他们一直反对战争。

区里的居民不停地制造绷带，派工人为基督教青年会募捐，并款待那些初来纽约的新士兵。这里是来自其他城市的"社工"总部，所有社工都在为上战场摩拳擦掌，像模像样地进行劈刺训练。1917 年 6 月，社区为来访的军官举办了一场大型舞会，而住在附近的意大利和犹太儿童早就对松松垮垮又富有诗意的社工们见怪不怪了，难得瞧见今天这般身穿制服、整齐统一的架势。

为了举行舞会，用作讲堂和音乐会的大礼堂已经打扫干净了。美国、英国和法国的国旗交织在一起，挡住了耶稣和卡尔·马克思的画像。舞台上，社区工人正忙活着供应咖啡、柠檬水和冰激凌。那位富有的年轻官员同其他人一样穿上了制服，因为这里没有酒，客人们接连离开了房间。

虽然安对战争有些许偏见，但这并没有阻止她跳舞。六月的傍晚，窗外传来贫民区欢快的笑声和街上的哭声，沿街叫卖的小推车叮叮当当地响着，孩子们跟着手摇弦琴起舞。管弦乐队把进行曲演奏成欢快的舞曲，安和那些以战斗为荣、渴望成功的年轻人一起摇晃着，为自己摆脱了烦琐的工作和虚伪的美德而窃喜。

"姑娘！跟我们走吧！保你玩得开心！到时候我给你买瓶香槟！"她的舞伴兴奋地朝着她喊道。

这个人长着一张如玛瑙一样光滑的脸，是个哲学博士。

安喜欢跳舞，尽管她一直警告自己："小安啊，看在上帝的分上，可别像打篮球那样蹦蹦跳跳的！"但勇士们变得越快活、越放荡，她就越局促不安、越沮丧。尽管这些年轻人像所有男人一样喜欢感情用事、容易激动，但毕竟他们是她的同胞。一想到跳舞时她愉快倚着的那个坚实胸膛，几个月后可能会变成一堆破烂的渣滓，爬满了蛆虫……噢，上帝啊！没有任何事业值得付出这样的代价，尤其是要让这些"阿道夫·克莱布斯"们倒在血淋淋的枪下！

她悄悄离开舞台，紧接着，一位漂亮的邻家犹太女孩取代她成为舞会焦点。

这女孩是个优秀的社会主义者，当然，她盯着点心柜台的松木木板上剪裁讲究的军官制服犯花痴的时候除外。安坐在柜台尽头的一张板条折叠椅上，神情忧郁。

一个身穿上尉制服的男人缓步走过舞台，在她身旁的折叠椅上坐下，叹了口气。他看上去像个威尔士福音传教士，瘦瘦的，脸色蜡黄，个头不高，双手有些颤抖，黑色眼睛好像写满了哀求。他看起来比安大两到三岁——安现在二十六岁。

“累了吗，上尉？”她问。

“没有……啊，不……我想是有点儿。”

“来点儿冰激凌？”

“噢，老天，不吃了，不吃了！我刚在17号房间喝了很多威士忌，就是那个笨蛋百万富翁的房间。我记得是六杯。啊，我的意思是喝了六杯冰威士忌。最糟糕的是，我一点感觉也没有。”

“真的吗？”

“是啊，我也希望是真的。”

“为什么呢？”

“这样我就可以忘记，噢，肯定会忘记，对吗？忘记我们要去哪里。我比较神经质……就像大多数社工一样，除了工作之外，在其他方面我都比较蠢。但同时，我想知道其他的战士中有多少人和我一样害怕。对！害怕，我是说那种害怕！当我要睡觉的时候，如果那可以称之为睡觉，啊！我会做梦，梦见在战壕里，一个大高个德国兵拿着刺刀朝我扑来，直击我的腹部。啊，真该死！原谅我这个爱哭鬼！我平常都不这样说话的。今晚和我跳舞的那个傻姑娘说：‘上尉，为我杀两个德国佬好不好？’我当时简直要崩溃了！真该为此羞愧啊……”

“噢，我能理解你！为什么你不能把这当成自然反应呢？我不是什么爱国人士！你是步兵吗？能不能调到别的部队去？就是那种不用面对刺刀的部队。你知道吗，你现在看起来很紧张，可如果是我，我也会这样。”

“不，我不能这样做！就因为我是个该死的神经质？我是个要进入战壕、越过战壕的男人。要么就在战斗中懦弱得大哭着被枪毙，要么就凯旋，得到国会勋章。啊，就应该这样，我就理应这样！”

“是的，我觉得这非常勇敢，即使可能有点蠢。哦，对了，我叫安·维克斯，是这里的居民。”

“我叫雷斯尼克，呃，拉斐特·雷斯尼克，叫我拉斐也行。你真是个漂亮的姑娘,你是哪个大学毕业的?”

“博恩特皇家女子学院,我不漂亮!你真是好眼光,这样夸我会让我骄傲的。”

“好眼光?哈哈,可爱!我不仅有好眼光,还有肿胀的脚踝。感谢耶和华,没让我像杂志封面上的人那样美丽。啊,不,我应该说英俊而不是……”

“上尉是哪所大学毕业的呢?”

“我是明尼苏达大学的文学学士、芝加哥大学的文学硕士,现在正读社会学博士。别以为我现在就能得到这个博士学位,就算我的讣告发出来,也未必能有这个学位。到时候讣告会写:他的身子支离破碎,死于肠子被刺刀捅入,深度为六英寸,很遗憾,因生命终结而与优等学生的荣誉失之交臂。”

“别说了,你会得到的!”

“噢,你说得对。别在意我说的,安。说实话,我平常不是这样的。可能是因为喝了太多的威士忌。噢吼,酒精万岁!”

“你硕士毕业后都做了些什么?”

“就平平淡淡的,像我这种连流行背带裤和晚礼服都没有、还不适合赚钱的人,就拯救世界呗。我在温尼卡高中教了一年书,在密尔沃基写影评。啧啧,我还遇见了维克多伯格。我告诉你,他可是社会党界的圣保罗,德布斯是圣约翰,老卡尔是弥赛亚。后来,我说了些真话就被解雇了。你看,这就是神经质的坏毛病,今晚也是这样,差点和你吵起来。后来,我又去芝加哥当缓刑官。现在成了一名战士!”

“哎,不说了!”

“聊聊呗!讲讲你的故事,亲爱的。”

“呃……也没什么。我在选举权组织待过一段时间,做过研究,还受过一点护理培训。”

“护理?那你最好加入我们,巴黎见吧。”

“这是我今晚收到的第二个邀请。”

“但我是认真的,真的,或许那个人只是觉得你很可爱。可在我眼里……噢,如果我们在一起的话,我会抛下那些神经质的快乐,做个正常人。甚至,你可以在我临走前嫁给我。虽然我也不知道能给你什么!可我从没遇到过像你这样的姑娘,如此勇敢,给我指引,给我关心,还那么温柔,让我整个人都可以放松下来。安,你是唯一一个!而且这次是非常严肃的邀请。”

“噢,是的。嗯,您说的话被认真地接收并存档了。”

“如果有空缺，我们会通知你的。哈哈哈。哦，我知道了！恐怕你也不怎么在意这种事吧，还是说你其实有一个乐于助人又知识渊博的好丈夫？”

“不是的，上尉。如果你真的想知道，这是我收到的第一个求婚。我一直觉得自己有照顾人的天赋——我想大多数女性也是这么认为的——但警告你哦，我可不像看上去那么理智和可靠，其实我内心也很敏感。”

“我看不只是内心敏感啊！”

“不管怎么说，差不多就是这样，只是善于克制罢了。真的，我有很多小情绪。我还咬过一个警察呢！”

“佩服！佩服！我们离开这该死的全是意第绪[①]的军队吧，简直太犹太化了……”

“你难道不是——”

“我当然是啊，小笨蛋！我的祖父是拉比[②]，至少我父亲是这么说的，但我觉得他还另外开了一家肉铺。我们能不能……欸？你住在这里吗？有没有那种像样点的餐厅，或者去个别的什么地方，这样就不用听街上唱的什么‘笑一笑、笑一笑、笑一笑’和‘哦嘞呵喽’了。”

“没有，我住在一个非常简陋的单人间，整天活在区管理员老母亲一样的监视下。”

“她很凶？”

“呃，我的意思是她洞察力很强。”

“那我们去……我知道有家餐馆，其实就在我住的旅馆对面，大胆的小兵会在那里喝酒，装得和大人一样成熟。那个餐馆在欧文广场里，叫埃德蒙餐馆——小家伙，你可能不知道，那是最受人尊敬、最高雅的地方；他们给你的是《国家报》和《新共和报》，而不是《圣经》。我们上去喝一杯吧……你想喝一杯吗？”

“不，没法喝，我走不开。我该回去了，不管怎么说，这个舞会也在我的工作职责范围内。”

“那明晚可以和我一起吃饭吗？”

“好啊。”

---

① 意第绪(语)这个称呼本身可以来代表“犹太人”(跟德语的“犹第绪”来比较)，或者说是用作表示“德国犹太人”的称呼。

② 拉比在犹太教各派内的职责是：主持礼拜，参加婚礼、受诫礼、丧礼、割礼等；讲解教义，劝导信徒，督察青少年宗教教育；出席律法裁判庭，审理私人身份法案件。现代拉比还参与社会和慈善工作。

“那七点，我们在埃德蒙餐馆见？”

“好的。”

她太明白他的“意图”了，人们都用这个稍微文明点的词来形容这种行为。安并不清楚自己心里到底是怎么想的，她不是不愿意“像母亲一样关怀他”（她太讨厌讲道中的这句话了！），但此刻她自己也不确定，二十六岁的她已逐渐成为一个老处女，是否有必要再去考虑那么多呢？安意识到，拉斐居然动真格地求婚了。当然，这么想不是因为害怕他，只是就目前而言，她该考虑一下吗？依稀记得当时他那满是鸡皮疙瘩的皮肤一直在紧张地颤动。安猜想，他会因胆怯而残忍，因热情似火而冷漠；他会对她撒谎，蹂躏她的灵魂。但他很聪明，他知道外表要温文尔雅，他会给她一个像地理书一样五彩斑斓的世界，不是只有棕褐色的土地，还会有朱红色、黄色、蓝色和亮得晃眼的绿色。他会捉弄她，但他肯定不会像她认识的其他男人那样自以为是、蠢笨、滑稽。当然，阿道夫和格伦·哈吉斯可不这样。

这样看来，她还挺聪明，不像贫民窟里那些总是“惹麻烦”、向她寻求帮助的女孩那样多愁善感，满脑子全是些浪漫的东西。她顶多和拉斐·雷斯尼克一起走走，就像她和帕特里夏·布兰布尔一样。

“不行，拉斐不行。但不管怎么说，他总比欧文、弥尔顿和西德尼强！”

第二天七点一刻，安就到埃德蒙餐馆了。为了维持住自己那份骄傲姿态，她不得不步行到二十六街，然后再走回来，这样时间就足够晚了。

出门前，她想过要穿那套新的灰色套装，在穿着打扮这方面，安相当有智慧。但想到拉斐可能会谈论女权崛起的原因，或者喜欢那些完全女性化的东西，于是安换上了一件淡紫色的半晚装，她倒希望自己能像帕特里夏一样柔弱。“不管怎么说，我的嘴巴还是很好看的，皮肤也很好。”她一边穿衣服一边嘟囔着。就在五分钟前，她还把一位犹太速记员批评了一顿，指责人家不该把那么多薪水花在人造丝袜上，而应该在绿色蔬菜上多花点钱。

安想知道拉斐会是什么打扮。奇怪的是，她对他什么也不记得，只记得那双眼睛，像极了困在陷阱里的野鹿的眼睛。

埃德蒙餐馆简单的大厅里铺着一排排红色粗麻布，中间用仿大理石的壁柱隔开。厅里坐满了有名望的中年女士，她们富有文化却面容焦虑，看起来对自己的发型不太上心。大家好像都是从新英格兰赶来纽约的，有的是来与编辑会面，谈谈自己的稿子；有的是来找已婚的女儿，看看她刚生下的婴儿；又或者是来找新入伍的儿子，看看能不能得到点钱。不过，所有人都是一副失望的样子，全都坐在仿制的红木扶手椅上等待着。这是一个等待的地方，空气都显得有些许陈旧。

在这种淡淡的忧虑和紧张中，雷斯尼克上尉朝她跑来。如她印象中一样，他就像一头棕色的野鹿，身材苗条，动作敏捷，皮肤黝黑，双眼炯炯有神。拉斐跑过来，两只瘦削的手抓住安，把她所有的迟疑都驱散了。这使她确信，他们已经相识许久，且忠于对方。

“去我房间吧。我们喝一杯，然后直接出去。”

“好。”

这是一间相当简陋的小套间，只有一小块空间，里面摆着几把简单的棕色天鹅绒椅子，墙上挂着各种小宠物的印画，是小女孩喜欢的那种图案：西班牙猎犬、猫，还有与女主人嘴对嘴接食物的鸽子。拉斐还摆了幅菊花的丝绸画以及歌德的一本皱巴巴的黎凡特版书，这些无聊的小东西让套间略显沉闷。但真正使这地方容光焕发的，是无拘无束的拉斐和他散发的欢乐，如同他昨晚的沮丧，真实又彻底。

“我们一起逛逛这个城市，好吗？”他一边倒着鸡尾酒，一边问道。“我有一周的假期，之后我要去宾夕法尼亚州的莱弗茨营报到。你熟悉纽约吗？”

“不怎么熟悉。只知道有咖啡派对、锡安运动，还有些歌手、绣娘、缝纫工、做手工针线活的、打褶的人组织的联谊，胡克社区的意第绪语版《幽灵》戏剧协会也挺有意思，卡内基音乐厅那里常常会举办音乐会，大都会博物馆和葛兰特墓园也可以逛逛。还有一个廉价红酒店，在那里你花 75 美分就可以买到半瓶红酒，够晚餐时喝一顿的。这是我知道的所有好玩的地方了，不过我想应该还有些我不知道的好玩地儿。”

“有的！我知道有个老美国风格的地方很有意思，那里没有犹太人或匈牙利人，只有来自新英格兰的外国人，他们那里还有咸牛肉杂烩、蛤蜊浓汤、豆子和黑面包。我们去找那个地方吧！”

“你知道的，我现在是管理员助理，整天忙得不可开交。”

“真的吗？向你致敬！但我是美国军人，我要把你们从德国侵略中拯救出来。你想一想！再过一个星期我就要走了，所以我得想办法挽救一下昨晚和你在一起时的愚蠢模样，那时我神经兮兮的！如果你了解我就会明白，我有一个不幸的童年。爸爸、妈妈和……”

安坐在套间客厅里一张凹凸不平的长沙发上，拉斐坐在她的脚边，挥舞着空鸡尾酒杯，讲述着他的故事。

“爸爸、妈妈、堂兄弟、叔叔和阿姨，他们所有人都太了解我了！你知道，这对于一个富有想象力的孩子来说是多么难受！好吧，我整天神经兮兮的，可他们并不在意！犹太人太聪明了，他们甚至相信痛苦中任何美德或英雄主义都是得不偿失的！那时的我充满幻想，富有诗意。然后他们就鼓励我，通过卖那种49美分一条的背带裤赚钱，就是有坎特鲁兹纽扣的那种，给我买书，送我去预科学校。我想成为探险家、化学家、纽约股票经纪人、作曲家、无政府主义者、基督教传教士，对此他们也非常支持。”

“大学的时候，有些人瞧不起我，不过只是一部分人，但我也瞧不起那些品位低下又愚蠢的盎格鲁一撒克逊人，所以也算公平啦。我从没打过架，这也是加入这场战争、历经一次惊险后我就吓成这样的原因。当时我就想，要是炮弹炸了，我在战壕里有什么用啊！”

他紧紧抓着她的手，她不由自主地俯下身去抚摸他的头发。他的头发不像自己的那样柔软，厚、坚硬且光滑，如马鬃毛一样黑，令她沉迷。她觉得，那一刻拉斐是那么快活，那么帅气，那么坦诚地面对自己内心的恐惧，不像其他新兵，整天假装冷静，到处闪耀着那种虚伪的英雄光环。拉斐吻着她的手背，安好奇地摸着他下巴下面绷紧的肌肉，抬头的工夫又看到弯弯曲曲的铁丝网上挂着的僵硬的死尸图片，她便再次义愤填膺起来。

拉斐轻轻握着安的手，一刻也没松开，他的手有些干，却很温暖。他不停地讲儿时的故事，还老是幽默地吐槽自己的怪癖，吐槽自己的“东方肤色”和寒性体质；讲他如何对着字典自学并学会了希腊字母，因为唱了句“Alpha tau omega tau zeta omicron!”而在男孩子堆里一举成名；讲他是多么狂热地崇拜卫理公会教堂和它那神秘又难懂的赞美诗，比如《从磐石而来的启示》。

他跳起来喊道：“我们在这里吃晚饭吧，来来来，你不介意吧？对我来说，这里简直是天堂啊。几个月来，我从没独自一人过，军营里、火车上永远都那么拥挤，那么吵闹，一点隐私都没有！”

“不，我不介意！”

她想起在山上野餐时，格伦·哈吉斯博士给大家展示自己的吕德斯海姆酒的样子，她希望拉斐可以比他更爱炫耀一点。可拉斐只是从客房侍者那里随意点了些东西，又从衣柜抽屉里拿出了一瓶勃艮第葡萄酒，然后继续往下说，还让她发表自己的看法。安给他讲了沃巴纳基镇、女子学院、梅米·博加杜斯和监狱的故事。她发觉自己讲着讲着声音莫名就大了起来，她如果成为一个银行家的秘书，是否也会做“同样多的好事”呢？但她坚称，无论怎样，自己都不会完全沉浸于事业或婚姻。

正说着，安看了看表，发现已经十点四十五分了，此刻她手里还拿着几小瓶白兰地，沉浸在勃艮第葡萄酒带来的微醺之中。拉斐蜷缩着，头抵着沙发，脸贴着她的膝盖。她半是不安，半是遗憾地低声说：“这么晚了！我得赶紧走了！”

他慢慢抬起头，茫然地看了看表。“晚了吗？才十点四十五分，这还算晚啊？你一定要走吗？”

“是啊，真的要走了！”

“真不好意思，你……哦，亲爱的！真想你能留下来啊。我还想和你聊聊我的事呢！不过，明晚你还要跟我一起吃饭，一定要！你要记得，只有一周的时间了！而且我不再讲什么勇敢的雷斯尼克上尉这种话题了！你会来吗？”

“好，如果我能抽出空的话。早上的时候给我打电话吧。”

“晚安，小天使！”

他在门口吻了她，安站在走廊里，一瞬间天旋地转，完全被那个炽热的吻吓住了，整个人都在燃烧，以至于下一秒就像换了一个人，与他缠绵在一起，二人彼此试探着。

在地铁里，她大脑一片空白，眼睛也仿佛什么都看不清，整个人随着车厢晃动，随着对他的思念而晃动。

她在凌晨三点醒来时，奇怪的是已记不清拉斐当时的样子，也记不起他当时说了什么。但到了这时，安也没有意识到，其实她从没真正观察过他或认真听他讲话。从相遇的第一秒起到最后一刻，她从拉斐那自吹自擂的哀号中，读到了她在男人身上所渴望的所有机智和勇敢，在他那闪闪发光的眼睛里，安感受到了一种纯粹的激情，可这种激情并非从拉斐而来，只是她自己欲望的投射罢了。

但那时的安并不明白这些。

15

第二天晚上，安到了埃德蒙[1]餐馆后（这名字对情侣来说真可笑！），就兴冲冲地让人给拉斐送口信说自己马上到他房间，因为她实在受不了当着大厅里那些直勾勾瞪着眼等待的女人们的面和拉斐打招呼。安暗暗盘算，要是开门后他又开始油嘴滑舌，那她就不搭理他了；如果他喋喋不休，就不给他好脸色看；如果他上来就劝她喝酒，那就……就用“灌女孩子们酒”之类的话来嘲讽他。

可见面后，拉斐什么也没说。他脸色苍白，一副恳切似的神情，微微颤抖地拥吻着安，拉着她的手走到不平整的沙发旁，坐下来紧紧搂着她，一言不发。经过了昨夜的焦虑不安后，此刻依偎在他身边，安内心一片平静。她用吻作为回答，似乎在对一份永恒关系做出承诺。一起躺在沙发上时，拉斐的样子既不笨拙也不老练，更不像格伦·哈吉斯那样滑稽可笑。只是静静地躺在她身边，用手抚摸她的脸颊，非常平静地谈论着他们将来要做的事情：去伦敦学习，住在布鲁姆斯伯的公寓里，徒步穿过海威科姆，调查中西部农业及其未来发展形势，不仅要做些图表统计，还得写点关于人性的故事，要像布莱斯[2]写的那样经典……不知不觉地就到了九点，拉斐没有问安是否想出去吃便直接定了晚餐。当侍者为他们上最后一道菜时，安自然地蜷曲在他怀里，好像他们是相识已久的至交。拉斐用手指怯生生地划过她的嘴唇，安满是倦意，心底一片平静与甜蜜。

奇迹般地，十天后，拉斐并没有离开，也从未对此做出解释。每天，只要他们闲下来就会待在一起，晚上也是如此。如果所里的工作人员偶尔看到一向守

---

① 埃德蒙·罗斯丹（Edmond Rostand，1868～1918），法国编剧人，其剧本充满浪漫主义的艺术魅力，代表作品有《大鼻子情圣》。

② 詹姆斯·布莱斯（James Bryce，1838～1922），英国自由党政治家、外交家、历史学家。

时的维克斯小姐迟到,也不会对此说什么。因为他们都知道,对于那种爱说长道短、乱开玩笑的男性,安从来不给他们好脸色。

更令人兴奋的是,安和拉斐幽会似的在犹太餐馆吃过午饭,六小时后,他们又会在埃德蒙餐馆、意大利咖啡馆或那种上流的波希米亚风格餐馆之外的其他什么地方见面。在没有见面的那六个钟头里,他们有好多话想给对方说,但只能克制着不去打电话。两人脑海中不停地想着见面时要和对方讨论的重要的或者其他什么开心的事,比如,安简直太像埃塞尔·巴里摩尔[①]了;拉斐一定要读一读《三角地带》,他为什么不能把平常那份自信转移到军队上呢;对安来说,定期去健身房锻炼就能让她的脚踝一直那么瘦,这简直是胡扯;不管怎么说,拉斐都不太喜欢那种瘦得像皮包骨头的女生;贝多芬很伟大,但也不妨碍人们欣赏莫扎特;坦克的火力一定比机枪的更厉害;世界劳工组织比美国劳工联合会做事更有逻辑性;克利夫兰联邦慈善机构的布宗·韦弗利太太是一个糟糕的政治家,但她是个软心肠的人;拉斐那套绿紫相间的睡衣既难看又滑稽;有空要去佛蒙特州逛逛……两人靠在满是烟灰的桌布旁,除了充满求知欲的彼此,没有什么事情值得他们认真对待。

在一个雾蒙蒙、伴着小雨的午后,破旧的城市电闪雷鸣,像是要迎来一场大雨,安与拉斐约在一个破破烂烂的老门道里,见面后两人又跑去隐蔽的地方喝茶,他们对这种偷偷摸摸的约会很兴奋。

纽约的城郊处,每逢灰蒙蒙的下午,这些曲折的街道都像极了伦敦。拉斐和一个股票经纪人在这里的柏树街上有桩神秘的生意。

正走着,拉斐听见一个叫花子妇人的呼叫,这妇人手里还提着一篮子椒盐卷饼,他停了下来,往妇人手里扔了一枚25美分的硬币。

"对一个专业的慈善工作者来说,这是件好事!鼓励寄生虫乞丐!"安在旁边说道。

"我明白你的意思!可我总想给别人点什么,就算没什么用我也乐意,就像在祭坛前倒祭酒一样,因为我要告诉上帝,遇到你,我有多开心!"

这天,安原本要到晚上九点才能来见拉斐,但她提早来了,还给他带了一束玫瑰花。他满眼泪水地盯着花说:"我从来没有收到过女孩的花,也从没听说过

---

① 埃塞尔·巴里摩尔(Ethel Barrymore,1879～1959),出生于费城,美国早期极负盛名的演员。

女人给男人送花!”说着便哭了起来。

安和拉斐试图把套房里的客厅布置得更像个家,还差点儿为了沙发留在墙边还是放到暖气片旁边这种事吵起来。两人气喘吁吁地争论不休,边嘟囔着“转一圈!”边把沙发抬起来,在门边的每个角落里都试了试。

真无语啊!

他们的客厅就像一个福特汽车,这种设计绝对是独一无二的,而且无论怎么弄都改变不了这种风格。安还特意去茂比利街为拉斐买了一套锡釉陶的咖啡饮具,他们一直用它来喝咖啡。拉斐总得意扬扬地说:“这是我们的第一个家!想想看,我们以后还会有好多个这么有趣的家!”

威尔斯的书里有句“生活中快乐的小粗俗”,还带着女子学院和沃巴纳基镇那种一本正经的神气劲儿,安一直对这句话嗤之以鼻,现在有了切身体会又觉得颇有道理。安总是嘲笑拉斐那用破旧且失去光泽的紫色吊袜带固定住的皱巴巴的袜子,笑他后身有点长的孩子气“运动”汗衫;笑他像个老女仆小心翼翼地把梳子、化妆刷、指甲刀、鞋拔完全平行地摆在柜子上,却又和其他男人一样粗心,总漫不经心地把烟灰洒在地板上。

拉斐喜欢漂亮的小玩意儿。安特别喜欢他那些金香烟盒、铂金表链、红宝石戒指、英国进口的军用刷子、皮革包边的水晶长颈瓶、瑞典的镶金小刀。但她最喜欢的是拉斐那双特别难看的旧拖鞋,鞋子是红色摩洛哥山羊皮的材质,不过皮都破了,鞋后跟也扁了。“哎呀,可怜的宝贝!我回家后得给你寄些新拖鞋作为圣诞礼物。”她夸张地抱着拖鞋叫道,然后突然愣住,开始愁闷:下个圣诞节他会在哪里呢?战场上可没有男人穿拖鞋啊!

从前安一直坚持甚至还对尤拉·托尔斯和帕特里夏说过,刮胡子这件事又粗俗又恶心,她如果以后结婚了,一定要想办法躲开这种恶心事,丈夫只能待在浴室里刮胡子!而现在,安笑着看拉斐滑稽地歪着头,胡子上涂满了肥皂泡,左手扒着腮,右手拿着刮胡刀,边刮边和她讨论着维切尔·林赛①。对于此刻的安来说,拉斐那粗硬的胡茬和他脸上那堆肥皂泡,甚至是他那些冷笑话都如此令

---

① 维切尔·林赛(Vachel Lindsay, 1879～1931),美国现代诗歌史上有意识吸收民歌和爵士音乐并使诗歌具有美国特色的第一代中西部诗人之一。

人沉醉！

安还学了些下流词汇，斐嘲笑她时她就反过来用这些词怼他，自己那昔日的腼腆模样竟也全然不见了。

结婚的事是拉斐提出来的。

“我们结婚吧！”他兴奋地叫道，“请个德高望重的市政官或者拉比，再或者长老会传教士之类的人……然后办场隆重的婚礼，让打扮体面的大圣公会的教会里的神父给我们主持，那一定棒极了……”

“圣公会！”

“什么？”

“圣公会是名词，它就是教会，所以你不能说是……”

“好好好，我的宝贝！你不能指望一个小镇上的犹太男孩完全了解你所谓的宗教！我的意思是，让我们忘记所有烦心事，在随便一个圣什么的地方结婚。我觉得圣公会教徒肯定愿意主持我们的婚礼，毕竟咱俩都没离过婚，这绝对没有！而且我们婚前发生关系的次数也合理。到时候把认识的人都请来，想想看该多热闹，一个漂亮的圣公会教堂，里面到处都是那些严谨的不可知论者！”

“亲爱的，严肃点。”

“我很严肃啊！”

“你确定你想娶我吗？”

“是的！”

“那你如何确定你想娶我？”

“我爱你啊！”

“你如何确定你是爱我的？”

“噢，老天，这没法回答啊。我就是爱你啊！我觉得就是这样……安，你愿意嫁给我吗？”

“我不知道，结婚倒是能让我不这么孤单了。”

“那就结婚吧，无论发生什么，我们都一起坦然面对！”

“不，好好想想。你就要去法国了，到了那边你遇到很多美国女医生和女护士，还有漂亮的法国女孩。如果我们结婚了，你就会受婚姻牵制，会烦死的。到时候你会说：‘我从未真正了解过她，我只是被战争冲昏了头脑。’而且到那时候，你会恨我的。”

“绝不可能！我知道我想要什么！”

“但在我之前,你也喜欢过别的女孩子,嗯,而且很喜欢,不是吗?”

“啊……是……不,也不全是。不管怎么说,我都不会像喜欢你一样喜欢其他人了!而且,你知道的,我也有可能回不来了。”

“噢!”

“哎呀,知道的,也许我能活着回来的。总之,我们必须面对这些可能发生的事情。欸?我们好像没有做避孕措施,而且……啊,我可能会毁了这场婚姻,还会给孩子带来痛苦,比如他向学校里的朋友解释。我的意思是,他要向其他人解释,说自己没有爸爸,不知道自己应该姓什么,这对孩子来说太残忍了。是的,照这样看,我们应该做好避孕措施。”

“噢,这不太可能。我是社工,别人应该不会这样对我们的。真的不会,别笑。虽然我们不知道以后会发生什么,但是天无绝人之路。”

“不会那么顺利。”

“别傻了,没事的。而且我觉得,要是有了孩子,生活一定很有趣。我和住在胡克社区的女孩子聊性的话题时可在行了,但我确实不太懂怎么避孕。不过,想办法总能学会的。而且,我刚刚都说了根本不可能怀孕,因为这个月中旬我刚来过例假……噢,不要让我变得这么庸俗好不好!总之,我的意思是现在不能嫁给你,等你回来我可能……”

“那我回来之后呢?”

“那好吧,宝贝!如果你回来后还想娶我,那我立马嫁给你。”

他没有再聊结婚的事,对此安非常高兴。因为这证明他们心有灵犀,无须多言。

和所有陷入爱河的人一样,虽然偷偷约会很过瘾,但安还是忍不住向伙伴们炫耀她的男朋友。她带拉斐去了马尔维娜·沃姆斯医生那里,在医生的热情招待下,拉斐也放松下来,声情并茂地聊起了对那些崇尚“纪律”的高级军士的看法。他把沃姆斯医生和吉恩·德布斯、红衣主教纽曼和埃尔·格列柯比作闪耀的星星、彗星和宇宙中那抹无尽的深蓝,把安比作难以捉摸的大树、冰暴和沙尘。这倒是说得通,正所谓展其所长,情人当然会用点小心思让对方痴迷于自己。

安打电话给帕特里夏和埃莉诺,邀请她们参加一个聚会。地点在13号大街的公寓,埃莉诺和她那个在格莱德威尔出租车公司工作的不善言谈的男友住在那里。按教义来说,他们正过着罪恶的婚前同居生活。公寓在阁楼的顶层,客厅里有个储物间，上面贴着色彩鲜明的纸，那是埃莉诺从时装杂志上偷剪下来的。就是那张纸上的内容，让她进入了家具商业报纸这一领域，开启了她的纽约职业生涯。除此之外，客厅里还摆着沾满灰尘的蜡染花布、沙发和几把破椅子。魁梧、见多识广又有些口吃的乔治·尤班克坐在那里一言不发。客厅(他们都把它当作“工作室”)后面有间卧室和浴室，还有一间简陋的厨房。

帕特里夏皮肤依旧那么好，如果不看眼角旁的那两道细纹，她简直就是个皮肤吹弹可破的瓷娃娃。埃莉诺·克雷维科尔容光焕发，在人群中很耀眼，腰上的皮带显得她格外有个性。拉斐特·雷斯尼克也来了，身旁是穿着珊瑚色奢华紧身晚装的安，她的这身打扮给人一种瘦削的错觉。大家都思虑复杂，脑子里满是些社会规则，这个大都市的群体像是纽约的缩影，身处其间的每个人都梦想着成为美国中产阶级和上流人士。可想而知，他们的谈话一定会很精彩。

“这是我的朋友雷斯尼克上尉——克雷维科尔小姐、布兰布尔小姐、尤班克先生——我们的宴会主办人——雷斯尼克上尉。”

“你好。”埃莉诺说。

“哦，我知道你参军去了，我想我也得去参军。”乔治说。

“你休想去！去那里整天和那些法国娘儿们在一起？你想得美！”埃莉诺说。

“呃，我没想那些。我只是觉得男人就应该尽责保卫国家，对不对，雷斯尼克？反正我是这么想的。不管怎样，我就是这么想的。我会参军的，虽然现在还没报名，但我一定会去的。”乔治·尤班克说。

“是的，我们都该尽一份力。”拉斐说。

“说得对，我们都不能逃避。我是一个坚定的和平主义者，但我相信事情发展成什么样子完全取决于我们自己。我的意思是，这个时候我们必须尽份力。”帕特里夏说道。

“你们都蠢透了。虽然我懂你们的意思，但并不赞同。”安说。

“哎呀，安宝贝，现在不是说这些的时候，战争来了，我们也只能面对，虽然很可怕。”埃莉诺说。

“是的，我也这样想。我们得尽一份力。你看，我可是一个正儿八经按时缴费的社会主义者，但这个时候我也觉得要齐心协力打胜这场仗。”拉斐应和着。

看着拉斐和她这些老朋友相处融洽，安很高兴。现在他坐在帕特里夏旁边，一副开心的模样，握着安的手揉搓着。大家似乎也挺喜欢拉斐，当然，这并不能代表什么。安又开始让拉斐显摆，央求道：“快给我们说说那位产科医生和农学教授的事吧,”又转过头说,“大家伙儿听听,雷斯尼克上尉可说了,俄罗斯今年将走向共产主义。拉斐,快给他们讲讲。”

安和埃莉诺出门去买晚餐要吃的东西,她们要去第六大道的熟食店,挑挑那里上好的冷火鸡、沙拉和泡菜。埃莉诺咯咯地笑着:“亲爱的,他真可爱,但他也挺神经质的,你说对不对?不过这人倒是很热心亲切。你们感情很好吗?”

“嗯,特别好。”

“我想想……蔓越莓酱在哪里来着?噢,这该死的猫在偷吃火鸡!你们打算结婚吗?”

“哦,不,没有。我和你一样,也觉得婚姻关系只是一种世俗的东西。即使他想结婚,我也不想用婚姻来捆绑他,”安悄声说,“还是让他设法逃走吧!”

一点的时候,拉斐叫着所有人的名字一一告别,还吻别了帕特里夏和埃莉诺。弹了一小时吉尔伯特和沙利文的曲子的埃莉诺没精打采地长吁着气,送走了拉斐和安。

拉斐拖着安上了地铁,边打呵欠边感叹:“亲爱的,虽然那个乔治有些蠢,不过他们真是群好人啊。要是能来和我们住一起就好了。到时候我们在科德角买栋小别墅。噢,天啊,想象一下,早上沙滩和海上的雾还未散去的时候,我们跑出去泡个澡再回来吃饭!”

“真好啊!”

十天的假期就这样结束了。第二天清晨,拉斐要乘火车到宾夕法尼亚州的莱弗茨营地去。安提前告诉管理员她要去康涅狄格州待一晚上,所以这天安和拉斐在埃德蒙旅店过了一夜。

拂晓时分,安从睡梦中醒来,拉斐搂着她,脸颊贴着她的肩膀安睡着。安轻轻爬下床,笑着盯着熟睡的拉斐,他的藏红色睡衣的纽扣开着,胸前露出一抹黄色。安把手从拉斐的胳膊中抽出来,起身去给他松开卷起来的袖口。拉斐的手掌心朝上,微微弯着,时不时地轻轻抽搐一下。安自豪地想,他似乎不像刚认识的时候那样紧张和焦虑了。为什么我的拉斐这样瘦,脸色还蜡黄蜡黄的,像躺在皱巴巴棉被上的年轻东方王子!如果真有人造黄铜这种东西,那他很可能是假黄铜做的。

安蹑手蹑脚地走到窗前,望着外面空荡荡的街道。正值酷暑天,炽热的光透过窗子照在温柔梦乡里的爱人身上,楼下的人行道散发着雨后的清新气味,一辆运奶的马车慢悠悠地沿街而行。

向右望去，那里是格拉梅西公园。1917年，那里还没有这么多公寓，左边的麦迪逊广场花园还不是城市的“门脸”。那个时候，这里既没有美国退伍军人的旗杆，也没有共产主义者的集会，只有些参差不齐、郁郁葱葱的树，树下总有些流浪汉坐在长椅上休息。对呀，树！安想，爱人的身上应该有树的特征才行，他要有树干的那种强壮和耐力，圆满的爱情要像枝丫上的图案一样精致。街对面就有棵榆树，孤零零地沉陷在水泥里，枯枝低垂却苍翠欲滴，像在告诉人们，它的孤独，虽败犹荣。于安而言，这是一片浪漫之地，明亮的林间空地、幽暗的矮树林、阵阵鸟鸣和热闹的宴会让这片林地充满生机。晨曦徐徐拉开帷幕，阳光照进街对面一所灰褐色的房子里。夏日与阳光、树与她沉睡的爱人，多么美好的画面！安笑着转过头看看拉斐，再回过头看看街道，微笑渐渐消失，泪水模糊了视线。她听见远处军人的脚步声，踏踏踏，踏踏踏，踏踏踏……恍然间，什么夏日时光啊，什么爱人相伴啊，全都消散了，安的脑海中只有战争。

他竟然要面对这样可怕的东西！他那个神经质的家伙竟然要去面对这样一场战争！想到这里，安又气愤又难过，她一直气不过拉斐那副神经兮兮的模样。他害怕狗，总觉得那些摇尾乞怜的家伙会咬他；他也不喜欢猫，总说它们的眼睛充满恶意；过马路也紧张兮兮的，坐阴暗的地铁时也紧张兮兮的，地面湿滑的时候坐个出租车也紧张兮兮的。真服了！他为什么不能像阿道夫那样，过得再“粗糙”点儿呢？但是，这样干着急也没用，还是得慢慢来……

（她那么爱拉斐，甚至不曾想过自己的爱也会如潮水般汹涌）

真是种让人厌恶的忧伤。安仿佛看见拉斐就站在那里，这时，敌军发起了进攻，苦涩的毒气弥漫开来，随着空气顺入他们的肺部，灼热的痛使大家都慢慢倒下，拉斐也倒下了，他再也不用害怕什么发霉的尸体、什么被劈烂的树桩和被砸坏的卡车了。那毒气在他肺里，就像一只扭动的蝎子滚来滚去。（安好像能感受拉斐的痛，并为此抽泣不已）拉斐摇晃着滑下弹坑，倒在一具腐烂的尸体上。坑太陡了，他根本爬不出来，只能趴在那具尸体上。他大声呼救，却无人回应。头顶上，一架机翼上有德国十字的飞机穿过云雾缓缓盘旋，飞得越来越近，炸弹也随即投下……

“噢，不行！我不能让他去！”安哭喊道。

她惊恐地跑到床边，唤醒了拉斐。

“怎么了？什么动静？”拉斐惊醒。

“噢，没什么。只是有人……报童，啊，一定是街上报童的声音！”（爱情真叫人谎话连篇啊！）

“啊——唔,噢,老天,好困啊!来,宝贝,过来。哦,天啊,我差点忘了,今天就要去营地了,简直就是让我上绞刑架啊!这是我在死囚牢的最后一晚了,明天过后,说不定什么时候,他们就把我们送到法国去了!”

为了让拉斐振作点,安故作生气:“跟我在死囚牢共度一晚,这是什么屁话!”

“哎呀,你知道我不是那个意思……”

“你别再翻来覆去地想这个事了,这只会让你更害怕、更痛苦!你该适当控制下自己的情绪。看着我,宝贝,我告诉你,如果你还这样神经兮兮的,我就去营地,当着所有人的面,包括你上校的面,揪着你耳朵把你从练兵场里拉出来,给他们说我要带你回去,等回去后就让你在郊区种花种菜,到时候你就后悔吧,那日子过得还不如做个英雄自在!”

她成功地让拉斐露出一丝微笑,自己也忍不住笑了出来,可又止不住的难过,于是死死地抓着拉斐,不停地抽泣。此刻拉斐也忘记了自己内心的恐慌,反倒安慰起她来。安把头埋在拉斐的胸前,听着他轻声安抚:“我的好人儿,咱们还得再睡一会呢。七点就得起床收拾行李啦,快睡吧,咱可得早点起,别纠结我这个爱叨叨的小屁孩了。”

迷糊着快睡着时,顺着双开门的门帘中间那道缝隙,安瞧见了客厅里摆着的锡釉陶咖啡饮具,那是她在意大利小镇上给他买的。“我们今天早晨就用它喝咖啡,之后就不再用了,或许永远也不会再用了。”安越想越悲伤,可也只能绝望地吻着拉斐。熟睡着的拉斐就这么被吻醒了,之后便再无睡意。

安和拉斐一起坐轮渡到了巴尔的摩车站,在那里为他送行。他们要坐的不是快车,也不是声势浩荡的军用列车,而是最普通的慢车,有六个被派遣的士兵在上面坐着。

她遇到了熟人泰西·卡茨,那女孩有着漂亮的鹰钩鼻,模样俊俏,整个人散发着青春的气息,她是社区服务所的制衣工人,遇到烦心事(多半是感情方面的)时常来找安。泰西也来为男友送行,那人看起来与她年龄相仿,一头螺旋式卷发,圆圆的脸上还留着蠢蠢的小胡子,倒是与酒保有几分相像。泰西趴在他肩膀上呜呜咽咽地哭着,直到看见安才止住了眼泪。她一直觉得安如修女一般不食人间烟火,所以看到安和拉斐在一起时,和男友离别的难过也盖不住她满脸的惊愕。

真是尴尬,但安已无心顾及这些。拉斐像个孩子一样拼命地抓着安问:“你会每天给我写信吗？一天要写两次！你会为我祈祷吗？我保证，我绝不发牢骚。说真的，我在别人面前不这样。在他们眼里，我是个挺坚强的人。只有在你面前，哦，亲爱的，只有你的温暖才能让我稍微放松一下。我要走了！等我回来，等我戴着荣誉十字勋章回来见你！”

“全——体——上——车——”

“亲爱的，上帝保佑你！”安说完便扭头跑了，不敢让拉斐看到自己满是泪水的眼睛。

跑累了靠着柱子休息时，泰西·卡茨追上了她。

“嗨，维克斯小姐！老天，我都不知道你也有男朋友啊！长得挺帅呀！宝藏男人哎！还是个上尉！我的天！”

“嗨，你好，卡茨小姐！你也来送行吗？”

“是的，我来送我的男朋友。他是个普通士兵，不过很上进，战争结束后他就能当个中士或上尉或其他什么了。哦，对了，他可不是我上个月给你说的那个人，那个可怜虫啊，就是个好吃懒做的家伙！莫里斯可不那样，他是个好男人。等他回来就会娶我。”

安·维克斯并不觉得泰西·卡茨在变相地嘲弄她的爱情和悲伤。在她心里，泰西是她的朋友，是她的好姐妹。这两个年轻女人手挽着手，说着心事，费了好一番力气才爬上船的甲板。

可这种状态也就维持了一分钟，安又变回了高高在上的样子：“泰西，可要长点心眼儿。你也知道，所里的人整天闲言碎语的。我觉得你还是不要提我送上尉的事吧，就是给他送行这事。”

“当然了，维克斯小姐，你不说我也明白。再说了，这也不关他们的事，少知道点儿事也害不了他们。而且——噢，老天啊，我怎么会和那个懒汉分手，然后遇到莫里斯呢？万一莫里斯战死沙场了怎么办？”

两人牵着手站在烈阳下，顾不得个人形象，难过地哭起来。

16

想到自己已经十天没去上班了，安担心所里的员工和胖胖的“笑面虎”管理员起疑心，便飞奔回岗了。使安振作的不仅仅是她的职业责任感，还有些她自己都说不清的东西。安发现自己比以往任何时候都更敏锐、更快活、更充实、更善于调整自我和管理他人，每天忙活的那些零散小事似乎也有了某种目的和意义。

她说服了百老汇经理帮柯利亚斯戏剧协会排练地方歌舞剧，后来这个歌舞剧在区里获得了前所未有的成功。前前后后会演了四次，好不热闹。那些之前一直纠结要不要把孩子送到社区学校的基督徒夫妇，现在都恨不得立刻把孩子塞到那里去。

大家把荣誉都归给了每天花一小时帮忙的百老汇经理和花将近十小时组织会演的安，连自始至终没露过面的管理员都被感谢了一通，却没有一个人想起来编剧的辛苦，更别提那些连着一个月从凌晨三点忙活到晚上八点的演员们。通过这件事，安悟到了领导者艺术的精髓：不说多余的话，少给不幸的人出主意，想点儿新奇的点子，友好对待用心执行任务的下属，还有就是要用邮件下通知。一定要用邮件！

会演的成功也让管理员重视起安来，平日里对她赞不绝口。安便开始飘飘然起来，她自我标榜为带头人、领导者，觉得自己是个对税收、酒精、永生、大西洋领域内最好的酒店和穿短裙时要注意的言行等都有着重要发言权的人物，还跟大家伙儿保证，谁要是遇到了棘手的事儿或者拿不定主意的事儿，尽管来找她，包在她身上。

不过，安并没有完全迷失在权力、成功和那些辉煌时刻里。她心里明白，因着对拉斐的那份牵挂，她才有这股劲儿。但在这个自由又非常传统的服务所里，安只能将这些心事藏于心底。

安的喜怒哀乐只绕着拉斐信里的字字句句打转，却从不与她的成功与否扯上关系。

三个星期以来，拉斐每天都会来信，字里行间满是爱意。他在信里给安讲上校穿的马裤，那马裤像裙撑一样鼓鼓的，十分滑稽。他说，他正在读拿破仑打仗的故事。他说，每天入睡前，闭上眼睛，满脑子都是她胸部的轮廓。他还说，今天他和其他士兵徒步走了二十英里，每走一步都幻想着和安并肩走在萨尔茨卡默古特[①]。

安给拉斐的回信要更长些，不过也没关系，男人嘛，总是要忙些的。

记得他们在埃德蒙旅馆的最后一个清晨，拉斐装行李时说："我让行李员把日本丝绸画和这本歌德的书，还有你送我的咖啡饮具给你送去，在防空洞里可用不到这些东西！好宝贝，你替我保管好它们。我离你那么远，没准儿你看到它们还能想起我呢。"

如今看来，还真被他说中了。安打开盒子，拉斐那双破烂旧红拖鞋就映入眼帘，皱巴巴的，就好像他刚刚穿过。她抱着拖鞋泣不成声，那个摩洛哥皮革包边的歌德的书，光看着好看，一点意思都没有，哪比得上这拖鞋珍贵。安把它们包在内衣里，每天都拿出来摸一摸。

这天下午，安把泰西邀请到家中，拿出那套锡釉陶杯，两人坐在一起喝着咖啡聊天。这两个女孩，一个是闹市里的犹太人，一个是中西部小镇的日耳曼人，而此时此刻，她俩把那些不合拍全抛在脑后了，叽叽喳喳地谈论着他们的莫里斯和雷斯尼克上尉。

又过了三周，拉斐来信的次数越来越少，从之前的一天两封变成了两天一封，后来又成了一周两封，现在一周只来一封信。

他还在纽约的时候就一直嚷嚷，只要发现莱弗茨营附近有什么好旅馆，就让安来宾夕法尼亚和他共度个周末。现在看来，拉斐永远也找不到一个舒适的客栈了。

这中间，安有十天没收到拉斐的来信，后来好不容易盼来了信，里面写的也都是什么在离营地不远的斯克兰顿认识的一家和蔼可亲的犹太人的事情。拉

---

① 萨尔茨卡默古特地区位于萨尔茨堡州、上奥地利州和施泰尔马克州的交界处。

斐说，他请了一整天的假和他们玩。伯恩鲍姆一家人很好，伯恩鲍姆是个律师兼银行董事，他聪明好学，人也很有趣，老爱模仿宾夕法尼亚荷兰人。他还有个温柔的老婆和两个女儿，大女儿二十二岁，名叫利亚·伯恩鲍姆，小女儿十九岁，名叫多丽丝。

他在来信中一直在说这两个女孩有多聪明、多讨人喜欢。他说："利亚简直就是个化学奇才，噢，老天啊，她研究的那些人类起源的东西简直比我们那些糟糕透顶的社会学者的研究强多了，不是吗？你一定会喜欢她们的！"

"我才不会！"安又把信读了一遍，"哦，她，她，她，全是在说利亚！还有她那该死的臭试管！"五分钟后，安熨着手帕突然想到："一整天？一整天的工夫他都能来纽约一趟了！我倒要去看看他究竟在干什么！哦，不，我的心肝，我绝不会找你，我就要等到你哭着喊着想见我！"

拉斐已经离开十周了，这期间，安又有十天没有收到信。她为他找了许多借口，他肯定很忙啊，忙着训练，忙着行军，还得练习步枪。可是，十八天里，安只收到了两封信，这是不可否认的事实。

他才走了十周？怎么感觉过了十年！

安不停提醒自己要有职业责任感，强打起精神继续工作。"怎么了，安？你看起来很疲惫。"两个同事问道。安摇摇头，不再理会。

下午三点，安在服务所主楼走廊里跑来跑去，忙活着"动物保护协会"和"红十字会绷带制造后援会"的事，泰西跑过来拦住了她。安已经三周没有见到泰西了，看着她嘴唇和手指抽搐着，自己也跟着惊慌起来。

"怎么了，泰西？今天不上班吗？真好。欸？怎么了，亲爱的？你看起来忧心忡忡的。"

"噢，老天，维克斯小姐，我很担心！一句话说不清楚，走，维克斯小姐，我得和你聊聊，必须得聊聊！"

"晚上再说行吗？"

"宝贝，我一刻也不能等！如果不弄清楚我会疯的！咱们能聊一会儿吗？就现在，就一会儿！"

"那去我办公室聊还是去我房间聊？"

"噢，我怕有人会突然闯进来。我们能不能去个没人打扰的地方？拜托了维克斯小姐,求你了!”

“那好吧,我们去四号聚会厅吧,这会儿那里没人。”

四号聚会厅里堆满了折叠椅和折叠牌桌,还有热心商贩送的一对翠绿色摇椅。角落里立着个碗碟橱,用帘布盖起来的壁龛里还有个煤气炉。这个房间像乡村火车站一样荒凉,谁能想到这里举办过上千个咖啡会,一千多个犹太妇人和意大利妇人在这里为她们的美国外孙和外孙女物色合适的对象,那场面真是热闹极了。

还没等维克斯坐下,泰西便一屁股坐到扶手椅上,掩面大哭起来。

“别哭了! 你想引人进来吗? 快说,到底怎么了? 别怕,泰西,给我说说怎么了。有什么大不了的事儿啊? 在这种战争时期,我已经什么都不在乎了。”安叨叨地说了一通。

“噢,我的上帝,唔,天哪,维克斯小姐,我想你也猜到了。呜呜呜,天哪,我很小心的啊,为什么会这样。我怀孕了。噢,卑鄙的莫里斯! 我要把他的眼睛挖出来! 他一个月没给我写信了,我连他的一个字都见不着!”

“你确定你怀孕了吗?”

“已经两个多月了。我老板人是挺好的,从来不为难我们,但他要求特别严,如果他知道了会炒了我的。我还害怕我爸爸,天啊,真的,安,我爸知道了会杀了我的!”

“那你想嫁给莫里斯吗?”

“啊,他那个私生子! 嫁给他也行,但我觉得他可能喜欢上别人了。他可能给我说,噢! 老天爷,你不知道那家伙有多无情,要是我哭哭啼啼逼他娶我,他可能说,那你去死吧! 哎,要是像你一样有那么好的男朋友该多好! 莫里斯又不信教,可我爸爸是个正儿八经的基督徒。要是我真的嫁给他了,爸爸肯定会拿着枪来追我们!”

泰西努力表现得轻松些,试图提高音量甚至挤出笑容,好显得自己没那么悲伤。安看着她这样,实在笑不出来。短短十周里,泰西完全变了一个人,再不像从前那样活力满满了。她戴着顶廉价又接地气的粉色帽子,一缕缕油腻的长发耷拉下来,透着土里土气的长丝袜都可以看到她很久没刮的腿毛。整个人病恹恹的,像是被抛弃的四十岁中年妇人。

安飞快地走过去,坐在椅子的扶手上,轻抚着泰西的肩膀,尽力克制自己由同情而来的难过,用一个社工专业的冷静又温和的语气问道:

“泰西,我理解你,这真的很糟糕。我能为你做点什么吗?”

“我想把孩子打掉。我试过剧烈运动，还在楼梯上来回地跑，那天下午，我刚跑到阁楼五层就晕倒了。后来我就想，要不然就找个大夫吧。有个女孩推荐了个人给我，但那人很讨厌，我不想找他。你一定得帮我找个靠谱的大夫！”

有那么十秒的工夫，安大脑飞速运转，想着到底应不应该堕胎，然后瞬间被自己说服：如果撇去那些牧师和小镇律师嘴里的教义和条例，按理说单身女人生孩子也没什么，但是毕竟那些教义和条例是确实存在的。在安的记忆中，所有违背教义陷入情欲且未婚先孕的姑娘都会终生遭人唾弃。记得之前有个女孩就饱受折磨，偷偷离开了社区，众人怒不可遏，那阵势好像是什么革命家从国家保密局里跑走了一样。

“行！”安一口答应，“我帮你找大夫，你有钱吗？”

“没什么钱，我也不敢向别人借。”

“我还有些闲钱。今天你去我家拿吧。啊，算了，明晚来吧。”

“噢，老天爷，维克斯小姐，你真好！要是哪天我能像你这样就好了。那就明晚见吧，平安！”

刚刚还歇斯底里哭喊着害怕，现在又快活得像个疯子，泰西蹦跳着从服务所的地下通道出来，还不忘停下来补补她那哭花了的妆。

安拖着沉重的步子在主廊上走着，周围一片宁静，只有地板哗啦作响。她觉得自己腿都软了，后背也好像被什么扯着，空荡荡的楼梯上，她的脚步声愈加哀恸，每一步都像是送葬队悲伤的鼓点。安没有再去红十字后援会，她一手抓着楼梯扶手，一只手扶着背，艰难地往上爬，一楼……二楼……三楼……又飘忽着穿过长长的走廊，终于到了自己的房间。

开门，关门，锁门。安垂着头靠在墙边，两条胳膊耷拉着，像是在悔恨地祈祷。

“要是哪天我能像你这样就好了，维克斯小姐！”她边讥笑着泰西边咕囔着，“这才过了十周，我都熬过来了。但我！安·维克斯！绝不会写信告诉拉斐我怀孕了，除非他想娶我！可是，我现在也不知道该怎么办！”

“噢，那样的话，我的工作也就玩儿完了。”想到这里，安更加难过，却也只能独自抹眼泪。

17

若有人不忍看杀人犯被教士、警卫和记者虐待，私下投毒救他免于国家心爱的放血刑罚，好让他死得安稳和体面，那这人就该判重罪。同理，若有人救一个女人脱离比死还可怕的流言蜚语，帮她打掉人人唾弃的“私生子”，就是那俗称“野杂种”，那这人便更是罪该万死。这年头，让阔小姐寝食难安的大夫都是上等的好男人，而那种把一个姑娘从耻辱中拯救出来的医生则不知天高地厚地偷走了全社会的坏趣味，这种人理应去过过监狱里的日子。因此，有名望的人很难找到堕胎医生，只有那些臭名昭著的罪人才能找到摆脱罪恶的法子。

如果安是个扒手或赌棍，找个信得过的流产医生来照顾泰西绝非难事，可作为一个勤劳的人民服务者（工资大概才是优秀保险推销员的四分之一，低俗女演员的十分之一），安打听流产大夫就像打听不知名的钻石矿区一样难。她偷偷问过所里的工作人员，还三番两次地暗示马尔维娜·沃姆斯医生，忙活了半天还是一无所获。直到想起了埃莉诺，那个幸福地过着罪恶的婚前同居生活的家伙，安才看到了希望。（埃莉诺给了她一个小黑皮本子，上面清清楚楚地记着六个“专家”的地址和联系方式，还向她保证，绝对谨慎安全）

埃莉诺强力推荐的是百老汇东街的一位年轻的意大利医生。安特意去拜访了他，那人精神抖擞，笑嘻嘻的，留着古怪的胡髭，下巴上还有些小胡茬，模样酷似摄影专家。

“我，呃，我想和您单独聊聊。”安唯唯诺诺的，半天才憋出这么一句话。单看那副神态，谁也想不到她是个干事利落的社工，倒像是个刚从乡下来的小姑娘。诊室的窗帘拉得死死的，除了医生身旁的护士外，没人能听到他们的谈话。安鼓起勇气说：“大夫，我是胡克社区的居民。我们社区有个可怜的女孩，她工资很低，她，呃，她遇到了点儿麻烦。就是，现在那个男人也不愿意娶她，如果她父母知道了这件事肯定会把她赶出家门的。要是谁能帮帮她，就真的是做大善事了。不过她没什么钱，但我，呃，我的工资也不是很高，要不您开个价，如果价钱合适的话我立马给您钱。”

医生听了后哈哈大笑。（他是个好人，自己一人供养着三个美国亲戚和五个意大利亲戚。平日里爱吹单簧管，还是个游泳冠军）他走到安身旁，低头看着她，摸着她的肩膀，慢悠悠地说：“好啦，好啦，小姑娘！在大夫面前不必害羞，这些就是我们的工作，没什么不好意思的！再说，我也明白，现在是战争期间。要是我也独身去了皮亚韦河，天知道得留下多少生气的女孩子！哈哈，当然啦，在战争时期这些事都是很正常的。小可爱，哈哈，可真是个甜心宝贝！最后一次例假是什么时候？”

“是……喂！我说了不是我！你怎么这样说话！真是荒谬！我告诉你，我是替我手下的一个犹太女孩问的！”

“那你还要替她付钱？用你那不算高的薪水？嗯……呃，你要——哈哈，即使是医生，也需要钱维持生计。所以你得清楚，你要为她预付这笔钱？”

“我知道，多少钱？”

“多少钱……呃，我想想……好吧，最低 55 美金，这个价钱就当是做慈善了。”

“好，什么时候带她来？到时候我带钱过来。还有，病房或者什么其他安全的地方怎么收费？至少要让她在一个安全的地方待三四天。”

“一天 10 美金。楼上有个干净的房间，到时候会有个临时工护士照顾她，我也会常去观察她的情况，把她当亲妹妹一样照顾。放心吧，我一定会好好照顾她，包你满意。哈哈，我敢打赌，以后你会把社区所有未婚先孕的姑娘都送到我这里来。嘿，那个，刚刚问你的那些话纯属玩笑，从你进门那刻起，我就知道你是个有教养的姑娘。”

从诊所出来，安踉踉跄跄地走向地铁站。很奇怪，这些天她常觉得浑身没力气。

当再去诊所时，她的内心突然萌生一个想法：要不要也像泰西那样，把孩子给打了。不！这不可能！绝对不可能！

倒不是怕疼，她对这个无赖医生的技术还是有信心的。就算很危险，她也不怕。她现在连死都不怕，其他的痛又算得了什么。如果死了，也就不用忍受耻辱了。但作为一名社工，花着钱忍受那个没正行儿的小庸医的冷嘲热讽，还不得不顺着他，这太伤自尊了。

这些天来，安一直在犹豫，要不要像泰西一样去打胎。好像真的没有别的办法了。

自杀吗？

这话也就说说罢了。对安来说，“自杀”就只是一个词而已，和“胡话”没什么区别，不切实际又毫无意义。大忙人安·维克斯认认真真地自杀，这谁能想象得出来。是小心地把纸团塞满门缝再打开煤气？还是穿上最好看的睡衣，拿枪对准自己的额头开一枪？呵，怎么可能！

“要么就是我缺乏想象力，要么就是我知道的死法太少了！”安愤愤地气自己。

那就生下来吧！让他们说去吧！大不了就带孩子离开这里，改名换姓，然后找个正经工作，给别人刷盘子洗碗去！

“呵，听着倒怪容易，”安又开始自嘲，“可你甘愿给人洗碗吗？别说这了，就是让你洗，你可能都洗不干净！”

噢，我的老天爷！到底是什么迫使一个女人抛下自尊，忘记自我，把整个人生寄托在另一个人身上！到底是什么让她天真地相信牧者口中所谓的“爱能胜过一切”，又是什么让她沉迷于《特里斯坦和伊索尔德》[①]、《罗密欧与朱丽叶》，对那教坛之上万人诵念的《雅歌》[②]当真了呢？可那万能神造的女人本就是这样的，不是吗？

泰西做的这个手术还是比较安全的（比其他人做的安全多了，对于这点，安不得不承认），一周后她就回来工作了，只是整个人比以往要沉默些，脸颊上厚厚的胭脂勉强盖住了那憔悴模样。但不管怎么说，也算是躲过了社会的谴责。

这么一折腾，这位制衣姑娘和安的友谊就更深厚了。泰西从那位意大利医生和他那活泼的护士那里学到了许多乱七八糟却十分有趣的东西，回头便说给安听。安趴在那里，盯着锡釉陶咖啡饮具出神，她从泰西那里了解到，怀孕五个月后再做流产手术就特别危险了。

---

① 《特里斯坦和伊索尔德》是一部家喻户晓的爱情悲剧，主要讲述了特里斯坦和敌国的伊索尔德公主的爱情故事。

② 雅歌是《旧约圣经》的一卷，该卷共八章。

而现在，安已经怀孕三个月了。

这期间她有两周没有收到拉斐的来信，后来好不容易收到一封，说的还是什么醉酒上校的趣事，与伯恩鲍姆家关系又好了一些，伯恩鲍姆是个多么厉害的律师，利亚和多丽丝有多讨人喜欢……

只字未提他什么时候被派到法国，什么时候会经过纽约。

“我一定要见他一面！我要去营地找他！或许他也在疑惑我怎么还没去，可能还觉得是我不想去呢，”安瞎猜着，转过头又气急败坏道：“不，他不是那种羞于表达的人。他才不会藏着掖着，要是他有疑惑早就问我了！”

虽然感情上遭遇了挫折，但安在工作方面还是相当顺利。她每天工作十四个小时，赢得了全区员工的赞赏，这也给安带来了很多勇气和信心。她认识了一个商人，那人从反犹太转变为虔诚的基督徒，从一无所有一路打拼到今天的光景。他在长岛有块地，安说服他在那里为犹太童子军设立营地。（直到今天，邻近的犹太人和外邦人每当清晨被基甸[①]的那些正从草地上的喷泉里取水的后裔们信心满满的赞美声吵醒时，都会暗暗咒骂安）

她带着区里的女孩给教室大扫除，还无情地解雇了那个教授性卫生知识的纯洁老妇人，换了一个经验丰富又轻率的年轻女人。（所里的员工都被安那雷厉风行的作风惊呆了，尤其是管理员，但也只能为老妇人惋惜，并不敢作声）

流言四起，说管理员要退休了，接任者是安。

她冷冷地听着，心却明镜似的。在那之前，她肯定生下孩子，遭人唾弃了。

为了少些没必要的闲言碎语，安开始刻意避开同事，平日里尽量自己一个人吃饭。

拉斐去营地已经十五周了。这天晚上，安一人到布雷武特的底层吃饭。这层的房间墙上挂着一面法式雕花镜，橱柜里摆着些安没听过的文学作品。她在房中不太显眼的位置找了张小壁桌坐下来，点了牛排、蜗牛肉、火腿，开心地等着上菜。安目视前方，手指轻敲着桌上的菜单，筹划着怎么弄到免费的课本，再把现在那两个戴方布帽的工人和那个德高望重的伪教徒辞退了，聘个便宜的初级俄语教师。正想着，模糊的视线突然清晰，从一片混乱的陌生面孔中，她分明看到了拉斐的脸，安不由地冷战了一下。

拉斐和一个肤色白皙、有着一头黑发的年轻女子面对面坐着，丝毫没有注意到安。她发现拉斐现在的肩章换成了少校才有的金色松叶。

---

① 基甸(Gideon)，以色列的著名英雄和士师。

安赶忙低下头，那副悲伤样连自己都未察觉。

她像个独自玩耍的小女孩，神情黯然地挑着蜗牛肉，草草吃了两口，又沉着脸切牛排，切了老半天却一口未进。

过了一会，拉斐抬起头来，瞧见了她。安记不清自己是朝他点了点头，冲他笑了笑，低下头假装没看见，还是尴尬地把这三个动作都做了。那瞬间，安看到了拉斐眼中的犹豫。他迅速收回目光，亲切地与对面的姑娘说了几句，然后得意地笑着大步走到安面前，学着西班牙人的样子，俯下身去吻她的手，起身便滔滔不绝起来："好巧啊，亲爱的！我才进城半个多小时，正想着打电话告诉你呢。现在我得陪朋友的女儿一会儿，就是那边坐着的那位——利亚，她从斯克兰顿来的，是个好姑娘，不过只是个小孩儿。我答应她父亲带她来城里，一会儿还得把她送到旅馆去。八点后，呃，最晚九点，我就得空了。你吃完饭和我们一起喝杯咖啡再走吧。她见到你肯定很开心。她就是个小女孩，不过出落得大方些，看着挺成熟的。噢，我给她说过你，夸你是个很好的女孩。嘿嘿，她见到你一定会开心坏的。噢，对了，九点之后有空没？或者九点半也行，我还得打几个电话，这样时间宽松点也能赶过去。不然到时候我们埃德蒙旅馆见？"

安没有打断他，静静听他辩解完，斩钉截铁地说："不，我不会去的。但我确实得和你见一面。这样吧，十点你到办公楼来。这样也有充足的时间和你的利亚说再见了。噢，真是不好意思，你能十点到吧？"

"呃……好的。"

安没有和他们喝咖啡，而是神情淡定地吃完饭就回服务所了。她觉得拉斐一定会迟到，没想到九点五十分，拉斐打来电话说他已经到了。

"我也太悲观了，他当然会早到！毕竟对我还是有点念想的。"安赶紧从办公室出来，大步走向主廊，远远地看到拉斐站在那里。

真是奇怪，这张面孔曾经对安那样意义非凡，即使在人群中也掩盖不了那种亲切。而此刻，这面孔在走廊里闲聊的学生们中间却显得那样平庸，掀不起心底一丝波澜。

"我们下楼说吧，这儿太吵了。"安带拉斐去了四号聚会厅，就是泰西向她懊悔着哭诉的地方，也是她曾默默忏悔的地方。

她端端正正地坐在扶手椅上。(很久后，安回忆起这件事时，最后悔的就是自己那副拘谨的样子，怎么就不能再放得开些，再有气势些呢？)

拉斐关上门，右手手指抵着墙，站在那里，带着哭腔问："安！安！怎么了啊？我只是想给你个惊喜，这也有错吗？"

“你真是给我了个大惊喜！噢，抱歉。你给我说实话，什么我都能接受！你是不是和那个女孩订婚了？”

“订婚？老天，怎么会啊！”

“哈，那这么说你要和我喜结良缘了？”

“恕我直言，亲爱的，听起来你好像并不乐意跟我结婚！”

“那你乐意吗？”

“啊？嗯——我愿意啊。”

“什么时候？我想你还得去法国吧。”

“你想，又是你想！不是所有事情都是你想的那样！噢，对不起，我的意思是，根本没必要匆匆忙忙地结婚啊，我们还有大把时间去确定到底想要什么啊。而且你看，我已经调到人事部门去了，你也能注意到，我的军衔比之前高了！可能压根儿就不用去法国了。总之，我还会在莱弗茨住几个月。”

“哦！这么一来，我们更没必要着急结婚了。”安尽量平缓自己的情绪，让话语听起来不那么刻薄，但显然她并没有做到：“真要祝贺你啊。虽然你也没把我当回事，都懒得写信告诉我。”

“我一直都很……”

“但有一件事，你必须和我说清楚。我也不是在窥探隐私，再说了，问这些也是情理之中，我必须弄清楚在你心里我到底算什么。你是不是很喜欢利亚？今天我一直在观察你俩。”

“噢，我是挺喜欢她的，可那是大人对小孩的那种喜欢——”

“呵！”

“那又有什么关系呢？你也知道，军营里一堆单身男人。”

“就是有关系。我——我想说，你和我……我怀了你的孩子。”

“噢，天啊！”

“喂，这才三个月。”

“噢，我会娶你的！天啊，哈哈哈，我会娶你的！我会信守承诺娶你的！”

“这就是我想要的答案，足够了，但我们永远不可能结婚。好好对利亚吧！晚安！”

拉斐还没来得及拦住她，安就从聚会厅的侧门跑了。她一路小跑回到自己的房间，本打算关上门痛哭一场，但一滴泪也没有。安坐在床沿，点燃一支非法卷烟，突然狂笑起来，真是自由！真是痛快！哭？为什么要哭？真好笑！多完美的狗血剧啊！一个天真的乡下姑娘被城里的臭男人勾引、欺骗，最后人家与女继承人订婚了，狠狠地抛弃了这个可怜的女人！

哭吧，无助的美人！你这心灰意冷的可怜人儿！快去告诉你那满脸胡茬的父亲，让他提着枪怒气冲冲地杀过来吧！你该去城中心那块刻着《圣经》的木牌下发誓，一定要报仇，以上帝之名！然后等你那爱人凯旋时，让他拎着几袋金子风风光光地把你娶回家，让那些闲言碎语都见鬼去吧！然后某天，再让那虚伪的拉斐死于约克城复仇之车的轮子下！如此便神清气爽了！

"这是我的真实想法！这件事并不能怪他，更好笑的是，我根本不想嫁给他，一点儿也不想！"她神情恍惚地走到衣柜旁，找出那件系着丝带的内衣，那是她买来准备穿给拉斐看的。安从内衣下面抽出拉斐的红拖鞋，想笑这双破鞋，也想笑自己。"我的这份爱情，还有我这个人，都好失败。"她拿着拖鞋呆坐许久，又把它们藏进衣柜深处，自言自语起来：

"我不觉得这有什么罪恶的，也不觉得丢脸。反正我绝不会像小说里和布道会上说的那样放弃工作。不就是生个孩子么，没什么大不了的，又不会影响我的品行和工作，顶多就是受点风寒，日子少点乐趣罢了，但也没什么紧要的。拉斐！你给了我爱，你让我明白了爱是什么，谢谢你。今晚，你又给了我自由。好像此时此刻我才变得完整，不再是那个只会在主日学教书，只会读凡勃伦①的热血女青年了。我要生个女儿，啊，想想就激动，那是个新生命！但——噢，主啊，我好害怕！"

---

① 托斯丹·邦德·凡勃伦（Thorstein Bunde Veblen，1857～1929），伟大的美国经济学巨匠、制度经济学鼻祖、社会批评家，代表作有《有闲阶级论》（*The Theory of the Leisure Class*，1899）等。

18

直到午夜聚会结束，安才有机会单独和沃姆斯医生说说话。这个头发灰白的小个子医生今天穿了件咖啡色丝绸长裙，胸前别着一枚老式珍珠胸针。她俯身向着火炉，两腿叉开，胳膊肘抵在膝盖上，胖乎乎的手里拿着一个长长的烟嘴，和安有一句没一句地聊着。

“安，最近忙什么呢？记得上个月见面时你灰头土脸的，今天脸色倒红润了些。之前是有什么伤心事吗？要是真有什么事就给我说，医生嘛，就是给病人答疑治病的。”

“噢，我确实状态好多了。之前是因为怀孕而苦恼，现在没事了。”

“未婚先孕？真的吗？”

“是的。”

“来，肩膀借给你，难过就哭吧。噢，安，我可怜的孩子……”

“没事，都结束了。你觉得我应该生下来还是去堕胎？”

“哎，我的老天爷！”沃姆斯把手死死地背在后面，踩着她的小高跟鞋噔噔地走来走去，嘴里的烟嘴也在不停转动着。“也对，这事哭天喊地也没用。我的好姑娘，话虽这么说，但你可别不当回事儿。噢，我想起来了，你是不是几周前向我打听堕胎医生来着？”

“是的，但那是为别人打听的。我倒知道个堕胎大夫，可我受不了那人。每个人都口口声声说信奉社会主义，相信人人平等，可只要一聊到婚姻和流产手术，大家就都变脸了。其实也没什么好隐瞒的，我做那些不全是为了泰西，也是为了我自己！嗯……你可以帮我吗？我不想强求你，真的，我也不想你冒险。”

“对，这确实很冒险。我可能要在奥本待十年，这个手术可能会让我声名狼藉，搞不好所有女医生都跟着被骂。真是可笑！我们首先是女人，再是医者好吗！世人似乎都忘记了，是那些女医生包扎孩子们手上的伤口，为他们制订饮食计划；也只有她们，充满耐心，坚持不懈，认真对待患者身上的每道伤口。可那些男医生呢，整天嚷嚷着‘没事，小伤而已，不用担心’。噢，当然，犹太男医生可不这样，他们还是很有智慧的。反正伤口在别人身上时他们一点都不当回事，要是自己受伤了，那可就是世上最严重的患者了。这就是男大夫！不过，虽然大家都觉得医生是男人的活儿，倒也没有不让女人干。但我确实在职业操守方面有所欠缺。”

安什么也没听进去。她的耳朵嗡嗡地响，头晕目眩，大脑也一片空白，感觉自己又成了所谓的“操守”下的受害者。又忽地惊醒，听到沃姆斯嘟囔：

“但我对你也很亏欠。听我说，好孩子，你很优秀，相信我，你不会被社会上那些疯狗野猫穷追不舍的。”

沃姆斯把椅子转过来，扑通一声坐下，挥舞着手，一脸严肃地发表言论：

“安，首先，作为一个国家的非正式官员，我必须告诉你，堕胎是种违法行为。再者，作为一名医生，我劝你不要堕胎。这不是件小事，而且很危险。如果你堕胎了，可能永远都没办法再怀上孩子。可你知道，每个女人都应该生儿育女，这是最基本的家庭生活。但作为一个女人，我强烈建议你堕胎，并且让这个秘密烂在肚子里，千万不要告诉任何人。你要知道，所有的男人，包括那些被男人控制住思想的女人，都认为女人的本职就是生育。对他们来说，女人堕过胎是件非常不体面的稀罕事。所以我们必须反击，必须学会用谎言来保护自己。”

“做医生以来，我只给五个人做过流产手术，我向你保证，我把她们看得比我做医生和公民的荣誉还要重，所以我不会把你托付给任何人。你去请十天假，周五下午四点来我这里。我们一起去我在长岛的小屋，我去那里给你做手术，而且手术后你得在那里休息十天。放心吧，我连厨子都不带，不过要带上我最优秀的护士格特鲁德·沃格特。她人很好，瘦似爱尔兰猎狼犬，静如冬林雪。哈哈，都是你！搞得我说话都文绉绉的了！说正经的，手术后我要回城里，到时候她就在那里陪你。晚安，孩子。记住，四点哈！这周五四点哈，晚安！”

她们从长岛南岸的车站出发，驱车前往沃姆斯医生的别墅。九月，树木一改往日的金黄，褪成了皮革般的棕色。安越过死气沉沉的沼泽，望着沉闷闷的大海，这里的空气很清新，咸咸的海风吹来，一股沼泽里的鱼腥味窜进鼻腔，她不禁打了个寒战。一路上，沃姆斯医生很安静，那位高挑清瘦、戴着金边眼镜的沃格特小姐板着脸，格外沉默。看着她们，安忍不住又打了个寒战。

她们沿着一条破旧的、满是车辙的碎石路驱车前行，穿过沼泽，来到一片长沙滩上，沙滩不远处散布着几座避暑别墅。七月的时候这里一定很有趣，孩子们在欢声笑语，留声机也在不停歇地播放，一群穿着鲜红色泳衣的年轻人嬉笑打闹着，浑然不觉皮肤已晒成棕色。而现在，这些别墅荒凉又破落，窗户都用木板封上了，门廊上也只有几把破椅子，灰色的木瓦边墙被吹起的海沙弄得坑坑洼洼的。

真是穷乡僻壤啊！这两个严厉的女人会对她做什么呢？在这片荒野里，除了渗着盐的沼泽就只有咆哮的浪花了，要是她被绑架了，都没有人能听到她的求救声。还不如现在就跳下车逃跑！

“这也太安静了，只有海浪的声音。”安说。

“是的，”医生回过神来，像个老道的阿姨一样笑道，“我明白，这里有点让人压抑，可也没办法，不如试着喜欢它。如果你在这里好好待上十天，手术过后就能恢复得快些。你看这里多好啊！有土地、新鲜空气、火把，还有海水，这些我们在城里都接触不到。你这星期就别动脑子啦，从现在开始，忘记那个聪明的维克斯小姐，记住，你就是个犯了错的小妹妹。开心点！别当什么女革命家，你可是要做女性领袖的人。看，我还给你带了好东西，这可是真正的精神食粮，你肯定需要它——看，十六本侦探小说！”

“我想读弗洛伊德的……”

“不行！你要读些国内的书，看这些多好，这本讲的是谋杀案，这本讲的是伦敦警察局的故事……我们到了！快，先收拾收拾，让屋子暖和起来，晚上九点做手术。”

“噢，不不不！我们不能等到明天再做吗？”

“然后你心惊胆战地过一夜，明天不就更害怕了吗？呵！你们这些年轻女孩啊，比人家攀岩者都紧张！快把你穿新衣和发疯的那股劲儿拿出来……安？噢，亲爱的！听我说，没那么可怕！”

沃姆斯医生的别墅面朝大海，屋外是长满草的沙丘和无边无际的海滩。这间房子和她们刚刚路过的那些破落别墅没什么区别，屋里除了那堆像破棉被一样的书，还有个大壁炉，厨房外有间手术室，与药房之间隔着半块白色护墙板。“那里面是些还算像样的外科器械和玻璃器皿，大概就十五英里长吧，”沃姆斯医生自豪地说，“今年夏天好多城里人来我这儿看病。这村里只有一个老医生。哦，当然了，是个男大夫，他还瞧不起女大夫，我就是他最大的嘲笑对象。我给你讲，他的手术台是那种可以调节的桌子，看起来像个破理发椅，可能还不干净！看，这是我的电灼治疗仪，这是我放试药和染剂的壁橱，这是……”

沃姆斯医生喋喋不休，安知道她是想让自己放心，所以用这种半打趣半讽刺的方式来告诉她这个手术会很安全。可此刻安浑浑噩噩，十分难过，对这些便也不在意了。

别墅里有两间卧室，客厅里放了两张睡椅，布置得十分舒心。“你在右边这个房间睡，正好可以看到大海，我和沃格特小姐睡另一间。”

安呆愣着，忘记了刚才对手术的抗议。

“现在我和沃格特小姐去烧些热水，再把电炉拿来让手术室暖和些。稍暖和点就行，然后再烧壶茶，你现在要做的就是去屋里换上睡衣。沃格特给你准备了一件漂亮又朴素的睡衣，在你床上……安，你看起来很害怕！难道你真的要明天做吗？“

安嘶哑声中只有恐惧：“不！不！上帝保佑，就让这事赶紧了结了吧！”

“好！亲爱的，听你的！”

安慢慢地脱下衣服，把那件粗糙的睡衣披在头上，坐在床边颤抖着点了根烟，暗自琢磨，在这个死囚牢似的小单间里，她们不会给她禁烟吧？

沃格特小姐站在门口，穿着白大褂，戴着白帽子和口罩。“好了，维克斯小姐，都准备好了。”

安缓步走向“绞刑架”。

安被无情地领进了手术室，手术时，她突然觉得这是在杀人。从没有人去祈求上帝惩罚她，也没有人要将她和她腹中的孩子扔进暴风雨中，更没有执事拿她举例子讲给众人听，无病无灾，自己却在这个破破烂烂的小楼里忍受着从破窗吹进的寒风，赤身裸体地躺在手术床上。这一切，都是因为这个让人羞耻的孩子。

术后恢复期似乎比坐在办公桌前备一堂商业算术课更令人激动。

她坐在那里，细细琢磨，还有多少这种激动人心的事被现实掩盖，然后被美化成世人认可的模样呢？战争时期的英雄们真的像他们憎恨咸牛肉和暴躁的军官那样，憎恨魔鬼般的敌人吗？他们在淤泥中死去的时候，真的会因为自己为国和王牺牲而高兴吗？都是这样的吗？法官们都把自己的工作看得很神圣吗？还是说，有时他们也会像学校老师那样，出于个人恩怨去打一个烦人的学生呢？美国人一直都是慷慨大方、睦邻友好的吗？所有的德国人都办事高效吗？英国人总是那么诚实正直吗？

不过放心，安才不会被这些问题困扰呢。1890年到1926年间，有想法的年轻人张口闭口都是批判社会，言论虽激烈但非常理智，且从未有人付诸行动。再说说维多利亚时代的和平吧，那还不是因为牧师们都非常虔诚且充满智慧，王室子弟们都彬彬有礼，那个时候"知识分子们"也从迷雾中走出来了，不再坚信所有的银行家都在半夜密谋如何搞垮穷人，所有国会议员都收受巨额贿赂，葬在里维埃拉的宫殿里，他们也明白并非所有牧师，尤其是小镇牧师，都在豪华公寓里包养情妇，社会主义倡导者也不会整天吃糠喝凉水。总之，这些误解通通消除了。

"好吧，可大体上说，那些确实是真的！"安愤愤不平道，"只是，事情可能没那么简单。指望那些激进的传道者比密苏里州的那些头脑简单的牧者聪慧吗？还是说只要我们支持社会主义，黑死病就能够抑制住，丈夫们也不会再色眯眯地盯着速记员，小麦的生长速度能变快，孩子们都能在六岁时拿到生物学的理学博士文凭？呵，鬼才信！"

她开始像质疑社会地位的稳定性那样强烈质疑激进主义的可靠性。作为一名社工，她在胡克社区服务取得了什么成就？有没有为附近的孩子们提供公立学校所没有的东西？会不会真的如她预言的那样，犯罪率降低了，孩子们的食物和教育也有了保障，产妇得到了更多医疗专家的关注，数百名女政治家出现在人民面前，然后到1930年，国内将有许多有别于圣女贞德的女参议员和内阁部长上台？会不会呢？

她认识的那些满脑子都是统计数据、思想开放的社工，真的能比过坦慕尼协会①和共和党总部那些贪婪、愤世嫉俗的政客吗？他们能建立一个更好的政府体系吗？

安现在唯一能肯定的是，如今，任何事情都不能像在过去的好日子里那样有把握，在"社会科学"这门功课里，所有让人民欢呼的"因此"都会被"但是"取代。

但过了一会儿，她就把这些全抛到脑后了，沉浸在沃姆斯医生给的侦探小说里无法自拔。

早先，安因未婚先孕而觉得丢脸时，只想到了自己的困境。无论是她还是

① 坦慕尼协会(Tammany)，19世纪和20世纪初期操纵美国纽约市政界的腐败政治组织，有时泛指腐败政治组织。

现实的泰西，谁也没想到腹中婴儿的权利。现在，不知怎的，腹中的胎儿似乎成了一个成熟的生命，安想要得到她，时而渴望见到这个鲜活的生命，时而残忍地希望她从未出现。她开始不停地责备自己，是自己杀了腹中的孩子！安好想念那个小生命，仿佛自己真的抚育过她，感受过她的温度。现在，什么事业，什么美好的原则，都比不过曾在她腹中呼吸成长的那个孩子。

那应该是个女孩。“可她怎么知道的？噢，她知道！她什么都知道！相信吧，作为一位母亲，她会知道的！因为这是她的孩子！多么神奇！有些事连科学都解释不了！”让我们看看她在想什么吧：如果这个婴儿在1918年初出生，到1958年就四十岁了。到那时，世界可能统一了，全面公有化也实现了；不过也可能再次分裂成互相敌对的小国，到时候，直升机可能像现在的汽车一样普遍，也可能早就被遗忘在废墟里了。可不管发生什么事，这孩子都可以亲眼瞧一瞧……哎！安叹了口气，如果她的孩子活着，就能看到上两个世纪里的那些翻天覆地的变化了。

那孩子会遗传祖父维克斯那样的黑发（安不想让她遗传拉斐那样的头发），会健健康康地长大。首先，她会培养孩子完整的人格。在这种财富和阶级决定职业地位的时代，安要教她用自己的双手工作，不要让她觉得靠双手维持生计的洗衣妇、厨师、木匠和机械师就低人一等。

对安来说，教育孩子是件很快乐的事。

可她又忽地想起来，自己已经堕胎了，永远没有机会教育这孩子了。

她盼望着给孩子喂奶，渴望通过这个孩子将生命延续下去，直至永恒。

还要给她取个好听的名字……女孩子的名一般没什么特殊意义，比如安、多萝西、洛伊斯、格特鲁德、贝蒂。不过在一百五十年前，女孩的名字还都有些寓意，比较流行的是慈善、希望、信仰和耐心。但现在，沉默的忍耐、没意义的希望和没来由的信心已不再是女性的唯一优点了。不，她的孩子应该叫普瑞爱德[①]，寓意着骄傲地生活，骄傲地去爱，骄傲地工作，做个骄傲的女人，这才是她应该有的。普瑞爱德·维克斯，安最想念和熟悉的人！

安绝对不是个爱乱想的人，她一直都觉得自己非常冷酷无情。可现在，普瑞爱德·维克斯就像个区里玩耍的意大利孩子真实地活在她心里，这点连她自己都没意识到。她深信自己没有杀死普瑞爱德，只是推迟了这个孩子的到来，

① 此处为音译（原：Pride，意为骄傲）。

下一个孩子肯定还是普瑞爱德，且只能是她。

她虽不常梦到普瑞爱德，却从未忘记这个被打掉的孩子会回来的事情。自己还总在纠结：教孩子读莎士比亚，编篮子，做瑞典体操，向国旗敬礼有助于养成孩子的良好品德吗？

回到服务所的第七周，周边的俄罗斯基督徒因为布尔什维克革命的消息变得躁动起来。安想，是不是普瑞爱德注定无法看到1917年11月7日这一天，这天或许是历史上最伟大的日子，也可能是美好新时代的开始，又或是美好旧时代的结束。可这孩子终究是看不到了。

19

安去埃莉诺家时，埃莉诺正和她男友吵架。乔治板着脸，对她挥舞的手臂视若无睹。

“安，你听听！这简直就是个傻子！你听听他说的，他说他要应征入伍！如果我们结婚了，我辞职做家庭主妇，就得全靠他养着。我觉得他不应该去，可人家根本不听我的。这个蠢蛋还说想娶我，可他根本就不听劝，非要入伍。呵！但愿是真的打算娶我吧！”

“我觉得做人就要尽职尽责。我们一旦着手犁地，就得坚持干下去，直到有所收获。反正，我就是要去部队。”乔治小声抗议着。

“那你想娶我吗？”

“哼，你清楚得很，去年难道我没向你求婚吗？”

“好吧，可我不愿意嫁！谁愿意嫁给想加入战争的男人？真是瞎操心！安，你看，梅米那母老虎说的一点儿也没错，世界上只有女人、猫和大象的头脑是清醒的。”

可后来乔治还是入伍了，埃莉诺始终没有答应他的求婚。他走后，害怕孤单的埃莉诺扭头便缠上了安。

尽管安是位专业“社工”，但也从未受过如此多的关心和打扰。工作虽忙，但也从不需要去拯救谁的灵魂，改善谁的饮食习惯，审查谁的朋友合不合格。而现在，安不得不像管家婆一样神经兮兮的。埃莉诺每周要给她打三次电话，要不就是要她陪着看电影，要不然就是让她来家里吃晚饭，喝柠檬汽水。

在埃莉诺家中，安认识了一些狡猾的“寄生虫”，他们经常大摇大摆地来，好像这里是提供免费饮料的纽约公寓。虽然在纽约生活了两年，但安仍旧和在沃巴纳基时一样，对“波希米亚人”“格林威治村人”一无所知，她甚至都读不懂他们的小说，脑海里对文学的概念还停留在那篇讲阿肯色州东南部的拉脱维亚元素同化现象的文章中。不过现在，安对他们有了新的认识。这段时间里，安结识了行业刊物的诗歌编辑员、女性瘾者、无政府主义的茶室女管理员、在华盛顿广场附近的意大利餐馆里搞创作的流浪汉诗人、备受地方新闻编辑员嫉妒和排挤的优秀记者，还有银行家的想画画又懒得下工夫学的千金们。安发现，刚认识，他们就直呼她的名字。更令她恼火的是，这些男男女女总爱摸她的手，并腻腻歪歪地亲一下手背，真够恶心的。这是一群极力反对战争、思想自由、整天醉醺醺的小青年，在他们中间，安反倒成了爱国者和长老会教徒，还因为聚会只喝一瓶酒被当成了禁酒主义的倡导者。其实她特别讨厌这种乱哄哄的聚会，披头散发的年轻人懒洋洋地靠在她腿上或是坐在她面前的地板上，摸着她的脚踝倾诉内心的欲望，真让人受不了。那个月安的漱口水和浴盐用量整整翻了一倍，但因为担心埃莉诺，她依然频繁参加聚会。

说心里话，埃莉诺还是很可爱的。安记得她做的美味可可，记得她打警察的样子，记得她们一起擦范宁公馆的水槽，记得她学着克拉夫特·埃平[①]说话和讲梅米那方面的丑事时的模样，记得她在暴风雪中走了三英里就为了参加一个无聊透顶的选举权会议，还总爱说下流话惊得玛吉不知所措，记得她那副破落波旁王朝公主的神态。

安发现自从乔治离开后，埃莉诺有了一连串的情人。可就在刚才，埃莉诺还吐槽了拉斐一通，对沃姆斯医生赞不绝口。从这点看，安确信她反对男权主义，并且痛恨所有男人。这样，安便更觉得那些眼巴巴想要得到埃莉诺的关注和免费杜松子酒的色鬼让人生厌。向埃莉诺献殷勤的人中，有那种又老又愚钝的剧作家，他不停地讲俱乐部的新鲜事，故意做出老谋深算的样子；还有那种给人家讲了二十三个月探险课的探险者，他总爱委婉地向人描述“土著部落”奇怪的婚姻习俗；还有个温柔善良的职业青年，自称是最有前途的、最可靠的年轻作家之一。起初，安也不相信这些穷光蛋们是埃莉诺的情人。和乔治在一起时，她就像妻子一样忠诚，而现在她的每段感情都不会超过一周，真让人捉摸不透。埃莉诺并不太信任安，虽然知道安是个可靠人，但总觉得她有点假正经，再加上埃莉诺并不了解拉斐和安堕胎的事，所以一直有点瞧不上安。

埃莉诺常和各种温柔体贴的男人在厨房里调十几分钟的鸡尾酒，调着调着

---

① 克拉夫特·埃平(Kaft·Ebiny,1840～1902)，德国精神病学家。

两人就不知道跑去哪了。安对他们那些事十分憎恶，觉得这和发春的狗没什么区别。一起在布雷武特吃饭时，埃莉诺总是吃到一半就去打电话，人也慢慢变得暴躁、健谈、吊儿郎当，她的两个眼窝微陷，愈加苍老，可其中的原因安并不知晓。

这些都要从一个叫伊莎贝尔·海瑞迪恩的博士说起。

圈子里的人都叫她"贝拉"，她是伊曼纽尔公司的主管。这家百货公司是新时代的奇迹之一，在纽约就像帕特农神庙在古希腊那样的存在，而且比帕特农神庙更大、更实用。在伊曼纽尔，你可以买到一只 1.7 万美金的镶满宝钻的手镯，也能买到 17 美分的上等仿品，这里还有正版的《天门并不敞开》、棉袜、圣人雕像、参议员笑话手册、日本手工纸做的阿普列乌斯的书、拖把、金丝雀种子、178 美金的美甲设备、工装裤、去开罗的车票、梅干、中国进口的痒痒挠、农夫的鞋子、犹大本杰明和赞恩·格雷的签名、嚼用烟草、法国进口的帽子、金鱼、情人节恶搞礼物、1870 年的农村房屋模型和大头针。这家公司不仅规模庞大，而且管理系统也颇为讲究，共有四千名员工，负责包装和运输的副总裁曾经是位少将，人事部门根据行为主义法则管理整个团队。

第一次见到海瑞迪恩博士是在埃莉诺家，安对她既排斥又着迷。这个苗条的女人皮肤如珊瑚蛇般光滑，身材曲线分明，夺目耀眼。安猜想，她应该有二十八岁或三十八岁。可是，这人的脸润如瓷釉，若不细看那双锐利的眼睛，谁会猜出她的真实年龄呢。海瑞迪恩身穿亚麻色领的薄西装，系着男式领带，戴着三角帽。她站在一旁，优雅地拿着长烟斗吞云吐雾，好像她比讲话的人了解得更透彻些。

午饭时，家里只有安、埃莉诺和海瑞迪恩博士。

"埃莉诺，"海瑞迪恩博士问，"我们进来的时候，和你打招呼的绅士，就是那个要出去的，他是新来的吗?"

"他啊，我刚认识他不久。是做律师的，是个好货色。"

"做律师的也不能算是好货色啊……维克斯博士，你说是吧?"

"呃，我不是博士。"

"好吧，小姐。其实我更想叫你'安'。之前我就听了很多关于你在胡克社区服务所的英雄事儿，所以见到你就似曾相识。你叫我'贝拉'就好。"海瑞迪恩冲安笑了笑，眼角一道道细纹皱起又舒展开，安不由地看出了神。"安，你不觉得乔治走后，奈儿[1]身边的男人就络绎不绝吗？哎，乔治小可怜啊!"

---

① 此处是对埃莉诺的昵称。

埃莉诺轻哼了声打趣道:“他在这儿的时候,你可没这样叫过他!”

“还不是因为要和那些低档货做对比才这样叫的。尤其是你那个探险家啊,我敢打赌,没人能像他那样敢在普尔曼餐厅和你做那事了!那么公开的场合,真够开放的!你能分辨出他什么时候像毛利人一样亲你,什么时候像库马西人一样亲你吗?哎,做爱的时候啊,没一个男人是优雅的,真是没劲。优雅这个东西,只有女人才有!”海瑞迪恩把她那蜡一般的手搭在埃莉诺的手上轻轻抚摸着,而埃莉诺对那些嘲讽话非但不在意还乐在其中,却不知海瑞迪恩那温柔深处是诱惑。瞧着她那副模样,安又忧虑起来。

后来,安发现海瑞迪恩简直无处不在。她每次去找埃莉诺时,都能见到海瑞迪恩玩世不恭地叉着腿坐在壁炉旁。现在安也不用担心埃莉诺和别人瞎混了,因为每次她和别人去厨房时,海瑞迪恩都会在后面溜达,变着法地挤兑那些献殷勤的人,还给人家制造难堪。

家里只有她们三人时,海瑞迪恩谈起了她最好的女伴,还给她们讲自体性欲和宗教符号学。她说,自己在医学院上了三年就获得了心理学博士学位,毕业后又读了很多讲性变态的书。

“这难道不奇怪吗,”她抱怨道,“1918年,在弗洛伊德生活的那个年代,流行拉格泰姆音乐;天下太平的时代,人们对女人的看法,甚至包括女人对自身的看法,仍旧停留在女人是天使的层面,好像她们除了心脏、肺和基本的大脑外没有任何器官!亲爱的,我告诉你们,除非人们都明白女人也可以像玫瑰花蕾那样娇艳动人,也有正常的生理需求,不然女性的地位永远不会有任何实质性的提高。毕竟这妖艳欲滴的玫瑰花蕾对蛞蝓和粪肥并不陌生,谁要是太娇嫩,认不出它来,那就最好离开这世俗花园,回家织布去吧!”海瑞迪恩还做了些有趣的两性激情周期统计,统计中把朱丽叶的兴奋时刻简化成了罗密欧周期表上的小点。

安很担心。虽然这对她来说并不是什么新鲜事,在女子学院的生理学课上,她学过一种叫作“性”的东西,也听过沃姆斯医生谈论男妓和女妓的事,还有那些华丽圣殿背后的黑暗。但是,聪明而又安分的沃姆斯似乎与爱舔嘴唇的海瑞迪恩不同,就像安的父亲与拉斐不同一样。这样不好吗?安纠结着,更聪明些不好吗?不,她又坚定了想法,还是保守些好。

“我说,”她问海瑞迪恩,“为什么要谈性变态呢?我们谁也没有天真到以为婴儿是醋栗丛里出来的吧!”

“不,亲爱的,哈哈,但你确实很天真,一提‘性’就只能联想到孩子!你觉得

‘性变态’是什么意思呢？到底什么事情发生得如此频繁以至于我们要把它记下来并定义为‘变态’呢？野蛮人部落——噢，奈儿，又想起你的小探险家了。哈哈！呃，言归正传，有些野蛮部落认为看别人吃东西非常不雅，可我们不这么认为。性也一样，任何形式的性行为都和吃东西、消化、排泄一样，是人类的正常行为。”

“或许吧。可我们也不会一直偷摸着小声讨论食物啊！”安仍旧坚持，“要是这样未免也太没趣了。如果有个胖子每隔一小时就给你说他在第戎吃到了美味的松露，在巴塞罗那又吃到了什么好吃的腰子，你会喜欢他吗？此外，无论正常与否，我认为，如果一个人觉得吃牛排幼稚而只吃咖喱和卡芒贝尔奶酪，那他的生活就太没劲了！”

“安，我的小宝贝，我之前就总说，社会工作某种程度上具有神学意义。你刚刚用的就是典型的传教士把戏，把一个比喻错当成一个论点！”

尽管安有点接受不了海瑞迪恩的那种黄段子，但埃莉诺还是心醉神驰，话也逐渐多了起来。

“贝拉，我赞成你对男人的观点，”她说，“他们自私又贪婪，可没有他们又不行——”

“总有一天你会明白的！”

“我恨那些臭男人。而且你看，男人都那么浪荡，可他们扭头又能拿出一副温文尔雅的姿态对你，好像什么都没发生过。他们还会整晚追着你胡乱承诺，不过我们倒不太会放在心上。但如果换成我们，我是说倘若反过来，一个女人疯狂地向男人暗示愿意为他们做任何事，那这些家伙肯定惊得下巴都掉下来了。所以女人必须冷漠！要优雅地坐在那里等着他们含沙射影的咳嗽声，而且领会到他们的意思的时候，要表现得很惊讶！如果哪天晚上他们突然想装贞洁了，而你却充满性欲，他们又得震惊一番。你别管昨晚他穿睡衣的样子有多蠢，反正此刻，人家高尚又无情，和你可不是一类人！”

“我不是跟你说过男人就这样吗？”海瑞迪恩小声说着，手掌踱到埃莉诺脸旁，笑着挑起她的下巴。

安看着这些举动，心里很不舒服。一周后，埃莉诺说海瑞迪恩要搬进来和她合住，安就更担忧了。然而，埃莉诺却很开心地欢迎她来，这反倒显得安格外小气。“真好呀，能和贝拉住一起啦，”埃莉诺说，“她确实疯疯癫癫的，老喜欢聊各种疯狂事改变别人的三观，甚至还假装欣赏那些残酷的人。但我了解她，实际上啊，贝拉是我认识的女同志[1]里工作最努力、最通情达理的人之一了。我希望她会喜欢我的新男友。他人特别好——你肯定见过他——就是那个副船长——那个大男孩，记得吗？你要看到他开潜水艇的样子肯定被他迷倒了，贝拉肯定更喜欢他！”

可显然，海瑞迪恩不喜欢那人。

一个月后，她搬进埃莉诺家里，带来了一个壁橱，里面摆满了甜酒，外面贴了几十张少女的裸露照片，还带来了个装满了德国性爱书的书柜。那些总跟在埃莉诺身后的热情蠢男人，一开始还目瞪口呆地盯着这些东西，现在早已习惯，也渐渐地不再来了，常来的都是些涂着胭脂、无精打采的青年。

埃莉诺曾在范宁公馆里过得那么独立，后来又被那些追求者们捧在手里，现在却听命于海瑞迪恩，这使安颇感沮丧。埃莉诺喋喋不休时，海瑞迪恩总要说些刻薄话嘲笑她一番，平日里也总是冷冷地一声不吭，让乔治的老友们十分难受。埃莉诺也没什么法子，只好小心劝他们别走。每当埃莉诺难过得快掉泪时，海瑞迪恩又柔声柔气地安抚她。安惊讶地看着埃莉诺不管做什么都怯怯地转向海瑞迪恩征求她的同意，这还不算，为了让贝拉满意，一向讨厌柔美风格的埃莉诺竟然穿上了绣着黑色孔雀的杏色丝绸睡袍和带着绒球的银拖鞋。

“你一点儿也不欣赏贝拉，”她对着安号啕大哭，“她是个新思想的开创者。我曾经瞧不上什么深奥的智慧，那是因为我傻。她让我明白了很多。”

“我靠，你到底明白什么？”

“什么都明白了！生活、活着的热情！你别说脏话，贝拉不喜欢这样。”

“埃莉诺！这个词我是跟你学的！”

对于埃莉诺的堕落，海瑞迪恩不闻不问，有时她会突然尖刻起来嚷嚷几句，而后又把注意力转到安身上。还总皱着眉头盯着安，时不时地拍拍她，朝她挥动烟嘴，发出咕噜声。她告诉安：“你天赋异禀，但就是缺少爱的力量。”说得好像她俩都是被那个傻孩子埃莉诺逗乐了的成年人。每当这时，安总是不说话，眨眨眼睛或笑一笑就作罢了。

埃莉诺一天比一天憔悴，抽搐得像个瘾君子。安怀疑她在吸毒，可提到可卡因时，她发现海瑞迪恩异常沉默，于是内心便更加忐忑。

现在的埃莉诺骨瘦如柴，清澈的眼睛失去了光泽，柔软的小麦色脸颊也日

---

① 此处指女同性恋者。

渐消瘦。有时海瑞迪恩拿她开玩笑，故意不理她，她便乖乖坐着，装出一副高高兴兴的样子，稀薄的指甲不时地抠着胳膊上松塌塌的肉。这天，埃莉诺跟在海瑞迪恩屁股后面，想弄清自己究竟做错了什么并请求她的原谅，海瑞迪恩大吼："好了，我亲爱的奈儿，我说了没事，真的没事！为什么一定要讨论这个话题？我回来的时候，你说你要做饭的——"

"可你说不饿，如果你想吃的话再叫我。"

"我回来那么晚，噢！老天！你不明白吗，整个人都累瘫了，话都懒得说，可什么吃的都没有，你也没点自觉性。"

"对不起！贝拉！哦，亲爱的！太抱歉了！真的对不起！"

安实在听不下去了，气呼呼地大喊："欢迎回家！"

海瑞迪恩语气立刻软下来："哦，亲爱的，吵到你了，是吗？哎，真是，谁也不喜欢那种白痴话题！哎？小小安这是要走吗？哎呀，别走啊，亲爱的！你走了今晚可就没意思啦！我可不想和她单独待在一起，你看她把自己弄得像个维多利亚的老烟鬼，不知道的还以为人家是哪个贵族小姐呢。哎，等等，安，我和你一起去。"

"不，我真的要——"

安并没有做样子，她确实要走。顺着海瑞迪恩，她看到埃莉诺站在后面，烦躁地掰着手指，恶狠狠地瞪着她，眼里写满了"嫉妒"。

天色渐晚，安还在办公室待着。九点的时候，海瑞迪恩打来电话：

"安！你能来公寓一趟吗？奈儿可能出事了。我知道她在里面，因为门被反锁了。她不肯理我，可能还在生我的气，你也知道她发起疯来什么也不顾。我今天回来晚了，结果她把门给反锁上了！我这是用药店的电话给你打的。哦，好好好，这就打完了！"

听了这些话，安感觉海瑞迪恩还是挺有人情味的。

"她可能就是闹脾气吧，你们吵架了？"

"是吵了一架。不过恐怕事情比你想的严重点。"海瑞迪恩嘴里说着严重，还扑哧地笑了起来："你也了解我这个人，就是想逗逗她，谁知道那个傻子就当真了。早晨的时候我说，薇薇·列诺尔不仅比她漂亮一百倍，还比她招人喜欢。不过这也是实话呀，人家确实比她漂亮啊。然后她就气急败坏地把我推出门了。你能相信吗？她竟然推我！"

"我马上过去，呃，我去打个车，公寓门口见。"安并不是想帮海瑞迪恩，她这么做是为了埃莉诺，或许老天开眼，这能让埃莉诺看清海瑞迪恩的残忍面孔。

安来的时候，海瑞迪恩正在公寓门前的石板上踱步。她穿着一身叶绿色套装，很帅气。当然，这样的描述可不是在夸这女人。“我又敲又喊，一点用也没有！噢，真是个好女人啊！你等着，我把你头发都给拔下来！”海瑞迪恩冲着里面厉声叫道，又转过头来对安说：“来，你试试，她相信你……我的意思是，至少她还听你的。”

公寓的大铁门没有横梁，安拍着门又是恳求又是大叫，没一会儿双手就通红了，可里面还是一点动静都没有。

海瑞迪恩拉住安：“别喊了，我们得想办法进去！她可能晕倒了，说不定她怀孕了呢！”

听到这话，安恨不得杀了她。海瑞迪恩边往楼下跑边喊：“我们从下面的办公室进去！等门卫的同意太麻烦了，得花一晚上！”那一刻，安对她又一点也恨不起来了，心里很佩服这女人的机智。

办公室的玻璃门上印着“丹迪锯末刨花工作室”，从外面看里面漆黑一片，海瑞迪恩扒着门听了听，确定里面没有人，然后脱下她的绿色拖鞋，用那铝合金鞋跟打碎了玻璃，伸进手去拧门把手，打开门冲了进去，穿过那些浅色橡木桌椅跑去开窗户。

窗外有个防火梯，安怔怔地站在那里，海瑞迪恩毫不犹豫地踩着铁杆噔噔地往上爬，安便慢慢地跟在后面。海瑞迪恩拽开家里的窗户爬进去，手舞足蹈地大叫：“奈儿，小奈儿！”

屋内无人回应，也不见埃莉诺的踪影。她们便在卧室、厨房、浴室几个房间挨个找。只见海瑞迪恩像半截木头愣愣地杵在浴室门口，停了两秒又突然尖叫起来：“噢，上帝！别进来！别进来！”可提醒得太晚了，身后的安茫然失措地看着一切，像个泥塑木雕的人。窗台上放着一片脏兮兮的安全剃须刀片，浴缸里一片深红，白色搪瓷边飘着一圈猩红色的血，埃莉诺就躺在中间。她抬起头来，瘪着嘴怯生生地望着她俩，像个不小心受伤的孩子，怕极了，祈求谁能帮帮忙。恍然间，再不见她眼底的光泽，人也气息殆尽。

正是午夜，医生和警察都不在，大厅外只有一个小巡警。海瑞迪恩倒在沙发上，双臂颓然下垂，像是没了半条命。她并没有歇斯底里，安也没有。但安现在已经无法学着海瑞迪恩那样冷静了，她像丢了魂一样，满心愧疚。

那天晚上，海瑞迪恩坐起来点燃第五十支香烟时突然说：“安！我知道奈儿的事很悲惨,但我更担心的不是她。噢,那个可怜的女人,她的烦恼都结束了。现在我更担心你,怕你因为她的事难过。听我说,我要被公司调去欧洲了,去那里学习巴黎和柏林的经营方式。跟我走吧,路费我出。走吧,小宝贝!我们会玩得很开心的!到时候穿着紧身泳衣一起去沙滩上晒太阳!好吗,亲爱的?哎,忘了她吧!她只是个软弱又多愁善感的失败者。"

多年后回想起来,安总幻想自己当时狠狠揍了海瑞迪恩一顿,但其实她什么也没做,只是带着歉意狼狈地跑了。

回到胡克社区的小单间里,安低声呜咽:"总之,我再也不恨男人了,他们比那蛇蝎女人好多了!"

随后的几年里,她抛下过往,埋头工作,一心扑在社会难题和人权上,对旁的事都不予理睬了。

20

两年来，安·维克斯一直在罗切斯特市管理着一家社区服务所。其间，她被邀请到妇女俱乐部、教会论坛和女子学校等地发表有关“如何美国化”“欧洲民歌在移民教育中的价值”等各种毫无意义的话题的演讲。罗切斯特市有一个老富婆赞助了安管理的社区服务所，她思想自由，赞同匈牙利的吉卜赛人可以跳自己的吉卜赛舞，而且只要他们愿意，可以一边学习操作收银机，一边学习汽车驾驶。二十九岁时，安获得了罗切斯特大学荣誉硕士学位，并在《泰晤士报》年度“罗切斯特最具价值女性十强”榜单上排名第六。在她管理的社区服务所里，一百六十七个欧洲人学习了英语，二百七十一个女孩学会了缝纫和做饭。这样一来，小报上的新闻不再是天书，女孩们也可以自己在家做饭解决温饱，甚至可以自己做新衣服穿，从而使生活的负担减轻了。

然而，近两年，尤其是在柯利亚斯·胡克社区做管理员助理的最后日子里，安每天都在怀疑社会服务工作是否有价值，毕竟她的工作只涉及很小一部分社区，而其他社区甚至都没有社区服务所，更不用说社区服务所提供的娱乐、教育、急救、社区通知等服务了。安打心底认为，社区服务工作产生的价值甚至不如最早的旧制度。在旧制度下，牧师的大女儿终生未嫁，每天给久病卧床的教区居民送他们所需的煤炭和毛毯，将一生奉献给社会。这个制度虽老旧，但能温暖人心，感动百姓。

而现在，社区服务所会“救济”被抓的犹太男孩。他的眼睛又大又黑，谎话连篇却活得快活，他会给工作人员送礼，会在童子军集会上破口大骂向国旗敬礼的人；尽管如此，他还是能得到高尔夫球裤和吃剩的冰激凌，甚至还能得到牙科学院的奖学金。而那些在街头靠雕刻手艺求生的可怜小男孩，除了自己的雕刻天赋和木刻事业,别无所有。

安认为,社区服务所就是一个游乐场,管理却比不上城市开放游乐场那么严格,可以说差得很远,就像慈善机构一样腐烂不堪。教育是通往自由之门,因此服务所安排了教师授课,但效果差强人意。究其原因,志愿者教师仅凭一颗诚挚的心终究是比不上职业教师的。但出于无知,也出于善意,志愿者教师们做了近一年的志愿活动。在这一年间,他们带着犹太人、意大利人、希腊人去了解乔治·华盛顿,教他们复式簿记[①],还教他们刷牙。在这方面,夜校做得更好。不得不感叹,这些有野心、有志向的年轻志愿者们真的非常优秀!仅靠他们的一己之力就能出色地完成这些令人头疼的工作。

万事皆有利有弊,这些社区服务所也并不是只有弊端,至少它们直接或间接地促进了正规公立组织如今的慈善组织机构的产生和发展,如莉莲·沃尔德的探访护士协会。

"唉,现代慈善机构缺点太多了!"安抱怨道,其中的繁文缛节尤其多,记录或保存案例甚至显得比救人更重要。慈善工作者对飞来横祸太熟悉了,他们的工作确实会变得很艰难,外科医生也是如此。并不是有了同情心就可以当医生,谁会建议把外科手术交给教区里那些有同情心的老太太去做呢?好在现代慈善机构不是私立的,这一点还算尽如人意。救济是以需求为基础的,不能因为受害者的一个微笑和莫名其妙的友好就答应实施,它不能局限于一个地区,而是要面向整个社会。救济无法帮助弱者实现成为诗人、厨师、走私犯或舞者这些精致而神圣的愿望,更不能被自由主义者玩弄于股掌之间,救济能实现的是尽量满足弱者们对基本生活用品和房租的需求。

至于安,她厌倦了在社区服务所的生活。就像圣女贞德厌倦高雅华丽的修女院一样,安对那些所谓的特殊慰藉场所厌恶透顶。它们大都藏在地下酒吧、手洗衣店和洁食[②]肉店的深处,以其砖砌的哥特式风格,在一群或悲或喜的暴徒中维持着不苟言笑的标准,而那些暴徒似乎从未离去,他们烹饪着香肠,四处调情,开着玩笑。作为服务所的管理员助理,恪守陈规(或巧妙地违反)是件令人头疼的事:假装享受地咽下一顿难吃的羊肉晚餐,在熏得发青的屋子里扮作从未抽烟的样子,又或者像艾奇那样,年复一年充满热忱地计划生活,却依旧无法

① 复式簿记是在每一项经济业务发生后需要记录时,同时在相互联系的两个或两个以上账户,以相等金额进行登记的一种记账方法。

② 洁食,符合教规的食物(犹太教),是符合犹太教教规的食材。相关规定除了限制了可食动物的种类外,其屠宰及烹调方式亦受影响。犹太洁食与伊斯兰教的清真食物相似。

摆脱炸鱼店的工作，也没能获得自然疗法的博士学位。

相对于助理来说，管理员的生活更为糟糕。因为它意味着你再也无法挑衅规则了，因为但凡你吸了一口烟，你就无法再去指责其他那些吸烟的工人了。除此以外，管理员必须去面对那些赞助者们，包括富婆、天性快活的牧师、唯美主义股票经纪人、达观的无政府主义银行家等。这些人为社区服务所捐助了资金，意味着他们凭借着比购买健壮黑奴还要低的价格，就降服了服务所管理员的身心。

曾有个男孩回忆起在训练营度过的那个夏天，他的教练看起来十分敬业，穿着短裤，戴着眼镜，时刻监视着队员们训练，即使贫血也阻挡不住他散发活力。因此，男孩不得不把自己伪装成一个矫健的队员，满心欢喜地完成指令，这一切都让他毛骨悚然。由此，安想起了过去的那些岁月，那些年在走廊上吃饭，瞧不起棉桌布和铁盘子，听工作人员里年纪较大的姑娘们窃窃私语，聊天内容里的男主人公竟然敢说“他妈的”这种秽语。

“社区服务所！”安抱怨道，“竟教那些本能够去修理飞机的女孩写小故事！教那些天生就是好农民的人去制陶！教犹太法典编纂者的子孙后代模仿扬克斯市乡村俱乐部的行为举止！告诉他们编篮子是条致富之路！还鼓励正派的卡车司机去当按摩师！”

安明白，这么劳累并不值得。她记得之前有一些成就不凡的人做过很多有价值的工作，如调查苍蝇和伤寒病之间的联系，为公共游乐场组织活动，为济贫事业贡献力量。但她断定，社区服务所(她马上把这个概念拓展为所有城市、所有时代，无论是教会的还是自由的所有“慈善事业”)最为邪恶的地方恰巧就是乐观主义布道[①]、充满热情的杂志文章和好心捐助者的模糊期待中所奋力赞扬的地方。如布道和文章中总是说：“社区服务所是富裕和不幸间的对话，因此，同贫苦的可怜人接触后，对社会繁荣的愿望会使慈善工作者更具同情心，更加明白蓝色工装裤下所掩盖的那一颗高尚的心，而苦难的人们与慈善工作者友好接触之后，也许就能过上更好的生活。”

“就是这样！”安带着些许革命情绪咆哮道。

“是啊！给穷人们留一点尊严！给他们一个出风头的机会！让他们看到自己一定能胜过那不幸的命运！鼓励他们通过实际行动来提升自己！”

“难道当一个苏打水店员、保险代理人、广告商或移民工人就更优越吗？在

---

① 布道原为汉语词汇，指宣传基督教的教义。

苏联，即使是砖瓦工也从没想过换一份更体面的工作，而是一直钻研怎样把砖砌得更好。而且，俄罗斯人一直都认为有工作、有饭吃、受教育不是一种慈善，而是他们应得的！”

在纽约的一个社会机构会议上，安遇到了阿登斯·本斯考顿。

纽约乡村有小道消息传，本斯考顿小姐继承了她矿工父亲的5000万美元遗产，但实际上只继承了1700万美元。（她的父亲是一名地下矿工，事实上，他近乎从未见过矿场。探矿者们发现矿藏后，第一时间就去本斯考顿先生一个有道行的代理人朋友那里寻求经济援助，于是，本斯考顿先生想尽办法要除掉这些最先发现矿藏的探矿者们，私吞矿藏）本斯考顿小姐五十五岁了，还没有结婚，但这对她来说根本不算事儿。她和一个女性朋友住在一起，这个朋友是一位音乐老师，曾以花腔女高音[①]闻名，本斯考顿小姐则是以慈善事业而出名的。她捐助过西班牙五旬节传教团和内布拉斯加州的天主教传教团，给他们提出了大量的建议；捐助过一个住所，给无家可归的南方军官的遗孀和黑人毕业生们居住；捐助过一个信仰疗法学校、一个精神疾病研究机构和一个流浪狗避难所；还捐助过一个非常小的博物馆，每个月都有三四个来自克里特岛和莱斯博斯岛的人走进去参观。作为鼓励墨西哥艺术发展的杰出女性，同样作为倡导提高“法定婚龄”委员会的成员，她的名字和照片经常出现在各大报纸和路边墙面上。顶级马球球员桑顿·本斯考顿、离异了的南希·本斯考顿、法官休·哈里森·本斯考顿是她的侄子和侄女，都住在她的巴伐利亚城堡周围。

在一次委员会会议上，本斯考顿小姐对安低声说道：“昨天我去听了你关于牙科诊所的演讲，你说得有道理，今天中午跟我回家吃午饭吧。”

她的餐厅又大又暗，活生生像一个列车停车棚。这顿午餐吃得太贵了，安甚至都不知道吃的东西叫什么名字，后来她把这些东西记作“千鸟蛋”“冻野鸡”“香醋拌芦笋”“巴曼德”。

“维克斯小姐，我在大会上见过你，我还看了你在柯利亚斯社区服务所、罗切斯特和克莱特伯恩的工作履历，当然，还有在某个地方坐牢的记录，真是可笑极了！我办了一个大型慈善晚会，比大多数的慈善机构实用多了。斯通，再给维克斯小姐来点海德希克酒。不用理那些愚蠢的规则，我们应该在弱者们开心的时候帮助他们，以一种享受的方式去做慈善，而不是以痛苦的方式，不一样吧？”

---

① 花腔女高音，是指美声唱法中具有花腔技巧的女高音；换言之，就是主要在高音区的炫技演唱。

就这样,安毫不犹豫地放弃了她的社会服务工作,成了这个大公爵夫人手下的一个施赈人员。

在河畔大道上的本斯考顿庄园里,安拥有一间小巧、雅致、黑银色装饰的办公室。这个办公室在三楼,配有一个录音机、一个速记员,还有四部电话,一部是公用的,一部是接通外线的私人电话,一部接线庄园总机,一部接通本斯考顿小姐的房间。

安的日常工作主要是回复和处理求助信件、求助电报和求助电话。处理完早上收到的邮件后,一个神秘人的电话打断了她的工作。这人说必须与本斯考顿小姐当面谈,不会占用她很多时间,并表示不会在电话里详细解释他要做什么。安觉得非常对不起本斯考顿小姐,因为许多人妄图从她这里不劳而获,简直让人惊掉大牙。今早安就收到了两百封信,其中一封来自一个木匠的遗孀,在信中她恳切地请求到,自己完全可以活下去,但希望本斯考顿小姐可以发善心帮帮她女儿,给她买张卧铺车票接她到本斯考顿小姐身边,并希望社会抚养她。信里还说:"作为回报,我女儿一定很乐意帮您照顾家事,虽然她还不会做饭,但在其他方面她都会尽可能地帮助您,当然扫地或擦地板她是做不了的,因为教育女孩实在太难了,就像她读法语、我学英语那样难。"这些信中,一个年轻女士想要一个大钢琴,她说如果有机会她想成为一个音乐人;七个人请求本斯考顿小姐帮忙偿还抵押贷款;十六个人想要贷款,这些人都清清白白,没有过失,他们承诺在一个月内就会还清,且表示如果本斯考顿小姐有需要,他们可以用爷爷的古董钟表、霍霍卡斯的一家冰激凌店、一枚结婚戒指、一座神学图书馆之类的东西作抵押。

奥托·斯塔波教授是孟菲斯市最著名的音乐教师,也是与弗雷德里克·雷明顿和弗朗茨·哈尔斯齐名的作家和讲师。有一个年轻人凭借优秀的作品被奥托·斯塔波教授收入麾下,因此他想要5000美元去巴黎完成他的学业。"请立即回复,我已经在制订计划了。"他在信中说道。

一个十八岁的女孩来信称:

……这些年,虽然整个世界都在反对我,试图压制我,但我反抗了。什么都不能阻止我!我是属于成功的,它在我的蓝图里,是的,它在。我要成为一个成功者,我要成为美国最著名的作家。亲爱的本斯考顿小姐,我猜您一定收到了许多陌生人的求助信,您的秘书可能也会把这些信扔进垃圾桶，但我并不是在请求帮助。换句话说，我是想要贷款。我的想法是：如果您先借我 3000 美元，我就完成正在写的那本小说，我将写一个从来没人写过的精彩情节，也有人物塑造，等等。如果您同意这样做，小说完成后我会还您双倍的钱！所以您看，我不是在请您帮忙，而且我想，即使您有股票、债券等投资项目，您也找不到比这更好的投资了！我也知道您是一个慈善家，您做这件事一定会引领慈善救助成为社会上的新现象，间接地帮助这个世界上更多的人摆脱困境。因为小说并不仅仅是故事，更包含了许多精彩的寓意以及帮助世界摆脱困境的方法。我知道您是一个好人，不受社会的约束，所以本斯考顿小姐，投资我的小说吧！我等着您回复我的邮件并寄 3000 美元的支票，当然，如果您想投资更多的话，我也不会拒绝。（哈哈，开个小玩笑）我不知道该怎么说，也许我有特异功能，我总觉得我们彼此认识，虽然您比我年长很多，但我们可以面对面地看着对方眼睛，知道对方想要说什么，可以互相称呼对方如称呼知己。请不要忘记回复我，您要是立刻回复我邮件，那将会是一个巨大的惊喜。

确实有五十二个组织发出了呼吁，希望可以用各种已知的方式帮助人类，大到命理学研究，小到减少毛毯钉的成本。

尽管如此，还是要小心辨别真假求助者，不过那个丈夫是残疾人的老太太写的信听起来确实可信。在社区服务所工作可以定期休息，每天看部长们搞研究，和报社一起工作，而且每天都有乞丐光临。因为这些工作经历，安的心永远不会变得坚如磐石。

一个正统的“不存在任何意识形态上分歧”的布尔什维克人，深信阿登斯·本斯考顿会像神一样大发慈悲，分发继承的 1700 万美元遗产。安很疑惑，他会鄙视本斯考顿小姐吗？还是鄙视写祈求信讨好她的那些人？

在这两百封信中，安回复了二十封，另外留了六封给本斯考顿小姐亲自阅读。

安每天早上十一点都要去见本斯考顿小姐，她以为这位伟大的女性主义者的闺房会像女修道院的囚室一样冷清，但她错了。穿过亚当斯的私人休息室，就来到了一个用象牙色和玫瑰色装饰的大卧室。房间的墙角放了一张大床，上面装饰有金色的仙女，还有一个绣着纳纱的椅子、一座粉红色的大理石壁炉、一个药房一样大的梳妆台。本斯考顿小姐懒洋洋地躺在一张躺椅上，抽着一支小雪茄，和与她同住的那个前女歌唱家克罗扎玩得正开心。

“看，这是我的新助理，维克斯小姐，她特别可爱！”

克罗扎瞪了安一眼。

“不好意思，本斯考顿小姐，打扰您一会，我已经处理完这些信件了，我觉得这六个人是值得考虑捐助的，特别是丈夫是残疾人的那个老太太。”

“天哪！”本斯考顿小姐一点也不温柔，“安，我想我已经给你说得很清楚了，我们必须拒绝那些人。当然，真正有趣的人除外，比如之前那个生性快活的女孩。她真的太有趣了，竟然会想到用黑玻璃装饰房子，因此我把她安排在了装潢师的门铺工作。这些可怜的老人一点也不有趣，我知道他们很不幸，我也很可怜他们，但是他们只能投靠亲戚，其他别无选择。我们只能有目的地协调这些事，你明白吗，安？”

安一直信任本斯考顿小姐，但她花了整整三天才发现自己并不是这位大公爵夫人的施赈人员，或者说心腹，因为本斯考顿小姐丝毫不在乎任何慈善事业。也就是说，让安到那去工作只有一个目的，就是帮本斯考顿小姐做新闻报道，宣传她那些非慈善性质的慈善事业。就像之前给一万名女工每人发一磅糖果那件事，可真是有趣的慈善事业，也是一个真正的“新闻故事”。新闻报道中有本斯考顿小姐和著名的卡罗扎、普琳西丝一起在玻璃罐糖果公司送货车上卸下头二百箱糖果的照片。但事实上，这些都是表面现象。阿登斯为了达到他们想要的宣传效果，从玻璃罐糖果公司花 780 美元买下了这些糖果，并不是报纸上说的那样花了 5000 美元，而且没有一万箱，也就六千箱而已。她可真是和她父亲一样精明啊。

那么，康涅狄格州的琼斯老太太还清贷款利息这件事会达到什么样的宣传效果呢？在卡茨吉尔山有一个遍布红屋顶的村落，村民们生活得惬意又欢乐。而阿登斯为这个英国村庄“捐献”过去了一批女艺术家，创立了属于村庄的交响乐团。安因此被她欺骗到手下工作，且没有报酬。在纽约周末报纸上，阿登斯的事迹占了一整页版面，而且图形艺术联盟授予她一枚奖章，美学创新逆城市化协会送了她一面漂亮的锦旗。

阿登斯希望安主动写一些内容丰富的报道，赞扬她最近的慈善活动，然后亲自交给纽约《周末报纸》的编辑，顺便假装随意地说点好话。比如，“对了，我最近刚好有一些新照片”之类的，照片上从左到右依次是：康特·东德、意大利首席外交官、本斯考顿小姐、斯劳博士、阿拉斯加主教和洗衣工人协会的比尔·穆尔夫，并列出了一些关键词：阿登斯·本斯考顿小姐、矿业大亨的继承人、洗衣房开设夜间部。

安觉得自己有时像本斯考顿家的客人，有时又像灵巧的女仆。这些日子以来，她只能在小会上见到阿登斯，午饭也是自己一个人去百老汇的咖啡吧吃；有时也会突然取消与帕特里夏·布兰布尔的见面，转而被派去参加国宴，跟着本斯考顿小姐会见某个大学校长、刑事学家、瑞士精神病学家等社会慈善家。而本斯考顿小姐无疑是最大的赢家，她凭借安的智慧和精美的威尼斯琉璃摆件给这些人留下了深刻的印象。

安住在一个旅馆里，居住环境又小又沉闷，不过，若帕特里夏、沃姆斯医生和在柯利亚斯·胡克社区服务所的两三个居民来探望她，招待这几个密友还是绰绰有余的。住这个旅馆真是太便宜了，这点着实让人满意。她深知，自己快要从阿登斯那里辞职了，也不知道辞职后要做什么，因此正在为以后不确定的生活攒钱。阿登斯对金钱毫不吝啬，一年给安发 8000 镑工资，而安在罗切斯特时每年只有 3000 镑，这些还包括食宿用度。安想活得奢侈一点，她常在商场橱窗前仔细端详蟒蛇拖鞋和塔尔博特牌的帽子，可没有买下来的欲望。相比购物，她更想要半年的时间，用来远离办公室和"案件记录"，远离丧失灵魂的痛苦，静静地坐着，什么也不想。她还想知道，那个有爱与被爱的能力、有生气和愚蠢的勇气的安是否还存在于这个世界上；还是说，眼下的自己只是一个叫维克斯小姐的空壳呢？

她留下来了，把埃及人"宠"得无法无天，与此同时一直在怀疑摩西这种备受称赞的行为是一种肮脏的东方把戏，不过每周她都会有额外的 90 美元进账。她每天都盼望着离开，被解雇的那天，她一定会大张旗鼓地从这里走出去。在本斯考顿庄园工作充满了糟心事，因为阿登斯是一个阴晴不定的人，时而脾气暴躁，时而又因为得意于自己的慈善家身份，喝得烂醉，像一根熟透了的香蕉，有时还会和别人争吵。阿登斯的男管家一直搞不清楚安到底是一个仆人还是一个夫人（其实安也搞不清楚，但是她并不在乎）。本斯考顿小姐有一个私人秘书，只对本斯考顿小姐负责，独立于安管理的宣传部门，因此毫无疑问，这个秘书绝对称得上夫人。她被视为"社交秘书"，父亲是一名海军上将，安经常听她说起她的海军上将父亲。有一次开会，安坚持认为，因为阿登斯的怠慢，让尊敬的邮递员之家等了一个月也没解决问题，现在必须给他们一个答复。此时"社交秘书"冲出来，亲吻着阿登斯富态的手，生气地看着安，哭着说："他们都随意指使你干这干那，就像指使黑鬼一样！亲爱的，不要理他们！"

阻止安辞职的原因有二：一是肮脏的储蓄银行账户，像大多数肮脏的事情一样，给人舒服又健全的假象；二是偶然出现的林赛·艾特威尔。

他几乎秃顶，鼻梁上有一个很深的凹痕，那是他读书时戴眼镜留下的。然而，这个林赛·艾特威尔看起来还很年轻，紧致的腰身，清澈的双眼，灰色的军须，红润的皮肤，有一种网球运动员的气质。他那光秃秃的脑袋并不苍白，也不发亮，而是像晒黑了一样，有点雀斑，样子可爱极了。有时他要走十四个街区，但他不喜欢《时尚》杂志刊登的那样，和美国佬、骑马道上的闪族[1]模仿者一起在公园骑马游行。假期，他不打高尔夫，也不在层层的水仙花和蚊子间露营。他说，至少应该在阿迪朗达克公园的草坪上读一读柯南·道尔的书，才能叫假期。

安想，他应该有四十七八岁。

林赛·艾特威尔是阿登斯·本斯考顿的律师，是哈格雷夫、康茨和艾特威尔 & 哈格雷夫公司里最低调、最有学问的一个人。

几个星期以来，安一直觉得他很复古。一看到他，眼前仿佛就能浮现这些画面——哈佛大学、至今还存在的跨世纪网球拍俱乐部、在巴尔港度过的少年时代的夏天、一个可以追溯到普利茅斯殖民地的家庭——都有一定的年代感。事实证明，安的感觉是对的。林赛·艾特威尔的母校是哈佛大学法学院，另外他出生在堪萨斯州，长大后就读于堪萨斯大学，童年时在异国他乡度过夏天，在草原的泥沼里钓大头鱼，读威尔特·斯科特和维克多·雨果的书。"但是我在战争中表现得十分英勇，"他说，"我一直像将军一样工作，而且有时我六点多才下班。"说到他的家庭，就不得不提起他的祖先克罗马努人，还有他的祖父，在俄亥俄州的农民还清贷款前，他的祖父一直都非常尊重他们。简而言之，林赛是一个有教养的典型纽约人。

他介绍起自己来滔滔不绝，但安并没有觉得他自负。

安经常能见到他。为了开发利用英国村庄那一千多英亩地皮，本斯考顿小姐打了许多官司，这期间她向林赛律师做了大量咨询，因为她不知道该聘请一个有名的建筑师还是一个有实力的建筑师。

艾特威尔去安的办公室找她，叹了口气说："维克斯小姐，我太了解阿登斯了，因为建筑师有才华有能力就想灌他点酒说服他，一点用也没有。知道为什么吗？因为塔夫特沃尔先生这些年一直默默无闻，表面毫无建树，其实做成了法尔科纳大厦这个壮丽建筑之后，他就一直是这个行业的领导者，当然他并不

---

[1] 闪族，即闪米特人。

在乎这些。他有自己的新闻经纪人，是一个真正乐意为他付出的人，不像你这样勉强，他会很乐意和你一起为阿登斯和塔夫特沃尔先生免费宣传。你得明白，在当今这个时代，长得‘美’也是一种本事！”

安耸着脖子，目瞪口呆地看着林赛·艾特威尔，说：“难道你也是心甘情愿地为阿登斯服务的？”

“快闭嘴！再说下去你就要批判威尔逊总统了，甚至还要批判基督教科学派！”

从那以后，艾特威尔每次来看望阿登斯时，就会出现在安的办公室。他们会礼貌地谈论詹姆斯·乔伊斯和其他任何话题，但遇到矛盾时又绝不妥协，有时艾特威尔也会带安去雪莉饭店吃午饭，尽显绅士风度。很快就到了秋天。有一天，安被本斯考顿小姐骂了一顿，因为她浪费时间去宣传报童家的事，而这件事已经非常出名，不需要再宣传了。被骂之后，安在下午三点草草地辞了职，这份工作她做了六个月。

四点，她去了旅行社。

三天后，在星期六的凌晨，她将坐船出发，绕过普利茅斯码头去英国。

其实，安早已习惯了纽约东部滔滔不绝的人群。但航海能使她变得兴奋，不是因为告别时要亲吻、送花束、喝杜松子酒，而是因为在船身那又长又急的曲线上，那粉刷着耀眼白漆的钢铁墙壁上和那巨大而威严的汽笛声中，有股无与伦比的力量。这种力量，不是本斯考顿小姐那种狡诈的力量，而是钢铁和蒸汽这种纯洁的力量……这些与英国的遥远和每天在冰天雪地里的长途跋涉相比，根本不值一提！

大家都聚集在一个灰色和玫瑰色装饰的小木屋里，打算给安送行。惊喜的是，这个小木屋竟让人觉得如此坚固、如此豪华。

帕特里夏穿着高领兔毛大衣，目光疲惫却很端庄，和沃姆斯博士、罗切斯特社区服务所的丹齐格小姐、伊兹小姐以及柯利亚斯·胡克社区的威尔逊博士一起给安送行。他们在小木屋里撒满了玫瑰花、糖果，还拿来了《怪胎》和《纯真年代》的打印册，场面热闹极了。这时，林赛·艾特威尔站在门口，微笑着。

“天哪，我太高兴了！”安如少女般喃喃自语，“你怎么知道我要离开了？”

“对于一个资深的法律知识分子来说，这并不是什么难事。我听见你对阿登斯的管家说今晚要出航，而这是今晚唯一要出航的船。安，我觉得这很光荣。听我的，去康沃尔吧，那里的蓝赫恩山谷有一个近乎完美的村庄，叫圣马甘村，古老又宁静。整个村子都隐藏在树林里，还有一个比美国还要古老的垂直塔。穿过纽基，坐在山谷的最顶端眺望，我记得，夏天的时候，从那里往下瞧全是金雀花和海蓬子。我去的时候在那儿坐了好久，靠在背包上，看着一望无际的紫色大海。你回来的时候，一定要再跟我好好说说这些奇观。祝你好运，一路顺风！”

林赛走了，汽船也在嘶吼着，“隆隆隆隆隆隆！”似乎在说：“走吧，走吧！”

21

海上的能见度只有三公里。船在一层灰蒙蒙的水雾中穿梭，水花四溅，波涛汹涌，周围是一圈参差不齐的云，与外界完全隔离了。和大海比起来陆地显得索然无味，且渐行渐远，它慢慢消失在视野之中。安一看到甲板上兴高采烈的乘务员，就确信这一切都是命中注定的，于是愈发兴奋起来。她穿着长袍，在甲板躺椅上享受着这一切，突然觉得，似乎这一切热闹都是别人的，与她无关，而自己就如这海上的孤舟一般，只剩孤独。

她在心里默默发誓："从现在起，直到再次踏上纽约的码头，我都不会再去想关于社会服务、改革、就业那些糟心事了，我现在要做的就只有冒险。"

她要去跳舞，在船上舞动风姿，去赌船运路线，每天晚上还要喝两杯鸡尾酒。然后她要去欣赏欧洲的风景明信片，一览欧洲独一无二的废墟城堡、半木制的村庄、咖啡馆和大画廊。

她从安德鲁·朗的《罗曼史》中找到些许关于欧洲的灵感：

我的爱人在北方，
森林里的灰塔就是他的家，
远方围绕着长长的海岸，
海岸和海岸之间就是森林。

银装素裹的北方一夜过去，
夕阳慢慢消失，
陌生的鹿群，
在灰色树枝中穿梭；

在光明到来之前，

他们像幽灵一样逃离。

这就是她向往的欧洲，一个没有罢工、没有统计数据、没有战后通货膨胀、没有枫糖浆荞麦的欧洲。她神情之间尽显疲惫，整个人就像哀悼者头发上的灰烬，一吹就散。她确实需要一些时间来整理一下自己的思绪，重新审视对工作的看法。

确实，曾经能为本斯考顿小姐工作，安感到非常荣幸，这大多是因为在短短几个月中，本斯考顿小姐就送给安四件礼物。第一，她发现那些最不专业的“社会工作者”，即使是调查救济申请的菜鸟调查员、在现代慈善机构接听投诉电话的傲慢女孩、免费就业机构的古怪经理，都比那外行的有钱人好得多。他们能放下架子，对委员会的委员谦虚有礼，更重要的是他们认为“慈善”是一种选择，而不是一种必须。从长远来看，无论在慈善事业、作家、医学、汽车驾驶还是性交易方面，拥有专业人士总归是更有优势的。

第二，她已经学会了对富豪嗤之以鼻，因此她可以过得舒服自在，也不再奢望拥有一幢别墅了。她在阿登斯的别墅见过熟识议员的银行家，见过有时被勉强允许作为地质学家助理去勘探的好心人，见过梦想成为暹罗公使的马桶制造商，还见过不停地谈论她那二十七个仆人多么狡猾和怠惰的脸色苍白的老太太。尽管社会上有一些社会主义期刊，但社会主义者并不是超人，更不会以恶魔般的深谋远虑去压制老实的工人。然而，他们其实并非那么善良！他们只是无聊，而且大多数都很无聊。

第三，她不用担心回去后没有工作。林赛·艾特威尔是现代慈善机构的受托人，他和主任谈过了，安只要愿意，随时都可以担任副主任一职。

阿登斯·本斯考顿小姐给安的最后一件礼物是安和林赛·艾特威尔深厚的友谊，而本斯考顿小姐自己并不知道。林赛已回到纽约定居，这个事实令人心安，安和他的友谊就像安和沃姆斯医生一样，或像烟雾缭绕的日落，或像第五大道雪天的黄昏，让人感到惬意和舒适。

曾经有一个钻石买家，他一年要航行两到六次，因此他对船的一切信息都了如指掌。可以肯定的是，没有一个船长能像他那样自如地解释自动舵手怎样工作，也没有哪位经理能够像他那样介绍菜单和酒单上的买点。这些确实是优点，但令人反感的是，他还喜欢含沙射影地搭讪，哪怕他说“我今天早上看到一只海豚”，其实心底想说的是“跟我上床吧”。理论上，安不介意再次被说服去工作，毕竟只有假期、没有讲座的时光非常容易让人胡思乱想。她其实并不反感成为一个特立独行的女人，而是强烈反对成为一张别人眼中的“优惠券”，无休止地帮助别人达到目的。

安从大学毕业已有八年了，但她却感觉过了一百年，心里早已伤痕累累，能保持一个乐观的心态纯靠意志和心底的执着。与安形成鲜明对比的是一个刚从普林斯顿大学毕业的男孩，他要去索邦大学继续深造，表面看起来冷冰冰的，其实就是个小孩！他满腔热血地对安说：“你是做社会工作的吗？太好了，我也想从事这份工作，毕竟世界上最重要的东西就是公平正义，不是吗？”

孩子啊！你知道什么是公平正义吗？安本可以早在一年前就回答这个男孩，但她没有。她陷入了沉思：“本丢彼拉多[①]是对的。”

酒吧里有一群男酒客，他们有一颗善良、诚挚、无畏的心，但不是理想主义者。他们几乎把安当成了一个男人，不但不像钻石商人或戏剧演员那样找女人寻欢作乐，反而一闻到女人内衣的气味就恼羞成怒，于是就会通过打球和没完没了地听笑话来缓解愤怒。其实光看职业就能对他们的为人有所了解，一个采矿工程师、两个新闻记者、一个奥地利医生、一个古怪又保守的芝加哥制造商、一个意大利裔美国古董进口商、一个来自特立尼达岛的苏格兰银行经理，还有一个来自阿肯色州的前国会议员，这听起来难道还不够体面吗？

他们自称“真塔斯马尼亚安息日协会”。

他们就是现实。

安为这个天真的结论谴责了自己。

这些真诚且不加掩饰的嘲笑者，比起揭示灵魂的诗人，比起那些虚伪的改革者来说，简直再真实不过了。

“是的，他们非常真实！”安说。

安把自己灌醉了，她忘记了世界上的人分成两类：一类已经注重发展，一类还在解决难题。她仿佛一瞬间返老还童，找到了十岁在沃巴纳基生活时睿智的自己，认识到大部分男人不是戴了眼镜的天使，也不是得了结核的乞丐，而是不热情、不风光但足够可靠的老百姓。他们是一群最平凡的人，喜欢吃早餐，七八点就要去办公室、商店或工厂上班，热爱快推小球的运动，欣赏政客和主教的治理奇观，虽然经常和妻子吵架，对孩子们唠唠叨叨，但是深爱着彼此，甘愿为了

---

① 即上文提到的刚从普林斯顿大学毕业的男孩。

家人牺牲一切，去追求荣华富贵。工作中的任何琐事对他们来说就是小菜一碟，这是非常出人意料的。尽管先知们曾经担忧，上个冰河时代过去后，人们该如何设法度过这三万年呢？直到人们发明了咖啡、安全剃须刀、氧乙炔焊接①，并有信心下一个三万年也能蒙混过关。人们本身非常善良，而战争、流言蜚语、恶意中伤、虚荣心这些令人失望至极的猴子把戏，并不是因为人性本恶，而是缺乏知识和想象力的表现。

和这些男人接触后，安明白了大部分普通人并非像梅米·博加杜斯、贝拉·海瑞迪恩认为的那样，是绝望的傻瓜和虐待狂；而是健全的资本家，仅仅因为心智正常或因一个偶然的危机，就失去成为圣徒或英雄的机会，这自然是极好的。如果像所谓的精英们认为的那样，大多数人都是傻瓜，那他们为什么会去投票，创办医院，写文章，支持公立学校或做任何其他事，而不是收集一堆莎士比亚的作品和一吨豆子，隐居到洞穴里去呢？

安最终发现，人就是人，而得出这个结论并不容易。

一个世纪以来，牧师们一直在哀叹，大多数人根本就不是人，而是类人或恶魔，因为他们沉迷于喝酒、打架、嫖娼、抽烟，根本无视教会的存在。而战争时期，美国出现了一个教派，它同样热切地宣扬大多数人根本不是人，而是类人，甚至是施洗者②，因为他们并没有一直酗酒、打架、嫖娼、诋毁教会，也没有吸烟成瘾。

安不仅仅是革命者，更是无政府主义者。她相信人类能够友好相处。

她日日夜夜地享受着这些男人的陪伴，也很乐意被当成一个男人。船上的女人越热烈地议论她，她就越不会轻易在乎这些丑闻，只是想到他们还有妻子，有点内疚罢了。

那些男人告诉安，不要继续期待森林里的灰色塔楼和奇怪的白鹿群了，这只是关于欧洲的童话而已。她想，人们到了欧洲，一定想去萨沃伊酒吧、朗香的赛马场和在繁华大道上的办公室，而她要去的是伦敦塔、索尔兹伯里牧师会礼堂和海面上金色的海蓬子悬崖。

到达伦敦的第一个下午，安离开了布鲁姆斯伯里的禁酒酒店。她不顾一切

---

① 氧乙炔焊接，又叫“气焊”，是利用氧乙炔焰进行焊接的方法。

② 施洗者，靠神灵能力洗净人的罪的人。

地随意乱逛，没有看她手中的《贝德克尔》[①]。仔细游览了林肯旅馆和寺院后，安对哈里王子会议厅的半木质装饰结构很喜欢，也对戈德史密斯之墓和诺曼式建筑的圆形教堂的印象十分深刻，而且对于和兰姆、萨克雷相遇的回忆，她万般珍惜。过了混乱的大桥和雷鸣般的高速公路后，她到了伯蒙德西。

每个人都告诉安："你一定要看看真正的伦敦是什么样的。"而她现在就在伦敦的伯蒙德西区，这就是真正的伦敦。她突然明白，宏伟的伦敦，就如同勇敢的纽约，又如同世界上的每一个城市，只有一些一两平方英里的商店、卧室、公共建筑，还有被许多广场包围着的房子、冒牌商店和脏乱的工厂，除了这些，再没什么别的了。伯蒙德西的侧街甚至比布鲁克林还要阴森可怕，在那些平房里，人们活得像蚂蚁一样卑微，数不清的孩子们又脏又可怜，下班回家的男人早已累得支离破碎，而女人们做事情也缓慢迟钝、毫无条理。

理智上，安知道英国的贫困问题比哈莱姆或旧金山更严重；而情感上，她却从来不相信是这样的。一个在美国讲学的英国作家推断，英国的文明不像美国的文明那样粗糙，而是更加成熟圆润。在安的印象中，英国一直是别墅精致、草地连绵、夏冬分明、鸟语花香的模样，风景美如画，而伦敦仅因古老的教堂、白金汉宫、小巧的准男爵公寓、诗人的精致阁楼和温斯顿·丘吉尔的演讲就享誉世界。

但在这里，两英里长的双层砖房被煤烟熏得肮脏不堪，后来开成了一个酒吧，同样不堪入目。在安的认知中，说伦敦的酒吧浪漫是对"浪漫"一词最残忍的侮辱。

安读过巡回诗人吉尔伯特·基斯·切斯特顿的作品，作品里提到过，英国所有的酒吧都充斥着旋律和笑声，挂着让人开心的招牌，人们在里面欢声笑语，畅谈日落，因此她非常想亲眼看看此种"圣地"。大街上有一些披着披肩的女人蹚着水走进托利街的一家酒吧，人们管这个酒吧叫"野猪公牛"，但其实叫"冻猪肉和沸牛肉"更加合理。她大胆地跟着她们走了进去，要了一杯啤酒，去了一个单调的房间，坐在一条干净的长凳上。吧台是一个松木柜台，漆成了黄色的木纹，这种木纹前所未见。酒吧女招待是一个沉默寡言的女人，她已经六十岁了，头发却依然紧实茂盛。安看到她一直在擦同一个杯子，仿佛跟这个杯子有仇。酒吧前面站着两位尊贵的女爵，她们披着披肩，穿着裙子，还有一位系着围巾的先生，身材十分矮小。

---

① 《贝德克尔》(*Baedeker*)，著名的国际旅行指南，最早19世纪由德国出版商贝德克尔推出。

他们咳嗽了一声，表示演讲开始了。接下来，安听着这演讲就像是切斯特顿的英国醉汉在嘈杂的英国小巷里撒酒疯：

“晚上好，米奇太太。”

“噢！没注意到，原来是你呀，杜伯瑞先生，晚上好！”

“今天挺冷的。”

“是的，确实有点冷。”

“嗯……米奇太太，晚上好。”

“晚上好，杜伯瑞先生。”

众人沉默，现场死气沉沉的，还混杂着啤酒味，只有女服务员在酒吧里附和着：“加一品脱苦啤酒？好的，一品脱苦啤酒！”

安走了。在回去的路上路过一个名叫“A.B.C.”的饭店，她进去吃了晚餐，点了肉汤、球芽甘蓝和羊肉。晚饭后已经为时不早，她就回到了入住的皇家威廉酒店。在房间里，安坐在躺椅上，漫无目的地看着从酒店图书馆拿来的惠克特年历上的工作人员名单。她想找点事做，不然会很孤独。

和所有的美国人一样，安认为大多数的头衔都起源于诺曼征服时期。她特别想知道 1890 年以来人们到底创造了多少贵族爵位，也想知道一千六百年之前是不是根本就没有贵族爵位。紧接着，她大喊道：“天哪，别再想了！我怎么就忘不了这些乱七八糟的事呢？数字、日期、重要的统计数据！还有离婚率、工资标准！甚至是从大理石拱门到大都市布莱顿的确切公里数！这是什么脑子！记住了从社区服务所经历的一切！怎么能记得这么清楚呢？记忆力就不能差一点吗？把记忆力换成想象力不行吗？难道就不能想想约翰·济慈和查理一世吗？”

“不，如果你想知道，我不能！查理一世！就因为他有花边领子和牙医般的胡子吗！我想知道的是工资标准！有的人拿着周六的工资信封，以为自己和圣诞老人或芭比娃娃一样重要！”

“但是那些可爱的名字！如果父亲是利奥波德·戈多尔芬·沃尔梅斯利·威尔弗里德·卡文迪什·塔特姆·维克斯，沃巴纳基镇的男爵，你的人生将会迎来多少机会呀！”

作为一名游客，至少该去景点游玩，于是安去了牛津。她记忆中有一个穿着长袍、留着胡子、骑着自行车的老爷子，这个记忆比穹顶和拱门还深刻。她庄严地穿过凯尼尔沃思城堡，默默幻想耳边会传来勇士盔甲碰撞的声响。但后来，她盯着一条英国人认为可以食用的软白鱼承认，自己根本没有听到任何声音。对安来说，凯尼尔沃思城堡实际上已经毁灭了。

从那以后，她再也没去看过任何一座别的城堡，也没有看过小王子查理的藏身之处。她在曼彻斯特(远比匹兹堡要干净得多)的工业城镇里转悠，在萨里的现代人造丝工厂徘徊，在商业街的传教团旁走来走去，也在白杨码头驻足欣赏。她真的找到了林赛口中的康沃尔，那里没有金色的海蓬子，只有粗糙的石屋，住户是些每周只挣2英镑的锡矿工人。

和大荧幕上光鲜亮丽的英国相比，安看到的是平凡、普通、有烟火气的英国，锅炉、煤坑、发电机让她爱上了这里，在这里比在破旧的教堂更有家的感觉。她现在看到的英国并不像威尼斯那样可爱，也不像查尔斯顿那样麻木，更不像雅典那样大理石都变得陈旧破碎，而是像她生活的美国一样：发现问题，解决问题；作战不息，生命不止；是流淌着莎士比亚血液的圣殿，而不是埋着莎士比亚尸骨的坟墓！

那些教堂司事、服务员、售票员和同行游客早已累得腿疼，不再想了解眼前的景点，吵着要回去休息。安丝毫不受影响，就这样一直打听着她所好奇的一切。

安曾发誓永远不会使用介绍信，如今她却把介绍信寄了出去。她熟识拉博先生、新闻女记者、印度教民族主义者、和平主义将军这些有头有脸的人物，找工作并不是什么难事。出于最起码的体面和尊严，安最终选择了在汤因比服务所工作，因为这是所有社区服务所的“领头羊”。因为没有在大教堂工作过，没记住约翰逊博士和施拉尔夫人喝茶的地点，也不知道苏荷饭店有上好的蜗牛和新奇有趣的服务员，这些服务员甚至知道阿纳托尔·法朗士或伏尔泰这种大文学家，说到这些，安不免怨叹。于是她和伦敦工友们谈论裁军(她很感兴趣但不了解)和默麦尔市的公民投票情况，谈论俄狄浦斯建筑群、安提俄克学院、拉姆齐·麦克唐纳，还谈论教犹太裁缝打板球的绝佳教学方法。

安在欧洲还没有玩尽兴，尽管钱不够了，该回家了，但现在是春天啊，怎么舍得在这么美的季节离开英国呢。在英国，她深刻感受到，汽车解放了美国人的双脚；她独自去裘园[①]散步，还和两个英国女学生骑自行车从赖盖特到汤布里奇，从佩特沃斯到彼得斯菲尔德。看到人们要推着自行车上坡，安感受到了这

① 裘园(Kew Gardens)，伦敦市郊著名植物园。

个国家的谦卑，顿时有种宾至如归的感觉。在英国就像在美国一样，都有家的温暖。还有萨塞克斯，像极了安静的沃巴纳基，甚至比第五大道还像。

在出航之前，她独自度过了一个周末，没有学生朋友，只有她自己。

一生中，除了父亲、奥斯卡·克莱布斯、拉斐·雷斯尼克、帕特里夏·布兰布尔、埃莉诺和沃姆斯医生，安根本没有什么亲密的朋友，可她身边总是围绕着很多人。她发现，如今人们旅行的目的并不是结交新朋友，而是逃离人群，在陌生的环境中寻找陌生的自己。

她坐火车去了阿伦德尔，又骑自行车到了萨克塞斯丘陵下方的安伯利，这在圣诞日历上是一个完美的村庄，风景如画，美不胜收。刚到这的几分钟里，安就像一个正常的热情游客，心满意足地欣赏着眼前的一切，脑子里丝毫没有强迫性神经症和鲱鱼渔民的收入那些乱七八糟的事情。不一会儿，她爬到高地——一块橡树遮蔽着的岩石上，看着一望无际的萨克塞斯丘陵，不禁思考起来：世界之大，大过无数个萨克塞斯丘陵；世界如此复杂，安·维克斯的烦心事还值得一提吗？利比里亚的奴隶、贝尔·赫林丁和克罗波特金王子今年都去世了，哈丁总统刚刚宣布就职，这么多大事尚且发生了，安·维克斯的事情还算什么呢？

她必须回去工作。如果她重新做起“社会工作”，未尝不是一件好事。

她必须清楚，她再也不会有第二个三十岁了，再也没有机会独自坐在萨克塞斯的山坡上，尽可能地与世隔绝，沐浴着春天的阳光，肆意寻找令人舒适的风景，自由选择适合自己的工作，享受着当下美好的一切。

“社会工作”是一个确切又强大的领域，专业的工作人员通常对现状不满，大多数普通的老百姓也对其知之甚少，甚至一点也不知道。它同海军和教士的工作一样，与日常事务有着明显的区别，且无论对错，工作态度都要一如既往的热情奔放。因此，改革是必不可少的。一个完整的世界，需要慈善机构合理分布，需要改进监狱体制机制，需要争取公民言论自由和离婚自由，需要改善生育制度、允许避孕，等等，因此这个世界非常忙碌繁杂。幽默作家觉得戴着斯特森毡帽[1]的参议员很滑稽，参议员发现华尔街的真实面目十分丑陋，虔诚的素食主义者与牛排斗争到底，愤世嫉俗的医生又与素食主义者斗争到底，年轻的同性恋者喜欢把死猫扔进礼拜堂[2]，这些千奇百怪的现象数不胜数，还有高尚的圣

① 斯特森毡帽，牛仔戴的一种阔边高顶毡帽。

② 礼拜堂，基督教（新教）教徒举行宗教仪式的场所。

徒、利欲熏心的贪污者、放肆的强盗各种各样的人在世界上活动着。

世界显然有很多缺点。安过去不得不与那些冷酷无情的报纸编辑有私交，因此，面对他们诋毁所有的“主义者”，考虑到私人交情，安对那些极端分子团体总是更为厌恶。比如，通过鼓吹无政府主义或立体主义[①]登上报纸的“营养不良”的牧师和通过谴责酗酒和卖淫来吸引人民群众（有吸引人的插图）的“营养过剩”的牧师，更有那些靠打压贫弱来获得权力的权势附庸者、想把自己童年的创伤发泄到整个人类身上的心理变态以及那些一同欢庆当选莫斯科或利顿豪斯广场代表的蛊惑人心的政客们。

“是的，”安自言自语道，“这是一个充满疯狂与艰难的世界。”她又说：“只要人们的生活离不开睡觉、出行、一日三餐，任何世界都会是疯狂而艰难的。”

“再见了，”她说，“就算世界上只剩下一个饥饿无业的人、一个受虐待的孩子，或是一片引发疟疾的沼泽，毫无疑问，我会依然坚持谴责怠惰和残暴。我必须这样做，即使代价是最终变成了自己讨厌的那种人，那种自命清高、多愁善感、以自我为中心的江湖骗子，那种心底的欲望彻底违背了时代智慧的人，我也会做下去。”

安要把自己从疯狂救助别人的旋涡中拉出来还为时不晚，不过她并没有成功解决实际难题，因此算不上改革者。后来，她发现带领一个服务所其实并不难，每天的工作就是按时上班，给速记员下达指示，可能还要经常想象她的竞争者们会做什么。比如，某男人凭借神秘仪式当选机构会长，某家世显赫的浴缸制造商的个人传记被刊登在杂志上。她也能够涉足商业领域，要知道，她曾经被任命为罗切斯特一家银行的部门经理，这可不是什么简单的工作。

所以，应该回去工作才对！

商业，不仅仅是那些精英们假装出来的无耻宣传销售，而是像20世纪早期一个男人或女人下海经商，或一千二百年一个普通市民参加十字军东征[②]一样，是再正常不过的事情。这是时代的精神，人若不受时代精神的影响，又怎能影响时代呢？今天的商人们不也能参与政治事务吗？不也激励了作家创作侦探历险记之类的小说吗？《福音》[③]中的公使不也因为他们开始宣扬繁荣美好了吗？让心灵手巧的年轻人去经商，为人们提供可购买的好鞋、嫩牛排、泡沫丰富

① 立体主义（Cubism），西方现代艺术史上的一个运动和流派，又译为立方主义，1907年始于法国。

② 十字军东征（拉丁文：Cruciata，1096～1291），一系列在罗马天主教教皇的准许下进行的、持续近两百年的著名宗教性军事行动，

③ 基督教徒称耶稣所说的话及其门徒所传布的教义。

的肥皂、富有美感的油毡，虽然这份工作不那么体面，却是一个鼓舞人心的好点子。

不觉得很有道理吗？

"唉，也许有道理吧。"安叹了口气。现在她已经不再热爱工作，深感疲惫。天空阴云密布，透不出阳光来，微风徐徐，却倍感阴冷。"但我从来没有寻求过好好工作或好好爱人的意义，我寻求的是军人口中的'冒险'、神父口中的'成圣'，我要继续做一个讨厌鬼，当一个爱管闲事的人！没错，在上帝眼里，这全天下的人，包括洗衣工、汽修工、共和党人、高尔夫球运动员，甚至是聪明豁达的浸礼宗教徒和循道宗信徒，统统都是愚蠢之辈。"

但在她骑着自行车回阿伦德尔[①]的路上，安似乎感到她的女儿普瑞爱德就在自己的身旁，她期待着前方会是一个安全稳定的家，而不是一个路途艰难、寒风呼啸的高地。

轮船行驶在大西洋上，历经两次狂风和三天大雾后，充满欢声笑语的春天终于来临了。就这样，安又回到了美国。

---

① 阿伦德尔(Arundel)，位于英国英格兰西萨塞克斯郡的一座城市。

22

在纽约慈善机构担任副主任的那几年里，安与刑满释放和假释的女犯人们有着千丝万缕的联系。回忆起自己在塔福德镇监狱净化心灵、提升自我的两个星期，她发现在监狱见到的那些有前科的犯人们并没有改过自新，相反出狱后，甚至是从最体面的监狱出来后，他们变本加厉，想要报复社会。受此启发，她走进了刑罚学研究领域。

（刑罚学！是折磨人的科学！用“马被偷后才锁马厩门”来描述这门艺术再合适不过了！尽管如此，这门学科却有着令人动容的信念，那就是把那些痛恨社会规则的神经病患者关进臭气熏天的地方，给他们吃坏掉的食物，让他们做枯燥的工作，强迫他们与首次进监狱的人相处，从而使他们爱上遵守社会规则。这种信条的前提是，上帝创造人类是为了毁灭一些人。也就是说，在一个国家，杀人是有罪的，但是杀掉杀人凶手却是品德高尚的行为。上帝之所以让惩戒罪犯的人降生，是因为他们拥有教化重刑犯的能力，这会让他们在监狱那种远离公众的黑暗之处，用爱温暖罪犯，并祈祷他们回归善良。这才是刑罚学！）

新英格兰有个绿谷女子看守所，安去那当了一年的教育主任。她发现这里很少有犯人报复社会的情况，相反，大多数犯人都是因为无聊至极才去犯罪的。比如那个过去十年一直冒充顾客在商店行窃的女人，她时常喝得烂醉，且十年里被诱捕入狱数次，是监狱的常客。而绿谷女子看守所，一个位于新英格兰城市边缘的砖房看守所，内如猛兽，外有围墙，已经存在五十年之久。此看守所建立之时，监狱当局认为，违反法律者不管是十六岁还是七十六岁，是蠢货还是精神病患者，是因虐待儿童被判刑还是因违反安息日条例被判刑，都会做出任何你想象不到的犯罪行为。因此，要让他们一直心怀恐惧，老老实实地待在看守所里，辛苦劳作，改过自新。

一眼望去，红砖行政大楼、双层斜坡的屋顶、数不清的旗杆，就是整个看守所的模样。大楼后面是牢房区，房间很少，有木制地板，只要不打扫自然就不会发现虱子和蟑螂，除了壶、碗、桶，这里没有其他的卫生间设施。牢房是木制的，长八英尺，宽七英尺，高七英尺，装有钢栅。五十年前，一间牢房只关押一个犯人，现在却要关押两个，还有许多人要睡在走廊的小床上。在牢房如此紧缺的情况下，当时立法机构竟然还在讨论一个犯人抓几条短鳟鱼比较合适的问题，对扩建监狱等问题却只字不提。如果一个州的人口在五十年里增长了一倍，监狱里的犯人数量也会随之增加，尽管国家管控委员会经常强调这一点，但继任的州立法机构和人民始终不愿承认，也不去理会。他们只会考虑看守所里那块贫瘠的土地早已压满了碎石，如果不让女囚犯来挖地耕种，就会长出杂乱的花草来。

然而，面对这一切，绿谷女子看守所的长官们，还有警察局长、副局长、医生、总管以及现在担任教育主任的安·维克斯，依然在岗位上努力工作着。他们自己住在单调简陋的房间，领着低得可怕的薪水，吃的也不比囚犯好多少。他们解除了劳动合同，把监狱工作当成职业训练。其中一些女囚犯因为吸食可卡因或危害社会而入狱服刑，之后会良心发现，渴望自己可以走上正途。一般来说，如果她们够幸运，出狱后可以去做正常雇佣工，给别人做饭洗碗，一天工作十四个小时，也不会被人看成坐过牢的恶魔。

绿谷女子看守所的长官们和安一起，在午夜喝着热可可，享受着难得的休憩放纵时光，不由地感叹：她们都是好女人。安是爱这些女囚犯的，就像爱马尔维娜·沃姆斯医生和梅米·博加杜斯这两个密友一样。

安继续做着监狱工作。没错，她心目中的监狱应该是集医院、技术学院、精神分析实验室和古英格兰花园为一体的地方。她将以己之力推动立法，她要让立法机构明白，精神病人比普通病人更需要照顾和关注。

一年来，信仰、牛肉茶和心理咨询师这份工作就是安生活下去的动力。她在哥伦比亚大学研究生院学习社会学，尤其是犯罪学，并且每周在女子感化院授课三个晚上，还和帕特里夏·布兰布尔共住一间公寓。帕特现在做起了房地产销售，依旧是个身上散发着野玫瑰芳香的处女，但说服她的客户付款时却一点也不野玫瑰。而安如今每周都能度过一个幸福而慵懒的周六下午，有时和帕特、沃姆斯医生一起，有时和林赛·艾特威尔一起。

安从欧洲回来时，林赛特意去码头迎接她，之后也经常去看望她，举手投足就像那些有礼貌的年轻人。这些年轻人看似前途似锦却从不信守承诺，经常在帕特的公寓周围闲逛，帮洗盘子，不务正业不说，还把这看作歌颂晚餐的方式，这倒也无伤大雅。有一段时间，安就像那些事业成功的女强人一样，极其厌恶林赛的这种年轻人行为，而林赛显然没有发现安是个值得被爱的女人。不过安心里明白，林赛并不容易，他一直在为自己的事业努力。而当时他正在打一个关系到百万美元的遗产继承官司。案情大概是，一个守财奴做专利药的生意，挣得的一点财产被败家子们抢夺，其中几个败家子想卷钱逃跑，这种情况下，工会竟然还支持他们。如果这是最后一次打这种官司，安简直会高兴得跳起来，而林赛则会叹气道："对，工会的领导人们是一群好人，但他们这次雇的枪手和打手比不过共产主义联盟，所以输得很惨。"

林赛来到安的公寓，内心早已疲惫不堪，似乎只有跟安和帕特在一起，他才能找到内心的安宁。接着他停下了揉眼睛的手，用嘶哑的声音说："你俩今天晚上能陪陪我吗?"林赛带她们去了一个从未听说过的餐厅，也可以说是一个新开的、非法经营的地下酒吧。如今这种酒吧正悄悄潜入纽约，在这里可以喝到通过法国货轮走私进来的正宗葡萄酒。用完晚餐，到了分别的时候，林赛说了句"晚安"，并轻轻地亲吻了她俩。

一分钟后，安才睁开眼睛。这一分钟里她仿佛看到了女儿普瑞爱德，心想，普瑞爱德跟林赛太像了。

在那一年里，安最珍贵的回忆不是哥伦比亚大学，不是她开导的囚犯，也不是林赛·艾特威尔，而是哥伦比亚大学社会学教授朱里斯·杰尔克。

杰尔克博士是一个啤酒桶一样的人，心里装满了各种各样的"啤酒"。他热爱台球，喜欢喝波尔图葡萄酒，喜欢詹姆斯·布兰奇·卡贝尔[①]，还喜欢穿白色鹿皮鞋。不仅如此，他还举办了犯罪学研讨会。安·维克斯小姐也非常热情地参加了此次研讨会，在会上他托着长腔说：

"女士们、先生们，今天，在美国，我们必须重视监狱的状况。通过对监狱的了解，我们会发现，有些犯人是正派的人，而有些犯人既不正派也不是人，这种差别乍一看似乎没错。但真是这样吗？我的答案是，别太天真。事实是，这个世界上没有好的监狱！也不可能有好的监狱！再好的监狱也干不过谋杀、强奸和邪恶的罪行。"

---

① 詹姆斯·布兰奇·卡贝尔(James Branch Cabell，1879～1953)，美国科幻、讽刺作家，小说家。

“即使所谓的好的监狱可能存在明显的优势，比如甲监狱比乙监狱更干净、通风更好、对犯人的惩罚更少，但这并不是真的‘好’。激怒或击垮一个理智的、有道德的好罪犯，多是因为监狱里充满了傲慢的唠叨声，而不是因为害虫肆虐和鞭打之刑。我们当中的一些人也是一样，比起傲慢泼妇的干净房子，大家更喜欢在邋遢的偏远地区度假，不是吗？尽管大家并不是罪犯。这是好的监狱吗？好在哪里？难道是好在它可以满足我们的自尊和体面吗？”

“最好的情况是，任何监狱都处于脱离正常生活的非正常状态，就像过度慈爱的父母、过于狂热的宗教和其他所有打着善意旗号侵犯个人的行为，都脱离了正常的轨道。因此，罪犯出狱后，出于对监狱的惧怕，一般不会再次犯罪。从这种程度来说，监狱可以防止受害者再次受到伤害。而最坏的是，监狱几乎是一个通过强制每一个反社会的人变好而得以发展的地方，因此需要完善的规章制度。也正是因为这些人拥有反社会人格，我们才应该把他们送进监狱，强加改造。令人惊讶的是，在 1923 年这个人性脆弱的年代，大部分监狱都处于这种最坏的状态。而我为什么说把他们送进监狱是‘应该’的呢？实际上是因为我们不知道怎样教训罪犯，所以才要让他们进监狱服刑改造，警察、法官和外行人也都是这样想的。我们把罪犯藏到看不见的地方，说明我们成年人就是在精神上逃避现实的人。监狱，可以让一开始只痛恨老板的人出狱后痛恨所有人，可以让仅性取向不正常的人变成性变态，可以让只喜欢在酒吧殴打醉汉的人出狱后想杀死一个警察。试想，坐牢的结果是杀死了一个警察，是不是很不值得？也许不是，毕竟在大多数城市和乡村，随便查看一个警察的体能测试都能发现体重一栏写着一百九十磅，不管是以棍棒相待还是客气相待，他们都可以毫发不损，全身而退。”

“接下来我会给你们一个测试方法，这个方法可以用来测试所有官员以及所有直接或间接与监狱打交道的人，看他们的智力和思维能力究竟如何。结果会显示，任何一个聪明的监狱官员，都打心底里坚信，所有监狱，不管是好是坏，都必须被废除。”

“那么随之而来的问题就是，废除后用什么来代替它呢？一百五十年前，就连大多数监狱当局都认为使用酷刑既可耻又没用，但他们仍然没有找到任何可以代替酷刑的惩罚措施。如今，美国依然很流行使用三级酷刑。私下里，他们态度极其坚决，‘理论上我是反对使用酷刑的，但我毕竟是一个坚定的犯罪学家，除非我们找到了更好的惩罚措施，不然一定会继续使用刑具。不过，作为一个人道主义者，把无赖罪犯绑到架子上时，我一定会放一个舒服的枕头在他的脖子下面，帮他缓解一丝痛苦’。”

“也许明天我们还不能把那些所谓的罪犯通通释放，也不能立刻关停监狱，但我们已经在着手为此努力了，也可以说是安置计划，即在刑期结束时释放他们。毫无疑问，到那时，社会已经建立了良好的秩序。既然到下个千禧年还有几个世纪，我们建议尽可能地把监狱建得干净明亮一些，让罪犯在里面可以更舒服地经历生老病死，度过余生。因此，你只需要坚守自己的人生信条即可，不要以为你粗心大意没给犯人接种疫苗使他们染上天花就可以拯救他们，也不要以为给他们洗头就可以为自己免除责任，无论为他们洗头是多么的大爱无疆。”

“到底什么可以代替监狱呢？有些东西也许可以。从根本上来说，假释和缓刑这种制度是为不太需要深度改造的人而设立的。医院的正常安全运行离不开治病救人，而患有道德疾病的人和患有身体疾病的人应该是平等的。没有理由只惩罚患有道德疾病的人，而不惩罚患有身体疾病的人。同时，犯罪学的革命家实际上比法官更加冷酷无情，那些本只有五年有期徒刑的犯人通常会被改判无期徒刑。如果一个人犯了滔天大罪，或杀人，或强奸，或虐待儿童，那么即使他坐了五年牢，也不会有任何改善。他必须永远被关在牢里，不是为了报复，而是他就像无法治愈的伤寒病毒携带者，不能接触任何人。我只是希望他们这种‘不可救药’不要传出去为别人所效仿，如果一定要接触人，最好和受过良好专业训练的精神病医生接触，而不是和不懂装懂的法官接触。因为这些法官曾经热爱打扑克，且喜欢和当地的政治领导人一起参加野餐会，说白了就是不务正业。当然，这个想法只适用于确实有精神病医生的情况，如果没有，我们就要暂停西点军校和安纳波利斯海军学院一个季度的教学，转而开设培训治疗师的院校，看看培训治疗师是否像培训杀手一样对社会有用。”

“人们最爱在饭桌上谈论罪犯的恶行，但那些所谓的智者却很少谈论‘监狱无用’的话题，这个话题就如同吐蕃族的目的论[①]一样鲜为人知。在某些社会问题上，对应的学术信息已经在社会上广泛散布，因此像流浪汉和第五大道教区牧师，甚至美国总统这样的人都有一些基本概念，那就是战争既不可怕也不会长久，它们只是为了狡诈资本家的个人利益而存在的商业行为，资本主义也是如此。但那种黑暗、恶臭，那种服从下级的行为，那种充斥着刺刀打架和乡村八卦、恐怖且卑鄙无聊的生活方式，并不能治疗复杂的灵魂疾病。一百年前，大多数法官、律师、监狱长、立法委员和普通市民都不明白这一点，否则新门监狱的

---

① 吐蕃族的目的论认为，事物的发生和发展都是为了达到一定目的。

污水池也不会是血淋淋的。”

“普通市民听说某罪犯臭名昭著的罪行时，总会惊呼：‘必须增加刑期！’出于对罪犯的憎恶，这没有错。但是他应该说：‘犯罪的人越来越多，明显表现出监狱管理制度的失败。’我们应该另辟蹊径，而不是做无谓的瞎喊。”

“下次开会之前，我希望你们读一读……”

安从里面走了出来，有点晕头转向。那么，她之前向百姓们承诺要打造“好”的监狱，计划又在哪呢？当然，她还要继续工作。不过她认为，这个世界上没有绝对的好工作，且任何一个好事物代替坏事物都不是本质上的毁灭。

她通过了纽约州的公务人员考试。再过几个周，她就可以拿到文学硕士学位了，这标志着她成功修完了一个与世隔绝的学科。因此她走到杰尔克教授面前，精神抖擞地说：

“我知道纽约有一个很好的看守所，叫绿谷，因此我打算留在纽约工作。不过现在我想看看最差的监狱到底是什么样的，否则我大概不能真正理解刑罚学。您觉得呢？”

“嗯，倒是有很多非常差的，你是说专门关押女罪犯的监狱吗？有一个我觉得是最差的监狱之一，那就是位于布兰克州的铜头峡监狱，里面设有女犯区。但让你去那工作不太容易，因为布兰克州比较落后。在落后的州，女监狱管理员的工作都是留给当地政客的女性亲戚的，毕竟她们吝啬无知，连养猪的工作都找不到。不过有一个机会也许可以一试，布兰克州立监狱管理委员会有一个艾伯特·温德尔斯凯特夫人，以我对她的了解，她的丈夫应该是放高利贷的，她仁慈聪明，有时又很可怕。我是在监狱职业大会上认识她的，她给我写了一封关于阉割罪犯的信。天哪，我都不知道她是怎么写出来的，一定是她太精致了，用词才如此考究，其实她只是爱思考这些罢了。我还要给她回信呢。言归正传，如果你要去铜头峡监狱，我朋友杰西卡·范·图尔可能会帮上忙，她在那儿指控罪犯工联主义[①]三年了，是一个杰出的女性。”

不久后，文学硕士安·维克斯小姐被任命为铜头峡监狱女犯区的教育主任和高级职工（薪水每月 1300 美元加生活费），工作地点在布兰克州，这里视威廉·詹宁斯·布赖恩为守护神。

---

① 工联主义，又称“工会主义”，是 19 世纪中叶国际工人运动中出现的一种资产阶级改良主义思潮。

沃姆斯医生说："好吧，如果你能坚持到中秋时期，也就是三个月以后，那么十月我们就一起去我的别墅度假怎么样？"

帕特里夏也调侃道："天哪，你能挣多少钱啊？就每个月 1300 美元加生活费吗？快去把房子卖了吧！"

就连林赛·艾特威尔也充满怀疑："铜头峡？我不知道那里会对那些犯罪的女人做什么，但是我知道我的一个男委托人因为伪造犯罪行为进了铜头峡的监狱，出来后却活生生变成了一个杀人犯。当然我也不能夸大其词，世界变得更美好了，监狱也更好了。现在已经不是严刑拷打的时代了……安！今晚太热了，还是苏格兰好，我们沿着滨河大道走走吧。"

他们坐在哈德森街的一条长凳上，酷热天气让纽约变得像热带地区一样懒洋洋、软绵绵的。路边所有的长凳上都坐满了夏日恋人，喧闹的姑娘们挽着水手们的胳膊在他们面前慢悠悠地走过。河上遍布捕鱼船队，探照灯在天空中叮当作响，河对岸帕利塞兹公园里的乐队正在敲鼓奏唱。

"唉！安，之前我利用了你，你一定觉得很可恶吧。我一直以为，当我身心疲惫时你会一直陪在我身边，现在我才发现不是这样的。我确实很累，但现在我讨厌休息，是你救了我。"林赛一直紧紧握着安的手，手心都出汗了，于是放开了安。事后安感到了些许压力，一改往日无精打采的模样，渐渐振作起来。

"安，你太真实了，人们可以对你不加防备。你不自负、不自私，而且会真实地评价每一个待你的人。也许我还没有意识到我有多爱你，因为我们是朋友，我并没有多想。你这次要去的那个铜头峡监狱简直是一个小型地狱，要不是你做出了这可怕的计划，我还不知道我这么爱你。不要去！这太疯狂了！和我结婚吧，我们一起去苏格兰，我觉得你一定喜欢去特罗萨克斯徒步旅行。"

"如果你真的爱我入骨……"

"我会好好爱你的！"

"如果你真的准备好了，你就会紧紧抓住我，不会说任何没用的话，像认证遗嘱那样，安静地抱着我。我是喜欢你的，但是我不会放弃任何去铜头峡的机会，绝不。"

事后，安真希望是自己哄骗林赛与她相拥的，但一切都太迟了。如今她终于能看到林赛那双美丽的眼睛了，它竟如此的清澈。她在小说里读到过"女人的诡计"，心想，难道她就不能抓住林赛吗？她也可以经常赞美、经常伤感，也可以腼腆地假装疏远林赛，甚至一与他牵手就翩翩起舞。啊，这样不就能让他神魂颠倒，成为他立誓一定要看透的一个谜，牢牢地抓住他的心吗？为什么不能这样呢？

“也可以说，就是靠撒谎和演戏来抓住他的心！我绝不会这样做，除非我死了！”安坚定地说道。

她那张床孤零零地摆在房间里，躺在上面却觉得格外温暖。此时是七月。

“世界更加美好了，现在已经不再是严刑拷打的时代了。”安重复着林赛说的话，带有一丝讽刺。

23

艾伯特·温德尔斯凯特夫人十分热心公益，一直在州监狱管理委员会忙碌，同时负责报纸宣传工作。她在提姆加德温泉度假村有一个私人避暑山庄，要知道，这可是她所在的州最著名的度假胜地。从奥林匹斯市火车站下车可以坐大巴到铜头峡监狱，安坐着火车到了奥林匹斯市。在去车站接安的路上，艾伯特·温德尔斯凯特打算带安先休息一天，因为安来这里工作，她看起来十分高兴。

随后，温德尔斯凯特夫人在车站接到了安，安上了她的轿车，车上有一个装着人造假花的小型玻璃花瓶。

“天太热了，一路赶过来累了吧？我觉得等会我们可以先去乡村俱乐部吃午餐，你是下午三点去奥林匹斯山的大巴车，差不多五点就能到铜头峡监狱。维克斯小姐，我们都觉得你能来参与我们的监狱改革非常了不起，你在东部受过良好的教育和培训，一定会为我们的改革贡献巨大的力量。纽约和波士顿有很多人都觉得，在科学犯罪学领域，南部和西部似乎还没有达到最新水平，你回去后可以多帮我们美言几句，向当地的人们介绍一下我们所做的努力和取得的成就。你知道为什么铜头峡监狱为女犯人开设了健身房吗？这全是我的建议，是我和我丈夫努力的结果。我对我丈夫说：‘你一定觉得我们这些慈善机构快破产了吧。’而他只是笑了笑说：‘就算是这样，我觉得我们完全可以承担这一切。’这就是他的风格，永远充满自信，你根本想象不到他在商业领域多么有才华，将贷款和抵押贷款事业做得风生水起。如果不是我们帮助了珍珠县的农民和商铺店主，贷款给他们经营农场和店铺，估计他们自己都不知道要怎么生活下去。我可以保证，只要有一点办法，我丈夫都不会因为抵押人不能如期还清贷款而取消抵押物品赎回权，他会尽己所能放宽要求。这些农民和商铺店主买汽车或洗衣机这些东西的时候都会假装付不起利息，我们只能睁一只眼闭一只眼，天都知道他们这样做太没有远见了。虽然我丈夫在办公室里工作时精力充沛，一切都在高效运作，但你永远都想不到这样一个在商业场上心如磐石的精英，在接触到犯罪学和慈善类的事业时，他的心会变得多么柔软。还有就是斯林克博士，我是说监狱的典狱长，爱丁顿·斯林克博士，我做的一件大事就是任命他为典狱长，代替之前那个老怪物。斯林克博士是一个与时俱进的科学刑罚学家，你会崇拜他的。"

（在传达"神谕"的过程中，温德尔斯凯特夫人的车开到了印第安芒德乡村俱乐部，随后安被带到了高尔夫球场边缘的红瓷砖露台上）

"当然，就像斯林克博士说的那样，一说到监狱改革，人们免不了废话连篇、多愁善感。监狱不是用来野餐的，如果一个人故意偷东西，难道要把他当作百万富翁来奖励吗？斯林克博士还说，太多的理论改革者往往忽略了这样一个事实，那就是，虽然监狱的主要任务是改造犯了错误的人，使他们获得新生，但前提是监狱必须有良好的威慑力，这样罪犯们才不会想再回到这里遭受折磨。"

"在山区，我们遇到过很多非常棘手的案例，对他们太温柔是不行的。他们不知道这里是什么样的，如果你每天都大手大脚地给他们很多好吃的馅饼，他们就会占你的便宜，索要更多馅饼。监狱里还设有很多浴室，我相信很多像我们这样遵纪守法的公民根本无福消受这些，而对于这里的乡巴佬来说，却是唾手可得的'福气'。监狱被斯林克博士这种充满绅士风度的人掌控时，就会具有巨大的重生力和教化力。你简直无法想象，这些在家里靠吃高粱和猪肚生存的人，一旦在监狱里得到类似干梅子这样的食物，就会高兴得说不出话来！"

"斯林克博士说，具有巨大重生力的不是监狱，而是艰苦有效的劳动。在男子监狱，我们有一个用来生产厨房用具的铸造厂和一个综合磨坊，都是生产线完整流畅的工厂。女子监狱也一样，里面有一个生产衬衫和内衣的工厂，也许生产机器并不是非常先进，但迟早会引进先进的机器。不过遗憾的是，那些承包商理所应当地拿走了我们生产出来的物品，却不给我们应有的报酬，简直是冷血动物！每天给囚犯们 25 美分作为劳动报酬，是可以鼓励他们继续努力工作的，但哪怕每人每天超过 5 美分的工资我们都无力承担，更不用说 25 美分了。就算是长期徒刑，这些工资加起来也没有多少。好在现代工业带给他们的好处并不仅仅是钱，更能教会他们冷静、忠贞，教会他们艰苦劳作，遵守规则且毫无怨言，这样那些可怜又不幸的坏蛋出狱后就能在社会上立足了。这些经验都是无价之宝!”

“该吃午餐了。希望你能喜欢我们这个可爱又小巧的俱乐部。你知道吗,建造这个俱乐部花了 15 万美元,用的全是最好的材料。我经常对我丈夫说:‘看,如今到处都是豆腐渣工程,这才是真正可以屹立不倒的一栋建筑。’我深信这个俱乐部可以万年长青,这就是我努力工作的原因。为了监狱的发展与改革,我时时刻刻奋斗在岗位上,从未听到过一句‘谢谢’,从未获得过任何利益。州长也对我说:‘温德尔斯凯特夫人,慈善机构和公共活动要是有一个像你一样将个人利益置于集体利益之后的领导人,那它们一定能够得到长足的发展。’而我对他说,我不敢声称对社会发展有多么了解,我只是觉得不能忽视任何一个热心公益的女人提出的建议以及对社会的关注。如果你知道我和我先生为我们的慈善事业投入了多少资金,你一定会十分惊讶。我们的家也一样,光是我们冬天居住的皮尔斯堡,就比提姆加德温泉度假村大十倍。现在人口增长还是很慢的,犯罪的人数自然也不会骤然增加,上次人口普查的结果是 2.7 万人,1930 年会再次进行人口普查,那会是六年后了,我估计普查的结果应该会是 3 万人左右吧,不会增加太多。”

“但是关于监狱,有一件事我必须提醒你,没有人比我更了解监狱的实际运作。经常有人抱怨囚犯们不但吃不好、用不好,每天还要卖命工作,但这就是现状!许多颓废的罪犯需要像你我和其他体面的人一样努力工作!世界上有很多落魄且爱说闲话的人,就像皮尔斯堡的一个所谓宽宏大度的传教士,随便说些什么就能顿时引起轰动,让自己成为舆论的焦点!流言蜚语永远斩不断,人们只能看到破坏性的一面,而他们的脑子里却找不到任何建设性的想法!”

“我恰巧知道这些谣言是从哪来的,这才是我要提醒你的。在铜头峡监狱女罪犯区有一个女罪犯自称杰西卡·范·图尔夫人,她是一个共产主义者、无政府主义者、劳工煽动者,还是最过分的捣乱者。我还碰巧知道这个叫范·图尔的女人在最近的煤矿工人和佃农罢工活动中制造了暴乱中的爆炸、重击、枪击事件,还煽动了罢工工人的各种蛮横行为,最终她因团伙犯罪被判入狱三年。但我们的法官如果不那么懦弱,不那么害怕公众舆论,她应该被判无期徒刑!不仅如此,入狱后这个女人还一直设法偷偷递出关于监狱情况的信件,不断往外传播虚假且具有破坏性的情报。”

“这就是一项吃力不讨好的任务,但我依旧认为,这是我们这些条件好的家庭和受过良好教育的阶级应该承担的责任。我们就是要毅然决然地参与政治,而不是让那些无知、偏心的普通政客为所欲为,不是吗?你能来这里帮我们,我真的很高兴。你就好好监视着这个叫范·图尔的女人，让她知道我们这些正派、严肃、遵纪守法的人都是怎么看她的。午餐前要来一杯鸡尾酒吗?”

按照工作要求，安把头发梳得非常整洁，也拿到了监狱发的手套和鞋子。但是，途中经过的红黏土丘陵地区十分炎热，硬座客车的红毛绒座椅上沾满了灰尘，车内婴儿和食物混合发出的臭味越发浓郁，这一切使她根本无心顾及耷拉在额头的那一缕头发。

安漫不经心地环顾着，注意到前面与她隔了三个座椅的位置上坐着一个女人，那个女人一直坐立不安向窗外张望着，时不时又回头看，就像是独自出门旅行，既陌生又兴奋。她是一个有着灰色头发的女黑人，看起来很老，穿着一件破旧的黑缎子礼服，戴着一顶 19 世纪 90 年代的破帽子。安很奇怪，为什么这个女黑人没有坐在客车后排的种族隔离座椅上。这极有可能是因为她旁边那个与她同行的粗脖子男人，从背影看，这个男人应该是个白人。

看到一个戴着巨大玻璃耳环的意大利老妇女从篮子里拿出整根萨拉米香肠[①]大口嚼着，还看到一个温文尔雅的男人穿着灰色法兰绒西装和丝绸衬衫，戴着大拇指环，那个女黑人显然有些害怕，随后就像看到外星人一样，恨不得把脖子缩到身体里。

“奥林匹斯市！奥林匹斯市!”司匣员反复吆喝着这座城市的名字。

那个女黑人的嘴唇、侧影、形态，都被安看在眼里。突然耳边响起了一声“我的天啊”，一个背包从架子上掉了下来。看见这个背包，安瞬间就把这个女黑人抛之脑后了。这个背包非常重，里面装满了关于狡猾的人性和心理学的书。而那个女黑人站在那里，显然看不懂这些书写的是什么。

车到站了，安摇摇晃晃地走出来，那个司匣员帮她拿着行李，十分殷勤。她眼前的这个车站是一个框架棚屋，红色的喷漆还在不停地掉落，站台就像一个露天的鼓风炉。车站旁边有一些戴着破草帽的流浪汉，光着脚靠在墙边，他们前面站着一个与他们的气质截然不同的男人。这个男人精神抖擞，高如松树，气质坚毅又可怕;他长着一张长马脸，双手像肿胀的蜈蚣，还有一双熬得通红的眼睛，眼睛虽小，目光却十分尖锐;他掉了三颗门牙，其余的牙也全都坏掉了。从装饰看，他穿着一件灰色的衬衫，系着一条红色的背带，戴着一顶像马戏团帐篷的斯特森毡帽，腰带上挂着一个长枪枪套。

---

① 萨拉米香肠，味浓，多切片冷食。

他张着薄薄的嘴，好似啮龟。此时，一个矮矮胖胖的男人朝他走来，那个胖男人的手就像一块牛排那样厚，他面无表情，身后拖着安之前看到的那个女黑人。安这才发现，原来这个女黑人在车上是和旁边的白人铐在一起的，而这些都被座椅后背挡住了。

“你好啊，警官，”那个高如松树的男人对拖着女黑人的胖男人说，“原来这就是那个用斧头砍死了丈夫的老黑鬼婊子啊，真厉害，我们要让她看看比斧头更厉害的东西！”

说罢，流浪汉们、警官和那个高男人都发出了刺耳的笑声，就像一辆生锈汽车的刹车声那么刺耳。

“当然要让她知道什么是最厉害的。对了，队长，她是个修女，叫利尔·希西伽。”警官对高个子男人说完，接着扭头对女黑人说：“这位修女，你眼前的这位可是绅士，他非常喜欢在你干瘦的脖子上系一根绳索，教训你这个十恶不赦的老婊子！”“队长，你是不知道，她在那边差点咬死我！”

“她不会咬我的！”那个被称为队长的男人伸出一只胳膊，手指也都张开，像噩梦里不断逼近的怪兽。只见他的手指慢慢地压在女黑人的身上，眼看就要戳进她的眼睛里，接着紧紧抓住了她的肩膀，按着她跪在了站台被晒得发烫的木板上，那个健壮的警官还使劲拧着她戴着手铐的手腕。她口吐白沫，发出惊恐的哀号，犹如从林深处传来的可怕叫声。手铐解开了，高大的队长一把把她抓到一辆写着“铜头峡监狱”的卡车上，然后转过身去。接着，她露出了那张缠满了蜘蛛网的灰脸，监狱长接着就转过身把她打进了车里，这一巴掌听起来就像她那薄薄的脑壳被打碎了。这时，她不见了踪影，那些流浪汉还在咯咯地笑着。

“他们说修女伽西家是五旬节派[①]虔诚的信奉者，是一个颇有影响力的祷告者，但她却如此神志不清，竟然用她家老头磨了一把斧头！简直是个蠢货！”警官哈哈大笑。

“哦，那她还是虔诚地祈祷自己好运吧！你难道不该直接用私刑处死她吗？这样还能为国家省钱！”高个子队长咆哮着。

“队长，不能这样吧。”警官惊讶又痛心，结结巴巴地说道，“我们不能只因为一个黑人杀了另一个黑人就对她用私刑！更别说吊死她了！不过她确实差点咬死我！老天爷，我那时真想把她从我身上拉开！别忘了我要去看她受绞刑，我还从来没见过绞刑是什么样的，看着会不会很爽？有人说受绞刑的人掉下去

① 基督教会五旬节派，强调神恩作用，如治病的能力和《圣经》的绝对真理。

时，头会被拧下来，是真的吗？”

不知道是谁的一只手碰到了安的袖子，安这才缓过神来。一个无精打采的黑人司机快要热昏了头，在那不停地嘟囔着：“这位女士，要坐出租车吗？”

“出租车？对，我要坐出租车。”她轻声说。

“女士，你要去哪？”

她不能说她要去监狱，也不能说她就是那个长脸高个子的“队长”的同事。

但司机也许会认为，她只是一个要去监狱探望囚犯的人，仅此而已。

她气得发抖，“去监狱！”这句话带着仇恨的语气，司机已经相信她就是一个去监狱探视丈夫的妻子，而不是囚犯。

奥林匹斯市的主街以漫天尘土著名，在这里，你能看到街道上许多流浪狗在睡觉，或懒洋洋地抓跳蚤；能看到一层或两层楼的商店，已经有些许破旧了，楼前的木板人行道上放有倾斜椅，店主躺在倾斜椅上睡觉；还能看到路边尘土飞扬的悬铃木上，麻雀在梦里徜徉。

从奥林匹斯市到监狱，途中要穿过一个黏土高地，周边有许多小山。出租车在这条路上行驶着，穿行在简陋的小棚屋、杂乱的大猪圈、黄油油的玉米地和略枯萎的烟田之中，路途并没有那么曲折。这儿没有沙子，却是一片荒漠，遍布着红土地，还有好多黄绿色的叶子。就算不是沙漠，这儿仍然像死谷①一样炎热。

安已经麻木了，她痛苦地说道：“我受不了了，他们竟然打那个可怜的老女人，就算她有些疯狂吧！我要回去救她！”她一直在后悔，自己竟如此软弱，没有当场斥责警官和队长，这使她无地自容。

她期望铜头峡监狱敢于直视所有的丑陋。这时，她看到红土地的那边有一栋闪闪发光的石灰岩建筑，和周围许多高高的柱子一起，遥远又高傲地屹立着。出租车穿过了一片悬铃木树林，摇摇晃晃地爬上了一个小山坡，山脚下有一条小溪，两旁是刚长出新叶的柳树。车继续朝目的地开去，道路两旁满是草坪和玫瑰花坛。

“这简直是一座宫殿啊！或许像车站那个队长一样可怕的人就是个特例，我离他远远的就行了！”安不断安慰着自己。

---

① 死谷(Death Valley)，美国内华达州和加利福尼亚州东部的大片沙漠地带。

到了门口，一个十分谄媚的黑人改造积极分子从里边出来了。他穿着干净的羊驼呢大衣，打开了通往主楼的铜门，十分热情地向安挥手，邀请她进入大厅。大厅里有白色大理石的地板、粉色大理石的柱子和黄色大理石的楼梯，一点都不像一个监狱。

“维克斯小姐、女士、长官，我一直在等您到来，典狱长办公室就在您的右手边。”

“这些都还好，”安自言自语，“如果一定要有什么不好，也只能说这对我来说实在太奢侈了。天哪，那些政客们竟如此凶残地将斯林克博士‘囚禁’在这里工作！”

她犹犹豫豫地走进典狱长的办公室，随后由干练的年轻女秘书领进了斯林克博士的私人房间。这是一间漂亮又有气势的公寓，里面有橡木壁柱、橡木雕花壁炉，还有罗伯特·爱德华·李①和现任州长约翰·威廉·格莱特利的画像，以及一幅仁慈的牧人和羊羔和谐相处的画。一进门，安就看到平开窗敞开着，草坪和玫瑰花坛的光彩都映照了进来。

斯林克博士站起来，十分亲热地向安打了个招呼。“维克斯小姐，能与你共事，我们感到十分荣幸，希望你在这里工作愉快！我相信一定会的！你慢慢会发现，这里时常会发生很多悲剧，我们也犯过许多错误，但还有什么比帮助不幸的罪人改邪归正更荣耀呢？相信我们在一起工作一定会非常愉快。对，一定会的！来到这里真的不容易，途中一定很热吧？你是怎么找到温德尔斯凯特夫人的呢？可以说，没有她的帮助，没有她的建议，我们什么也做不了。但是我相信她做过最有实际意义的事情就是把你介绍到这里来！”

斯林克博士看起来短小精悍，整洁的小亚麻领、蓝波点领带搭配白衬衫和玲珑小巧的黑牛津皮鞋，简直同一只猎狐犬一样小巧优雅，还有那镶着龟壳边框的折叠式眼镜，戴上它极富文学气息。他说话时喜欢把眼镜拿在手里，一开一合，发出啪嗒啪嗒的响声。

“天确实太热了，是的……”安继续应和着。但她根本不知道自己在说什么，也不知道第一印象的重要性，她脑子里一直在想，“我到底该不该跟他说车站那个畜生干的那些事？”

“你应该跟温德尔斯凯特夫人去过乡村俱乐部了吧！太好了！真羡慕你能

---

① 罗伯特·爱德华·李(Robert Edward Lee)，美国军事家、教育家，毕业于西点军校。领导联盟军多次战胜联邦军，改革西点军校。

在这么热的天儿去那休息！我要是也能去就好了！那个地方太迷人了，真希望有一天我们也能在这里给可怜的囚犯们建造一个那样的俱乐部。但这个俱乐部恐怕不适合他们，因为没有威慑力，哈哈……正好，我的好帮手来了，副典狱长兼警卫队队长——瓦尔多·德林古尔队长。”

没错，就是在车站打了女黑人的那个长马脸、高个子队长。他走进来时就像一只无精打采的大象，不过换了件衣服，穿着一件蓝色的制服大衣，头上还是戴着那顶像马戏团帐篷的斯特森毡帽。

“是的，”典狱长斯林克轻声说，“也许你会觉得这位瓦尔多队长才像这个监狱真正的老大，觉得我在这里的日常工作就是见见公民，接待官员，接收指示，整天游手好闲，或认为我无所作为，真正起作用的其实是瓦尔多队长……正式介绍一下，维克斯小姐，这位是瓦尔多·德林古尔队长！”接着他又对瓦尔多队长说，“队长，维克斯小姐是一个社会学家，没什么罪名，不要给她安排阴暗的小房间，让她轻松一点，哈哈……”

可以看出斯林克博士是一个乐呵呵的小矮人，除了监狱发生暴乱的时候，他话语间都是很欢乐的。就像刚才这样，为人友好又爱开玩笑，还一直啪嗒啪嗒地折着他那可爱的眼镜。

安还没来得及溜走，瓦尔多队长蹄子般的大手一把握住了她，居高临下地俯视着说：“我听说他们都称呼你小姐，欢迎来到这里，小姐。在汽车站看到你了，但我有点忙，没有来得及跟你打招呼。我不知道到底什么人才能被称为‘社会学家’，但是称你为‘社会学家’，我举双手赞成。不过，我觉得你不会喜欢这里，我们这里有许多很厉害的犯人，我们也一直尝试着公平对待他们，然而他们只想占你便宜，真是烂泥扶不上墙。所以，你坚持一个月就很好了，这一个月发生的事对你来说其实是很好的人生经验，可以丰富你的阅历，可以在你研究学问时、在看守所工作时或需要阿谀奉承时帮你一些忙。下班后，如果你想来我的办公室和我们一起喝点可乐聊聊天，我随时奉陪，保证能让你及时脱离工作状态，放松心情。”安察觉到这个人想表示友好，但他一步步逼近时露出大牙缝的微笑，着实让人害怕。“小姐，我给你说一下你的工作。这里有很多脾气古怪的疯子和多愁善感的理论家，他们很快能推断出你来自哪里。在他们的想象中，你要对付很多的罪犯，你会苦苦哀求他们做一个好人，会娇惯他们，会给他们安排浴缸洗澡，会给他们香槟喝，会为他们举办惊喜派对，还有什么是他们不敢想的吗！那些理论家从来没有见过真正的监狱，就像他们从来没有见过大学校园一样，这其实是件好事。我虽然只有五十二岁，但我实际做过的所有监狱工作都是非常正确的，包括像警官这样至死方休地工作了三十二年的人，我们都在做正确的事。我可以用我们这么多年的经验来告诉你如何对待罪犯，他们根本不是人，唯一能制服他们的方法就是让他们对上帝产生恐惧，这样他们才能在牢笼里好好表现，出狱后再也不想回来。当然，我们要公平地对待他们每一个人，只要他们懂得你是有上帝保佑的大人物，那么当他们想逃跑时就大胆地给出适当的惩罚，不要害怕！我一点也不怕他们，他们都明白。那个叫朗格的就对我言听计从，我让他做的每件事每个细节他都能做得恰到好处，从不问原因，也不问怎么做，因此我对他青睐有加，其他那些可恶的罪犯也都心知肚明！"

（此时他们都坐着，画面一度非常尴尬。斯林克博士在他的办公桌前笑容满面，不断点头；瓦尔多队长坐在扶手椅上夸夸其谈，同时手舞足蹈地与他的"演讲"相呼应；安则像被催眠了，手指一直在膝盖上紧张地摩擦）

"这不就是真正的科学犯罪学吗？这就是因果关系！做错了事就要受到惩罚！还有比这更科学的做法吗？我觉得心理学才是藏了许多内幕的一门学科。说到这，我要澄清一下，刚才我说我不懂社会学纯属是在开玩笑，我读过非常非常多真实、深刻且富含大智慧的书。我敢打赌，大部分自称博学的人读过的书还没有我读过的多，只不过我不会夸夸其谈，也不会揭穿他们。说回心理学，罪犯是因什么成了罪犯呢？因为他们自认为非常聪明，根本无视规则。那么看守他们的人应该怎么对付他们呢？当然是狠狠地敲打他们！让他们知道自己根本没比别人强多少，也一点都不聪明，唯一能和这个世界好好相处的方法就是正视规则且遵守规则，没有讨价还价的余地，无论他们是谁，也无论是在监狱里还是出狱后。实际上，让他们遵守一些愚蠢但有点意义的规则是一件不错的事情，这样不论别人安排什么事情，他们都会去做，如果不做，那就狠狠地打他们！该出手时我绝不会犹豫！虽然法律不允许打犯人，但我一点也不怕，因为只有我们内部人员才知道，不会传到愚蠢的立法机关那里。必要时，我可以把他们扔进洞里两个月，在那种不透光、没有床、没有衣服，只有水和一点面包的环境里，日日夜夜挨着饿，勉强活着。我还可以用毯子把他们紧紧地绑起来，给他们穿一层天然紧身衣，直到他们撑不住为止。做这些我一点没在怕的，但是典狱长不该知道这些事。不用告诉他，他把这些事都扔给我了！"

他们会意地笑了笑，两个男人都假声假气地发出刺耳的笑声，就像大叔们嘲笑孩子们的恶作剧那样敷衍。

"维克斯小姐？是叫这名吗？你看，现在问题的关键是，这样做不仅让我们的工作变得容易许多，还可以让罪犯们少受些罪。他们早晚会知道想赢过我们是不可能的，这样就不再挣扎了。天啊，《圣经》里说的是对的，‘孩子不打不成器’！他们越早明白自己即将面对的一切，就会越轻松、越快乐。他们必须学习行为准则，对！就是学规矩！那些条条框框都是英语语言里最棒的词句。监狱里的种种刑罚不能让外界知道，如果把真相公之于众，那么那些可怜又可恨的恶魔就会上演最糟糕的把戏，也就是蠢货理论者们口中的监狱‘改革’！比方说那个总爱夸夸其谈的奥斯本以及小学老师柯奇韦，都是一些蠢货！因此，如果可以好好利用旧刑，教训那些不可救药的人，就能让人们都认清这些臭鼬的嘴脸。如果我既能在地下审讯室里，又能在公众面前鞭打他们，那么这对社会上每一个人来说都是一种警示和威慑。试想一下，用鞭子抽打他们五百下，等到他们昏厥了就停下来，醒了再打，如此循环往复，之后使劲往他们的伤口上撒盐，多么痛苦，多么有震慑力啊！所以，如果能做这些事，我就能瞬间解决和预防所有的犯罪问题！是的，我们的经验教训告诉我们，只有对可怜的罪犯们用刑才能让他们变好、变得正直、变成敬畏上帝的人，而报纸以及那些所谓的改革者们一直阻止我们这样做，这简直太过分了！唉，我的好妹妹，你一定觉得我在发表演说，我不是有意这样的！我只是觉得你应该在一开始就了解这些事实，这样你以后出去才不会抱怨我们什么都瞒着你。我敢说，以我的经验，我能用五分钟教你真实、实用的刑罚学知识，绝对比你在大学和那些稀里糊涂的少年管教所里待上五年所学到的东西还要多。是吧，典狱长？”

“没错，虽然在很多事情上，我和瓦尔多队长经常意见不合，不过他这次说的绝大部分我都认同，维克斯小姐，你觉得呢？我们都喜欢提出新的心理学理论，但是莎士比亚说过，‘犁马赶不上快马，实践总是落后于理论’。好了，瓦尔多队长，你带维克斯小姐出去熟悉熟悉我们这里吧，让她认识一下比特里克夫人和其他新同事们。”

可能是安愤怒到麻木了，因此看起来很顺从且傻乎乎的。不过瓦尔多队长至少没有站出来大声斥责她，而是大喊道：“好吧，妹妹，在我看来，你去上研究生纯粹是在浪费时间，但是也许你会适应并认同这里的一切……艾柯！艾！柯！”他吼叫的声音很可怕。那个看门的黑人改造积极分子急匆匆地跑进办公室，活生生像一个闹剧里滑稽的弄人。

“到，瓦尔多队长！”

“把维克斯小姐的背包和卡车上的行李都拿到女舍监的宿舍，动作麻利点！”

“是!”

这个门卫望着眼前长着黑牙和猪皮脸的巨人瓦尔多队长,像个站在一尊圣像前的朝拜者。问题是,安心里到底是怎么想的呢? 更恶心了? 更害怕了? 还是更有杀气了? 谁知道呢,不过可以肯定的是,她的心里一定既恶心又害怕,还想杀了这些可恶的监狱管理者。不过她什么都做不了,除非她升到瓦尔多队长的位置,不然她永远只能像现在一样保持沉默。只听这个巨人说:“走吧,妹妹。”

到了外面,瓦尔多队长暗自窃喜:“嘿,其实我今天不必亲自去火车站抓犯人的,你知道我不用什么事都亲力亲为。但我是他们的老大! 亲自去抓犯人,尤其是抓那些残暴的杀人犯,简直爽爆了!”

24

铜头峡监狱看起来像是专门接待赞助者和高级敲诈犯的酒店，华而不实、虚有其表。然而在华丽的大理石门厅后面，却有一扇钉着钢钉的矮铁门，丝毫没有高级酒店的样子。（安觉得，这些钢钉除了让人看着觉得恶心之外，没有任何意义）瓦尔多队长傲慢地挥舞着他那串钥匙，打开了那扇矮铁门，于是前方出现了一条由砖和水泥砌成的走廊。安走在这条阴暗潮湿的走廊上，感觉像走在一个巨大的下水道里，这里只能用光点微弱的电灯勉强照明。不久后，他们来到一个螺旋钢梯处，顺着爬上去，像是从一口水泥井里爬出来，亦像是在登一座灯塔。

"等等！"瓦尔多队长已经气喘吁吁了。"你瞧瞧这里，大部分的男囚犯都在商店或农场工作着。按规定，是不能让你看男子监狱的！这次就破个例吧。"听语气像是在给安一些特权。

他又一次神气十足地掏出钥匙，打开一扇铁门，护送她来到另一个地方。这里的地板是黑色钢板，上面还有镶着微小凸起的钢钉，像钻石一样在闪闪发光。安歪头看着这里，惊讶极了。这是一个巨大的Y形建筑物，每条分支长三百英尺，宽五十英尺。而此时她就站在这个Y形建筑物的中央——圆形大厅里，大厅直通屋顶，抬头就可以看见三层带着栅栏的牢房，每个分支都向外延伸了两排，光亮的钢筋就像军械库里无穷无尽的枪架。安顿时觉得这些十分晃眼的线条正向她冲刺而来，如同立体派画家噩梦中的场景。

一个人，一个正常的人，绝不能生活在那种层层关押的牢笼里，就像人无法在发电机里生存！

而她之前见过的那些小监狱的牢房，如东部女子看守所的小屋牢房和绿谷看守所的铁木牢笼，大都又老又旧。如此看来，在这个钢筋林立的"大峡谷"旁边，那些小监狱就像一个古老的阁楼一样黯然失色。

在这里，空气中弥漫着汗臭味、烂食物味、脏厕所味、泔水味、贱烟草味、碾碎的蟑螂味和臭消毒剂味。生活在这种环境中，七月好像变得更加炎热了，然而一根根看不到尽头的钢筋却又显得十分冰冷，真是让人抓狂。这一幕幕，安都看在眼里，不由得恐惧地发抖。

"怎么样？牢房不错吧？"瓦尔多队长说道。"一千六百个牢房对我们监狱来说足够了，一点也不拥挤，要是只有三百个那可就要挤成一团了！"安眼前的这个警卫队长看着这些钢筋牢房，就像所罗门王看着自己的一千六百个孩子那样骄傲无比。"是的！监狱改革就应该这样，用市场上最硬的钢！"

这时，迎面向他们爬来一个看不清是人是鬼的家伙，他脸色苍白，满脸胡茬，穿着病恹恹的绿绒布睡衣和一双帆布运动鞋，外面披了一件脱了色的紫黑晨衣，颤颤巍巍、一步一挪地走着。

"嘿！队长！干得漂亮！干得漂亮啊！怎么搞定的这个漂亮姑娘啊？太俊了！快过来让我瞧瞧，小宝贝儿！"安这才看出他是个老头。他一边挥舞着爪子，一边鬼鬼祟祟地向侧边爬去。

"给我滚出去！不然我就放警犬咬你了！"听起来，瓦尔多队长并没有恶意。那个老头也爬开了，斜眼看着安，色眯眯地淫笑着。瓦尔多队长示意安回到楼梯口，他咯咯地笑了起来："真是个古怪的老家伙。我们几乎不让他干活，但他却变成了一个很棒的清洁工，能把走廊打扫得一尘不染。不瞒你说，除了他，这里还有一个对我唯命是从的舔狗！"

"他是因为什么被抓进来的？"

"哦，他和他女儿闹了点矛盾，之后很多邻居就说他杀了他的孩子。这些话也不必全信，他是个不错的老家伙，非常听话。不过之前听说，这个家伙第一次服刑时就被抽了一百下。"

"天哪，那是什么时候？"

"让我想想，是我来这里工作之前，差不多五十五年前。但是现在我们帮他改过自新了。"

上了两层楼，又下了两层楼，之后又穿过了一条下水道一样的走廊，最后他们到了监狱的女牢房区。女牢房在这个巨大Y形建筑物一个分支的末尾，一共有三层。这里并不像从圆形大厅看到的三层牢笼那样令人窒息，因为这里只有八十个牢房,关了一百个女犯人,与一千九百个男犯人相比,真的很少了。而且,这里一点也不压抑,只是走过空无一人的钢制水泥牢笼时,有点可怕罢了。每间牢房都有一个双层钢管床、一把摇摇欲坠的凳子、一张咯吱作响的小木桌、一对锡碗锡罐和一个大锡桶,这是一间女牢房里仅有的工具。

安看到蟑螂们在牢房的过道窜来窜去,时不时还有老鼠冲过来。走廊上充斥着消毒剂和汗臭混合的恶臭味,简直和男牢房那边一模一样。

"这些该死的娘儿们,又脏又懒,根本杀不死虫子,"瓦尔多队长看起来兴高采烈的,"看那边,在那尽头处的四间独立牢房是死囚室,里面有进入地下室绞刑台的特殊楼梯通道,方便我们直接处死被判死刑的女囚犯。死囚室里的姑娘可以留两张私人照片在身边,但仅限于自己亲人的照片,慢慢你就会了解这些。为了让她们尽可能开心地度过人生最后的日子,我们一直都是这样做的,我们也愿意这样做。看,她们在这儿呢。"

他又拿出那串钥匙,打开了一个有四间牢房的房间,没想到进去后正好遇到一场骚乱。两个戴着蓝铜色相间徽章的警卫,又高又壮,猛地冲进了其中一个牢房,听声音好像一个疯狗正在用牙和爪子撕扯着,想从袋子里挣脱出来。安一眼就看出来发疯的是利尔·希西伽,就是那个女黑人杀人犯。他们扯走了她上好的黑绸缎礼服和草帽,给她换上了一套又旧又破的格子棉布制服。

"伙计们,把她推进去!"瓦尔多队长随口对警卫们说。"都搜干净了吗?她那样踢你们,你们不觉得羞耻吗?对付不了吗?还怕一个骨瘦如柴的老女人?抓住她的腿把她扔进去,对,很好!"

其中一个警卫正在关铁栅栏门,他用沙哑的声音笑着对瓦尔多队长说:"是的,全都搜干净了。上帝保佑那个带她去洗澡的女舍监吧,这个老家伙一定会发疯的!"

看过了这些,安憋了一肚子的话没说。直到慢慢从震惊和恐惧中缓过神来,她终于开了口:"德林古尔队长,她没有疯!相信我,她只是害怕而已。"

"我当然知道,亲爱的。马上就没事了,她会习惯这些的。不过,我们很快就会把她拉下去吊死,习不习惯倒也无所谓。我知道,她们非常害怕,不知道自己该做些什么,但至少她们已经知道闭嘴了,就像我们眼前这个愚蠢的老女人,已经放弃了挣扎。之前这个傻子不听管教,我们之间发生过很多不愉快的事,现在这样多好,一点也不吵了。"

死囚室里还有一个女囚犯,就是他说的那个蠢女人,正由两位女舍监看管着。她戴着一个白棉花面具,看不到她的脸,只能看到面具上烧出的两个洞,不过的确很老实。只见她弓着背坐在凳子上，一动也不动，用指尖一圈又一圈地在嘴边描画着，头往一边歪着，像是已经被吊死了。

瓦尔多队长最后把安领到了比特里克夫人的办公室。比特里克夫人是女舍监长，她的办公室在女牢房楼上。

“下午好，比特里克夫人。这是从波士顿过来工作的那个小姑娘，我觉得她可能是来教我们这些老家伙写字的。”接着他对安说，“你好好想想我说过的话，维——呃——维克斯小姐，一周后，你就会知道我是对的。”

“好的！”比特里克夫人回应道。之后瓦尔多队长英气十足地挥了挥帽子，走了出去。这时，比特里克夫人激动地睁大了眼睛，和蔼可亲地笑着对安说：“我发誓，这是我第一次见瓦尔多队长这么不嫌麻烦，亲自送一个人上来！一般都是那个新来的黑人恩柯负责这种事情。相信你已经跟他打过交道了，一定要小心他！”

过了半个小时，比特里克夫人（之前没有过多介绍，她看起来有点不像女人，棕色的头发有些许灰色，有时会穿蓝色制服裙）又和安说了一些需要注意的地方。大意是，虽然大家都知道安是温德尔斯凯特夫人非常好的朋友，但安自己不能抱有这种想法，要知道这里是铜头峡监狱，没有人能帮得上她，安必须像来自偏远山区的普通人一样努力工作且遵守职工行为准则。

不管别人怎么说，比特里克夫人似乎都确信，过一段时间安一定会因违反规则被赶走。因此，她给出这些提醒时底气十足。

“我想现在你一定想回你的房间收拾收拾了。”比特里克太太明显想赶她走。

她没有亲自送安去宿舍，而是按了按铃，叫了一个像布朗尼蛋糕般甜蜜的女孩进来。这个女孩眼睛圆圆的，鼻子圆圆的，嘴巴也圆圆的，笑着露出了好几颗牙齿。她一路小跑进来，活蹦乱跳的，非常活泼，看起来像是个穿着破洗碗布裙子和方头黑皮鞋来参加监狱化装舞会的白人小姑娘。进来后，她非常开心地对安和比特里克太太笑着。

“博蒂，你又抽烟了！我都闻出来了！”

“我吗？没有啊，比特里克太太！我彻底戒烟了！我一直在学习如何做一个好姑娘，而吸烟是万恶之源！所以我必须戒烟！我心里一直记着您和卡格斯夫人对我说过的话，您对我是真的好！我知道的！”

比特里克太太感慨起来：“唉，维克斯小姐，这是博蒂·瓦洛普，因为在商场偷窃被抓了进来,但是她和这里的大部分女犯人都不太一样。据我们观察,她应该能够理解我们,感激我们,你也看到了,她真的很快乐,简直就是我们成功改造犯人的典例。”接着又对博蒂说:“现在你把维克斯小姐带到她的宿舍去。抽烟的事下不为例,如果再让我抓到现行,我会让你看不到明天的太阳!”

博蒂伤心地抹起了眼泪,哭着说:“比特里克太太,我不怕受罚,可我是真心感激您的,您要是不相信,那我的心都要碎了。”

“哼!最好是这样!快走吧!”

到了外面,博蒂立刻不哭了。她惊诧地打量着安,炯炯有神的大眼睛眨来眨去,顿时笑得更调皮了。

“博蒂!你有多感激比特里克太太为你做的一切呢?”

博蒂把一个手指放在她那圆圆的鼻子旁边,兴奋地对安说:“小姐,想知道什么快问我!我知道你想在这里愉快地工作,那你可离不开我!我当了两年服务员,认识很多人,如果你遇到什么困难,或者她们开始抱怨你了,就告诉老阿姨博蒂。快给我说说你想知道什么。”

她们沿着走廊走着,博蒂突然严肃地伸出一只食指,猛然冲进一个房间。房间里有两把椅子、一张桌子,还有上近百本磨损褪色的书。她放下手里的小册子,接着穿上了她的黑长裙,庄重地跳了两步舞。

“这些都是什么?”

“你先发誓不会说出去,我相信你不会说的。我们早已听说了你——虽然牢房里不让聊天,但你难以想象我们这群女的平时会一起嚼多少舌根——我们听说你是个不错的人,又受过良好的教育。哇!这简直太棒了!来了一个有学问的女舍监啊!这里还有个伦尼·居里牧师,是个博士,整个人就像一片浓郁的罗克福尔干酪①。今天晚上他会泡在图书馆,我真希望他能发现我放在那的东西,多么适合他呀!”

“你在那放了什么?”

“哦,就是一个写着‘老博士索普莱——你来告诉他真相’的广告,是我男朋友在公共厕所洗澡时溜进来给我的!”

“博蒂!你知道我是来干什么的吗?你不知道我是来管着你,教你守规矩的吗?我是这里的工作人员!”

博蒂拍了拍鼻子,又眨了眨眼睛。此时,她已经成功完成了瓦尔多队长留

① 罗克福尔干酪,一种浓味的法国蓝斑软干酪。

下的任务，让安知道了，她不是来当女总管的，而是与博蒂、范·图尔夫人、吉恩·德布兹、伽利略和沃尔特·罗利并肩工作的普通员工。

安之前在看守所工作时住的是单间，所以希望这次也能拥有自己的私人空间。但事与愿违，她的房间是一个三人宿舍，里面有三张邋遢的床、三张松木书桌、三把椅子、三个破镜子，还有一个卫生间，里面只有三条薄毛巾。

安难以接受这一切，这时，最远的那张床上有一个睡眼蒙眬的女人抬起了头，清了清嗓子，呻吟道："嗯？你是谁？哦，你是新来的女舍监维克斯吗？天哪，现在几点了？差点睡了一整天啊，这天儿也太热了……我是卡格斯，专门上夜班的。中间那张床是你的，希望你能和我们一起保持宿舍整洁……对了，比特里克太太交代了，你得穿上制服。制服是根据你提供的尺寸做的，就在衣柜的中间那层放着呢。你最好现在就穿上，瓦尔多队长那个老混蛋要是发现我们没穿制服，会发疯的。好了，我要再睡一会，看在上帝的面子上，请你安静一点。"

卡格斯夫人立刻又钻到枕头里，呼呼大睡起来。

安站在那打量着她：一个老态龙钟的女人，面黄肌瘦，毫无血色，鼻子旁边有颗痣，由于长期睡眠不足，她的脸变得松松垮垮的。

屋里弥漫着苯酚和旧床单的臭味，加上十分闷热，臭味就更浓郁了。安被熏得喘不过气来，她撕扯着脱下自己的便装，又费力地穿上缝着黄铜纽扣的蓝色哔叽制服，还系了一根可笑的武装皮带。她走到乳白色的镜子前，仔细打量着自己。

"我看起来真像一个严厉的警察。我能在这儿坚持多久呢？我会不会无聊到大大跑去俱乐部玩呢？"

她坐在一个嘎吱作响的椅子上，挺直了腰板，看着窗外男牢房那边撒满了煤渣的庭院。院子里有三个男人，穿着带红条纹的蓝色制服，戴着怪诞的条纹制服帽，正在不知羞耻地开着玩笑，推着堆满石块的手推车转了一圈又一圈，没完没了。

"我受不了了！一分钟也待不下去了！瓦尔多队长、比特里克太太都是些什么人啊！还有躺床上睡觉的那个女人！简直不可理喻！难以忍受！我要去杀了这些混蛋！我要抗议！"

"不，不对，正因前路艰难才要坚持走下去，我一直都很失败，一会儿研究选举权，一会儿又在社会服务所工作，跳来跳去，一事无成。亲爱的安，你已经不再是一个前途无量的年轻姑娘了，你已经三十三岁了。如果这次你能坚持一年，就一年，最后也许就可以吹动全世界的监狱改革之风！”

“但一年真的好久！我现在才在这儿待了一个小时，就快变成一个杀人狂了！再待下去，最后不就要和利尔·希西伽一起吃牢饭了吗？天哪，我倒是愿意！我宁愿和她一起吃牢饭，也不想和卡格斯夫人在一起！”

“好吧！听着，姑娘，你得学会闭嘴。想象你现在就是一个敌国的间谍，不管你目睹了什么丧尽天良的事，时机成熟之前都不能随便开口抗议！这其实是非常适合女人的工作！”

她站在窗前，对眼前的一切厌恶至极。院子里烧着煤炭，那三个男人还在一圈一圈地运着石块，真是低贱的苦工。这种生活何时能看到尽头呢？这恰恰反映出，囚犯甚至都不被当成一个人，更不用说做有价值的工作了。

“没错，‘我们不能夸大其词，只有废除虐待的刑罚，世界才会变得更加美好’。要振作起来！如果现在为你自己的小不幸而哭泣，那么将来即使你可以摆脱这一切，这里的奴隶也会陷入更大的不幸。是的，也许卡格斯和比特里克太太也是受害者，她们会被困在这里很久，甚至是一辈子。面对这一切，你的视若无睹，你对尊严的扼杀，都将使你成为罪犯，与他们并无两样。没错，我们都是罪犯，只不过有些罪犯不会被抓起来罢了！”

25

约西亚·弗林特说过:“这里没有真正的流浪汉,只有流浪的人。”这里也没有真正的医生,只有学过医的人;这里没有真正的作家,只有会写东西的人;这里没有真正的罪人和囚犯,只是他们做了法律所不允许的事情;而且随意做出推测性判决的法官,也不是什么真正的法官,他只是根据自己的理解和他老婆的日常唠叨就随意判决别人入狱的人。

所以安只是这群女人中的一员,她们不仅是罪犯或舍监,更是形形色色的人。她不再二十四小时沉浸在对恐惧的咀嚼中了,这里简直和塔福德镇监狱一样难忍、无望,毫无存在的意义,哪怕是另外两个安所知道的女子监狱也不及这里糟糕。但它们的性质都是一样的,里面的人被视作生来有罪,还有宾夕法尼亚矿山及其附属的棚户、加利福尼亚的棉磨坊镇、纽约的地下酒吧,都是这样的地方。在纽约的地下酒吧里,某些聪明女人试图用醉酒来迫使自己忘记自杀。安一直尝试将那些倍感痛苦的日子过得轻松些,就像人们说的懒汉一样,“习惯这里”。她要休息,吃早餐,工作,争吵,吃饭,看报,休息,机械地接受环境的安排。在这样的环境中,人就好像生活在阴沟、与世隔绝的屋子、肺结核疗养院里,或与一个贪婪的女人共处一室,早晚会疯掉的。

倘若没有人类天生顺应的自愈心态,安很可能已经疯了。在这里生活的十五个月里,安看到了太多可怖的事情:臭气熏天的牢房里,蟑螂横行,到处是老鼠、虱子、跳蚤和蚊子。接受惩罚的犯人会被关在地牢里,她们躺在冰冷的水泥地上,除了一件睡衣外,毯子、衣服什么也没有。每天只有两片面包。餐厅里也是苍蝇成灾,食物吃起来像泔水,里面还有蛆和甲虫。衣服粗糙得像帆布,在衬衫厂工作后更满是汗渍。温德尔斯凯特夫人那漂亮的体育馆一直是锁着的,除了瓦尔多队长认为那里是跟女囚中的妓女私会的方便之所，其余时间从未被使用过。那个衬衫厂的机器陈旧又危险，灯光昏暗，极易损伤视力。一天之中有二十三个小时是不允许交谈的，只有晚饭后一小时允许在操场上说会儿话。自然地，这条规矩会在晚上被打破，敲墙壁声和呼噜声谁也阻止不了。对于犯人来说，打破规矩让她们感到骄傲，甚至觉得是享受；对于看守人来说，强迫犯人遵守规矩也是如此。不同的是，看守人使用的方式不那么安静体面，他们用棍棒和皮带打犯人，剥夺她们写信以及在煤渣操场上放风的特权。于是在这种不公之下，犯人对于打破规则感到更骄傲了。于是，惩罚越严厉，需要惩罚的事情就变得越多，监狱的规矩也就如同白痴追逐苍蝇一样滑稽可笑。

就像一个人终将接受自己身患癌症一样，安也接受着这种不愉快。但她却怎么也接受不了瓦尔多队长总是粗鲁地阻止她针对监狱所进行的研究。她原以为可以像以前在绿谷那样，和铜头峡监狱的犯人们谈一谈，听听她们的意见。但这里的规矩极为严格，官员们除了发号施令不能在任何时候和囚犯交谈。

安本想认识因组织工会运动而入狱的劳工领袖杰西卡·范·图尔夫人，也想认识简·亚当斯。第一天晚上，她兴冲冲地向范·图尔夫人的牢房走去，但被比特里克太太叫住了。比特里克太太对她说："不许和犯人交谈，就算你受过良好教育，也应该好好学习这里的规矩！"

安似乎想到了一个绝妙的主意——她必须像她的战友一样，懂得什么规则是可以打破的。在铜头峡待的第一个晚上她就读到了这样的滑稽之语：

> 本机构的唯一目的是使违法者改正过去的坏习惯，使他们能够在社会上重新获得一个完美幸福的人生。因此，囚犯应该遵守规矩，不仅仅因为规矩本身，而是因为这样可以让他有一个完整而丰富的性格。

"这是斯林克博士或者其他基督教青年会成员写的。想必瓦尔多队长从未享受过这样美好且纯粹的乐趣。"安小声嘟囔着。

> 禁止引发、制造骚乱，此类做法不仅严重违反监狱相关规定，而且会打扰他人休息。如拒绝与社会和造物主和谐相处，请记住其他人与你不同，而自私几乎是一切罪恶的根源。
>
> 监狱内的一切设备皆由国家出资购买，涂鸦或者破坏牢房内的家具、工厂内的机器和监狱内任何财物都将被视为严重的违纪行为。

安一边回忆着伊利诺伊州的沃巴纳基镇，一边叹息道："现在，一定要诚实！"

在监狱里，虚伪是塑造全面丰富人格的必要手段，安像其他人一样很快就学会了这一技能。她意识到，要想违反规定与囚犯交谈，就得讨好瓦尔多，并获得他的特别许可。但这个方法也有不妥，那就是瓦尔多会拉着她的手，提议晚上一块出去散步，并用一种猥亵的神情望着她。她只能在瓦尔多来视察时，尽量避免一个人待在体育馆或宿舍。因为瓦尔多确实喜欢视察或改良女监区，尤其是浴室。瓦尔多来时，安就溜出去，跑的时候担心自己会像其他间谍一样被抓住并枪毙。

有了瓦尔多的特殊许可，安在这一周内可以到杰西卡·范·图尔夫人的牢房内去看望她。

她希望看到一个圣女贞德式的人物，一个本地的雄辩演说家。卡格斯夫人领她进了那间牢室，里面十分沉闷，灯光昏暗。她看到一个典型囚犯模样的人：囚服破得像抹布，鞋子像木块。范·图尔夫人正坐在那里看书，她抬起了头，头发凌乱地散在前额上，脸上淌着一道道汗痕。她戴着一副眼镜，眼镜在她的鼻梁上显得更加古怪。没过几分钟，安就看清了她宽阔的前额、坚毅的眼睛、和善的嘴巴和慈母般的胸怀。即使像杰西卡·范·图尔夫人这样的人，穿上囚服，在铜头峡的监狱里，也是十足的流浪汉样子。

“安·维克斯，真的是你？我一直在想你会不会来，这是这几个月中我最开心的时候。我知道一点关于梅米·博加杜斯的事，还有马尔维娜·沃姆斯……”

“范·图尔！”夜间执勤的卡格斯夫人喊道，她一直在狱门的外面听着，“维克斯女士是这里的工作人员！不管你在外面跟她多熟，在这里你都不能直呼她的名字！”

“卡格斯夫人！”杰西卡·范·图尔的声音比卡格斯夫人还要尖锐，“那个可怜的女孩恩琪又病了，我跟你说过她得了精神病，应该送去布里斯班，你今晚必须带她去瞧瞧医生！”

“医生可没有时间浪费在这个黑人小偷身上！她是装的吧。”

“我说的你已经听到了！等我离开这里，我会写一篇相当有意思的文章发到报纸上！”

“你和你离开后要做的一切，都不关我的事。我会去叫医生，因为我本来就打算去叫医生，并不是因为你叫我这么去做的。维克斯女士，记住你只能跟她交谈半小时！”卡格斯夫人像个被冒犯的母鸡气冲冲地走了。

杰西卡·范·图尔笑道：“如果那个女人早那样做，我就不必用登报公开这样的手段来威胁她了。但事实上，等我出去以后，任何一家报社都不会在意美国有这样一个虐待犯人的地方，他们只会关心棒球赛或柯立芝①感冒了之类的事。你不介意我喊你'安'吧？在这里，我是一个令人厌恶的社会激进分子。如果我是个新教教徒，我会称呼每个人'姐妹'。哦，安，让我好好说说话！七个月之中，除了曾有一个人来看望我，但那也只有半小时，还有警卫在旁边听着，此外我没有听到过任何声音。除了粥饭里虫子的声音，捶打那叫恩琪的女孩直到奄奄一息时的声音。在这里，我们要和梅毒患者共用一个浴缸，得了肺结核的人做起活来磨磨蹭蹭的，女人间的对话堕落得如地狱的恶魔发出的声响。每次我想把食物塞给一个饥饿的女孩时，都要和比特里克打上一架。当我说工人有权利团结一心时，他们就这么对待我、饿着我！我现在像是个被困在冰川上的人，而你刚从飞机上下来，快告诉我外面的新闻——那些丑闻和那些真相……马尔维娜在干什么？我们国家是怎么看待俄罗斯的？我多想重新回到这个美丽的世界，在外面呼吸新鲜空气，看看桦树，然后径直投入光荣的战斗！"

"那个犯病的女孩——恩琪？她犯的罪可不轻！她是个有色人种小女孩，她的母亲在自己住的小木屋里生下了她。她叫埃格朗蒂纳·恩琪，曾在珀尔斯堡一家富有的烟草掮客那里做工，工资3美元一周。她的男朋友需要钱，因为买摩托车的借款到期了，于是她就出去偷了一个价值500美金的钻石，卖了5美元，为此被判了五年刑。但她肯定活不过这五年。她本来拥有能使一个女孩改过自新、品性高尚的一切，然而大概是因为她的罪过，上帝忽视了她这只堕落的麻雀，还让她患上了哮喘或梅毒。我觉得应该是梅毒，医生还没来得及给她做测梅毒的瓦塞尔曼氏检查。这个医生不是个坏人，但他是个可怕的酒鬼。这就是为什么他像你我这样在这里消磨时间。"

"为什么他们不把她送去医院？可怜的女孩，我知道有家不错的针对男性患者的医院，但这里却没有接受女患者的医院。衬衣加工厂占据了太大的空间，已经没有多余的空地了。他们希望在十年内为女性建立一个单独的新监狱，于是这个旧的就没必要改进了。所有生病的女犯人都只能在牢房里接受治疗，吃的也和餐厅里一样油腻，只不过是凉菜凉饭，稍晚一些吃罢了。"

"为什么瓦尔多要讨好斯林克博士？没什么，真的。斯林克是个和蔼可亲的混蛋，你无须担心他，他只会认可那些比他强硬的人。他会同意我这么说的，

---

① 约翰·卡尔文·柯立芝(John Calvin Coolidge, Jr., 1872～1933)，美国第三十任总统，共和党籍。

就像他会同意瓦尔多队长(那个又好又诚实、好杀戮而淫荡的老队长!)所说的话一样。顺便说一句,斯林克博士其实并非博士,但他想让大家这么认为。他是个兽医,曾经做过贩马师,在骨科学校待过一年。他是怎么做到现在这样的呢?通过不断奉承别人!奉承每一个人。他没奉承过你吗?怎么会呢?他对我,对一个犯人,都很客气。他还有个哥哥,是个很有钱的承包商,这座监狱有一部分就是他哥哥建的。"

"贪污吗?这其中肯定有贪污。我们所有的衬衫和内衣,所有的工作服和铸件以及男囚区生产的铁丝网,都由外部公司承包,45 美分就能买下这里的一个劳动力,成品卖出去的时候贴上其他标签,所以购买者不知道这些货物是犯人做的。对于这里的官员来说,这真是笔好买卖。我没有证据,但有人告诉我,瓦尔多开的是一辆帕卡德汽车,每年开销高达 2300 美元,在廷加斯普林斯有两间公寓,他的儿子还要上耶鲁大学。比特里克太太和皮比小姐是珀尔斯堡一家美容院的合伙人(是合伙人,不是顾客)。皮比为了让我们尽快完成任务,给她赚更多的钱,便让那些警卫打我们。如果我们完不成任务,他们就把我们拖到黑屋子里,这可不是因为他们喜欢折磨我们,而是因为他们更喜欢美元!当然,承包商考虑到他们既有免费的电力,又有免费的劳动力,因而希望扩大这种腐败的规模。瓦尔多、斯林克、比特里克和皮比,他们都参与其中,当然了,毕竟谁都不是傻子。哦!上帝保佑!有时候,我害怕监狱带给我的痛苦远不止如此。安,卡格斯来了,就在这不要动,不要说话,世界需要你这个证人——他们不相信我,不相信激进分子——但或许他们会听你的,相信你!"

"也许会的。晚安,亲爱的!"

安并非整日都在观察和讨论这些残酷之事,她有工作,她要为比特里克太太保管书籍——她曾在罗切斯特的一家社区服务所里接受过良好的训练。无论如何,她都要比比特里克更强,因为那位太太连算两次 7＋7＋6,结果都是 19。晚上安要上烹饪课,招待客人,收拾房间,做精细的针线活,下午还要上阅读、写作、算术、地理和历史等初级课程。这些女囚中有三分之一没有念到过三年级,五分之一完全不识字。比特里克太太抱怨说,让这些乡巴佬学知识,还不如赶去衬衫厂子里工作,那样她们可以在出去以后得到一份体面的工作,挣到一周 12 美元的工钱。但是,温德尔斯凯特夫人、牧师和校编员则坚持认为,囚犯们必须完成至少四年级的教育培训,而立法者们也一直愿意听取这些可靠顾问们的意见。

安负责监督做饭，这意味着她要保证厨房工人达到一定的卫生指标。她对她们肮脏的卫生习惯并不感到震惊；安在工作中了解到，保持干净整洁并不是一种天赋，而是最不近人情以及仅次于游轮外最昂贵的奢侈品。

安整天都在办公室、教室、厨房周旋，繁复的工作让她大脑懵懵的，她看不到监狱里其他四分之三的情况。她感觉自己就像生活在悬崖边上的房子里，生活在她最爱的侦探小说中——有人在反锁的密室里被人谋杀，空空的楼阁里面传来尖叫声。黎明时分，潜伏的脚步声沙沙作响，女主人公躺在床上瑟瑟发抖，渴望知道这一切是否是真的。

有一次，在走廊里，她看到两个警卫把一个叫格拉迪斯·斯托特的妓女从衬衫店拖到地下室的楼梯上。一小时后，她看到格拉迪斯摇摇晃晃地站起来。她的腰部被扭了，肩膀上有一道伤痕。安去询问皮比，可她什么也不知道。

安还没有找到一种可以下到地牢去的方法——那个"洞口"——那里有四个完全黑暗的地牢，就像地下室里的坟墓，但她听到里面传来疯狂的哭喊声。

她已经习惯在禁闭室看见那些女孩们了，那些牢房是一间间分开的普通牢房，脏乱得很。那些女孩在白天没有完成工作任务，或者跟警卫顶嘴，或者在餐厅、从厂子回牢房的路上说闲话，就会被关到这里，关上一天、一周甚至一个月，只给面包和水，饭后一小时的闲谈时间也被取消，既不能写信也不让看书。这是为了让她们变得不那么蠢，以便适应将来回归社会后的生活。

安想知道，连自己都知道得这么少，而那些每周来一次、被领着穿过监狱并享受看罪犯所带来的刺激的访客们又怎么会知道呢？在一个休息日的午后，她脱下那令人讨厌的制服，参加了每周一次的观光游。直到那时，她才知道自己住在一个多么神圣的地方。她走在一个年轻女人旁边，那个女人长得很像格拉迪斯·斯托特，她咯咯地笑着："你看那个长下巴的人，我猜他肯定是个杀人犯。"(其实这家伙是一个牙科技工，他失业时妻子也病倒了，于是他偷了一些金子)他们被一个英俊的警卫带着穿过玫瑰园，来到典狱长的办公室。男囚区和男监区的车间很现代，也几乎是干净的，警卫也没有把那座陈旧的铸造厂指给他们看。图书馆是一个漂亮的房间，里面收藏着赞恩·格雷、哈罗德·贝尔·赖特和坦普尔·贝利的小说。从华丽的马赛克小教堂，再到男人们的运动场地，那里有令人印象深刻的双杠和划船机。只要做到遵守每一条规则，囚犯们就可以每周使用三个小时。

"往这走！"警卫说道，并把他们带到门口。"我们利用了他们，是吗？"

“当然没有。外面不少体面人也想得到我们现在的这种优势!”一个教徒说道。

“但是你不打算给我们看下女监区吗?”一个基督门徒会教徒问道。

“那里现在正在修缮,不能展示,”警卫说,“但也一样干净漂亮——女囚们都有健身房、图书馆、大教室和餐厅——看吧,那就是个标准的大学的样子!”

“如果你问我,”一个长老说道,“我会说你们对这些骗子也太好了!”

“好吧,也许是这样。我们教她们自律,不说废话……哦,谢谢!”警卫说着话,一个圣公会教徒塞给了他一个两毛五分的硬币。

安看了一眼牢房下面的衬衫厂,她只是偶尔看一眼。工头皮比小姐总是瞪着眼睛,虔诚地跟安说起她那个圣经班。(皮比小姐开了一个圣经班,里面都是姑娘,包括碧迪·瓦洛,她们在每个安息日的下午上课)但安还是继续看着。

她以前从来没有见过这样的地方,在这里工作是绝对没有自豪感的,完成任务是绝对不会产生满足感的,工人之间也毫无友谊可言。监狱教育着这里的犯人,不管犯罪有多危险,总比做苦工强。

衬衫厂里的动力缝纫机已经过时了,上面的缝纫针没了保护套,经常有女工的手受伤。长且嘈杂的房间里只有高墙上的小窗户和看上去很破旧的电灯泡可以照明,至于通风,根本就没有。这些女工经常累晕在机器前,然后被泼上一盆凉水,醒过来后,接着还有工头的谩骂。除了跟女工头讨论工作上的事,其余的都不许讨论。皮比小姐坐在高台上,轻敲着一根藤条,她需要这根藤条来管教一些有色人种的女孩。比如埃格朗蒂纳,她特别喜欢唱歌,她在唱歌的时候会伪装成机器的声音,皮比小姐便会误认为她是在跟旁边机器前的女工说话,于是就会管教她,抽打她的手臂。但埃格朗蒂纳总是很幸运,很少被送进禁闭室。因为作为一个工人,她干活的速度太快了,为承包商生产了大量衬衫,尽管她患有哮喘。

约瑟芬·费尔森总是麻烦缠身,她是个杀人犯,杀死了她自己的私生子。她行动迟缓,神情茫然,似乎永远提不起精神来缝制衬衫。从她的情况来看,松弛懈怠是不可原谅的。皮比小姐说,费尔森要不是个教师,或许不至于判这么严重。

安在衬衫厂快要关门的时候进来了。机器的轰鸣声突然停了下来,女工从厂里一下子涌了出来,那些没有完成任务的被留下来接受训斥。手持棍棒的警卫被召集了起来,皮比挥舞着她的藤条,对约瑟芬尖声吼道:“这是你第二次没完成任务了，你不感到羞耻吗？想关禁闭吗？”

“不，我不想。求你了，皮比小姐！”费尔森求道，“我已经尽力了，我最近头痛，明天我一定完成任务，一定能！求你不要把我关禁闭！禁闭室里不能看书，而我正好在看一本关于上帝的书……”

皮比小姐对警卫叫道：“关她禁闭！”

警卫打着哈欠。费尔森小姐尖叫着，用干瘪的手抓着缝纫机。警卫一把抓住她，把她推了出去。皮比小姐对安喋喋不休：“她认为她可以把工作放到一边去读书，我敢保证她是这么想的！”

那晚，安从瓦尔多队长那得到许可去禁闭室探访费尔森。

禁闭室看上去像是费尔森自己的监室，但里面除了面包和水其他什么食物都没有，还有能使她度过终身监禁的用品——一双拖鞋、一张皮尔堡风景明信片、一码深红色的缎带和一块从衬衫厂偷来的抹布。

“不好意思，我刚才鲁莽了，”约瑟芬·费尔森说道，“我以为你跟其他女舍监一样呢，维克斯小姐。他们骂人，是因为没有完成任务，但我今天不是这样，是那可怜的埃格朗蒂纳从我这偷走了我的产品。我不想怨她，她太可怜了，但若不这样他们就会用信仰来教育你：你是如何成为一个罪人的，因此必须听从上帝的教导。”

“我以前尝试去做个虔诚的基督徒，敬畏上帝，但现在我却在这里看着皮比小姐、比特里克太太和斯林克博士——他们都声称自己是虔诚的基督徒，还在主日学校里教书，我在这却成了最糟糕的女人，就像凯蒂·科尼亚克那种贩卖烟草的，甚至连皮比、比特里克和斯林克都不如。我不知道牧师是否知道这么多，他们从未在黑暗的监牢里、潮湿的地牢里度过暗无天日的九天……那时，我祈求上帝来救我，但上帝却从未回应我。我觉得上帝就像是你的亲戚，当你落难时，就立刻远远躲开，以免被牵连。”

“我有个孩子，未婚生的。当时我在库恩山谷教书，教十六个学生，一个月有25美金的报酬，也包食宿。那个地方纬度比较高，十分冷。我早上六点起床，冒着大雪来学校，生火然后打扫卫生，这些我都不介意。我有几个非常聪明的孩子，有个很可爱的小男孩，非常聪明，我晚上辅导他，他现在在州立大学读书并且很优秀。我很喜欢教书。你可以看出来，我长得不是很漂亮。我还是个小女孩的时候，男孩们从来不注意我。没有人倾听我的心事，但是我的学生们会，他们还给我带礼物，有秋麒麟草、柿子以及其他的一些东西。我确实喜欢教书。”

“但我没有男朋友，起码直到现在都没有。我在北路地区生活过两个月——从那里可以去那个山谷——当然，你不知道库恩山谷，那儿真的很美。我没有放弃信仰之前，曾想象那些山脉就像一个圣殿。我先住在阿德·提图斯家，埃德是阿德家的长子，是个又高又大的男孩，只有二十岁，但他常常和我在一起胡闹、跳舞。我并不是个爱胡作非为的女性，但我确实喜欢跳舞。跳舞的时候我感觉很好，感觉全身的肌肉会很灵活，比在马背上舒服多了。在监牢中讨论跳舞和骑马是不是看上去很搞笑？”

“埃德和他的女朋友吵了一架——她就是住在约翰逊铁匠铺下面的罗拉·戴蒙德的女儿。当然，他正处在那个愚蠢而浪漫的年纪，总以为自己得有个女朋友。晚上我们在阿德的厨房里时，我常常对他说‘别傻了’。那是个不错的房间，里面竟有一个旧壁炉，非常干净。提图斯夫人如果看到这有蟑螂的话估计会立刻晕过去！我跟埃德说：‘你好好完成工作，不管喜欢不喜欢，将来你会成为银行家或者律师，到时你就能挑选女朋友，所以现在把她们忘了吧。’我就是这么跟他这样说的。嗯，似乎我说得越多，他就越觉得他会爱上我——我，那么丑，那么老，那么笨，比他大十二岁。我只是笑话他，但有一天晚上，他爸妈不在，我们闲来无事，狗在一旁叫着，他抓着我的手腕，用力地吻我。我无法理解，只感到一阵晕眩。我感觉自己那时快要疯了，每天除了他什么都想不了。我在学校为孩子们画着欧洲地图，我以前很喜欢画地图，喜欢那些红红绿绿的蜡笔，而且我特别擅长画地图。我能记住罗马尼亚的河流，我猜想学生们也会喜欢这个，因为我自己超级喜爱旅行，喜欢去不同的地方看看。我曾经每月都跑去博士的家里看《国家地理》，他定了这份杂志。我可以给学生讲威尼斯和那些运河，我觉得他们会喜欢。但是，正如我说的那样，我喜欢画地图，但我画的时候，脑子里想的都是埃德，他那双大手、他低沉的声线，天哪，他大笑的方式以及那坚硬的胸膛，够你捶打一整天，不管多用力，对他来说就好像微风吹过一样。我不认为这是错误的，在某种程度上，想他，就像我找到了一个埋藏着的宝藏，我可以用里面的财富做任何我想做的事情。”

“因此，有一天晚上，当他爬到我的床上时——这似乎并没有错，老实说并没有错——我们是那么幸福、那么相爱。哦，我有点害怕和惊讶，我不知道会是这样。不过，一想到他高兴了，我也很高兴。渐渐地，我开始喜欢上这种感觉了——我从来从不知道，我对爱情如饥似渴！”

“然后我又去了巴特·凯利家，后来是奥尔米斯·克拉伯家，差不多离阿德家有一公里。埃德每晚来喊我时都会学猫头鹰的叫声，听到他发出的声音，我就偷偷溜出去。我们并排躺在树林里，我握着他的手，嘴里哼着歌《我的邦妮躺在大海中》《快乐园地》或者我们怎么才能搞到些钱然后结婚，一起去加利福尼亚。”

“他在他爸爸那里工作，但他觉得自己可以出去找个汽车修理厂工作，这样我们就能结婚了。他在机器这方面非常在行，但工作似乎总是很难找。我对他说：‘也许我们不该这样，埃德。我比你大太多了。’但他说：‘你比那些孩子都有活力。’他对我真是太好了。我想，也许他是认真的，而我也愿意这样想，哪怕是我自欺欺人。”

“我们曾做过这样的游戏：透过树的缝隙去看天上的星星（我曾尝试去学天文，但发现自己确实不是这块料）。我们在想，也许天上的星星就像我们生活的这个世界，但比我们的地球大很多，所以上面的人也许五千英尺高，又或许他们城市的墙是用金子做的，有十万英尺高。‘埃德，你想想，如果我们的眼睛足够敏锐，也许能看见那些金城墙。’但我知道，那只是星星，与我们毫无关联。我只是一个平凡、愚蠢、可笑的老女人，爱上了一个几乎年轻得可以做她儿子的男孩。这看起来一定很滑稽，在晚上讨论星星，讨论金子做的城墙。就在这样一种情况下，一个孩子悄然来临了。”

“我发现自己怀孕后就告诉了他，他真的很好，会站在我的身边。（如果他在的话一定会，如果埃德看到瓦尔多他们用手摸女孩们的胸，他会杀了瓦尔多队长和那个红头发的警卫！）我俩谁也没有钱，我只有60美元，我给他买了一块金表和链子，让他对外说是在路上捡的。”

“孩子会在夏天出生，我们正在商量该怎么做。通常我会在工作的地方当服务员，但随着宝宝的到来，我每天都感觉不舒服。我和查理大叔待在一起，他是一个卫理公会执事，也是一个真正的好人。虽然他猜到了这个孩子是谁的，但并没把我赶出去。但是他的第二任妻子知道了这个孩子是埃德的，并威胁说要送我进监狱，所以查理让我离开。埃德的朋友也知道了这件事，他们很着急，让埃德乘船去了珀尔斯堡。实际上，他们把警察带来，让埃德以为如果他不去珀尔斯堡，就会被送去教养所。”

“他曾写信给我，让我去找他。他说我们总能想到办法过下去。我当然想去，我太想去找他了。我曾陷入疯狂的想象之中，我、他和我们的孩子生活在漂亮的小房子里，周日一起在外面散步。而现在我却跟另一家人待在一起，查理大叔给我凑了些钱，查理的妻子和牧师跟我说，我如果要和埃德结婚，就会毁了他的生活。也许他们是对的，我不想那样的事发生。”

“所以我跑了，让埃德找不到我，这样也就不会毁掉他人生。我去了山里，那里还有其他一些人，我猜他们是那种穷苦白人，但他们对我很友好。我继续走，想着能去医院——我听说医院有时对穷人免费，但孩子来得比我想象中快了太多。只有一个住在山上的黑人老太太帮我，但她九十岁了，没办法帮我，也没什么东西可以给我。我继续往前走，怀里抱着我的孩子，走到一个废弃的小屋，我就在那休息了。我的思绪有些恍惚，四五天之后，当我醒来时，孩子已经死了，就在水坑里。实际上，我自己都不记得是不是把孩子放在那里了，不记得有什么人来过。警察来了之后说我是杀人犯！竟然说我是杀人犯！之后法官审判我，那个泰坦法官，全州的人都知道，他擅长假定有罪的办案，他说我比杀人犯更恶劣，因为我拥有一个体面的职业，身上还背负着责任，但他并没有判我死刑。虽然如此，但我也没感觉自己是在活着。这一辈子，我都出不去了。”

“但是埃德现在结婚了，也有了两个孩子，查理大叔写信说他过得不错。”

“但是——你是这里的工作人员，你可以帮帮我吗，让我出去，哪怕就一个小时？”

正当安准备离开约瑟芬的监房时，她仿佛看到了自己的女儿普瑞爱德。

“这就是我为什么来到这里，这就是我必须待在此地的原因，我同样杀死了自己的孩子。”安说道。

26

“其实我不想提及那一个个骗子，但凯蒂·科尼亚克真是个大喇叭。”碧迪·瓦洛抱怨道，“和她聊天的时候，千万不要说任何你不想让比特里克太太知道的事情，因为她会一五一十地转告给比特里克太太。有件事我知道得很清楚，凯蒂把索瑞拉医生如何饿着费尔森的事告诉了比特里克太太，给索瑞拉医生惹了很大的麻烦。如果你想发发牢骚，有时也许反而是件好事——你可以去找杰西卡·范·图尔夫人倾诉，对她说‘有件事不知当讲不当讲’。我每次去找她说话，都不需要兜什么圈子。可皮比连续不断的斥责声简直让我发疯，等我出去我要报复这一整个州的人，都是因为他们，我才在这里跟皮比、比特里克还有卡格斯这种人挨在一起……这些话我会一五一十地告诉凯蒂·科尼亚克，那个好传话的老女人，其实就是她最开始叫皮比‘虔诚的婊子’，在此之前我们都叫她‘可怜的蠢蛋’。”

凯蒂·科尼亚克小姐，她的教名是凯瑟琳·米克，但也许她从来就没有受洗过。她来自威斯康星州，是个北方人，还是勒索犯，在南方当过小偷，还在酒店偷窃过，她本不应来这个简陋的监狱。她把自己当成个笑话，为了逃避那两三年的刑期，她一直躲着芝加哥、纽约、旧金山和蒙特利尔的警察，并在珀尔斯堡绑架了一个小孩。凯蒂在之后的辩护中称自己是某个准男爵的夫人，在法庭上她还称呼他为“大人”。凯蒂还有个亲爱的父亲，然而直到她的父亲行将就木，她已经被关了十六年。尽管凯蒂在假释裁决委员会使足了劲，给几乎所有委员会成员的亲戚都送了礼，但她仍然要继续服刑至少五年。那个被她绑架的孩子如今已经能够安眠入睡了。

凯蒂·科尼亚克三十五岁了,声音柔和,有一头红褐色头发和一双与戴安娜王妃一样的嫩手。

许多次,她说到自己出生于爱荷华、得克萨斯、爱尔兰、纽约或伦敦等各个地方。她对安说自己出生在伦敦,说自己十分了解那里。她的丈夫、准男爵大人经常和她从塞尔维亚街走着去白金汉宫。她并不认识那里的国王,可在伦敦北部康沃尔郡的布莱顿所举行的赛马会上,她说自己曾多次与国王相视而笑。

凯蒂是监狱里最受信赖的人,不仅是因为每个月一笔神秘钱款汇给她时,她会把糖果和丝袜分给女舍监,把雪茄和有趣的法国杂志送给男性工作人员,还因为她是女囚中唯一颇具老板气质的囚犯。负责夜班执勤的卡格斯太太说,凯蒂只要瞅一眼埃格朗蒂纳,那个姑娘就会吓得癫痫发作。这是真的,她真的会发作。凯蒂还是卡格斯夫人正式的助手,很多个晚上都是她值夜班,卡格斯夫人去休息。凯蒂总能让监狱维持一个良好的秩序,还有闲工夫在健身房接待瓦尔多队长。她几乎违反过监狱里所有的规定,穿高跟鞋、戴珍珠项链,她的蓝色格子布制服是崭新的,不像其他人那样破布似的耷拉到膝盖下面。

“你和我一样,不属于这样的镇级监狱,维克斯小姐。”凯蒂嘟囔道,一边晃着腿,一边用玻璃滤壶煮着咖啡,这两者在监狱都是被禁止的。“你了解纽约,但是这些土包子、这些官员,他们都落伍了,根本不知道什么是真正的陪伴,什么是真正令人兴奋的东西。”

“现在需要时间的是我不得不仓皇逃出芝加哥,警察对我下了拘捕令,因为我抢劫了一个老牧师。那过程真是令人惊奇,当时我在芝加哥开了一家杂货店,看到一个老牧师正在车站买票,他满脸皱纹,长着白胡子,有一卷足以勒住一匹马的绳子。所以我招呼他过来,并告诉他我是这镇上的外来户,之后我发现他是个布道者,便向他请教在这个地方哪里能找到最好的教堂。你听了可能会笑得前仰后合,在那之后的两三年,我还真去了他推荐的地方。当时为了好玩,往箱子里扔 1 美元,还弄坏了一张 10 美元的纸币,那简直太有意思了。不过,你要知道,我是赞成大家去教堂的,我曾经好几次痛骂了那些取笑我的孩子们。我很感谢那个牧师的好意,在他等车的时候我邀请他到家里来,我跟他说我和我的老母亲住在一起。我勇敢地邀请他的时候,就像以前鼓起勇气去镇上最时髦的教堂。”

“但事情就像有连锁效应,我带他到了我的房间,那个房间很不错,是一间漂亮的卧室兼起居室，除了床架没有别的可以挂衣服的地方，旁边有个移动的板子，正好能让我的孩子够到他自己的裤子。我招呼他进了这个房间，对他说‘妈妈不在家，肯定是出去了，我们等一会儿吧’。维克斯小姐，你肯定会笑话我，若是过去我跟你在一起，肯定不会这么直率，但我已经决定做出改变。我打算学习心理学，而它的第一课就是学会对权威者开诚布公。你觉得呢？我可能是一个小偷，但我现在看得很清楚了，他们谁也不能说我天生爱撒谎，只是环境让我走错了路。也许这样说你会笑我。我让老牧师坐在那里，感觉自己不唱赞美诗就很不对，你知道我以前在俄克拉荷马州的唱诗班里面待过，我是在那里长大的。”

“我让那个老家伙在椅子扶手上坐下，想着做些什么才能让他放松对我的警惕。但好像没什么用，过去那种轻松‘钓鱼’的日子一去不复返了。他握着我的手拍了拍，你猜他跟我说些什么？他开始跟我讲他的社区教堂，这跟我有什么关系吗？”

“我想到了个主意，那天晚上相当热，我建议他把外套脱掉。他的钞票装在外套内侧的口袋里，还用一个信封包着。但他拒绝了，他说女士在场时穿着外套是一种礼貌。我简直想把他揍一顿。‘别装了，你个老狗杂种，我可不稀罕你的什么礼貌，我就是想要你的钱而已。’但我还是摆出一副甜美的样子，说：‘我想你还是需要把外套脱下来，因为我想让你帮我做一些老式的自制奶油软糖。’”

“你看，我有一个电火盘，还有一些杂物，我觉得都很有用。你不喜欢那些懒汉时，就打发他们去做饭。这是我的发现，我觉得上帝应该把这个发现归功于我。毕竟芝加哥·梅和索菲亚·里昂或者其他什么人都想不到这种方法！”

“所以我尽量让自己看起来居家一些。我拿出一些红糖和黄油，跟他说，‘当我还是俄勒冈州的一个小女孩时’——我记得自己当时是这么说的，或者是其他哪个我没去过的地方——‘当我还是个小女孩的时候，我和四个姐妹常去老牧师家里做奶油软糖，那个时候他总是脱下外套来帮我们。所以如果你不脱外套，我会觉得不自在。你知道吗，在这座城市里我是多么怀念从前那段快乐的无忧无虑的日子，怀念我的童年时光。’嗯，当时我就是带着微笑说着这些话。”

“他照做了，把外套脱了下来，放在了椅子上——我平时都会把那个椅子放在橱柜里，这样他们就不能乱放衣服了。我很不高兴，但是仍然没有怪他把衣服放在那里，只怪自己没有把椅子收起来。我对他说，为了避免椅子翻倒，还是把他的衣服放在床头吧。我的孩子只要进去立刻就能拿到钱,并且用报纸把信封塞满再放回他的口袋里。即使他有所察觉,也可以看到他的钱包还在。”

“说真的,我对这个老笨蛋还是有些愧疚。他很喜欢和我一起做奶油软糖,还说他已经很久没吃过这种美味了——看起来他的夫人应该生病了,他几乎没有真正意义上的家庭生活。天啊,我是有多无聊,居然在吃软糖!我简直想扇他!他会一直在这等火车。天哪!他还想让我唱几首赞歌。(哦,对了,趁我还没忘记,最好笑的是,我们做了小块乳脂软糖,那个老家伙——你不讨厌这些清教徒吗?——他把外套穿上了,口袋里面的钱被换成了报纸。难道这不使你害怕吗?)但是我摆脱了他,我敢肯定,除非他登上卧铺车厢,否则他是不会看他的钱包的,但他也很多疑。不过说实话,他玩的那些手段证明他对我也是有些坏想法的?似乎他刚一出去,电车就来了,他可不叫计程车,小气鬼!他草草地检查了一下,以示对我的信任。”

“就在我准备逃跑的时候——说这个会让你笑话——警察闯进我家时,我正在唱一首赞歌,那本是我准备唱给那个牧师的!这时候他竟带着一个彪形大汉进来了。他竟然还想驳倒我,说他并没有让我那么做,还说这才是给你准备的圣诞前夜的礼物。那牧师声称这些钱不是他的,是从别的地方募集起来的,是用来给他那个社区教堂盖厨房和餐厅的。于是,警察就把我抓起来,带进了警察局。”

“这也不要紧,我跟一个人说好了,如果我有需要,他会给我保释,但前提是在我出去之后需要把保释金还给他。我当然会还给他,但当我去了纽约,想起这个朋友,他有能力付得起保释金?我只是一个努力维持生计的穷酸人。在这个案子中谁干得最多?是我,但他拿走了钱。所以我自己也不明白,我为什么要把保释金还给他。你觉得合理吗?”

“你们能走出那种不公的感觉吗?在我看来,我给这个老牧师上了一课,我是在教他不要招惹不认识的女人,难道这比不上他失去的那点钱吗?我不值这700美金吗?我也没全拿到这些钱,我给了那个从口袋里拿出钱的人300美金,只因为是他动的手。”

“之后这个老牧师回了家,自杀了。报纸上说这都怪我,因为我使他声名狼藉。但真是我的错吗?你知道我想的是什么吗?他自杀是因为他意识到他违背了他所相信的一切,真是个伟大的基督徒!让警察来抓我,也就等于否定了他的救世主所说的话:让无罪者掷下第一块石头!”

“我不知道离开这以后我会做些什么，或许我会更注重精神上的东西，但那会很喧闹。其实没有什么是不正当的，你做了很多好事。但是你应该把其他人甩开，就像你做的其他事情一样，别背负太多的枷锁。那些人已经在圣母玛利亚从天堂打来的电话里得到了太多安慰了！”

“对了，我现在确实是个精神主义者。你不是吗？不，我真不希望你是。这就是你们这些人的麻烦所在。比特里克太太和瓦尔多队长也是如此，太愚蠢、太拜金，以至于听不到除此之外的声音。很多时候我都尝试着在巨大的困境中安慰自己，并与一些伟大的灵魂进行对话。你们这些人根本不知道我经历了什么，因为像你和法官这类物质主义者是无法理解我的。”

“我想以后我会写本书，写我如何度过这些低迷期，如何摆脱困顿，如何走向忏悔和救赎。相信我，我能做到。我想我已经读了所有我该读的书。我敢打赌，我比任何大学教授更了解弗兰克·哈里斯、奥斯卡·王尔德和亚瑟·布里斯班。我想做点干净利落的事，比如心理治愈或忏悔坦白。其实，我也不知道，我想我在某些方面是个非常厉害的女人。你知道，我父亲并不喜欢我。好吧，我会证明给他看！他已经死了二十年了，但我会表现给他看的！我不会让他好受的，我要把所有的愤怒撒在每一个活着的男人身上！”

安把头靠在走廊的墙上。

“所以，有些犯人其实和他们的看守一样卑鄙！”

27

死囚牢房里关了两个女人，其中一个在安来到铜头峡监狱的当晚十一点就被处以绞刑了。那个晚上，安觉察到监狱里的躁动不安：有号啕大哭声，有门闩砰砰作响声，这些动静从晚上七点一直持续到黎明。

利尔·希西伽，那个与安同时来到铜头峡的年老黑人女性，她就像地狱的不祥之人。她的人生只剩最后一个礼拜了，临终看护已经开始执行了，需要有人一刻不停地盯着她。九个舍监有两个守在她的牢房前，已经持续两个小时了。

安就是其中之一。

临终看护者坐在利尔监舍前过道上的一个摇椅上。

七天，六天，五天，再过五天，这个高贵的国家就会把这个活生生的人抓出来处以死刑。她就在那儿，也许疯了，又老又瘦，面如死灰，却具备一切生命所创的奇迹——眼睛能观测事物，耳朵能捕捉声音，子宫可以孕育强壮的生命——再过五天，四天，三天，这个伟大的国家将把她变成一堆毫无知觉的腐烂肉尸，并为自己的复仇感到自豪，确信通过这样的谋杀可以永远阻止未来的一切谋杀。

在神的恩典之下，这个基督国家里的人不能像异教徒那样发疯，而是要在基督的教诲之下团结一致，来谋杀那些瘦骨嶙峋的黑人老妈子。现在让我们来唱一首《自由之国》和《勇士之家》——

安很愤怒，她不喜欢谋杀，她为这个疯狂的老黑人妇女所犯下的罪过而感到惋惜。她在想，利尔的行为与我们并不一样，那根本及不上一场冰冷、残酷的谋杀。

还剩两天。还剩二十四小时。

这个国家顶尖的典狱学者,比如温德尔斯凯特夫人、斯林克博士,常常宣称在这个开明的地区,他们已摆脱了对罪犯进行报复的野蛮观念。正因如此,才给利尔安排临终看护,避免她自杀,从而失掉了毁灭她的乐趣。

她连一秒钟的隐私也没有。她必须睡觉、思考、祈祷、小便,想着一天之内她就会死去的事实,这些也都在凯蒂、卡格斯或其他舍监的监督之下完成。

她是一个住在山里的老妇人,已经习惯了山谷的寂静。她在那些日夜盯着她的女人的眼睛里看到死亡,这种感受扩大了她的临终痛苦。

利尔常常祈祷,她在牧师的祈祷中得到了些许安慰,尽管尊敬的莱奥纳多·盖瑞牧师很忙,最多只能给她五分钟的时间。

盖瑞牧师轻快地穿过走廊,向安和卡格斯打招呼:"晚上好,女士们。但愿你们没因为那仁慈的使命而太过劳累。不过很快就可以休息了,二十四小时很快就熬完了!"

"哦,亲爱的上帝!"牢房里的疯女人哭着说,"只剩二十四个小时!"

盖瑞看着她说:"利尔,你可不能这么轻易地说出上帝的名字。"他走进牢房,但转身背对着门站着,好似离得利尔越远越好。虽然他知道这个黑人也是有灵魂的,但他就是不喜欢他们的肤色。

"我的女士,这是我最后一次为你祈祷——但我不会待太久。如果你想跪下,可以跪下。耶和华,我们的神啊,求你怜悯这个可怜的人。如果可以,就请宽恕她,她已经忏悔了她的严重罪行,原谅她吧。阿门!晚安,利尔!"

"你认为上帝会宽恕我吗?会吗?会吗?"

"会的,主是仁慈的,但我必须走了。"

在铜头峡监狱,没有规定说临终看护可以被其他人代替,但事实上凯蒂经常替班卡格斯夫人,安也曾和凯蒂一起看护。

"勇敢点,老姑娘,"凯蒂对利尔说,"别灰心,你和其他人都一样。"

"哦,不是的,小姐,"利尔哀号着说,"我是个非常坏的人,我承认我该死。我没有认真做祷告,这就是我的问题所在。牧师告诉我应该多做祷告,但我没能做到。之前我父亲在外经常喝醉,回家就打我和女儿,我常常祈祷他别再喝那黑鬼杜松子酒了。但他一看到我跪下祈祷就更加疯狂了,他就用鞋跟打我,于是我对信仰的虔诚被渐渐削弱了,后来我只会在他看不见的地方做祷告。这就是我的罪恶，这就上帝为何要惩罚我，因为我不够坚定。曾有一个晚上，他回到家打了他的孙子，那孩子还病着呢，我就用拨火棍打了他，而他却掐住我。那一瞬间，我将信仰抛诸脑后，用手里的斧子砍了他。天哪，我是个坏透了的女人，小姐。”

“哦，可怜的姐妹，你没那么坏。”凯蒂打着哈欠说。她点上一支烟，虽然这违背了监狱里的规定。当安犹豫着是否应该阻止她时，利尔突然站了起来，紧紧地抓着栏杆，眼睛里充满了愤怒：

“我知道什么是好，什么是坏！我知道我不是坏人，我不像你们！穿着高跟鞋，抽着烟，这些统统是地狱拾来的禁品！我抽过烟斗，但为了信仰，为了上帝，我戒掉了。”

“现在你瞧，你对宗教了解得真多。关于精神论的伟大深奥真理，你知道多少？你能唤醒人的灵魂吗？但是我能！你想不想和你那过世的女婿对个话？他叫约瑟夫斯，他以前很喜欢你做的肉汁。”利尔接着说道。

“哦，我的上帝，小姐！这是真的！他一直很喜欢。那他在这儿吗？他有没有什么要对我说的？他会在上帝面前为一个可怜的坏老太婆求情吗？”

安小声说道：“凯蒂！别这样！悠着点！”

“当然，我会给那个老女人送个价值5美元的信儿！”

利尔一脸崇拜地看着那个勒索者，她被一种叫作“希望”的药给救活了，这种“药”是科尼亚克根据利尔的档案凭空捏造出来的。如今她那张老猴子一样的脸上堆满了笑容，她那双纤弱的手因长期劳作而磨得手心泛白，现在正抓着栏杆颤抖着。她一边紧张地祈祷，一边听着勒索者的歌声。

“约瑟夫斯对你说，你会得到荣耀。他说大天使会来指引你。”

“你会得到荣耀！荣耀！阿门！”

只剩二十一小时，那双明亮的、散发着崇拜的眼睛即将变成空洞可悲的物体，就如同煮过的洋葱。

亚瑟·索瑞拉医生是监狱里的医师，长得有些像埃德加·爱伦·坡[①]。舍监们常常议论他毕业于霍普斯金大学，在城里当过外科医生，很有钱，曾经有两辆帕卡德汽车，但在妻子弃他而去之时习惯借酒消愁。他是这些工作人员里较

---

① 埃德加·爱伦·坡(Edgar Allan Poe,1809～1849)，19世纪美国诗人、小说家和文学评论家，美国浪漫主义思潮时期的重要成员。

为落寞的一个，安看见他静静地站在走廊上，脸色温和。

他看了一眼利尔·希西伽，安走上前去恳求索瑞拉——当时另一个穿着红袍子的女舍监正在睡觉，这个女人的堂兄是州参议员。“医生，他们今晚就会对利尔执行死刑，还有十个小时。你以前给他们注射行刑过吗？可以对她使用这种方法吗？她很害怕！听听她怎么祷告的吧！”

“我是可以的，只要得到允许。如果真有死刑，那我会给这些可怜的家伙一个自杀的机会，让他们体面而低调地离开。比如，递给他们一瓶毒药，他们想什么时候喝就什么时候喝。但现实却是，我连吗啡都不敢给他们。以前，典狱长会把死囚灌醉，让他们高高兴兴地赴死，但是这个州的牧师和善良的人们认为，如果罪人死前神志不清，上帝便无法从针对罪恶的复仇中得到足够的乐趣。”

“但是你能不能——”

“嘘！”索瑞拉医生瞪着她，偷看着熟睡的舍监，“当然了，笨蛋！我总是偷偷给他们点东西。如果不这样做，我得杀了自己不可！但这可不能告诉队长。听着，离开这个地方，这里要么会摧毁你，要么会把你变成个虐待狂，就像瓦尔多队长那样。如果一个人有随便虐待别人的权力，那么他没有办法年复一年地坚守自我。我，我不在乎，我早就完了。天啊，真想喝上一杯。”

安转望着利尔，拉起她那双瘦骨嶙峋的手，利尔依旧沉浸在对上帝的幻想中。

“我也是！”

他们从他上衣的内口袋里掏出一品脱辛辣的私酿酒，喝了个痛快，抛掉一切的包袱。

在给利尔执行绞刑前的三十六小时里，安一直在值班。她总是那个备用人选，除了完成各种报表，并未担任其他什么重要职务，比如阻拦罪犯逃跑，或者开车送犯人去衬衫工厂完成任务。她只需要教学，别的什么都不需要做，正如比特里克太太说的那样，来到这里纯粹是她头脑发热。

守了三十六个小时，剩下的时间安本可以用来小憩一会儿，但她没有睡觉。她躺在宿舍里，脑袋是清醒的，她打着哈欠，抓了抓自己的腋窝。她没有看到卡格斯夫人所推行的政策的改造与震慑效果，反而看到了利尔是信仰上帝的。

在一个初冬的晚上，十点半，走廊上的空气就像寒冷的地窖，风吹着光秃秃的树枝。比特里克太太、安和卡格斯夫人一起走向利尔的牢房。在比特里克太太的示意下，另外两个舍监轻手轻脚地走了。

利尔望着舍监，一下子站了起来，又一下子坐了下去，头几乎垂在单薄的胸前，双手交叉放着，无声地呜咽着。

三个穿着蓝色制服的强壮女人把牢房的门打开了。

比特里克太太兴奋地说："利尔，站直了，把衣服脱掉。"

但她们不得不去扶着她，帮她把衣服脱下，给她穿上干净的粗棉布内衣，又给她套上了一件黑色的棉缎的裙子。"上帝保佑，勇敢点！你不是唯一一个走上这条路的人。"比特里克太太厉声说道。她对安抱歉地说："我最讨厌在这种时候对一个姑娘如此唠叨。不能在临终前给他们喂点药，真是令人劳累！"

差二十分钟就到十一点了，盖瑞牧师来到了牢房，他带着几分敏锐和开心，说道："晚上好，女士们！"

他把一块干净的手帕放在牢房的地板上，在利尔旁边跪了下来。利尔穿着黑色的裙子，裙子是工厂制造的，缝制得不是那么平整。

三个舍监站在监室外面，盖瑞牧师做起了祷告。那些内容对安来说毫无意义，她只听到了一串油腔滑调的陈词：仁慈的天父，把这个灵魂带走吧，因为这是我们最大的罪过。

牧师祈祷时，索瑞拉医生绕过三个舍监溜到牢房里，他能感觉到利尔的脉搏在跳动。安觉得他把药给了利尔，利尔迅速地把药塞进了嘴里。利尔瞬间平静下来，没有那么恐惧了。她开始大叫起来："哦，是的，上帝！阿门！哈利路亚！我们歌颂上帝！"

索瑞拉医生走开了。

安一屁股坐在了椅子上。

比特里克太太抓着她的肩膀，抱怨道："怎么，你觉得自己高人一等？你懂不懂尊重信仰——祷告的时候怎么能坐着！简直闻所未闻！"

于是，安又站起来，任那声音继续。"请主接受那犯错的灵魂吧。"利尔尖叫道："这就是真理！赞美上帝吧！阿门！"

离十一点还有五分钟，两个警卫踏着重重的脚步来到走廊，索瑞拉医生跟在后面，还有迈着轻快步子的斯林克典狱长。

斯林克博士冲三个舍监点了点头，他一走进监牢，脸上立刻呈现出一副虔诚的神态，语气也变得平顺温和："可怜的姑娘，我希望你已经得到了平静。"说完他给了两个警卫一个眼神。他们笨重地走过去，抓着利尔的胳膊，把她拉了起来。

从监狱不为人知的深处，直穿几百个牢房，低沉的呻吟声正在蔓延。

利尔很瘦很虚弱，处于半麻醉状态。两个警卫扶着她，她的脚在地上拖着，脑袋耷拉着，但嘴里一直嘟囔着："赞美耶和华，称颂他的圣名！"她后面跟着盖瑞牧师、斯林克博士、索瑞拉医生和三个舍监。安的双膝开始发软。

他们蹒跚着走下旋梯——这是两段可怕的黑暗楼梯——接着来到一个房间，房间里灯光耀眼，一只生动的知更鸟被漆成了蓝色。房间的正中央有根粗大的横梁，上面挂着一根结了索的绳子。安几乎看不到那个绞刑架，周围大概有四十多个围观人员，他们瞪着眼睛站着，兴奋地笑着，乡下记者努力装出凝重的样子，身材瘦削的警察也很是激动，利尔的亲戚们也在。

安看到了那个把利尔送进监狱的警官，她听见他对一个记者说："放心吧，我对尸体早已见怪不怪了。"

他们赶忙把利尔推了过去。

警卫一步步架着她——一共十三层阶，从平地到绞刑台，每一层都漆成了蓝色。在一大堆男人的衬托下，她看起来那么小。她摇晃着，被牧师扶着，他们急忙把她的手腕和脚腕绑起来——小心翼翼地，这样裙子就不会掀起来——并把绳索套在她的脖子上，然后点头示意。在平台一角桌子旁的两个警卫把绳子砍断了，没有人知道哪根绳子的另一头挂着人。盖瑞牧师敏捷地跳到一边，利尔跪了下来。一扇活板门砰的一声打开了，穿着黑色衣服的怪物从门里诡异地掉了下来，猛地停住，旋转着，直到索瑞拉医生脸色发青地抓住了利尔。

但她仍然挂在那里旋转着，好像还活着，仍然挣扎着要挣脱出来。她手背上的血管涨得像是要鼓出来。距离行刑已经过了八分钟，安还挣扎着要从那种可怕的情境中挣脱出来。

用听诊器在尸身试探了一下，索瑞拉医牛颤抖着说："我宣布，人已经死亡。"

观众们挤着散开，他们摸着雪茄，嘴里嘟囔着："一场完美的绞刑。"安跟在后面，比特里克太太命令道："你，不要走！你的工作还没开始呢！"

一个警卫切断绳子，其他两个把尸体放在地面上并从脖子上取下绳索。

"噢——！"突然死去的利尔发出声音，是空气从肺里被挤压出去所发出的声音。

安冲到房间的角落里吐了起来，她听到了比特里克太太的窃笑。当安回来的时候，利尔的尸体已经被白布盖上了，她的眼睛快被挤压出眼眶，嘴巴恐惧地张开，嘴唇全是血沫。

比特里克太太饶有兴致地看了一眼那扭曲的脸，说道："姑娘们，我们要把这个可怜的女人洗干净，以备葬礼。她的亲戚们会在外面等着带走她的尸体。"

警卫们把利尔运到一个小小的地下室，房间里散布着福尔马林的味道。瓦尔多队长出现在门口，对典狱长说："执行是否顺利？不好意思，没能及时赶到，刚才遇到点麻烦，跟那个讨厌的登记员产生了一些摩擦。"

"非常顺利，队长，那个老女人一下子就死了！把这具尸体留给这些女士们，我们走吧。祝你们顺利，女士们。"

这个小房间里有个工作台，上面有几碗水、抹布和一具棺材。

安又感到胃里一阵恶心。

比特里克太太打着哈欠说："好了，姑娘们，我们上楼去吧。"

"我们不是要把尸体洗——"

"你说什么？让我们给这个黑鬼洗身子？见鬼了！那岂不是拍典狱长的马屁！来吧，卡格斯夫人，搭把手。"

两个女人把尸体抬起来放进了棺材，猛地将棺材盖上，然后欢快地走了。利尔的尸体被移交给了上帝和她的亲戚们，但是她的亲属并没有把她带回去，而是埋在了监狱的院子里，至于上帝这边是怎么做的，就无从知晓了。

28

踏入铜头峡的第一天起，安一直就想把女监区整体清扫一遍，但后来她发现杰西卡·范·图尔早已在她的牢房内完成了她所能做的一切工作。除此以外，杰西卡还偷偷向报社透露了一些消息，比如燕麦粥里提溜出发霉的虫子，监狱把一个十四岁的女孩和一个梅毒三期患者关在同一间牢房，鞭打没有完成工厂"任务"的女囚犯。这些消息如果发布出去，足以让监狱的领导忧虑一阵子。

"我们最好把范·图尔赶出去，有没有赦免她的可能？"安听到比特里克太太哀怨地跟瓦尔多队长这样说。"在此之前，我们起码可以先弄出点动静，比如改善一下监狱环境，分给她们一些新鲜牛肉，给生病的女囚单独的监室之类的。"

令安苦恼的是，只要国家还认可这些废旧建筑以及奴隶主们的存在，那此类微不足道的改革又能起到什么作用呢？

安虽然训练有素，但依旧是个无可救药的爱管闲事者。到目前为止，她仍然守口如瓶。但她每天都去督促比特里克太太和瓦尔多队长，她与前者据理力争，对后者循循善诱，还不时提醒斯林克博士"世上没有不透风的墙"。她说服他们要提供更好的食物。虽然安没抓到证据，但她确定这三人克扣过这里的食物，从中牟利。他们把从监狱农场中得到的大部分奶油卖掉，并从食品商和屠户那里谋取一定的回扣。

监狱的伙食总是千篇一律，品质恶劣。一周周重复的食谱、玉米浓汤、剁碎的食物、粗糙培根、土豆炖牛肉、烤豆子、玉米糖浆面包、柳叶煮的茶、屠夫废弃的边角料做的香肠、炖梅子，等等，所有东西吃起来都令人作呕。蔬菜、水果从来都不是新鲜的，牛奶都是未脱脂的，有时候饭菜里还会吃出蛆，面包里藏着象鼻虫，煮熟的果子也是坏的，吃起来都是变味的。囚犯们无疑会饿着肚子，对监狱产生仇恨，她们决心用犯下更多罪责的方式来对此进行报复，于是她们面临的又会是无穷无尽的饥饿与消化不良。

安曾请求比特里克太太给她们增加一些新鲜蔬菜、玉米、菜豆，两星期发一次橘子，一周供应一次可可饮料，偶尔给一杯柠檬汁、苹果或焖杏子。一开始，安只是暗示、祈求，后来则威胁称出去一定昭告世界这里的条件之差。奇怪的是，食物支出报告上没有额外增加的费用，但是做饭用的牛奶价格却异常高。

（从比特里克太太的话里，就可以猜想出这个费用到了福伊约那里）

安还处理了通风系统和清洁系统。

她现在愁的是劳动力。这个世界上只有两种监狱，当然除了少数例外：一种监狱里的囚犯无所事事，整天烂醉如泥；另一种监狱内的囚犯则为外面承包商交代的工作耗尽体力。后者是囚犯们太过劳累无法做任何清洁工作，以至于监狱十分脏乱；而前者则是太懒了。

安从几个好心的承包商那里要来了几个女人。安不得不为她们战斗，她们要洗地板，要清理灰尘和绒毛，因为有些通风机已经停止运作了。她不得不一次又一次地去索要足够的热水、肥皂、硬毛刷、桶以及灭火器和捕鼠器等，而要一块 2 美元的肥皂简直像打一场战役一样艰难……最后还是安自掏腰包。

之后安还计划为这些妇女建一所医院。

安后来才知道，任何监狱都喜欢用条件恶劣作为理由。他们会说："摆弄这些没用，我们很快就要盖一座新楼了。"没错，没有比这更好用的借口了。她现在就被这个借口搪塞了。她该怎么样才能让这里的工作人员明白，即使在这里待不到二四年，起码也应该像对待一头病牛那样对待监狱里生病的囚犯。

但是她错了，她认为铜头峡不会给女囚单独建立另外的狱所，但自 1925 年安离开铜头峡后，一座女囚楼房却建起来了，里面的监室又大又通风，还有灯光照明，配备了良好的医务室，以及令人满意的淋浴设施。女囚们不再在衬衫厂工作了，而是在大菜园或职业缝纫室工作。这座狱所已经建成一段时间了，事实上到现在，即 1932 年，又变得拥挤不堪了。一间牢室关着两个女囚，淋浴间大多会堵塞，剩下的则地面滑腻；食堂铺着漂亮的瓷砖（是斯林克典狱长的连襟的工程），有的被撬开了，成了蟑螂的藏身之处；亮堂的医务室里缺少显微镜，没有足够的被褥，到冬天暖气片（由前任州长戈莱特利的堂兄弟安装）一点都不热，医务室旁的浴室并不能用……舍监仍然是比特里克太太……因为其他人都没有足够的时间给她们上课。在冬天，菜园里没事可做的时候，囚犯们就无所事事。温德尔斯凯特夫人开始指出，如果没有"所谓的改革者"的干预，让他们在衬衫工厂工作，他们会塑造出更良好、更健康的性格。

安遇到的最大障碍是这些工作人员的观念，瓦尔多队长和比特里克太太真的认为监狱里的条件并不差。

"我认为我们至少应该把这里打扫出来。"安巧妙地跟比特里克太太说道。

"打扫干净？什么意思？这已经很干净了！"比特里克太太十分惊讶。

"并不干净！"

"好吧，我倒要看看，你这种想法从何而来！"

"好，那你过来看一看！"

随后安指出了哪里有问题，比特里克之前是否注意过这些小细节，实在值得怀疑。在她看来，女子监区的神圣结构并没有什么缺陷。每一间牢房里的马桶都散发着一股令人作呕的臭气，年复一年，不分昼夜。哪一天厕所漏水，排泄物漏到了地板上，所有的女囚，不管是洗澡、洗袜子还是洗内衣、洗制服，都要去监狱的洗衣房。那里只有两个生锈的铁桶，它们的安装位置靠下，脏水永远排不干净。床品大部分是黑色的，上面沾满了污物，这个囚犯用了之后直接给下个用，所以有时患有传染性梅毒或晚期肺结核的囚犯把病毒传染给了一个姑娘，这个姑娘虽然触犯了当地的习俗，却年轻健康，渴望生活。床垫上满是臭虫。自建成以来，一些牢房很少照到阳光。病人呕吐到地板上——仅是夜晚马桶散发的臭气就足以引起呕吐——也没人打扫地板，只等病人康复后自己弄干净。

比特里克太太跟在安的后面，安给她看这么多细节问题，她看上去很惊讶，其实这些问题在她面前出现的次数不是更多吗？回到办公室后，她沉默不语，然后用一种教皇式的口气说：

"好吧，也许你是对的。我承认我们需要做清洁，我会给斯林克说修理卫生间的事情。其实我去年已经说过了，但是我们应该都忘了。但是，维克斯小姐，你必须了解：你我都是习惯干净整洁环境的人，但是对这些犯人来说，这并没有什么区别，他们根本不在意！"

安非常确信监狱里海洛因、吗啡泛滥。她怀疑凯蒂·科尼亚克在卖这些东西。她并非完全不怀疑索瑞拉医生，他善良的弱点可能和凯蒂的邪恶力量一样，都是有害的。她往上报告的时候并没有告知任何人。

“好，”比特里克太太平静地说，“你如果抓到任何人在贩卖这些东西，就去告发他们，我们会把他们关起来，你要睁大眼睛找到他们。”

安之后要怎么做呢？她真的要成为那所谓的内奸吗？

有了足够的检查和良好的治疗，除了毒瘾、性病、肺结核以及精神病患者，几乎没有其他问题了。索瑞拉医生在两个未经训练的人的帮助下负责着一千九百个男人和一百个女人，奥林匹斯市的几名医务工作者为囚犯提供奎宁治疗，在他们眼里，囚犯是低等哺乳动物。索瑞拉医生在未喝醉的时候其实是个挺聪明的人，可惜他常常喝醉。

并不是每个进铜头峡监狱的犯人都是对犯罪没什么概念的初犯，他们在这所罪恶的大学里学到新的更狡猾的技术，并从毒品和卖淫中找到乐趣。但并不是每个人都认为要变得更邪恶，以此报复社会。有些人甚至吓到了，什么也不学，他们离开后往往身体多病，憎恨监狱，再在市民中传播疾病。

安关于毒品私下交易的言论，并没有让比特里克太太感到被冒犯，她只是为此头疼。但是，当安支支吾吾地询问她是否可以在监狱里做点关于同性恋调查时，她感到被冒犯、伤害、震惊、怀疑。她是卫理公会教徒，知道凯蒂·科尼亚克为什么要求和格拉迪斯·斯托特同住一间监室，也知道那个可怕的老育婴师为什么对那个女扒手那么和蔼可亲。

比特里克太太惊恐地听着她的话，尖锐地说：“在我生命里，我从没听过这种可怕的事情！维克斯小姐，我非常不想这样说，但我觉得你的想法太肮脏，我认为你不适合再在监狱里工作了！你应该离开，我难以想象你会在监狱里造成什么影响！哦……我知道那个词，但从来没有人在我面前这样说出来！”

“啊，老鼠！”安叫道，跳到一边去。从那以后，比特里克太太就一直盯着安。

监狱里供应的牛奶又开始变稀了。之后，安请求别人帮她清理监室的时候，被拒绝了。她不知道该怎么做，公众的冷漠和特权阶级的仇恨力量不是她所能应付的，她用了很长一段时间才接受这样的事实。一种模糊的信念在她的心里滋生，可能是读小说时产生的，她相信在最后一章，那位刚毅、正直的英雄总能战胜看似不可战胜的困境。

看似工作人员对安产生了不满，而后升级为憎恨，囚犯们应该对她充满了感激和尊敬之情。

但事实上并没有。一小时内囚犯就可以清理好监室,一天之内就可以享受多种多样的食物……尽管她们中的大多数人更喜欢奶油泡芙,而不是绿色食品和柠檬汁,但很快她们就忘记了。

幸运的是,安是一个受过专业训练的乐观主义者。她在解决问题中了解到两件事情:不能期待"感激",期待感激的人永远是缺乏专业的,是自我中心主义者。她面对那些她为之进行"改革"的人的意见,就像一个健全的外科医生面对病人提供的技术意见一样,漠不关心——几乎是漠不关心。

她甚至没有被其他工作人员的仇恨激怒,她想欺骗他们,但收效甚微。

"不,"她仔细考虑,"事实上女人就是不如男人自私、残忍、冷酷无情。我们拥有男性化的力量!我想让比特里克太太吃点苦头!……不,不能让愤怒占据你的大脑!事情已经乱套了,我们不仅要把它们改正过来,还要把无数像比特里克这样的人揪出来。不管我在铜头峡做出多少成绩,只要我出去告诉全世界这里发生的事情时,就会把这一切弄乱……我恨透了这里的消毒剂味道!"

29

碧迪·瓦洛有麻烦了，尽管她一直尽其所能安抚着比特里克太太，或者逗卡格斯夫人开心。

碧迪有了一个她所谓的“男朋友”，她并不是女囚中唯一有男朋友的。这里被砖墙、钢筋和磨砂的窗户关得严严实实的，根本见不到男人。她们对男人的渴望更甚于食物和自由的空气。女囚们在饭后一小时例行聊天的时候，聊的全是男人，男人说了什么，怎么亲吻的，在饭店里是如何大方出手的，相信她的男人会在监狱门口等待她。安时而听到这些对话，将其视为一种人类难以掌控的天性。

在这个没有男人的地方，居然有那么多人设法进来，真是令人吃惊。警卫们总是四处窥探，盯着衬衫厂。安在这里的第二个夏天快要结束的时候，女囚们在厂子里正辛苦地干活，裙子敞露着，那些工人们——木匠、水管工、照相师和指纹印工出现了。不知怎的，他们的工作一直没做完，直到警卫把他们都赶了出去。从走廊里的慢跑声中，你可以一整天都听到窃窃私语和咯咯的笑声。

碧迪·瓦洛是少数拥有固定情侣的人。那个男的是个十分出色的电工，长得十分英俊，留着黑色的胡子。在窃听方面，他还是个出色的电报员，做这份工作做了十年。当安在走廊里遇到他时，他扯了扯他那油腻腻的军帽，像士兵戴着头盔一样骄傲。他笑了笑，好似抖出了一个秘密，让她的心怦怦直跳。

他报告称，女子牢房走廊上的电线有问题，他已经在那忙活一整天了。碧迪本该给比特里克太太送口信、咖啡和阿司匹林，此刻正冲他眨巴眼，在他的梯子支架间给他留了便条。

直到比特里克太太抓到她。

幸运地，比特里克太太是个对男人没有任何欲望的女人。有人私底下传言，她曾经是个同性恋。如果是这样，那么她现在正在为此向上帝赎罪。

她从走廊下来，看到那个电工从梯子上扔给碧迪一个包裹，碧迪把它揣进口袋。比特里克太太穿着橡胶运动鞋跑过去，一把抓住碧迪的胳膊，拿起包裹就打开了，里面是两盒烟、两盒火柴和口香糖。

比特里克太太秉承正义，慷慨激昂地反对女人抽烟，而卡格斯夫人为此也颇受影响，因为她和凯蒂·科尼亚克垄断了向女囚出售香烟的生意。此时这两人正公然地同她对着干。碧迪被拽到比特里克、卡格斯和两三个舍监的“私人法庭”，安也来了，但她不是受邀而来，凯蒂·科尼亚克作为见证人也来了。

在比特里克太太的办公室里，几个舍监坐在椅子上，排成半圆形。碧迪站在她们面前，她的笑容忽隐忽现，她的眼里则充满了恐惧。

“我看见她在我眼皮子底下走私烟草！”比特里克太太说道，“现在我们知道到底谁把这些香烟弄到监狱里来的了！”

“哦！”卡格斯夫人震惊道。

“我现在还怀疑她走私毒品。”

碧迪深吸一口气：“事实上，我没有……”

“闭嘴！”比特里克太太说道，“凯蒂，你说你有消息要透露。”

凯蒂说：“你敢打赌说我有？都是碧迪从监狱里把那些消息带出来的，包括范·图尔的笔记。她因为这里条件差导致肚子疼的那次，我在她的监室发现了一张便条，我之前给你说了！”

（安知道碧迪没有偷偷把范·图尔的笔记拿走，因为这事是她干的）

“好了，女士们，我认为我们听得够多了。碧迪，今天下午，你回到衬衫厂里去。我会告诉皮比小姐，让她看看你做的好事！”

“不，不要，比特里克太太，请不要这样！”碧迪说道，三个舍监推搡着她出去，到了下面的衬衫厂。

安听说那位电工已躺在潮湿阴暗的牢房里了。

晚上，碧迪的哭喊声小了很多，安去拜访了斯林克博士。斯林克博士住在一栋漂亮的别墅里，客厅里摆着一架达文波特牌的收音机，一个壁橱放着苏格兰威士忌和波旁威士忌，还有两幅以前的犯人手绘的冬季风景画，画中雪景上闪着云母粉。

“你听说碧迪的事情了吗，我们的传信人被关起来了？”

“是的,我有关于这件事的报告。我相信我可以跟她交流一下,我想我可以让她做出不再分发香烟或携带笔记的承诺,并让她恪守她的承诺。”

“我确实不能干涉比特里克太太的管理权,我信任她的工作。如果我这样说,你试图越过她直接向上报告这件事,我认为是不太忠诚的。”

“忠诚!可我认为我应该对那些穷女人忠诚才是。”安绝望地说道。这是安第一次跟斯林克博士讨论这种严肃的事情。“我从未控告过那些囚犯,因为这对她们是不公平的。但若其中某人想占其他人的便宜——看着我,斯林克博士,听我说,我知道科尼亚克才是这一切麻烦的祸源,她人真的不怎么样!出售毒品和香烟,还安排性服务!”

斯林克博士跳了起来,把他那支上等的雪茄扔进仿制壁炉的炭火里。“这些我听够了!我从未见过哪个女人说起这些话来竟面不改色。我亲爱的姑娘——”他的语气听起来像是学校里的无趣女教师,“你是从哪里听到这些事情的?”

安完全愤怒了,这是来到铜头峡监狱后,第一次彻底的愤怒。“你不能就这样随便指责别人,以此逃避责任。我希望你能把这件事公开审理,我要走了。”

“我认为你不会这样做!”

“我可以帮你一把,让你和比特里克还有瓦尔多队长避免受公共丑闻的影响而离开监狱。你知道的,这种事以前有过——关于贪污、残暴、变态和一切可怕的事情。我也许能帮你洗心革面,救你一命,若是等到一切真相大白,你就别想再从事什么政治工作了,即使在这儿。我建议你让凯蒂·科尼亚克退休去店里,把碧迪安排回来。说到可靠,请找一个比我俩加起来还要聪明和诚实的女人——杰西卡·范·图尔。好,现在你是否要考虑一下呢?或者让我直接去报社公开一切?”

斯林克博士坐在椅子上,他的腿不停抽搐。这个男人并不勇敢,尤其是没有瓦尔多和比特里克这样的人保护的时候。他终于开了口:

“哦,但是那不可能。关于碧迪,我会尽力做到一切——让她象征性地受点惩罚,然后叫比特里克恢复她的职务,减少科尼亚克的那些权力。但是范·图尔,我不明白,她可是个共产主义者!”

“什么?难道她不是这里最有能力的女人吗?”

“是,我知道,但她是个共产主义者!”

下午五点,比特里克太太和安一同坐在办公室里。安正在核对一些数据,铅笔顺着纸上的数字栏发出一些噪音。比特里克在看厨房女工的报告，但她看着报告上一个模糊的地方在思考。安知道她在想什么，比特里克的想法近乎清晰可见——如闪电和雷云一样可怖的仇恨。

"我估计要被赶出去了，"安一边敲着铅笔，一边想着，"那去找林赛、马尔维娜和帕特里夏！去马尔维娜的家庭聚会！"

在铜头峡监狱的十四个月里，她几乎没给他们写信，但他们总是陪伴着她，就像她的女儿普瑞爱德一样。

下面衬衫厂里的机器被关掉了，四周一片寂静。就在这时，混杂的尖叫声越来越响。比特里克冲了出去，安紧随其后，在走廊上科尼亚克也跟上了，她们走向衬衫厂门口。

当工人们正准备冲出去时，皮比小姐稍微犹豫了一下，显得很尴尬。她摇晃着约瑟芬·费尔森，尖叫道："你们还没完成工作呢！我会告诉工头给你们关十天禁闭！"费尔森开始哀号："不，请不要这样！"费尔森挣脱出来，在皮比的眼睛和长鼻子上狠狠扇了一巴掌。皮比用她那又长又细的手杖挥向她的脸，尖叫道："警卫！快叫警卫！"

比特里克按下了呼叫警卫的按钮，凯蒂跟在她后面，像个好战的英国塞特犬，向费尔森跑去。

碧迪从女人的队伍里跳出来，飞奔到两扇门前，把门锁上，把钥匙扔到缝纫机下面，喊道："姑娘们！快来！一起杀了皮比！杀了比特里克！"

骚乱接着就发生了，且令人迷惑不已。没人知道后来发生了什么事。一群人朝着比特里克太太、皮比小姐、凯蒂冲了过去，猛地推她们，扇她们耳光，把她们推到屋子的后部。外面的警卫已经赶到，正大喊大叫拍着门。

那一秒钟里，安的脑海里几乎同时涌现出二十多个想法，她本想高高兴兴地加入对比特里克她们的痛打，但她不想因此也被捕入狱，她无法忍受这样的后果。但是，她难道甘心做一个懦弱的人吗？她对这身制服的忠诚呢？暴乱难道不是这些犯人最恶劣的行为吗？比特里克、皮比她们难道没有打过这些女人吗？那三人背靠着墙，正激烈地战斗着，没有一声呜咽，也没有哭喊着求饶。她们抓着、踢着，反抗回去，她们中任何一个都顶得上三个囚犯，而那些囚犯因长期忍饥挨饿而营养不良、力气微弱。

混战中出现了一个新的身影，她的声音清脆，话气中毫无畏惧，那是范·图尔。她大声喊道："住手吧，姑娘们！现在这样对你们没有任何好处！他们会找你们算账的，况且这也不公平，七十个对三个！"她用自己的身体保护着已经筋疲力尽的皮比，虽然她比任何人都讨厌这个人。

安那些混乱的想法都在兴奋中消失了，她冲了进来，保护舍监们，试图用这样的方法来间接保护这群囚犯。她试图越过人群，她抓住了一个囚犯的胳膊，那人正准备把活动扳手扔出去。那个囚犯哀号道："这还有个混蛋，快来杀了她！"

一个老练的囚犯挤上前，她是个山区妇女，像瓦尔多一样壮实，是个极出名的贼，常去偷猪、火鸡和农场的马车。这个囚犯说："不，她是维克斯小姐，不是个坏人！"说着，博阿迪西亚把安夹在腋下，仿佛安是一只可以偷走的猪。二人贴着墙壁，远离了暴乱的人群。她一只手拎着安，另一只手想把多余的纺锤抛过人群，去砸那些舍监们。

"让她们停下来，否则她们会受到严重惩罚。"安祈求道。

"我知道，但即使惩罚就在眼前，也不妨趁机找点乐子。她们估计铁了心想杀了比特里克。"博阿迪西亚说道。

安心中思忖道："她似乎话里有话。"

门被冲开了，瓦尔多队长和六个警卫带着来复步枪和警棍冲了进来。确实令人震惊，他们是有备而来的。他们砸烂女囚们的鼻子，割破她们的头皮导致血水四溅，打折她们的手腕，打肿她们的眼睛。女人们一一倒下，有的还在地上扭动。

瓦尔多亲自来照料那个绑着安的女人，他一拳打到她的下巴上，打掉了她两颗牙齿。"这两颗牙以后再也不会疼了。"

这是个艰难的裁定，即使对斯林克博士这样的政客来说，也是如此。这一个月里，他停掉了所有的日常休闲时间来商议这七十个女囚犯的处理事宜(真正动手的只有三十个，其余的只是被吓得站在后面)。斯林克在瓦尔多队长和众舍监面前说，出于公平正义，应该削减她们的口粮，连续一个月只提供面包和水，把其中一半的暴动者送到"暗洞"中去(事实上，斯林克带着一种预约的语气说，送进去哪一半人他并不在意)。但是"暗洞"里只有四个监室，至于食物，如果真的这样饿着她们，她们就没有足够的力气完成衬衫厂的工作了，承包商每天还给工人们 45 美分的工钱呢。(那这些承包商会给斯林克多少钱呢？)

"如果让我惩罚她们，我会严格削减食物，并要求她们像原来那样完成工作量。记得纽约的警察曾说：'警棍的一端是法律。'哈，那湿皮带的一端一定是被抽到爽的婊子。"瓦尔多队长狂笑道。

安此刻竟对比特里克太太产生了一丝欣赏。她依旧有些担心会安排警卫一直在衬衫厂外守着。不过她还是十分赞成瓦尔多,希望可以把那些囚犯饿上一个月。

但斯林克博士却拒绝了这种做法。他比他们更了解那些承包商,他必须阻止媒体引发更多的骚乱,这些媒体一定会紧盯着监狱所施行的过于严厉的惩罚。所以她们在这一个月内只需要终止所有的休闲时间,两天内只供给水和面包,对其中六个犯人施以鞭刑,除此以外,这六人中的四个人要关十五天禁闭。

这四个人是碧迪·瓦洛、约瑟芬·费尔森、一个珀尔斯堡的走私犯,还有那个保护安的偷猪贼。

安尖叫道:"你们不能对费尔森那样,那会杀了她的!她身体不好!碧迪也不是坏人,就是个疯孩子而已!"

说完,他们像蜡像馆里的蜡像一样看着她。

有瓦尔多队长和比特里克在身边,斯林克博士比以前硬气多了。"维克斯小姐!我无比希望你能够开诚布公,你和那位范·图尔是否对这次不可原谅的暴乱负有主要责任还是个问题。我想我们已经受够了你们那种波士顿派的文化和风气,我一直在考虑是否该对你煽动骚乱的行为进行审判,或者你主动辞职?"

"不,你不能审判我!"安突然感到满腔仇恨。"我倒想试试,我看到外面有很多记者在,不只是本地媒体!"

"如果你多想一下,"瓦尔多说道,他才是这个地方真正的老大,"我们害怕那些媒体没错,但我一会儿会处理媒体的事!但是还有一件事,有没有什么办法让范·图尔那个臭婊子——对不起,一时嘴快,我们能不能让范·图尔代替那个走私犯受惩罚?那个走私犯也没那么坏,就是有些粗鲁。她可不像范·图尔那样成天呼吁什么自由恋爱、无政府主义、进行革命。

"不,我们对她没有办法,"斯林克说道,"但我还是有别的事可做。我们要把那个神经兮兮的黑鬼丫头关进牢房,她总是大声嚷嚷,把她跟范·图尔关在一起,我想她就会忙得不能闹事了!"

安意识到她如今的处境与被解雇根本没什么区别。她的课被停了,现在也无法同任何囚犯谈话,她除了自己的宿舍和比特里克的办公室外,哪儿也去不了,即使在宿舍里,卡格斯和其他舍监也不会和她说话。

安没有去看那六个女人受鞭刑,她猜她们应该是在"暗洞"的边上接受行刑的，也就是在那个放绞刑架房间的下面。她得设法把关在那里的四个女人解救出来。绞刑架房到那个“暗洞”之间的台阶一直被一个粗鲁无礼的警卫把守着，安偷偷溜了出去，往绞刑架的房间瞥去。此时，她觉得自己好似成了正准备越狱的囚犯，但在监狱这个环境里，待在普通囚犯、政治犯或工作人员的身边，学会些鬼鬼祟祟的动作只是早晚的事。

已经到了后半夜，凯蒂·科尼亚克正在走廊的一头打着盹，卡格斯在另一头打着鼾。安蹑手蹑脚地穿过走廊，下了旋转楼梯，来到那个有绞刑架的房间。她并未看到任何警卫，只看到了一股烟气，那警卫正在绞刑架后面抽着烟。安悄悄穿过狭窄的楼梯去了下一层。

下面那层的门并未上锁，因为根本没那个必要。她径直走进房间，这个房间就像一个被掏空了的水泥块的中心，除了她进来的那扇门，以及对面那个更狭窄、更低的门，再没有别的出口了。这里没有窗户，只有四个六英寸见方的通风口，而风透过楼上……绞刑架室可以吹进来。此外，还有一盏发着微光的灯。这个水泥屋子的中间是个立着的木架子，架子两端都挂着手铐。

木架子上溅满了已经风干的血液。

这是鞭刑室。

安从那儿迅速跑到对面的门口，门是锁着的，但上面插着钥匙。她很害怕，万一她一进去他们把她锁在里面怎么办？安打开了这条通道，通道上方是粗糙的岩石，正滴着水，湿漉漉的，四周漆黑一片，完全不像现实中的场景。

她在手电筒的光亮下，沿着这条路走去。安不得不弯下腰，两边黏糊糊的岩石剐蹭着她的身体。走了约十英尺后，这条通道把她引至一个类似海盗小说里的洞穴。这是一个八英尺高的砖石房间，地板是水泥的，一边是四个监室。监室里面没有床和厕所，只有一个便桶、一张又薄又脏的毯子和一个盛水的杯子。这里每天只给一杯水、两片面包，其余什么也没有。

监室里的四个女人蜷缩在她们的毯子上，在战栗中睡着了。

在手电光的照射下，第一个醒来的是约瑟芬·费尔森。她把她的毯子卷起一半，双手摆出难受的姿势，躺在冰冷且黏糊糊的水泥地上，发出一阵奇怪的呼吸声和折磨人的呻吟声。

“是肺炎。”安颤抖着说。

她急忙寻求帮助似地点亮了隔壁的一间屋子。里面的那个家伙猛地跳了起来，蜷着身子，用手抓上她那肮脏的面颊，呜咽着。安一开始都没认出她来，这人就像是笼子里的动物、低等动物，眼神空洞呆傻，脏乱的头发奋拉着。

安仔细看了看，那是碧迪·瓦洛。

碧迪除了手电发出的白光什么也看不见。她在尖叫："不，不要这样，我什么都能做，我不会告密的！我不知道范·图尔和维克斯的任何事情。"

"嘘，碧迪，那是维克斯小姐，是安！"

"哦，天哪！你是来救我出去的吗？我要疯了，我的真要疯了！"

"我在努力，碧迪！费尔森怎么了？"

"我觉得她活不久了，她根本受不了鞭刑，晕过去两次。他们鞭打我们，那些警卫把我们的衣服脱到腰部，把我们绑在柱子上，露出我们的胳膊，用一根带孔的皮鞭抽打我们，你看！"她说这个"看"字简直是叫了出来。她扯掉身上的衣服，只见背上满是创痕。"他们每天都把我们拴在这门边，每天六个小时，我们的胳膊被扯拽得直直的，近乎够到自己的脚趾。胳膊就像在燃烧，每分钟都想喝水！约瑟芬靠在门上，除了晕倒，就是哭泣。知道我们接下来打算怎么办吗？"碧迪此时的情状好像不大正常，就像龙卷风的风眼一样平静。"我出去以后要杀人，他们怎么对我，我就怎么回报他们。我不打算改过自新了！我要杀人！但是约瑟芬，我觉得她再也出不去了。"

安转过身，穿过这扇开着的门，两个电筒的光在闪烁。

安看不太清，但是听到一个警卫说："她到底在这下面干什么？她怎么进去的？"

索瑞拉医生说："是我让她来的，走开！"警卫就走开了，索瑞拉抱怨道："安！我的天哪！你怎么下去的？你不知道他们正等着诬陷你吗？他们会以你来过这里为由而构陷你！"

"我知道，我当然知道。你看，费尔森小姐已经病得很严重了。"

"是肺炎。我命令他们把她带出这里。我！命令！但他们不肯听。斯林克和比特里克也认为该送出去，但是德林古尔坚持不同意。他说哪怕费尔森死了，也是她自找的，说这些麻烦都是她、碧迪，还有你惹出来的！我看看她怎么样了。"

他打开了费尔森小姐待的监室的门，仔细听她的呼吸声。出来后，他突然发出碧迪那样歇斯底里的狂笑：

"命令！我下了命令！现在我要下另一道指令！"在安手持着的稳定光源下，他从口袋里拿出一瓶酒，大口地喝着。"你要不要喝点？不喝？聪明的女孩。我已经喝了一晚上了，现在他们都不听我的指令了，也不来搭救这个女人。来吧，离开这儿。要喝点吗？"

安确实想喝酒，但她并未去接。

他们走出地牢，碧迪尖叫道：“不要把我扔在这里，这里好黑，我害怕！我会疯的！”

安无视了一切规则。

她径直走回她的监室，换上了基督徒的衣服，在比特里克太太的桌子上留了个纸条，说她已经“离开了几个小时”，并让外面的警卫为她约了一辆车到火车站。安知道那天早上八点七分会有一趟去珀尔斯堡的火车。

十一点半，她从珀尔斯堡火车站又叫了一辆的士，前往宽敞而体面的温德尔斯凯特夫人的住处。温德尔斯凯特夫人是州立监狱管理委员会的人。

她从车站打了个电话。

温德尔斯凯特夫人的庄园别墅是由砖和石灰石建成的，竖格窗上有盾牌式样的花纹。

用人略带猜疑地把她领进客厅。客厅十分豪华，跟宾馆的大厅一样，像是一个安放家具的巨大仓库。温德尔斯凯特夫人正在读《死亡之屋》，她随意地抬起头，轻轻问道：“有什么事？”但她却因压抑着的愤怒而控制不住地颤抖着。

安尽可能平静地说：“非常抱歉，没提前打招呼就冒昧来到您家里，希望您能够谅解。同时我希望您能够给我机会，让我向您反馈一些事情。我想，铜头峡监狱内发生的事情也只有真在里面待过的人才能告诉您。最近那里发生了十分可怕的事情，这件事直接关系到两个，甚至四个女人的性命！”

温德尔斯凯特夫人忍不住了，勃然大怒。有句话说得好，欠着高利贷者的妻子寻求体面时的狂躁会使地狱都为之颤抖。

“我亲——爱——的——姑娘啊！我知道你，我了解你已经了解得透透的了！我私底下从斯林克博士和比特里克太太那都听说了。斯林克是我偶然认识的，我信任他，我们关系很好。我之前怎么就会相信你了呢！现在我才知道，你是杰西卡·范·图尔的同党，她是个共产主义者、无政府主义者、无神论者，还是个麻烦制造者！我现在认为你是被莫斯科收买为其宣传、打入我们内部的一个间谍，你就是条响尾蛇！我知道你很会说谎，很会编造新闻！斯林克曾警告过我这点。我已经和媒体约好了，你试图传播的任何谎言、任何关于社会主义的毒话都会在源头被死死掐灭。”

她还说了很多，很多……

安的回答也比较强硬。

在那的半个小时里，安感到这一切都是如此荒诞不经，而最可笑的是，门廊处站了许多人，他们正往屋内窥探，有女佣、身材高大的黑人园丁和一个穿制服的警察……他们都是为了保护温德尔斯凯特夫人免受安的侵犯。

“明天，我要直接去见州长，”安在车站等车时发誓说道，“但我今晚会回到铜头峡监狱，看看我能做些什么，其实我什么也做不了。”

她看着车站等车的乘客，看着街上那伟大的民众，平和的、疯狂的、男的、女的、推崇民主的主心骨、州长及总统的选举人、每个时代的继承者、国王与牧师的后辈、宇宙之主、造物主的缔造者……推销员夹着公文包，脸色红润而快活，整个人干净利索，还戴着眼镜；杂货店老板与银行职员的妻子们要去各自的莫莉姨妈家过周末，她们都是从未撒过谎或伤害过别人的纯良女人；农家妇女们带着午餐盒，看起来坚强而温和；一位牧师带着他可爱的红黑相间的祈祷文，其中包含着来自全能上帝的亲密话语；一位年轻积极的浸信会牧师敢于通过阅读《基督教世纪》来展示他前瞻性的自由主义；穿着黑衣服的高个子男人，也许是个法官，他的眼角因为微笑或看书过多而显出了皱纹。

“是的，我在跟你们说话！”安无声地对面前的所有人喊道：“是你，有好人、可靠的人！是你们，而不是那些恶棍或罪犯，在黑暗中把权力交给了那些虐待狂，使他们变成了施虐者，而你们对此并不知道、不在乎、不关心！”

在监狱的门侧，离女监区最近的地方，站了一个警卫，他是个没有坏心眼的呆子。他对安咆哮道：“你没事吧，去旅行了？今天有个女囚死了，她叫费尔森。”

安穿着制服坐在宿舍里，她不知道自己能做些什么来帮助碧迪。去见州长？是的，她可以这样做。但这样有用吗？

饿意袭来，她没有吃早餐，也没吃午餐。除了在火车上吃了些苏打饼干、喝了可口可乐外，今天什么都没吃，晚饭也肯定来不及吃了。

安产生了深深的挫败感。

一个接替碧迪传话的人突然出现在房间里，她也是个走私犯，杰西·范·图尔还曾怀疑她是个密探。

“哦，维克斯小姐，比特里克太太知道你回来了。你吃晚饭了吗？听说约瑟芬·费尔森的事情了吗？那简直太糟糕了。比特里克太太伤心坏了，她把约瑟芬从地牢带到了自己的房间，然而她还是死在了她身边。但我不是因为这个来的，是瓦尔多队长让我来的。还有那个索瑞拉医生，他也变坏了，什么都不做，一直在找你。他们从镇上找来了另一个医生，看上去啥都不会，但是他希望你去安抚一下索瑞拉，可以吗？那个医生说，现在很需要你！”

“当然可以！”

这个传话人带着安走了一条近路，曲曲折折地走到了男囚医院侧翼的手术室，他们管这叫作“实验室”。还有索瑞拉医生的住所，那里有两个房间，它通向“实验室”，里面有一个脏兮兮的衣柜，衣柜里放着一个廉价的显微镜、几个破碎的试管、试剂瓶，但大多数都是空的，还有一辆自行车、一盆死去枯萎的天竺葵，以及两双橡胶手套。传话人小心地把安领到索瑞拉医生的起居室，房间里有一张简易床，上面有一张破旧的土耳其仿制床罩，屋内还有烤箱炉、一把断了一条腿用麻绳捆着的莫里斯椅子，桌子是金丝橡木做的，两个椅子上都是关于医学的书籍，书架上摆放着一套史蒂文森的书。可以说，这个房间十分干净。安猜想，索瑞拉医生昨晚自己收拾了房间，因为他一定愤怒到睡不着觉。

“这边，到这里来！”传话人啧啧地说，她把手放在了安的胳膊上，动作有些冒犯，拉着安到了卧室。

地板上散落着医生的衣服，松木桌子上放着一个威士忌酒瓶，仍然散发着酒气。

索瑞拉医生就躺在床上，头耷拉在一边。他穿着一件没有领口的衬衫，身上只盖着一张一尘不染的床单。看上去像死了一样，但还在呼吸，发出一种像约瑟芬那样的低低的呻吟声，他的额前冒着汗。

“怎么会这样？另外的那个医生在哪里？”安问道。

“刚刚去医院，我现在就把他带回来。”传话人说道。

安并没有感到厌恶。索瑞拉医生不像是宿醉，也不像是睡过去了，他看上去有点神志不清，陷入了昏迷，还发着烧。安弯下腰，试探了一下他的脉搏，发现像钟表一样跳动着。她把毛巾用水打湿了擦拭他的额头。（为什么外面那个医生还不回来？）睡梦中的索瑞拉突然歪倒，差点掉下床来。安试着把他扶回床上，他还有些挣扎，安不得不紧紧地抱着他。

“砰”的一声，手电的光闪了一下。她站起身来，张着嘴望着门口。这时，她看见了一台照相机，还有许多张面孔——斯林克博士有点尴尬，瓦尔多队长傻笑着呆呆地望着，两个警卫，一个是监狱的摄影师，一个是那个信使，他们全都在窃笑。

“所以，孩子，原来你跑出来和你的男友一起厮混，”瓦尔多哄笑道，“真糟糕，不得不打断你们了！——快把这画面拍下来！赶紧的，这照片挂在任何人的家里都会好看——可爱的小安和医生拥抱在一起——衣衫不整！”

他们运气很好，照片上可以看出所有的舍监，包括安，还有斯林克和瓦尔多。这张照片比瓦尔多预期的要好。安还是很有辨识度的，她的轮廓、她的制服。索瑞拉完全倒在她的怀里，安就在床边，用双手抱着他。

“我们有目击者！”斯林克博士轻声说道，“我们还需要浪费时间吗？现在辞职？还是要我把这个打印出来寄给州长？他可是很有幽默感的，绝对乐意把这个给身边所有人、所有媒体看。”

“哦，我？你会把碧迪从黑暗的牢房放出来，把她们三个都放出来吗？”

“可以，我同意，那么？”

“好，我辞职。但我要先看到碧迪和杰西卡·范·图尔，否则休想！”

“现在，以上帝的名义——”瓦尔多队长咆哮道。

斯林克举起手来。“我希望维克斯能带着对这里的美好回忆离开。我相信，她有了更多的经验时，就不会是这样一个理论上的小傻瓜了。威登，把那三个女人带出地牢，让她们去工作吧。把范·图尔带到体育馆，让维克斯小姐跟她说会儿话。看吧，维克斯，对于你要做什么，我们根本就不在意。”

瓦尔多钦佩地盯着他的斯林克，因为他突然意识到，尽管斯林克天性温和，但他是对抗犯罪和激进主义的这群人里最伟大的战士。

30

1925年9月16日傍晚，女孩乘坐贵格有限公司的火车来到了纽约。她看上去略显土气，衣服想必穿了得有两年；她的头发相较流行款式，显得过长且呆板，毫无光泽；她的手套簇新，鞋子整洁，脚踝娇美，眼睛漆黑，目光急切，肤如凝脂。女孩显得很拘谨，并未注意到周围旅客们投来的殷勤目光，这着实令人着急。或许她是位学校老师？总之，是个遇到麻烦的女人。她时而阅读，时而沉思，牙齿还不时地咬着下唇。

这里是宾夕法尼亚车站，她拎着包走在一名搬运工后面，对他熟视无睹。广阔的车站若隐若现，她抬头看了一眼，目光质朴，满眼好奇，望着人行道匆匆前行。这时，那名搬运工问道："出租车？"她犹豫了："呃——好的——好。"在出租车里，她紧贴着窗户，窥视着宾夕法尼亚直布罗陀酒店，嘴里嘟囔着："我的！"但她身体却靠了回来，直直盯着司机的臂膀，但其实什么也没在看。

她要去的地方是西六十街。那里的纽约公寓数不胜数，其中一幢房子试图用大厅里的大理石板和一架不可靠的电梯上的镀金涂料来掩盖其卷心菜的气味以及清洗家居的痕迹，她激动地对司机说："等一下！我进去看一眼！"

她问那黑人侍者："布兰布尔小姐在家吗？帕特里夏·布兰布尔小姐？"

"她已经不在这儿了，她去新罗谢尔了。在纽约的新罗谢尔做生意，夫人。"

"噢！"这一声满含郁闷和无助。她给了出租车司机另一个地址，30年代的第五大街。她在一处旧宅邸下了车，那座宅邸的一层被改成了一家汽车修理店，楼上则变成了公寓。

她气喘吁吁地拖着脚步走过宽阔的人行道，按了一组电钮中的一个，门一响，就冲了进去。她爬了三层楼，像个生病的女人一样气喘吁吁，然后敲了一扇暗灰色的双门。开门的是一个胖乎乎的小个子女人，她们目光敏锐，手腕上系着过时的蕾丝系带，叫道："怎么啦！"

安摇摇晃晃地走了进去，倒在沙发上，累得说不出话来。

"亲爱的，什么情况？你怎么来的？没事，坐那儿吧。"马尔维娜·沃姆斯医生说。

"让——让——"安像条鱼一样喘得上气不接下气——"让格特鲁德·瓦格特去把出租车钱付了——再把行李袋拿上来。"

沃姆斯医生叹道："死亡和绝望绝不会阻止你们那完备而古老的新英格兰经济的运转！"

"嗯，我是个可怜的监狱看守，三天前的晚上我从铜头峡辞职了。我辞职了，真的，有的人就是这么说的。我现在没事了，不会再悲剧下去了。"

悲剧已成为过去，但对改革的愤懑之情已将她激怒，她要告诉世界，监狱之内究竟是何面目，以此打破整个监狱系统。她讲了半个晚上，虽不连贯，但犹如新闻纪录片般犀利……在斯林克典狱长家喝茶；比特利克夫人穿着便装，短裙遮住了钢琴腿；瓦尔多队长身穿白鸭衣，外套像马戏团的帐篷；瓦尔多队长可笑地聊着一名罪犯曾花了几个星期的时间躲在了墙壁下挖出的隧道里——这个笨蛋以为他能够回家和妻子庆祝他们的结婚纪念日——警卫早已知晓这个隧道，一边监视着他一边偷笑，让他挖——就在最后一天晚上，当他以为自己已逃到墙外，而警卫几乎再也无法对他施以鞭笞、囚于暗室而笑出声时，他被抓了……碧迪·瓦洛庄严地演奏口琴……监狱里的蛆虫看起来像用油炸过……杰西卡·范·图尔被关了一个星期的禁闭，因为她把一片面包塞给了一个被关禁闭的女人……还有一部充满了美国民主色彩的简短史诗，讲述了一个十六岁的处女，狂野而快活，除了村里的调情外，对一切一无所知。在安进来两天后，这个十六岁少女因为偷了仓管员的香蕉并且打了指责她的那个人一记耳光而进了铜头峡监狱。她入狱一年了，一直接受教育、报复和威慑，这三项堪比监狱里的三大宗旨。或是因为她不愿与一个四十岁的女人同处一间牢房，或是因为参与了诸如勒索、倒枪、卖淫、转手可卡因之类的事情？接受完教育后她被释放了，但两个月后她又进来了，因谋杀而被判终身监禁。好心的斯林克博士禁止囚犯举行任何圣诞节庆祝活动，因为过去发生过一场"面包暴动"——某天，囚犯们把面包统统扔到地板上，当时天气潮湿……浑浊的水里出现了蝌蚪，浴缸的水道被堵了个严严实实……皮比小姐对懦弱的索瑞拉医生叫嚷着，为了让一个手肿了、受了感染的女人离开了衬衫厂……瓦尔多队长扇了某个女人一巴掌，因为她拒绝和一个有梅毒的人共用一间牢房……10美分可以买三根火柴，这是凯格斯科尼亚克公司的义卖品。从那以后，在那些严禁吸烟的牢房里，整晚都能闻到香烟的味道……在教堂里，一位女福音传道者告诉囚犯们，善良的狱警们惦记着她们，渴望让她们成为更好的女人……有一次，一截断水管在“暗洞”黑暗的牢房地板上洒满了水，四个女人被困在里面整整一夜，直接坐在水里睡了过去……州议会否决了一项花费20万美元为铜头峡修建新女囚室的议案，但投票同意花费25万美元修建一座士兵纪念碑——纪念碑周围还要塑上各种雕像……著名的州参议员（私下是一位雄心勃勃的父亲、祖父，拥有大学文凭，是州立大学的受托人，实际上还是一位实诚的批发杂货商）在演讲中说道：“这些可恶的女囚犯已经过着女王般的生活——精致的三餐，不需要她们动手，就连搅拌一下饭菜的活都不需要她们来做，而我的老母亲都及不上她们那样舒服，岂有此理！监狱里有漂亮的游乐场可供她们散步，现代浴缸可供着她们使用，但本州大多数体面的基督妇女们不得不继续用传统的浴盆沐浴。除此以外，还配了一名医生和牧师听候她们的差遣。她们可以上免费的语言课、缝纫课，毫无疑问，还有桥牌和茶艺！现在卡特镇上的绅士打算给她们建一座更气派的大厦！他怎么想的？难道他想把监狱生活弄得如此精致，以至于全州的女人都愿意为了获得一个破门而入的机会而跑去犯罪吗？”

沃姆斯医生静静地听着——对她的确是一种鼓舞，她毫不疲倦，一直滔滔不绝到凌晨三点。（几小时后，一顿简单的晚餐神奇地出现了，安被哄着吃了一个鸡蛋）到三点时，安内心的痛苦驱散了许多，又重新恢复了她乐观的信念：只要让伟大的普通人知道事情的真相，他们就不会坐视不管。沃姆斯医生已经计划好让安去面见哪些编辑了。

查理·厄尔曼，《纪事报》的总编辑——绝对的好人，他是沃姆斯医生的朋友，一位拥护自由主义的媒体人。他所在的这家报纸虽然像圣公会银行家一样保守，但是极为喜欢刊登那些抨击《纪事晨报》的社会主义言论。当然，在《政治家》上也有一两篇文章。《政治家》是一家自由主义周刊，是美国第一个发文宣称除德国外，法国、英国、俄国都在1916年之前听说过第一次世界大战的消息。

两天之后，安又变成了一个纽约人，而不是一个充满敬畏和绝望的乡下人。沃姆斯医生给她准备了一些新衣服和昂贵的午餐。安很有钱，她在十四个月里拿到了1500美元的薪水，并把其中的997.93美元存了下来（剩下的钱用来买香烟、书、火车票，还借了一些给被释放的囚犯，这百分之百是还未还清的）。她买了一套西装、一堆穿不完的丝袜、一套晚礼服，尽显奢华，还有一个玉彩色烟嘴。她跑去看了一场讽刺剧，中途就离场了，因为其中一个场景描述的是一座现代监狱，里面一个男仆正从冰桶里拿出香槟庆祝盗窃的欢乐。

林赛·艾特威尔不在纽约，他还在佛蒙特州度假。两天前，安打电话到林赛的办公室，林赛从多塞特给她回了电话："亲爱的，我很高兴你回来了！在没有你的日子里，纽约的沉闷简直令人难以忍受。你愿意了解一下纽约的监狱？没错！纽约州最高法院的法官巴尼·道夫正在这里，他很有影响力。我这就跟他说。再见。"

好吧，其实她更愿意听他说他渴望她那双红宝石般温暖的嘴唇，但——他是如此实际和敏锐，这也挺好的。

纽约《纪事报》的总编辑查理·厄尔曼担任过驻外记者，这项工作把他宠坏了：没事就喝喝茶，但从不喝鸡尾酒。他此时正在沃姆斯医生破旧的客厅里喝茶，而安则尽可能冷静地谈论着铜头峡监狱……碧迪·瓦洛，她是与托普西、阿里尔和吉比一样的可怜女孩，她的手腕在一扇生锈的铁栅栏牢门上挂了好几个小时，牢房内一片漆黑，她的背在流血，她的喉咙像法兰绒一样干燥，而这一切都是为了保护约瑟芬·费尔森。

无论是密苏里州或马里兰州、俄勒冈州或俄亥俄州、堪萨斯州或伊利诺斯州，哪里的监狱或镇狱所都是如此，有的条件会好点，有的比这还要糟糕。（报社难不成要把她派去一一确认吗？）

厄尔曼清了清嗓子："那么，你想让我们做什么？"

"不要你们为我做任何事情。"

"我知道！我知道！报纸最大的麻烦就是与那些不为自己而为世界着想的人打交道。我毫不怀疑监狱里的一切就像你说的那么糟，也许在别的监狱里更糟。但这一切从前不是没人提过，比如奥黑尔夫人的《在监狱里》、弗兰克·坦南鲍姆的《墙影》、菲什曼的《犯罪的十字架》，还有，哦，还有几十本书。但是人们通常不会注意那些不在他们眼皮底下的东西。没有人能够为距离自己一百英里以外的人进行一场革命。但真正的问题是，其中没有可写的新闻，这些情况都是一直存在的，而报纸的存在就是为了发布新闻——新的见闻。如果发生了监狱暴动或丑闻，我们一定会将其公布出来以及将有关卫生条件差、伙食不好、残忍或其他任何事情的细节都暴露出来。就在几年前，我们刚刚处理了绑架女人的丑闻。如果你想回到铜头峡，提交一份促使州长采取行动的请愿书，或者你去攻击典狱长，闹出些动静，我们就愿意对此进行发布。但也许你要入狱五年，你能接受吗？”

“我不！”安听起来有些激动，“过去我也许什么都不怕，但现在我怕坐牢，怕得要死！”

其他报社报的编辑说：“是的，我们不怀疑，但这个故事里没有新闻。这些是很可怕，但都是老生常谈了，人们不感兴趣。”

那份著名的自由派周刊《政治家》的编辑叹息道：“是的，我相信你没有夸大其词，维克斯小姐，这世上还有更糟糕的监狱。你读过我们过去两年里所发表的关于法属圭亚那劳役营和佛罗里达铁链帮的文章吗？”

“没有，恐怕我还没去了解它们。”

“你想过吗？没有人‘了解它们’。你说你害怕一切化为徒劳，无法得到世界的倾听。三十年来，我一直试图让全世界都听到关于各种本不应发生的虐待行为的真实报道，但结果是即使你这样的人也大多不会‘了解它们’！你以为我是什么感觉？各种咒骂之后，我或多或少学会了忍耐。恐怕你得走了——这么多的虐待！有时候我真想抛开卡珊德拉的事，去钓鱼。我喜欢钓鱼，因为我钓鱼的时候，至少我钓到了鱼！”

“让我向你展示一下我所收集到的各种各样暴行，仅今天早上，我就收到了一堆信件、宣传刊物或电话，恳求我昭告事实，扭转现状。”他在自己那间小办公室里的大办公桌上摸索着一大堆文件。“请注意，所有这些人都希望我帮助他们与世界沟通，就像你一样。嗯，让我们来看看。嗯，这里，举个例子：政治犯在罗马尼亚监狱里忍饥挨饿，矿工们在西弗吉尼亚饥肠辘辘，他们的代表被枪杀，一名非常受人尊敬的表示抗议的教师半夜里被驱逐出境，他的家人惊恐万分且身无分文；英国人在南海占有的帕夫吉岛的土著居民被白糖种植园主剥削着，他们每天的工资是 20 美分；定居在利比里亚的南方奴隶的后辈们正迫使过去农场主的后代成为奴隶；艾玛·戈德曼说，布尔什维克对待无政府主义者比对待纽约州共和党人还要恶劣；在纺织厂工作的中国工人，他们每日的工资是 6 美分；西部一家基督教女青年会酒店里的房客说，那里的秘书是个人渣，还泡了个年轻女人，那女人据说曾被当作罪恶的工联主义者；东部的一所大学里，一位有二十年光荣工作经验的教授因为赞扬摩门教徒而被开除了。”

“成百上千这样的人！我对监狱有很多了解，我不应该这么激动。但如果你愿意，我愿意了解约瑟芬·费尔森的故事，是这个名吧？还有碧迪·瓦洛，以及那位老太太，忘了叫什么了，被绞死的那个，曾有三篇关于她的文章，两千字左右。”

这三篇文章是她在发烧时写的，被发表在《政治家》上，写得不错。

但它发出的声音就如同把胆囊投入大海、把宣传广告丢进喧闹的地下酒吧。

在一份自由派教会的报纸上，有一篇关于他们的社论，还有三家报纸各引用了其中的一段话。一家名为《女人胜利》（出生即死，唉）的新杂志派出一个雄心勃勃的年轻女记者对安进行了报道，声称她是铜头峡监狱的女舍监，还提及了她与典狱长德林古尔博士，一起制定了改革囚犯的缝纫课程的计划。

安曾收到一位先生的长信，信中说：

> 正是像你这样多愁善感的人，才妄图把监狱变成野餐场所，你们应该对如今的高犯罪率负有主要责任。

（1925 年美国出现了犯罪高峰，就像 1932 年、1931 年、1930 年、1898 年、1878 年、1665 年、1066 年、公元前 11 年以及其间的大部分年份一样）

> 如今，最了解情况、最有经验的犯罪问题权威人士指出，应该普遍恢复鞭笞这种刑罚，并规定必须见血，以此作为犯罪行为的一道威慑，让罪犯真正感到畏惧。

但是，安收到的回应主要来自美国共产党的刊物《无产阶级人民报》：

> 《政治家》是所有关于汤汤水水的自由主义报纸中最缺乏热情的一家，它以其特有的粗俗，发表了一位名叫维克斯的妇女所构著的几篇关于铜头峡监狱环境的文章。这位作家是个社会法西斯，像《政治家》所有的撰稿人一样，也是社会主义者、密探，在所谓的自由主义的伪装下秘密协助资本家发起对苏联的战争。但对于被关押在铜头峡监狱的杰西卡·范·图尔同志，她从未提及过，因而铜头峡所进行的任何改革都应由杰西卡·范·图尔同志一人负责，这是任何一个不受意识形态影响的同志所了解到的事实。作为资本家的工具，维克斯女士也许在场，但她显然没有意识到狱中杰西卡·范·图尔同志的存在以及她所具有的煽动性，她亮出了自己的立

场，足以警示所有同志应该对虚伪的社会法西斯的沾沾自喜保持警惕，并坚定支持《无产阶级人民报》，因为《无产阶级人民报》致力于揭开自由主义者推翻苏联的阴谋。此刻，苏联正陷入严重的财政困境，所有同志都需要交出百分之五的工资，用于资助《无产阶级人民报》。

两年后，安得知索瑞拉医生在监狱的卧室里喝药自杀了。

31

安·维克斯只在纽约市最现代化的监狱——斯图伊弗桑特的“妇女工业之家”做了一年的主任、两年的主任助理，但女性管教所职业培训的经历让她在美国社会学界和司法界颇有声望。就在 1928 年 1 月的今天，她获得了康涅狄格州伊拉斯姆斯大学的法律博士学位。

这位伟大女性生命中经历了这样的一天……

她的那班车七点三十分从中央车站出发，她还有时间喝杯咖啡、品尝点甜甜圈。神奇的地下城里有雪茄店、杂志商店、杂货商店，她坐在车站柜台旁边的高凳上，太阳和星星犹如街灯。她朝着搬运工摇了摇头，拿起自己的袋子，里面装着她的学位袍、一盒私人糖果，还有国家刑罚信息协会最新的监狱手册。如果你是一名女子监狱的主任，一年有 5000 美金的工资，不提供住宿和生活费，就不要轻易给搬运工小费。因为每个女囚犯都有类似想法，她们即将离开监狱开始一段神圣和清醒生活的时候，就会向监狱看守借钱。

这位伟大的女性在两个小时的旅途中没看多久的书。她静静地坐着不动，眼睛望着窗外，显然没有观察任何事物。她那黑色的眼睛坚定平和，迅速瞥了一眼周身的人，好像已经习惯了打量和命令别人，但从她的表情里看不出那种反复徘徊、渴望关注的自负。也许有人会想，人群中的她看上很孤独。

伊拉斯姆斯站到了，大学校长、两名社会学教授和一名国家妇女俱乐部联合会官员一一与她握手，神情庄重而严肃。

“你能成为伊拉斯姆大学的荣誉校友，我们深感荣幸。”小个子的校长说。

“旅途愉快吗?”一位教授大声说道，她好像刚从中国回来。

“尽管我们理解你作为一家如此庞大的机构负责人，工作会很忙，但我的俱乐部还是渴望你能在方便的时候为我们做一场演讲。”俱乐部女会员轻声说道。她是一位漂亮的女士。

“如果你愿意到我家来，我的好太太定会帮你穿戴好学位服。”校长微笑寒暄，颇具幽默。

在校长的家里，安穿好了那件长袍，但感到有些别扭，然后又戴上了那象征求知的滑稽帽子。校长的妻子高兴地问道：“想吃点什么呢？”

安很想说：“是有些饿，我想要一杯咖啡和一个鸡蛋。”但不能这样，你将成为一名法律博士了，你不能再要咖啡和煎蛋了，不是吗？她需要保持矜持。作为一名伟大的女性，这一点非常重要，她已领悟到：当不知道说什么的时候要保持沉默。

集会在一个军械库一样的大厅里举行，大厅非常现代，装配了钢梁和弯曲的水泥墙壁，还有扩音器。有很多本科生——安怀疑是社会学教授拉来了那些并不情愿的学生——更多的是俱乐部女会员和大部分教职工，他们坐满了大厅的四分之一。

舞台背后有一个整洁的房间，里面装饰着威廉·詹姆斯、亨利·亚当斯和罗伯特·安德伍德约翰逊的签名留言。仪式之前，就是在这间房间里，安认识了其他几位接受荣誉学位的名人：提供给伊拉斯姆斯商学院10万美元的斯克内克塔迪银行总裁、一位中西部州的州长，还有一位俾路支省植物学方面的世界权威的人士。如果只是在火车上相遇，他们中的任何一个都不会引起安的关注，但既然她已知道他们是名人，就不由地兴奋起来。

州长说：“你一定要来看看我们的监狱，维克斯博士，你会有新发现。我们取消了暗室和鞭笞，一切按法律运行！我们有一套真正的现代监狱系统。”

她碰巧知道，在联邦各州中，没有哪一个州比这位好州长所任职的州拥有更多的手腕上挂着绳子、四肢伸展地靠在牢门上的犯人，也没有哪一个州的犯人比他那里的犯人更懒惰、更堕落，但在这种场合该如何接这位州长的话茬呢。

银行行长开心地同她攀谈起来，他是一位著名的宴会演讲者，也是一位著名的业余教育爱好者，他已经连续四次在华盛顿特区担任业余教师了，且获得了文学硕士学位、民法学博士学位、文学博士学位和法学博士学位。他说：“嗯，维克斯博士，有件事我敢打赌你从未想过：我非常尊重你对不幸的人所表现出的同情，但我个人认为这是误入歧途的。在我看来，监狱应该尽可能地令人生厌，这样才有威慑作用，人们才会避免走进去！”

植物学家及探险家与安握了一下手，并向她眨了眨眼。安喜欢这个人。

这是一支尊贵的队伍。

校长、十六个教员、两个董事会的成员和四位荣誉候选人，他们个个身穿学术长袍，头戴黑、红和紫色的帽子。一个憔悴的白胡子男人手持银杖在前面领队，他们从大厅后面走出，穿过一群学生和摄影师绕道前面，走到平台上。这时的安，庄重而严肃，她正设法挪步到一双沉重而精致锃亮的黑色鞋子后面。她自言自语地说："我应该感到高兴——这是一件好事——这的确是一个伟大的时刻——可是基司特太太能用那黄油为监狱带去什么呢？"

她恭敬地走到靠近书架的校长身边，屈膝等待领取毕业证，最热烈的掌声为她响起，这让她愤怒。"得到一张羊皮纸！掌声！我在这里做什么？如果我有本事，我会和杰西卡·范·图尔关在一个牢房里。"与此同时，校长说道："……也许安·维克斯值得被给予更多的荣誉，因为她对构成当代犯罪学的社会学和精神病学所做的深入研究以及她所承受的被误解者的痛苦和伟大的心胸……"

接着，她就成了维克斯博士，腋下夹着一张文凭；然后不知在何处，她脱去了长袍，换上西装，翻领处点缀着新鲜的玫瑰花蕾，她在教师俱乐部大型午宴上做了演讲，不管她讲了什么，每当停下来时她都能听到无比热烈的掌声。现在她又在火车上了，很累，她嘲笑着手里的名誉，却也为自己感到骄傲。快到六点时，安匆匆忙忙走进了斯图伊弗桑特的"妇女工业之家"，她是那里的主任。顿时，所有的荣誉和学位都淹没在一堆琐事中：监狱食堂的黄油、3712号囚犯的过分行为（他被抓到晚上在厨房里燃烧酒精）以及裁缝老师蹩脚的教学方法，等等。

位于大纽约区的斯图伊弗桑特"妇女工业之家"是一座完全现代化的监狱，但它适合这座拥挤的城市。这所监狱没有花园，只有一个中央庭院、一个喷泉、中型花坛、手球场和篮球场。九层楼高的建筑有足够的空间可容纳两百名囚犯，他们还可以同时在阳光下散步。除了防止囚犯自杀所设置的高铁丝屏障外，这里没有任何监狱的感觉。

集会大厅一点也没有铜头峡那种潮湿的、艳丽的、石质的陈设，里面还有一个剧院，有着深红色和暗金色的柔和装潢，舞台上有窗帘和布景。

这儿没有监区，每个囚犯都有自己的一间屋子，至少在监狱开放时是这样，并不太拥挤。这些房间长十英尺，宽八英尺，虽然不大，但和其他监狱比起来还是很豪华的。每个房间里都有一张床、一把椅子、一张桌子、一个衣橱、书架、囚犯带进来的画报、自来水，油毡地上还有一块地毯。每一层楼都有一间起居室，里面放着书和杂志，从晚饭后便一直开放，直到所有犯人准备去睡觉后才关闭。每一层楼都有淋浴间和厕所……很干净……管道工一看到安就心生恐惧。

每层都有地毯！没有人会相信！

一个女人居然要在她唯一的家——这里的地板上放一块价值 1.98 美元的地毯，这真是不可思议。这个问题曾拿到监狱会议上讨论过。

整个建筑是用钢、水泥、砖和玻璃建成的，它可以保持一尘不染。在安的领导下，的确如此。尽管安能把任务交给副主任基司特太太，但她自己每周都要和医生对各个角落巡视三次。只要看到一只蟑螂，工作人员都会行动起来，金属丝拍打器和飞枪便会发出"战斗"的声音。

犯人们每周都会穿印第安纳式的蓝色制服，但只是在要求统一服饰时才需换上。星期日——像在体面的监狱里那样，犯人们不再像平时那样被关在牢房里，可以去做礼拜，或在客厅里读书，如果想在屋顶上游荡就在屋顶上游荡——穿着自己愿意穿的衣服。

谈话不受限制。

工业之家内部有一个非常现代化的小针织厂，主要生产毛衣、围巾和彩色羊毛帽。这座工厂把监狱赚得的一部分费用交给了国家，工人们每天得到 30 到 70 美分的报酬——数目不大，却是世界上其他监狱劳动报酬的几倍。但更重要的是，安把监狱称为"拯救队"。

那里有各种各样的职业课程，她能教多少就教多少：烹饪、家政、速记、缝纫、制衣、女帽、毛皮修理，这些课程把相当比例的罪犯变成了自食其力的人，令人欣慰。安和大多数改革家一样，请老师免费上这些课，真可谓"不择手段"。这里有美国最完善的保释部门，而它存在的意义是帮助获释的囚犯(在安的鼓励下)，而不是试图诱捕老鼠的猫。拯救队中，精神科医生的办公室最为重要。他是个很好的心理医生——至少安是这么想的。他的任务不是研究已经犯下的罪行，而是研究那个犯下罪行的人，并找出犯罪的原因。一个女人杀死了一个勒索者，他并不会吃惊，至少安是这么认为的，但一个偷了邮票的女职员却足以使他心烦意乱。

精神病医生是全职全科医生。根据记录，他们的工资每人每年能达到 1800 美元。他们会直接收到其中的 7000 美元，额外的资金则出自林赛·艾特威尔、阿顿斯·彼尼斯科、卡内基基金会和安维克斯博士，即使安连个搬运工都舍不得请。这种资金关系或许也可以被视为另一种性质的私人活动或走后门。当然，三年前安还是主任助理的时候，就已经有了足够的门路，那时斯图伊弗桑特工业之家也已经建成了。她固执地请林赛对州政府施加影响，让酒吧远离女人房间的窗户，因而几乎再没有女犯妄想从六层楼的窗户跳出去。安还安装了篮球器材，保证建筑材料一律不使用木头，并雇用了两名全职医生。

这所监狱里取消了所谓的处决，但安还是因为自己没能改变纽约的新新监狱而感到羞愧。

她最大的麻烦来自社会中的智慧——报纸专栏和漫画上展露的智慧、杂志文章里的书写的智慧、餐桌上的智慧。当一个漫画家没有什么可画的时候，他就会把这个工业之家描绘成一个有趣的大学、一个有趣的地下酒吧、一个后宫，从而赚得各种赞扬。有智慧的人常常以幽默的方式来谈论痛苦中的女人以及那些渴望救人于水火的女人，这着实使人伤心。

当这位伟大的女性参加完伊拉斯姆斯大学所举行的毕业典礼后，她赶回斯图伊弗桑特工业之家的办公桌前，工作人员立刻过来了。

接电话的女孩传达了林赛·艾特威尔发来的信息，他当晚需要在纽约镇花店协会的宴会上发表讲话，因而晚上无法和维克斯博士通电话了。“哎呀，维克斯小姐，他说了个词我好像没听清，记得是叫‘博士’来着？有这么个词吗？嘿！维克斯小姐，我真高兴你成为博士了！你说好不好笑，我男朋友他说：‘她压根儿没有学过医。’于是我就对他说：‘喂，你个傻子，只要维克斯小姐想当医生，州医疗委员绝对会开心得要死，全世界都要给她让路——’哎，可把我乐坏了！对了，医生，头痛要怎么治呢？”

厨房兼食堂的女总管是个沉默寡言的女人，她说：“祝贺你呀，维克斯博士。我们都很高兴！但是，关于黄油的问题，我知道这很不好，这是政治问题，可老实说，博士，我没有别的办法了，我们如果不从安吉斯乳品公司进货，就得罪区领导了。我保证我不会从中得到任何好处，我发誓我没有！我不会那样对你的，维克斯小姐！”

“我知道……我知道……我会尽我所能。”

精神科医生慢吞吞地说：“安，我从来没有这么高兴过！我是否该称呼你为‘博士’？不会太过生硬吧？”

“好吧，你要真想知道，山姆，我高兴得要死！”

之后，纽约一家的小报社打来电话，要求采访。俄亥俄州利马的塞维尼俱乐部打来长途电话，请安为他们做演讲——“博士，恐怕我们给不了你太多费用，但我们愿意出钱，这里真心地欢迎你。”罗切斯特的社区服务所也打来长途电话，邀请她到回去做客。工业之家的看门人恭恭敬敬地坐在她的办公桌前，嘴里嘟囔着：“博士，我得再去找两个垃圾桶——我偷来了一个，也只能这样了。”还有电报，像黄雪一样，纷纷飘来。当副主任凯斯特太太走进办公室时，这位了不起的女人面前还有二十封电报等着处理。

安曾经说过，凯斯特太太堪比“卡格斯太太外加新罕布什尔禁令”。凯斯特太太一直是安竞争工业之家主管一职的对手。她相信纯净，也绝对诚实，却异常可怕。五十五年来，她从未抽烟、喝酒，从来不笑，也无性欲，不看小说，她的眼睛下有黑黑的眼袋，手指不断抽动……她恨安胜过恨这世界上的其他人。

“啊，下午好，维克斯小姐。我不知道你是否愿意接受我的祝贺，但我还是冒昧地把它们送给你。我想我现在应该叫你‘博士’！”她像一匹因愤怒而正嘶鸣的马。

“嗯，这不重要。”

“好吧，我知道，维克斯博士，我不愿意在你伟大的日子里打扰你，今天对你来说一定是伟大的一天！我不想烦你，但在你离开后，这里确实发生了些问题！”

“哦，天哪，这就是生活。什么事？”

凯斯特太太深吸了一口气。

“嗯，今天新进来两个人，其中一个是晚上在厨房和食堂里准备酒菜时被抓住的。”

“嗯，这样并不好，过会儿再和她谈。另一个呢？”

“唔，另一个是因为敲诈被带进来的。她不听道理，顽固不化，还诅咒我！我把她关在监牢里了。”

在工业之家，惩罚只有两种形式：一种是剥夺其起居室的使用权，另一种是单独囚禁在一个和其他房间一样干净、一样亮堂却较为孤独和偏僻的房间里。安尽可能少去使用这两种惩罚。但是凯斯特太太和其他老资格的主妇们还保留着对旧时虐待行为的美好记忆，她们把这些禁闭的牢房称为“罐子”。

“好吧，好吧，凯斯特太太，我下班前会过去看一眼。”

凯斯特太太不服气地走开了。

这个伟大女性接着按铃叫来她的秘书费尔德莫斯小姐，费尔德莫斯小姐咯咯地笑着说：“嘿，真漂亮呀，博士。”之后，她又去见了几个下属，读了几封祝贺的电报，便高高兴兴地沿着走廊走到“罐子”那儿，独自一人，打开了牢房的锁，听到里面那个不听话的人说：“喂，安妮，你好吗？有没有收到你那男朋友，那个铜头峡监狱医生的来信？天哪，你和他的合照可真靓！”

牢房里的女士正是凯蒂·科尼亚克。

安笑了。

凯蒂看起来不像三年前那样优雅，也不那么恶毒了。

“凯蒂，亲爱的！又关进来了？”

“嘿，不！我是跨出了大西洋！”

“真倒霉，哦，请等一下。”

安匆匆走出牢房，没有关门，凯蒂追了上去。

“想逃走吗，凯蒂？我不介意！”

那女人站在原地怒目而视。

安拿起墙上挂着的电话拨给了监狱的精神科医生：

“阿斯顿医生吗？我是维克斯。你能马上到D2来一趟吗？”她看了看四周，凯蒂的手紧握着，她的眼睛像蜥蜴一样飞快地转动着。安再次拨了一个号码：“凯斯特太太？我是维克斯小姐，请给科尼亚克小姐准备一个房间好吗？我要带她离开禁闭室。什么？是的，我就是这么说的，凯斯特，明白了吗？”

当她说话的时候，安心里却在想：“索瑞拉医生当时说得没错，监狱生活把我逼成了一个暴君，谁能撑住狱卒这样的工作呢！”

阿斯顿医生从走廊上跑下来——他身材矮小，眼神和蔼而神经质。凯蒂说：

“你还好吗，医生？你不是上周要我去演讲的那个人吗？”

“我不是！”医生说话时带着业余式的愤怒。

“哦，不是吗？那是一个长得像你的犹太男孩。所以，安妮，你是想和这位医生讨好我，让我像你们一样成为伪君子吗！你！维克斯小姐！博士！荡妇！”

阿斯顿医生激动地说：“博士，我要——？”

“不！”安叫道。

“好吧，但她需要回禁闭室待着。”

“不，她不能回去。那会让她得意忘形的。医生，她是你的病人，也是我的朋友。凯蒂是个自大狂，我们是在铜头峡监狱认识的。她是个能干的女人，我希望她离开我们的这个疗养胜地后，能在一家漂亮的礼服店或衣帽店安顿下来，她会做到的。不过她似乎不愿承认我们这两个朋友，别让她触碰雪，或冷火鸡。你不会介意吧，凯蒂？我不愿这样做，但是——”

凯蒂·科尼亚克大哭道：“哦，该死，该死的！你不觉得这是侮辱吗？”

下楼时，安自言自语道：“安妮，你对凯蒂·科尼亚克展现出那种温柔、宽容与傲慢的态度时，真够可恶的。可怜的凯蒂！阿斯顿则更有人情味——他暴露脾气。维克斯小姐！维克斯博士！女人领袖！你这个可怜的半文盲！还给你学位！要是他们了解我就知道了！”

于是，这位伟大的女人乘地铁回家了——没有几个伟大的女人坐得起出租车——在她的公寓里，她坐在电话旁想：“今晚我要是有个约会就好了，我希望有人能给我打电话，邀请我共进晚餐、看电影，就像他们对待泰西·卡茨或碧迪·瓦洛那样。”

晚饭时，像所有独居女人一样，她给自己准备了一杯茶和一片吐司。她站在小厨房里水槽的滴水板前，一边吃着，一边沉思：

“我竟然开始憎恨起办公室里那整天响个不停的电话了。现在，我多么希望林赛能扔掉他那该死的花店晚宴过来陪我。花店！我希望未来我有个老公，他会在晚上回家时——不，不，不是每个晚上，是偶尔，能制造一个惊喜。我渴望普瑞爱德的陪伴，我的女儿！我会为她骄傲。或许我不得不把她送去一所极为保守的学校，然后为她身边那群聪明透顶的朋友们而洋洋得意，就像沃巴纳基镇的所有母亲一样。可我杀了你，是我谋害了你，普瑞爱德！所以我变成了维克斯博士，一个典狱长官！我用巨大的代价换得了这种自由。可保罗说：‘我生来自由。’不！他不是的，没有人生来自由！”

安·维克斯又给自己沏了一杯茶。一嘴的苦涩。

32

安的公寓很不错，拥有和斯图伊弗桑特妇女工业之家同样现代化的装潢，尽管她并不喜欢。和帕特里夏·布兰布尔合住的时候，她非常乐于做家务。但现在，她每周要出去一到两次，去各种组织的晚宴上做演讲，包括农业社区的城市化联盟、工业中心俄罗斯化联盟、非惯犯刑事罪犯就业委员会、皇家学院女校友联谊会、伊利诺伊州的俱乐部、圣斯蒂芬的女性社会学研究会(布鲁克林、斯图伊弗桑特市公民自治的独立联盟。有时，她不得不在监狱待到午夜，绅士的男记者每天会打电话给她，就仿效罪犯剪短头发以及阅读小说对犯罪欲望的影响征求她的意见；温柔的女记者则会询问她对于离婚问题的看法，还有一些有犯罪前科的女士堵在门口询问她的建议或者索取必要的帮助；保险代理人也会在晚上找上门来，说她从事的是一个高危险性的职业(手持一份在骚乱中丧失生命的监狱官员人数的统计信息)——有时会有750331名年轻女性每月写信给她，要她的签名或者咨询如何来纽约，踏入“社会工作”的浪漫领域——有时，你永远不知道林赛会在六点、七点还是十一点出现，来这里吃点东西或者带她去赌场——幸好普瑞爱德不在身边，否则必须考虑到她所需的新鲜空气和安静环境。事实上，自从安成为一位“伟大女性”后，她常常感到孤独，她不需要操持家务和无数的账单，只在波托菲诺旅馆租了一间小公寓，公寓位于东90街，周围即是监狱、剧院和餐馆。

那家旅馆并不宽敞，但内在的陈设弥补了这点缺陷，里面装有数不清的大理石，配备了电话、收音机，还有穿着紧身上衣、露齿而笑、头发卷曲的侍从。有个面容神秘而忧郁的老人，蓄着灰色胡须，总是身穿蓝色牛仔夹克，常常带着一套工具去某个地方修理那些从来没有被修理过的东西。旅馆里还铺着奢侈的波斯地毯，挂着低调的日本版画以修饰灰白的墙面。负责接电话的女孩正说着：“是吗？需要我转告消息吗？可我不知道他在哪儿。”

安有一间客厅，钢、水泥和带刺的灰泥相映呈现出一种干净、坚硬、明亮的感觉。高大窗户上镶嵌着金属框，透过窗户可以观赏东河，听到汽船发出的呼噜呼噜的嘶哑声。安认为这些汽船是开往塞维利亚、哥特堡和芒格洛尔的。坚硬的油毡地板是用水泥铺成的，高耸笔直的墙壁阴森森地向上延伸，一直延伸到天花板，天花板往上是用石膏围起来的方正横梁。

安尽她所能，利用她那点可爱的、朴实的、陈旧的物件使这间房子有了人气，包括父亲维克斯教授放置在星期天下午睡觉时的屋子里的那套《狄更斯作品》、十岁起每天要读的《大卫·科波菲尔》、父亲送的《水娃娃》，还有格伦·哈吉斯签名的《国王之歌》，四把软椅、几张小桌子，台灯靠近椅子，坐在椅子上便可静静地阅读了。书架上满是犯罪学类、惩罚学类、心理学类以及令人迷惑而绝望的种种科学类书籍，安试图从中寻求智慧。

这间高大的客厅后面是一间卧室，比她在伊利诺伊州沃巴纳基镇住过的那间小很多。浴室很小，只有一个淋浴间，厨房也很小——纽约可是世界上最大的城市，大得连个火炉或一排铜壶都放不下，屋里还有台耐用的电动咖啡过滤机和一只叫琼斯的大公猫。

来过这里的人很多，有马尔维娜·沃姆斯、林赛·艾特威尔、帕特里夏·布兰布尔——只要她在镇上他们就会不定时过来，还有一群社会工作者，如拉塞尔·斯伯丁，他的教名是詹姆斯·拉塞尔·洛厄尔·斯伯丁，他签名时往往写的是“J.拉塞尔·斯伯丁”，不过安从未发现在激进分子圈里的所有人都称他为“伊格纳茨”。安和斯伯丁是在慈善机构组织认识的，他是该机构的部门主管，比安大三岁。至今未婚的斯伯丁热衷于做潇洒公子，同时他是个进步的人道主义者。斯伯丁先生身材魁梧，长着一张圆脸，爱开小玩笑。安猜想，他小时候一定是个忧郁的小胖子，就是那种爱荷华州男孩，镇上最容易受人欺负且从不低头认输的孩子——即使身在纽约，他也要证明给爱荷华州看。安喜欢他，因为他善解人意，因为他从不介意自己总是最后一个收到吃饭的邀约电话，因为当你感冒在床、像林赛·艾特威尔一样渴望依赖时，他会记得给你个打电话。

33

林赛·艾特威尔消瘦俊美、忧郁可亲,他面部的红润渐渐退去。帕特里夏·布兰布尔执意说他是一只老猫,但安把他看作一只灰狗。他从不会忘记鲜花、糖果和生日。他给安一个长吻,温柔得体。偶尔她会想:“如果那个男人不马上向我求婚,我就要向他求婚了。”对她来说,他就像她的右手一样熟悉,一样不受重视。

他是来喝“茶”的,这是纽约人礼貌的叫法。当时,她特别累,特别享受他的温煦平和。这是十分令人头疼的一天,凯蒂·科尼亚克突然变得可爱而虔诚,安知道她一定有什么动作。还有一个受安宠爱的囚犯,3701 号,她被抓到在牙科医务室贩卖假牙。这个女人进监狱前是个学校教师,因偷了图书馆的珍贵藏书而被捕。“我原来是个了不起的改革家!”安用当时的行话感叹道。她觉得自己很黏人,当林赛来的时候,安吻了他,近乎要把他勒死,这可把林赛吓了个半死。但安没有告诉林赛她累了:累只能是林赛的特权。安把灯拉近那把最靠里的椅子,把晚报递给林赛,然后到厨房去调鸡尾酒。

当从冰箱里倒出神奇的冰块并测量摇晃时,她兴奋地边哼着小曲,边畅想未来。“我和林赛结婚后,他每天晚上都会像这样回到家来,多么稳定的幸福啊!”他将成为美国最高法院的法官,我想我会成为纽约州州长,我们都将手握重权,就像中世纪的国王和王后。我会向他展示我对于合作联邦的信心,而他会告诉我他所懂得的常识。但若我在奥尔巴尼[①],而他在华盛顿,我们怎能在一起生活呢?她笑了笑,端着调酒器,放在一个银盘子里,上面放着玻璃杯,还有

① 奥尔巴尼(Albany),美国纽约州首府。

一个古板的、没有女权主义色彩的小杯垫。“我想得太多了!”她自嘲道。

林赛抿了一口。他先把报纸折好放下,报纸的边沿正好与他旁边的小桌子的边沿平行,接着便认真说道:

“我想这应该告诉你,安,我要结婚了,和玛格丽特·沙门——你还记得吧,那位银行家的女儿。”

安静静地坐在那里。她平时做事总是大手大脚的,现在却小心翼翼地放下鸡尾酒。“是吗?沙门小姐吗?漂亮的女孩,我记得她,当时是在你的公寓里。”

(但在她的内心深处,那个曾经同瓦尔多队长顶撞的另一个安,正在恶狠狠地咆哮:“不!你要娶的人应该是我!那个沙门摩登女,那个弱不禁风、骨瘦如柴、只会跳舞的家伙!她开车那么糟糕,总是弄出事故,还有——噢!亲爱的,这下完了,我的林赛,天哪!”)

“你是我第一个告诉的人,安,因为我视你为最好的朋友,你的确是我最好的朋友。”他没有继续说话,而是用左手食指挠了挠上唇。现在他站在那里,手里拿着那杯没喝完的鸡尾酒。他的手有些颤抖,便将杯子放下了,几滴酒洒落在了小桌子上,他心不在焉地用手帕将它们擦掉,然后又面对着安。“安,我曾经希望我能鼓起勇气,向你冒昧地求婚,你是我所认识的女人里最优秀的,也是最亲密的。但恐怕你对我来说有些高攀不起,我有自己的事业,可如果你嫁给我,我恐怕只能做你的贴身男仆了,亲爱的。”

“是的。是的,也许是。没错,可能会这样。”

(“不会这样的!你这个笨蛋,我会保护你,我能帮助你——”)

“你知道的,因为我确实认为你和你的事业都十分重要——你知道,安,我从不忍心去干涉,我很看好你。”

“嗯,我想我确实很感激你——”

“不过,话说我似乎肯定能获得民主党提名,担任州最高法院大法官,而且——不过我担心——哦,我们依然会是朋友。你会试图给我提些建议,而法官则必须独自站着——或者坐着,哈哈!而且——平日里,你也会为我烦恼——你看,就像现在,我有点被仁慈压得透不过气来。你清楚的,安,因为你有决心、有态度,可以想象,我会被你控制得死死的——你能理解吗?”

“嗯,或许吧。”

“亲爱的,你会喜欢我的玛格丽特!也许你觉得她幼稚,但是——她拥有美好而优雅的天性——她太害羞了,不敢在公开场合表达自己,但她那么可爱,而且——哦,安,哦,老天!”

在这尴尬的激情里，他吻上她，她的耳朵、头发、喉咙和肩膀，泣不成声。接着，他哭着说："我受不了！"他跑出了房间，跑出了公寓。

安没有动，只是站着，双臂伸向门口。

她窝在椅子里有一个小时，身子前倾，弯着腰，咬着指关节。她想了一百遍，"我要给他打电话。必须！不，不行！"她机械地站起来，脑子里幻想着她和他的吻。她喝干了他的鸡尾酒，洗了摇酒器和玻璃杯，把它们放好，又漫不经心地爱抚起那只名作"琼斯"的猫。它弄来个纸球玩起了猫捉老鼠的把戏，想要引起她的注意。"我要打电话给他！一定要！我不能让他走，不能让他去找那个小畜生！"

她打开了收音机，听了一会儿特里·丁塔沃低吟的《大西洋城月光》，又气急败坏地把它关掉了。

她每当感到痛苦时，常常会像一个温柔的"思想者"一样坐着。她"崩溃了"，大家都这么说。但事实正好相反，她那支离破碎的生活终于汇聚在了一起，那些碎片曾被丢弃在各个角落里：在人道主义中（按照人们的理解，这意味着给某个邪恶的老法官或流浪汉更换尿布），在心理学的粗略涉猎中，在对朋友的喜爱中，在童年生活的回忆中，在对恐惧的畏惧中，在苦笑着追求完美的过程中，在努力成为伟大女性的骄傲中，在记忆里济慈和丁尼生的浪漫指引中，在日复一日和不可避免的平凡生活的纠缠下，比如那些待付的账单、新鲜豌豆的味道、街上小推车上的石竹花香、脚趾上长的鸡眼、与一位州政府官员的可笑采访、给旅馆看门人多少小费（毕竟，上个月他只修好了浴室的灯）、出现在幻想里的普瑞爱德的哭声、打算睡觉时邻居吵闹的收音机，还有在沃姆斯医生生日那天忘记送花的愧疚——所有这些思绪都会聚到了安·维克斯的身上，组成了一个充满激情的整体、一个像莎孚[①]一样会为爱而狂怒的女人。

在人们的眼中，她是一个精致低调的女人，身处一个星罗棋布、高楼耸立的梦幻世界，钢筋、水泥、幕墙、灯光将人紧紧包裹。然而，等到优雅、理性与现实层层褪尽，她立刻化为一位赤裸的女神——一个丛林部落中的女首领。

安很少依靠语言来进行思考，她主要借助的是她那丰富而炽烈的情感。然而此刻，她的内心却比以往更为清晰：

"我的确希望为文明增加百万分之一的贡献，就像弗洛伦斯·南丁格尔。

---

① 莎孚（Sappho），古希腊女诗人，生于公元前约150年，被希腊人推为"第十诗神"。

(但脾气不能变得古怪!)我喜欢有尊严和受人尊重的工作,渴望权力。我就是这样的一个人!我不愿把一辈子浪费在买菜购物上!但这一切都会翻篇的,我的权力、理想以及为凯蒂·科尼亚克创造机会的打算。"

"这些我都不在乎了!我想要爱情,我想要我的女儿普瑞爱德,迁就她、栽培她、教育她。倘若现在有个从愚蠢的'西部小说'里走出来的牧场主把我领走就好了,我会给他生孩子、煮豆子。我也不会成为一个乏味的农妇,我会学习种植、翻土、开拖拉机、成立合作社,接着从政,但我的身边永远会有普瑞爱德和我的男人。"

"也许普瑞爱德和牧场主同我的雄心壮志总是无法兼顾,就像野心勃勃的我失去了普瑞爱德与林赛。我们谈论所谓的'女权主义'时,是多么单纯呀!我们渴望在每个领域都能与男人不相上下,但我们做不到。我们要么比他们强大(比如,成为统治者,如伊丽莎白女王),要么比他们软弱,在孩子面前俯首帖耳、唯命是从。我们在 1916 年就宣称:我们仍然是女人,并非胚胎期的男人——谢天谢地!幸好如此。如今林赛将穿上他的法官袍,怀抱玛格丽特这个寄生虫,但总有一天,我也会再次迎来我的女儿普瑞爱德!"

拉塞尔·斯伯丁打来了电话。

"安,别以为你今晚闲下来了,你可能要去和哥伦比亚的总统或者佩苏扎的巴夏吃个饭。"

"哦,不,拉塞尔!这可是会上瘾的——你不是在邀请我吧?"

"当然!我马上到了。"

她放下电话,心想:"他只要少开点玩笑就好了。"

慈善组织机构的拉塞尔先生,是一个合格的社会工作者,纽约的改革派称他为"伊格纳茨"或"拉塞尔"。他读过书,在慈善组织机构里有本事让低薪水的速记员同保险公司的经理一样完成高效率的工作,这是人道主义活动中一切行政人员最应具备的素质之一。除此以外,他还能在十秒内看出某个前来的求职者是否真心实意地渴望这份工作。(像木匠、作家、渔夫、飞行员和医生这些人,他们肯定是不会认真对待慈善事业的)尽管他具备担任人类领袖的一切品质,私下里,安觉得拉塞尔却更像一只善良的老农家狗,心地善良、头脑简单、活泼好动,常常蜷伏着,扭动着宽阔的屁股,渴望出去跑一跑。

他来的时候,安已经把西装换成了自己买的第一套连衣裙,洗了洗眼睛,漱了漱口。她确信自己隐藏住了心底的悲伤,这一点只有伟大的、习惯于面对公众、对抗公众的女人才能做到。他跃了进来,喊道:“来点中国名菜怎么样——凤梨鸡、芙蓉蛋——安,怎么了?”

“发生什么了?”

“有什么麻烦事,过来跟拉塞尔叔叔说说。”

他身影朦胧,比林赛高大魁梧,但不及林赛稍紧致的胸脯,他的胸膛更像个鼓囊囊的小桶,波浪般的黑发像一个天然的大蓬头。安想把头靠在他的肩膀上大哭一场,但她仅故作轻快地说:“没事,哦,还是工业之家的那些琐事,忘掉那些吧! 今天精神头不足,可能是因为饿了,我们去吃点东西吧。”

他用松垮的大手挽着她的胳膊,亲切地吻了吻她的前额,然后咕哝道:“好吧,我会少说话的,我的好博士,但我若能帮到你也是不错的。没错,忘记那些,但你今晚不适合吃中国菜。亲爱的,你应该——我知道一个意大利佬开的酒吧,那儿的人都自顾自玩乐,没人会瞧上我们这样的杰出领袖,我们可以去喝点基安蒂干红,走吧!”

他不再开什么玩笑,显然也未有同情。他谈起了工作——除了下流故事和爱情,只有谈论工作才能解放人心。不过,爱情本身其实不过是另一种形式的工作罢了。他和她激烈地辩论起优生学、工人联邦学院、妇女最低工作时长、纺织业重组等问题。过去林赛说起剧院和特鲁维尔时,会很风趣迷人,常逗得安开心起来;然而和拉塞尔在一起时,安往往显得咄咄逼人,说起话来不容置喙,这使她低落的心情抛去了大半。

回到家,拉塞尔兴奋地说:“嘿,要是你下个星期日不去找你那位男友艾特威尔,我们不如就叫上马尔维娜·沃姆斯和比尔·考夫林一起到威彻斯特野餐吧?”

“那我明天联系一下沃姆斯医生,到时候再给你打电话。谢谢你,拉塞尔。”

他弯下腰想吻她一下,中途却止住了,接着便转身离去,留下她一人独自悲泣——不过眼泪并未流出来。痛苦无可避免,而林赛从来只是她的过客。

不过说起沃姆斯医生,她如同一汪生命的泉眼。跟马尔维娜在一起时,安总可以尽情哭泣,甚至不哭都不行。

现在已经很晚了,十一点一刻多,她拨通了电话。半小时后,安穿过壁炉,从矮胖的小妇人身边走过,一边抽着烟,一边一本正经地说:“马尔维娜,这一切太糟糕了——我试图,或者至少期望自己能够既作为一个女人,又成为一名光荣的教师。林赛今晚甩了我,但我不想索取安慰,我只想告诉所有人,不知为何，天知道是为何！没有一个男人会爱上我！”

“不会的，安。你、我，以及其他所有杰出的女性（我想我们是杰出的，不是吗？）身上都具备一种品质，它会让男子汉们恐惧，害怕自己在这段交往中相形见绌——那些有野心的、不甘平凡的人总是怯于与优秀的人相提并论。我们所能倚靠的只有两类人——一种是小人物，他们会因成为我们的伴侣而骄傲自负；另一种是真英雄，这种人不会畏惧同任何人较量。”

“这与异性相吸无关，你和我有激情、有魅力。事实上，安，你必须清楚，不仅仅有野心的女人会遭遇你这样的痛苦，男人也是如此的。倘若一个上等男人娶了个卑微的妻子，待她对丈夫的崇拜感消失后，她会用毕生的精力同他相比，试图让全世界相信她配得上自己的另一半，因为她根本无法接受众人只将她认作伟人背后的妻子，她会想方设法地让自己的丈夫心生惭愧。”

“即使同性朋友间也是如此——好比 A 和 B 最初认识时能力不相上下，但 A 逐渐优秀，B 沉溺平庸，长久下来，B 通常难以接受这种差距，他会经常念起 A 早年的落魄，将其说与别人听，以此打压 A 如今的士气。”

“噢，安，这是亘古不变的道理，记得‘亚里斯泰迪斯与正义’的故事吗？大部分人都仇恨上等人，告诉你，目睹名人的坠落所能带给他们的快乐，远远大于把九十九个凡人捧上神坛。”

“当一男一女势均力敌、不会因对方的优秀而相互嫉妒时，也许他们相遇时，男方早已娶了某个自命不凡的小娘儿们，二人便无缘成婚——不过谢天谢地，至今还没有任何一项宪法修正案来阻挠那神圣而古老的婚外恋情。在我漫长的一生中，我一直忙于干涉别人的私事，在我眼里幸福的夫妻大都不是什么显赫的人物，这与女性魅力是无关的，亲爱的。”

“但是，我倒有些好奇——倘若一个女人拥有戴安娜般绝美的面容，是个比卢瑟福勋爵更优秀的物理学家或美国总统、网球冠军、掌握十七种语言的女教师、顶尖的舞者，浑身散发着耀眼的光芒，即使从未有男人凝视过她那湿润的双眸，难道她站在任何活泼可爱的合唱女孩前会自觉卑微羞赧吗？或许这也是个无解的问题吧，阿门！”

不知怎么的，当安回家时，她不再感到悲伤，只是有些低落和无奈，此刻她不再是那个伟大女性，而成了一个小女人。

他们的野餐很愉快。整整三个星期，拉塞尔·斯伯丁把注意力都集中在这儿了，不必细说，他开心得很。安没有给林赛打电话，但他曾试探地给她打了个电话，提议和玛格丽特一起吃个晚饭。安婉言谢绝了，声音微有嘶哑，语气却彬彬有礼。

傍晚时分，安独自一人待在她的公寓，完成监狱里的一项重要工作。她正在研究一本叫《122种节约大米的方法》的小册子，脑袋正嗡嗡作响时，敲门声传来，她漫不经心地说："请进。"

她抬起头，只见林赛·艾特威尔站在门口，望着她，他握着帽子的手正在颤抖，身上显出一种不可名状的衰老和堕落。他的衣领整洁，但讲究的领带系得有点歪，头发也不太顺，整个人像个失去希望的病人。他跌跌撞撞地走向她的办公桌，她没有站起来，这个男人她快记不得了。

"安，我快要疯了！我没办法忍受玛格丽特！她就是只花孔雀！噢，我需要你的内敛和真实——原谅我，安！嫁给我！"

"噢，不，对不起，林赛，拉塞尔和我昨天下午结婚了，明天宣布。"

"什么？天啊！为什么？"

"为什么？哦，我想是因为他提出来了吧。你知道的，我确实喜欢他，没错。"

34

星期四下午举行婚礼对于这两个忙于事业的人来说都避开了麻烦，但拉塞尔当晚要参加一个关于单身税优惠计划的晚宴，第二天晚上还要参加俄罗斯之友委员会会议。他委婉地提议如果他们能等到周六再制备婚礼，就能顺便在马尔维娜·沃姆斯医生的小屋里展开为期三天的蜜月旅行。

“嗯，不错。”安说。

早春的晚上，明月当空，六点，他们来到了马尔维娜·沃姆斯的小屋。火车上的拉塞尔颇有风趣，他在讲《政治家》的编辑如何在委员会会议上花了一个小时试图把对苏俄的绝对忠诚同彻底的和平主义以及对反革命的亲善结合在一起。

车站没有搬运工，拉塞尔把提包丢在肩上再扛进车站，安颇为欣赏地看在眼里——她常常忘记拉塞尔有多强壮，也经常忽视拉塞尔接电话和叫出租时流露出的成熟。

沃姆斯医生的卧室狭长，松木做顶，散发着木头的气味、微风的咸味和书籍的墨香，但过往那“一场谋杀”的记忆始终压抑着她。但当拉塞尔将她一把抱起搂在自己胸前时，她将一切都抛之脑后了。

“嗯！有把子力气啊！但我可不轻。”她说。

安凝视着他，断定他并非在开玩笑。“在我眼里，你是个脆弱无比的小东西，为了保护你那强大的大脑，得要人一直庇护与骄纵着你！”

“好吧，这种说法倒是头回听说，不过你要是遇到我那朋友凯蒂·科尼亚克，可千万别这么跟她说。吃点晚饭怎么样？你真的记得带饭了吗？”

“亲爱的，虽然你的老男人也许是个冷漠的社会学家，但作为一个野餐的提供者，他的智商绝对够一百，他可是男孩帮之王！”

“拉塞尔，亲爱的，你说什么都行，但千万别提那个。”

她的语气里少了些快乐。

拉塞尔买的东西很全，这点让她感动。他搬进来一个似乎很重的木箱，动作看上去毫不费力，又从里面取出半个史密斯菲尔德汉堡、爱尔兰培根、一只鸡和两只乳鸽，牛肉排骨立即被放到了冰箱里，箱子里还有罐装和盒装玉米、西红柿、即食燕麦片、燕麦薄饼、羊乳干酪——她一直想要一个杂货店，很多人都有这个梦想，现在眼前就出现了一个。

他腰上系着围裙，唱着“笑呀，笑呀，笑呀”。拉塞尔帮她准备了第一顿蜜月大餐，娴熟地摆好了餐桌。他总是如此热心满满、天真快活。没过多久，安就希望他安静下来，她感到一种莫名的疲倦向她袭来。她想吃一顿美餐，然后就静静地坐着，望着月光织成的大海，想被人吻得透透的，直到晕头晕脑，想要一个男人搂着她入睡。

“有一条蜿蜒而漫——长——的小路——”

“去它的漫长！”

“亲爱的，你怎么了！”

“哦，对不起，拉塞尔，这首战争年代的歌我有点听腻了。”

“那我就唱个轻松的，《诚实的贫女》？或者——我是不是太吵了？结婚有点伤脑筋，是不是？但终归令人高兴。‘我是一只小老鼠，一百九十磅的小老鼠——老鼠穿过象群——蟑螂爬过河马——上帝本能创造更多可爱的动物——’”

他继续唱着，没指望安会认真听，但她却乐了。他们坐着，注视着海上即将升起的月亮。他紧紧地搂着她——既没有腐鱼一般的胆怯，也没有过分贪婪的激情。

十一点时，他突然说：“我们睡觉吧。”

“可——”她有些羞怯和害怕。

走到客厅里，他抓住她的手，把她领到靠窗的座位上，让她坐了下来。她始终很紧张，直到看到了他的脸；安突然有些想笑，他看上去是那么忧郁多愁，声音像基督教女青年会上成员们的发言，沉重而雄壮：

“安，这一刻终将来临——我们都是这个世界上的个体，我想我们或多或少都被赋予了一丝幽默感，但这一刻，让我们放下以往的松弛，相信神圣吧。我想我也许应该早一些向你交代，无论如何，我希望你能接受——虽然我从来都不是个风流公子，但在这方面我并不是一片空白，我有过往，我并不是完美的。”

“什么？”

“呃，我很遗憾地说，我并不是——”

“嗯，我也不是。”

“你不是？”

“不——不完全是。”

“哦，当然，这很正常，没关系，你很现代。”

“不是！我是一个女人！不是简单的现代产物！”

他有些费解，他的脸活像一个头回看到放大镜而感到困惑的小男孩，接着，他释怀地笑着说：

“天哪，我很高兴你不是！哦，安，我是一个多愁善感的人，一个虚伪的信徒，有些桀骜不驯、装腔作势！我会成为一名改革者只是因为我喜欢张扬！（别再让我想起我的坦白，好女孩，那会使我疯狂！）我一直想打造一个美好精致的场景——从而高贵地承认自己的庸俗！哦，我是一个典型的多愁善感的自由主义者！你却那么大度、诚实，那么——不，不对！今晚不是！你是我的女孩！过来！你这里怎么解开？”

她喜欢拉塞尔，至少喜欢他对自己的迷恋。这天晚上，从他承认自己的伪装，直到她在他怀里醒来的那一刻，他们就像一堆盘子一样紧紧叠在一起，她相信自己是爱他的。

她确认了他并不需要精致和顺从，拉塞尔享受下流而淫秽的时刻。第二天，他常常光着身子游泳，只穿一双草鞋，系一条围裙，把桌子摆好。他给她讲的故事不仅有些肮脏，还十分陈腐。

整整一天，安都沉浸在享受中，整个人都变得活泼而低俗，丝毫未有介意。不过，在看多了凯蒂·科尼亚克那类人后，她又觉得粗俗中并没有多少乐趣。安开始觉得在这一段亲密关系里，拉塞尔有点太吵了，他总是高估自己的运动天赋。就如林赛缺少勇气，拉塞尔缺少克制。

当他在走廊上削土豆皮的时候，她悄悄地从他身边溜开，而他以为她依旧在身后，便继续唠叨着。她沿着海滩跑下去，坐在两个沙丘之间的阳光里。她看上去既快乐又年轻，头发随着系上的红帕飘动着。但是，当太阳逐渐使她平静下来后，她听到自己脑中不断回荡的机械声，她的心情又严肃起来。

“他就像个孩子，很善良，也并非傻瓜。（我真希望他别这么爱开玩笑，别总爱在我身边搔痒!)但他还是个孩子,无所作为、自命不凡,我并不愿他成为我孩子的父亲——普瑞爱德的父亲。”

“不,这不是真的,他会是个出色的父亲——通情达理、耐心仔细。但我希望普瑞爱德别随了他,女人总想在孩子身上看到自己所爱的男人的影子。”

“哦,我的上帝!我都做了什么?只是为了报复林赛,只是为了给他点颜色看看!拉塞尔!这个跳梁小丑!以为喊我‘博士’就是幽默!这个肥胖的乡巴佬,只会在篱墙下捕寻爱情!我这样一个骄傲、自由、强大的人,如今竟不得不跟这个小丑睡同一张床,还要听他讲笑话!”

她的呼吸急促起来。

阳光依旧抚慰着她,海浪轻拍着沙滩,这里坐着的依旧是个受过饥饿的健康女人。她悄悄地走了回去,坐在靠窗的座位上,受到体贴的招待。但从此以后,她尽力避免着生下拉塞尔·斯伯丁、伊格纳茨、这个自由主义花花公子的孩子。

35

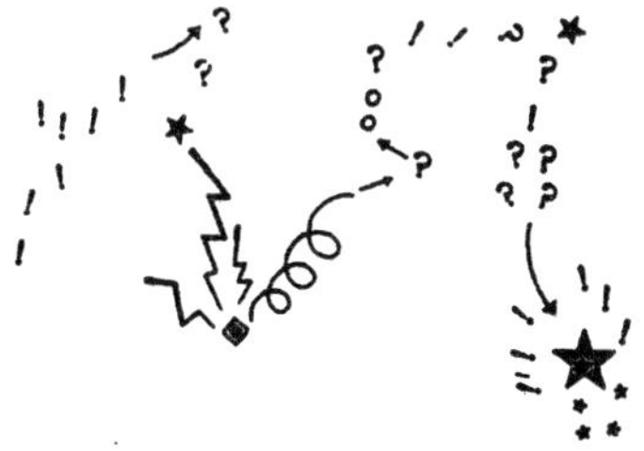

螺旋、星星、光线、光束、曲线——

演说

激进的演说、进步的演说、自由的演说、展望未来的演说、认真的演说、鼓舞人心的演说

比如罗杰、宝库

哭、吼、叫、喊、吵架、招呼、嘶哮、尖叫、恐惧、昏迷、呼声、叫嚷、沙哑、响亮，将安·维克斯托起

那声音，呼着、喊着、唱着，撕碎空气，直冲霄汉

激进党中的激进党

汤姆·慕尼

监牢假释

斯大林

不宜的绝育，不宜什么

富农
加斯托尼亚
同性恋
政府委托书
共产主义
海地
尼加拉瓜
中国，还有
上西里西亚
利比里亚，神圣自由之地，还有
资本惩罚
生育控制
黄金标准
密封装置
萨科与万泽蒂
拉姆齐·麦克唐纳
议员，还有
美国劳工联合会
马蒂沃尔联合会
社会平等
种族平等
什么是平等
同性恋
多数党失去比尔·福斯特就意味着失去了机会
但如果比尔·海伍德还活着又会如何
同性恋，还有，偏见，为什么不是汤姆·穆尼
关税，关税下调
钢铁工厂，还有
没有还有
同性恋
兰德学校
社会病，为什么是社会

马其顿共和国，马其顿在哪
墨西哥
美国规划协会联合授权委员会
间质性肺炎
地方改善
亚利桑那州亚美协会
亚美协会
工会联合会
利文斯顿跨学科专业协会
全国有色人种进步协会
美国公民自由联盟
戏剧协会
克拉伦斯·达罗
弗洛伊德
阿德勒
容格
伯特兰·罗素
约翰·杜威
艾尔·史密斯
山姆·戈佩斯
统一战线
利亚诺殖民地
穆尼和比林斯
为何不是比林斯和穆斯林
还有
演说
那些
所有
哭、吼、叫、呐喊、叫喊、吆喝、叫嚣、嘟囔、咕哝、沉吟、怒吼、呼啸、狂嗥
还有
演说
从活泼的教条、收敛的狂热、地狱般的快乐、每周的薪水，到餐桌上的贵妇

看到聪明孩子时的羡慕形形色色的人、各式各样的礼仪和阶层，都在期盼着改革

事实上，所有这些正义的信徒

都是反叛杂志的编辑

共产主义鼓动者被保释出狱

统计学家

服装工会主席

哥伦比亚教员

露西·斯通联盟成员

共和党报纸的社会主义记者

银行家的妻子们为了报复她们的丈夫，去救济共产主义者，在他们需要粥的时候，喂给他们香槟，他们都需要粥，无论是身为银行家的丈夫还是共产主义者，但是银行家的妻子、俏皮的太太们，若是为信仰而去煮粥，会受到诅咒，她们让管家们一次又一次将香槟倾倒

去鲁马尼亚、北达科他四处游说，民歌、纳瓦霍人、素食主义者、鸣禽，把雕塑中的犹太男童造型应用在男装设计中

外国人，大胡子 1 号，大胡子 2 号

这一切如金币般闪亮的灵魂，都是丰满的，不像格林威治村的文艺晚会，只有杜松子酒，这里只有不断的**演说**

那天晚上的聚会上，聚集了很多激进派和进步派人士。安躺在拉塞尔旁边的一张双人床上，这时，她又战战兢兢地想起了那天晚上的话题，(她喜欢自己一人待在房间里，但他认为两人一起“要愉快得多”)然而捕捉到的不是当晚的声音，而是闭上的眼睑里的火焰。

除了她已从事多年的“社会工作”，安只有为数不多的几个亲密朋友。拉塞尔是自由主义的宠儿，他身边总会环绕各种声音，如果某场公共活动没有邀请他，他便会不高兴；倘若他圈子里的哪个名人不认可他，他会很痛苦。

这世界上有多少种职业，就有多少种名人，但成为名人的只有少数。例如，1932 年里的知名人物只有林德伯格上校、乔治·萧伯纳、威尔士亲王、德皇、弗洛伊德、爱因斯坦、希特勒、墨索里尼、甘地、兴登堡、葛丽塔·嘉宝、斯大林、亨利·福特，其中最重要的就是阿尔·卡彭；这十四个人中有五个会在 1935 年被人们遗忘。不过，工程师中也会有著名的工程师；在堪察加半岛和巴黎，医生们

都曾耳闻他们某位同事能破纪录地取出阑尾;某家干洗店会出现在全国洗衣工大会的平台上,引起狂热者歇斯底里的欢呼;有些作家的名字在他们去世一年后仍为书评人所熟知。因此,改革派圈子里会有一部分人认识内布拉斯加州赢得少数人选举的男人或在迈阿密担任了一年少年法庭法官的女人,而拉塞尔就是这样的人,他渴望被人看到。他出席宴会,介绍了发言人,向国会签署了废除贫困和罪恶的请愿书,成为七十个协会的名誉副会长之一,这些协会废除了清教徒法规,或者释放了所有因殴打警察而入狱的耿直暴徒。拉塞尔出席这些丰富活动不仅是出于喜欢,更多的是他享受"走出门"的感觉。

安被沃姆斯医生的热情吸引,她会去看戏、听音乐会或享受宁静的时光。拉塞尔渴望的地方,应该充斥着演讲、活力和声音,还有对抗现实问题的实际办法。那个地方没有酗酒,也并不放荡不羁,他们不需要杜松子酒就可以从俄国富农的罪恶与达科他富农的美德中得到足够的乐趣。

这是个心旷神怡的夜晚,安又遇到了珀尔·麦凯格,那个瘦削而认真的年轻女人。她长着像煮熟了的鸡蛋一样的眉毛,曾经在皇家女子学院里指责她这个政治家表现得过于亲善。(安觉得奇怪,昔日笨拙天真的安·维克斯在珀尔的眼里竟然是温顺的!)珀尔以一名社会工作者的身份来到了纽约,她曾是某个合作商店的宣传员,战后成了马其顿的宣传员,紧接着又成了一名共产党员。她是工会联合会的组织者,该联合会是美国劳工联合会的共产主义对手。从皂盒上的印字到堪萨斯城教堂论坛的讲台,她到处宣扬共产主义。同时,她还为《每日工人报》撰文,解释所有的社会主义者和自由主义者都是皮尔庞特·摩根的秘密特工。珀尔的打扮总是那一身棕色的羊毛套装、棉质长袜、磨平的夹持鞋和一件仿麂皮的拉链夹克。她平日里需要留意的事情很多:晚礼服的搭配、教堂、詹姆斯·布兰奇·卡贝尔、肉、仆人、沃尔特·佩特、赫伯特·胡佛、克拉伦斯·达罗、漆皮皮鞋、雪茄、葡萄酒、钓鱼、约瑟夫·赫格斯海默、丽兹酒店、轮船头等舱、奥斯瓦尔德·加里森·维拉德、钢铁股票投资、特洛茨基、威尔士亲王、教皇、《纽约时报》《晚报》《太阳报》《先驱论坛报》、海伍德·布隆、丝绸内衣、非纸制烟嘴、日本、慈善机构、社团、淫秽故事、钻石、奥卡西和尼柯莱特、哈佛、马球、威廉·伦道夫·赫斯特、单一税、拉姆齐·麦克唐纳、高尔夫、圣诞节、维拉斯克斯、胭脂、托尔斯泰、浴盐、彼得·克罗波特金、鳄梨、《星期六晚报》、银行家、律师、医生、阳光浴(但要避开其他三种性别的裸体主义者)、伊夫林·沃,波兰、H.G.威尔斯、诺曼·托马斯、罗伊·霍华德、亚麻手帕、早上六点起床、普尔曼汽车、新共和国、盎格鲁天主教徒、《灵魂施洗者的三粒种子》、基督教研究者、红皮书、世界主义者、纽约客、H.L.门肯、《约翰·洛克菲勒系列》、威尔·罗杰斯、除福特和二手雪佛兰外的各种汽车、迪恩·基尔奇韦、《时尚》杂志、《芝加哥论坛报》、红衣主教海斯、简·亚当斯、全国有色人种进步协会、棕榈滩、轮盘赌、杜松子酒、礼服、出租车以及安·维克斯博士。珀尔同样狠厉、个人主义、守旧，且对工人和苏联缺少忠诚。

带着女执事的冷淡镇定，她对安说："你还在试图通过改变资本主义制度来修补它的缺憾吗？那你还不如把最黑暗的牢房留给政治犯们吧！"

"不许你这么说！"安回应道，带着狂暴的单纯，仿佛能净化珀尔在人类身上种植出的灵魂。

蜜月期间，安向拉塞尔建议，用他们负担得起的共同收入，在郊区购置一间小屋，从而拥有一个独立的家，而不是与曼哈顿的其他乌鸦挤在一处栖息地。

"哦，不，我想你错了，亲爱的！"拉塞尔抗议道，"这样我们会失去与这个城市里的人们的联系，他们对我们很重要。你想想，只要在莫里斯坦布拉特待一个晚上，你就能见到那些人，了解黑人佃农的底细、利帕里群岛和关于外国债券的丑闻。哦，不！如果我们搬到郊区，他们顶多只能成为我们的桥牌牌友！"

安从未打过桥牌。

那一刻她在想，说服一位狂野的年轻妇女、让她相信一个模范监狱里的幽禁氛围比吵闹来得更令人舒适这件事，是否比不上玩桥牌所带来的快乐。

他们有一套公寓，公寓又大又便宜，建在1895年的一座古老的、样子近乎史前的寓所里，有着尖塔和摩尔式拱门的外观。它位于第六大道高架延伸段的上方，与电车、汽车、卡车和牛奶车一起在夜晚恐吓着安，让她从睡梦中跳起来，如同豹子在丛林营地的芦苇墙旁咆哮。公寓里有蟑螂，墙壁是潮湿的，散发着椰毛垫的味道。

他们的客厅有三十英尺长、十八英尺高，是开展激进党甚至是自由党集会的绝佳场所，虽然后者规模更大，但绝没有这番吵闹。拉塞尔和安大约有一千一百本书，涵盖了社会学、诗歌和侦探小说，他们看上去很有学问。在这种理智的孤独中，人们可以假装远处的高架火车从未隆隆驶过，直到其中一列从窗前经过。

在这里，她听到海洋、浪涌和不断的谈话声，它们就像一片浪花和另一片浪花一样毫无差别。

起居室的墙壁上贴着仿牛皮的墙纸以及染成桃花心木的松木条，他们目前还没钱撤掉这些，而且安发现拉塞尔相当喜欢第六大道上的男爵气派。

角落有一个壁龛，庞大得几乎像一个小单间。当他们买下它的时候，拉塞尔渴望地对她说："亲爱的，你买下来吧，可以用于你的研究。"

"不，要买你买，伊格纳茨，我都是在外面办公，在家里除了看书什么也不做。"

她温柔地、有点好笑地看着他把客人们领到他称之为"小房间""书房"或"办公室"的地方，她确信如果不是这么小，他一定会称之为他的"工作室"。许多晚上，他清闲下来，同时无客人造访时，就会安静地、兴奋地、放松地跑去那里休息，安会看着他把邮票贴到集邮册里。他是个忠实的收藏家，有一大堆关于查理画册、改值邮票、无孔邮票和航空信纸的集子和标签。他发现批准书上也有"珍宝"，兴奋地跳到椅子上，搔了搔耳朵，拿起放大镜对着看了又看。从一岁到十一岁，每当他在锡拉丘兹的哥哥亨利向人展示柯达的少年专辑时，他便会掏出他的集邮簿来。

八月，结婚五个月后，他们放了一周的暑假。拉塞尔坚持要利用假期在阿迪朗达克的激进阵营召开进步政治会议，安收到帕特里夏·布兰布尔从新罗谢尔寄来的信件：

亲爱的安妮：

结婚怎么样？周末何不过来看我？镇上新来了个房地产经纪人，叫莱斯特·波默罗伊，又高又瘦、善良又愚蠢，他把我所有的顾客都抢走了。他虽然不聪明，但知道如何与一个想用35000美元买下价值75000美元且带有鱼池的宫殿的人打交道。他把我所有的生意抢走了，所以我嫁给了他。来看我们，带上拉塞尔也行。

爱你的

帕特

她去了，没有带上拉塞尔。

帕特和兴高采烈的波默罗伊先生住在一个传统的、非常舒适的仿殖民地的小屋里：印花棉布、折叠椅、坐卧两用的长沙发、五英尺长的书架、留声机，厨房贴着彩色瓷砖，配有一个冰箱，屋外草地上有一张绘有大丽花的圆床和一个容放两辆车的车库。帕特穿着一件薄薄的、有花的家居服，脸上流露出一种近乎傻子式的满足感。

“哦，安，”她欢呼道，“我开心得像两个百灵鸟！我的老男人崇拜我，他说我是布朗宁夫人和玛丽·皮克福德的结合体。如果可以，我们还想要个孩子。但是，哦，安妮，这种生活并不浪漫，而是一种肮脏、庸俗、为寻求安定而做出的选择——我是说就物质而言。我不必每天早上早起，匆匆忙忙地去办公室，整天和许多脾气暴躁的男性打交道了。我可以尽情地躺在床上，让女仆给我带早餐！我发现，这些年来，自己之所以周旋于郊区的房地产界，是因为我对房子、闪亮的碗碟、花园和精致的壁橱充满了渴望！我想知道，你是否把对孩子的渴望深深地隐藏在了你对囚犯的照料中呢？我带你去看看房子，身为销售员，我告诉你它差不多能达到E2级别；但如今身为女主人，它在我心中就好比温莎城堡了。但是听着，我不会就此收住自己人生的脚步，我告诉莱斯特关于女性买家的特质以及如何向她们推销房子。我上周二卖出去了我的第一栋房子，挣到了钱，当然这不是非做不可的——一切都特别顺心，来看看小屋吧！”

如果安不是如帕特对那套俄罗斯亚麻布餐具、煤气烘干机、蜡烛芯床罩那样毫无抵抗力的话，她也渴望得到这些。

她们坐在长长的草坪上，坐在柳条椅里，相当安静。安颇为郁闷地觉得，听不到拉塞尔的忙碌和吵闹仿佛成了一种宽慰。

那天晚上，邻居们也过来了，都是些壮实、可亲的人。他们打着桥牌，啃着三明治，痛饮啤酒。

她躺在一间清新、舒适的卧室里，听着银色的河水寂静流过，昆虫的鸣叫似一支单簧口琴乐团的演奏，更加衬托出夜的沉默。

她曾经被那些嘴里谈论着颜色的声音、六边形的味道、长笛音调的光滑与凉爽的艺术家们的理直气壮激怒过，但在过去的两个月里，她的眼睛确实看到了城市的喧嚣及夜晚不断的、刺耳的轰鸣，宛如一个深褐色的邪恶港口，上面的船只正在燃烧。

她醒来时，看到了窗外的知更鸟和阳光，空气里没有火车驶过时喷出的油脂。

“普瑞爱德和我也会有这样一个地方。”她说。

36

结婚几个月后，拉塞尔很爱表现，时而喜欢炫耀自己的个人财产，时而喜欢搔头弄姿，当安说出让他咯咯笑的男人逸事时，他就会开始装腔作势。无论在哪种情况下、在任何情况下，他都不是自然的。他的自我没办法给予安所谓的安全感。但是，他们结婚六个月后，社交上、应酬上的烦恼重新占据了安的心。

他把她当成一个小妇人（也就是这么称呼的），这使她很生气。

他显然希望她有足够的地位，担任一个使两人都具有社会重要性的职务，也不介意她去缴付房租和杂货店的账单，但当她在公共晚宴上没有好好表现时，当她落入诸如“刑法学的首要问题是囚犯的安全”之类的陈词滥调时，他便会为之恼火。只是，私下里，她必须是个小妇人——否则，身边的他怎么可能是个大丈夫呢？（他告诉过她，有个女孩就曾如此称呼他）但即使在她最温和的时刻，倘若他买来维也纳巧克力逗她开心时且安没能表现出足够的女人味时，他绝不会放过她。

有一次，她让他去书店买布洛森的《格式塔心理学》。这本书很重要，她会以此为参考，在弗农山现存问题俱乐部发表演讲。她比他先到家，把她的德语词典都翻了出来，掸了掸灰尘。他像一只春天的公羊一样蹦蹦跳跳地进来，满脸得意地捧着一束菊花，大小和样子都像小麦捆。

“太美了！你真贴心，书买回来了吗？”

“什么书？”

“嘿，别闹了！你答应了的！德国心理学的书！”

“我的天啊！我们是多么重要的一个小学者啊！潜入知识的深层，成为最伟大的思想者之一！可是，那些又厚又难读的书你真能看进去吗？”

他试图拍拍她的脸颊，她猛地走开，愤怒地说道："哦，该死！行！我不会再麻烦你了！书我自己买！"

"怎么了——怎么了——我伤了你的心吗？"他倒抽了一口冷气。

今天晚上，一个从斯图伊弗桑特工业之家假释出来的女孩来看安——这样的女孩每个月能有几十个。这个女孩因为从她曾经做过裁缝的制衣阁楼上偷丝绸而被判服刑一年，她说她"想改邪归正"，但是找不到工作，也得不到任何帮助，只能从她的假释官那里得到三言两语的道德说教。她的假释官是一位虔诚的教徒，也是一位有权势的女士，她是灯塔联盟的代理人，负责救赎初犯。安给姑娘写了一张纸条，交给格林威治村一位和蔼可亲、知识渊博、踏实务实的女士，她经营着一家服装店。趁着不以为然的拉塞尔没有注意，安把一张 10 美元的钞票塞到了女孩手里。女孩走后，安在屋内踱来踱去，像在做演讲；而拉塞尔则坐那把深椅子上，看上去有些愤世嫉俗：

"假释！这是惩罚的关键，没有什么是被忽视的。不能怪假释官，他们中的大多数人太忙了，还有许多人太无知了。倘若赐予我任何一丝优雅、激情，甚至理智，我会立马放弃这份监狱的工作，去涉足政界，然后强行通过一项法案，拨几百万美元用于假释，就像拨给监狱的经费一样，让那些被假释的、正恐惧的、患病的犯人和身体虚弱的肺结核病人一样，受到人们的关注。我愿意这样做，我相信我可以！"

拉塞尔自鸣得意地说："多么伟大的思想啊——我们会成为众星捧月式的领袖！是的！哦，亲爱的，当然！如果你从政，坦慕尼厅同样会听命于你！。"

她在餐桌前滔滔不绝，面前是那个宣称要捐赠所有的小剧院、杂志期刊、俄国电影、年轻诗人以及为出狱罪犯开办工业学校的人，尽管他从未付诸任何行动。安用平淡无奇的故事和生动的例子，坚持认为能够真正掌握从业技术的罪犯，不论男女，还不到十分之一。她的同伴颇有兴致地听着。也许她有点自以为是，也许她忘记了自己是一个妻子，而把自己当成了一个认真无比的男性高尔夫球手。拉塞尔下面的一番言论却着实伤人——不仅激怒了她，而且伤害了她，伤害了存放着忠诚的内心深处：

"好了，亲爱的，我们之间的矛盾被你化解了。现在你只需去跟俄国解释一下，把生物物理学的事跟他们讲讲！"

这种矛盾的赞扬常使她感到厌烦。他在宴会上对陌生人介绍她是一个怎样的人:一个刑罚学家、执行官、心理学家,她是多么勇敢地在一个不起眼的南方监狱里平息了数十次骚乱,事后又对那些反叛者是多么的温柔宽容。然后,在回家的出租汽车里,当他赞美完她、分享完她的光荣,当她比她所承认的更热爱这场表演并开始固执己见之时,他就会刺痛她:"亲爱的,我很高兴你玩得开心,但我觉得如果你稍微努努力,也许就能让文森特医生也讲上两句了。"

这时,如果有人无知地喊他"维克斯先生",他在出租车里估计就要做出一长串的解释了。

"我要告诉那个白痴!我承认我当然只是大名鼎鼎的维克斯博士夫人的丈夫,但我在社会工作中确实也有属于我的低调的、温顺的、堪比贤妻贤母的地位!"

然而事实上,最使他生气的并非这些,而是某些年轻或年老的教授反驳安关于囚犯心理的观点时,威胁到了斯伯丁一维克斯家族地位。那时,这个老灰熊、勇敢的老拉塞尔就会站起来,挥舞着他的爪子,咆哮道:"亲爱的朋友,维克斯小姐对于这个理论有着丰富的实践经验,你是知道的!"

这样的夜晚,他会变成她的情人。

然而这只是少数时候,平日里,他还是喜欢将自己塑造的戴安娜神像给一把推倒。

安对他并不总是温顺的。

当他不只是为了取乐而伤害她那坚忍的感情和她对爱情的渴望时,当他真正生气并发自内心地告诉她:她是一个糟糕的刑法学家和一个糟糕的执行官时,平时与杀人犯打交道的安·维克斯博士便走进房间,而他立马卑躬屈膝地上去道歉,引来她的鄙视。然后,他又开始吹嘘自己不是一个有能力的、熟练的、给别人发钱的给予者,而是一个社会学家。

他确实是这么吹嘘的,他称自己为"社会科学家",并经常说:"在我的研究中,我难以投入百分之百的热情,但有一种热情是我无法抑制的,那就是对追求精确的热情。"

倘若此话当真,安想,那可算是历史上最令人沮丧的热情之一了。

伊格纳茨一心一意地想要征服她,他确实试着做出一些安静、认真的调情——或者说"亲热",在这个时代都是这个叫法。他总是一个触碰者、一个试探者和一个抚摸者。即使和男人在一起,他也喜欢挽起他们的胳膊,拍拍肩膀;

而对于女性,他只能强忍住自己的冲动,才免于亲吻她们的脸颊,搂住肩膀,环绕腰部,甚至抚摸脚踝。在一些更大的派对上,安在结婚八到十个月后,已经习惯看到他溜到储藏室或者阳台上,混在那些聪明的年轻女人堆里——她们穿着紧身短裙,留着老鼠一样的头发——然后等她们再进屋的时候,他的脸上似乎带着一抹羞愧。

安确实曾有杀了他的冲动。

但这并非出于他在性的方面对她的背叛。一个月又一个月过去了,当她意识到她对他来说并不是一个神龛,而仅仅是铁路上的一个车站时,她的这种感情就渐渐淡薄了。他宁愿要最下流的年轻女人而不愿要她,这是对她尊严的侮辱。哪怕他去偷看更聪明高贵一点的女人,安或许还会好受一些……她暗自想道。

是的,她只要稍做手脚,就足以置他于死地。她曾想过,倘若她因谋杀、通奸或任何不光彩或卑鄙的罪行而身处铁栅栏的这一边,而马尔维娜、帕特里夏·布兰布尔、埃莉诺·克雷维科尔可能在栅栏的另一边,这将会是多么奇怪啊!

她觉得他的调情无非停留于身体上的轻抚,但凡他更大胆一些,她也不会如此瞧不起他。拉塞尔从未有过出格的行为,以至于被她抓到借口在家里大发雷霆,把他赶出去。她真希望自己有这样一个借口,因为他们已经不可避免地陷入了一片烦躁乏味的沼泽地。

不管怎样,她不会让他成为普瑞爱德的父亲。

他软弱、腼腆,似流过卵石的小溪般油嘴滑舌。

但是——这是女人一切悲剧的核心:如果她在接下来的两三年里没能怀上普瑞爱德,她就再难以拥有她了。四十五岁的安并不衰老,可徒有雄心壮志,生育年龄将要过去了。拉塞尔,这种受到诅咒的粗心人,对于孩子并没有那么渴望。孩子也许可以模仿他、奉承他,且每当成人不愿搭理他时,孩子能为他带来相应的安慰。然而,他已经六十岁了,这种想法似乎难以实现。

一件件糟糕的事情堆积在一起——再乐观的女权主义者也应付不来。

她不愿意让拉塞尔·斯伯丁成为孩子的父亲,这是一场绝望的比赛,因为没有其他人可以做孩子的父亲。不过,无论如何她都不会让他那松弛的手去碰她和她的普瑞爱德,绝不!

她要去大西洋城参加一个妇女管教所的会议,整整一个星期,她都在钻研有关饮食对监狱纪律影响的材料。她一边心不在焉地看着六十篇医嘱，一边自言自语地把它们念给家里的拉塞尔听。

他怒气冲冲地说："跟你结婚，就像跟一堆纳税问题躺在一张床上！"

她立刻后悔了："啊，是不是我疏忽你了？哦，亲爱的，恐怕我的思想太狭隘了！让我把这个无聊的大西洋城会议开完吧！我要看看自己是不是有当贤妻的潜质，也许这会使你爱我，而非仅对我感到好奇！"

奇妙的一吻。

大西洋城的人都说维克斯博士关于监狱饮食的演讲很精彩，几乎是革命性的一次演讲。一位大西洋城中部的严肃主妇深受感动，回到管教所后，决定每周给来访者发九颗西梅干，而不是五颗，还要加上炖杏，每年夏天再加一颗新鲜的甜玉米。但是，正当安席卷观众时，她却想起了那可怜的拉塞尔。

安有一大特点，那就是即使与别人发生争执，她也能站在对方的角度上考虑问题。她管教凯蒂·科尼亚克时，会想凯蒂只是没有经受过公平的对待。现在她明白了，拉塞尔对她受损的声名以及冷漠的独立而感到恼怒是情有可原的。而阳台上那些瘦弱的小傻瓜会靠在他高贵的胸膛上，朝他呼气。他尽管粗俗、肤浅，却也是个能工巧匠，而且心地善良。

她从大西洋城回到家里，一心一意地做个贤妻良母——当然，这是最没有希望的一种尝试。

但有几天似乎取得了一些成效。

拉塞尔很高兴，因为她下班后不再关注其他。她似乎愿意在他摆弄她那粗糙的手指弹起《这只小猪去市场》的时候，静静地坐上几分钟；她没有把晚餐菜单留给厨子，而是亲自做出了他那爱冒险的灵魂和贪婪的胃所喜欢的精致而辛辣的菜肴：纽伦堡香肠、鸡肉炒面、像精灵帽子一样的油炸蘑菇、玉米布丁、意大利饺子、泡在波特酒里的斯蒂尔顿奶酪、枫糖浆玉米华夫饼……他会高兴地在一顿饭内都解决了它们。

他变得有些专横起来，未经询问她的意见，就邀请了她最不喜欢的朋友到公寓来——甚至女仆都不在家，她不得不临时去熟食店买食物，晚饭后还要洗盘子。

这个场景十分奇怪，这是女权主义的最终成果：一顿四人晚餐过后，斯图伊弗桑特工业之家的高级主管安·维克斯博士和沃纳·巴勒姆夫人（在外是工匠家具店的高薪主管简·埃默里小姐）在客厅里洗盘子；而拉塞尔和巴勒姆先生则淡定地坐着，讨论着房地产价值的上升。巴勒姆先生是位作家，这两年写了一首八行十四行诗和一首五行七重奏的过渡曲。当两位女性进来相互交流厨艺时，两个男人展现出不屑的神情。

拉塞尔参加了第五大道举行的首次选举权游行，以及后来的所有类似游行，沃纳·巴勒姆冒着风险，在波士顿爱尔兰人中发起女权运动，而他们的妻子都比他们两位的工作更累，也更赚钱。但是他们从来没有考虑过，这些忙于工作的妻子不应该再为她们的丈夫做饭、寻找或解雇用人、修补丈夫的袜子，或在把衬衫送去洗衣房之前摘掉上面的挂牌，记录关于打高尔夫球的约会或各种紧急电话号码及来电者的姓名、地址、电话、见面地点，开往高尔夫球场的火车时间，一切都要准确无误。对于所有男人来说，如果自己的妻子因为出席晚上的商务会议而回来得晚了，那么她们必须要做点软糖、威尔士干酪或炒鸡蛋来安慰一下她们的丈夫。

安，形势不利，毫无疑问，你的曾曾孙女依然会经受这些痛苦。但自出生之日起，生活就将你卷入到这场战争中去，你至少要学会警惕那些对抗你的力量。

37

不论是酒鬼、坏脾气的男人还是生性多疑的女人，在日复一日的生活中，那种无所事事的状态会比婚姻更为单调。作为妻子，如果安从未对拉塞尔毕恭毕敬过，那么没有人会让她保持这样的状态超过两周。她又出发了，循着线索，叫嚷着要找到那些反对初犯缓刑的狡猾狐狸，她本应该与拉塞尔做着所有的爱情美梦，而不是将时间浪费在岁得岛一份关于累犯的报告中所提及的 2.6 的失败上，但此刻，安已将他抛之脑后了（对拉塞尔而言的确如此）。

隔阂来得出人意料。

拉塞尔兴高采烈地回到家。他们晚上很悠闲，晚餐吃了一份美味的牛排，一切看起来都很美好。他的身姿无比轻盈，安发现他神神秘秘的，便问道："你葫芦里卖的什么药？有什么好事吗？"他跳起来高呼：

"听着，宝贝，我的机遇来了！你知道史莱迪吗？就是那个连锁大酒店的老板，对慈善组织机构贡献很大的那位。他打算以后不在这种昂贵酒店上投资了——它们现在太贵了，不过，他要为工人们在便宜的地方投资。真的，他想建一个又大又便宜的城市连锁旅馆，非常高级。当然了，因为我之前在慈善组织机构负责管理所有的旅馆和便餐店之类的，对它们的情况很了解，所以他让我做整个连锁酒店的助理经理，每年收入 1.2 万美元，1.2 万美元啊！那可是我现在薪水的两倍！——对于管理层来说，这是一个好机会，而且每年大概有 3 万美元的收益，年年如此。天哪，太棒了！"

"什么——哦，拉塞尔，你真的想做生意吗？"

"为什么不呢？"

"你太欠考虑了！"

“好吧，你，还有所有人都会指责我！你总是质疑慈善的价值，总是挖苦那些觉得自己缴纳单一税或普及戒烟就能‘拯救世界’的人！”

“我知道，我明白。沃姆斯医生也是这样啊，除了治疗断腿、摄入盐分、胰岛素和奎宁，她质疑医学上一切的价值。但这并不代表她会在杂货店工作，就算每年赚100万美元也不会。拉塞尔，因为如果能有所成就的话，无论多小的职业，只要一个社会工作者有一份工作，像律师、医生、艺术家、牧师、校长或士兵这样的，那就有义务做好它。或许你会觉得不可思议，可如果必须放弃那份责任，那就是一个悲剧。你不需要这笔钱。我们挣的钱足够生活了——”

“我想你接下来要说，要是没有你那些钱，我们就不够——”

“亲爱的伊格纳茨！你怎么能这样说，天哪！”

“好吧，如果你觉得我会继续像个跟屁虫一样在你身后——总有一天，我会成为百万富翁的，而且——”

“而且你会得到一把来复枪，然后消灭所有的印第安人，成为一名工程师，扑扑地开着卡车！你是打算赚到100万美元以后，才从幼稚的心理中长大吗？100万美元！那也不会有多高雅！你要这一大笔钱做什么？我告诉你，等你成为一个慈善家，你可以站在桌前告诉崇拜你的年轻上进者们，跟他们说你从商时没有放弃过自己的理想！我要出去走走！”

悔改、歉意充斥着拉塞尔的内心，他平静了下来，但随即又坚定了内心的目标。他真的辞了职去帮助史莱迪开创连锁酒店，也体会到一生中第一次有足够的钱去叫计程车而不计较。如今，安打心眼儿里觉得自己以前对他持有偏见，但是对她来说，她是不会去为从工人的一角钱中赚几百万而建的酒店工作的。

他们租的拜占庭式公寓将在1930年1月1日到期，到那时他们刚好结婚一年零九个月。拉塞尔得去太平洋海岸处理酒店集团的事务，便让安去找一个新的更现代化的公寓，找的公寓要配得上一个正在崛起的年轻酒店管理者的身份——在美国的地位几乎相当于钢铁、肥皂或者汽车中的贵族。

安为拉塞尔找到了一套很好的公寓，又把自己的书、椅子和亚麻布床单搬回了她在酒店的老公寓。

拉塞尔回来的时候，见状朝她冲了进来，但是当男子气的狂暴怒火遇上安冰冷的眼睛时，一切都烟消云散了。“怎么了，就这样把我留在家里？我做错了什么？”他的声音里满是乞求。

“没什么，亲爱的。”她语气温和起来，不再那么冰冷。“但对于我们两个人而言，隔阂在所难免。我们不要像大多数已婚夫妇那样，有了矛盾还拖拖拉拉的，不断地努力尝试又不停失败，直到双方都感觉厌倦。”

“你，你想要离婚吗？”

“不是很想。”

“那我们——啊，如果你一定要这样，我们就分开住一段时间吧，试着从对方的角度思考一下。老实说，这不光是因为我不想被人嘲笑，更因为我抓不住你。我爱你，比爱任何人都多。我是真的爱你！我不明白！我不知道我做错了什么！我不知道没有你我该怎么办！”

他恭恭敬敬地站着，一个高个子男人，摩挲着嘴唇，微胖中年脸上那双眼睛露出惊恐的神色，像吓坏了的孩子。

分开之后，安比跟拉塞尔同居的时候更加孤独，比曾经蜗居在这个公寓时更为孤独，因为不会有林赛·艾特威尔或者拉塞尔·纳伯丁打来电话了，而帕特·布兰布尔也很少来镇上。

拉塞尔每周都恳求安留他过夜，但这未免过于勉强，太急不可待了。

然而，安感到十分孤独，这种不想要的自由对她而言毫无意义。因此，在三月下旬，当拉塞尔颤抖着说人们开始嘲笑他时，她同意搬回来住。不过她说，她还需要几个月的时间来重新认识自己，审视自己，就像在博恩特皇家女子学院待过和经过珀尔·麦凯格的问题之后，还有为选举权和克莱特本奔波之后，在找房定居、遇到拉斐和阿顿斯·彼尼斯科之后所需要的那样。

然而，审视并未带来任何结果。

38

马尔维娜·沃姆斯医生在开派对。

在1930年纽约上层文明中，“派对”有很多种意味。无论对于艺术家还是粗俗无趣的人，派对都要有杜松子酒和拥抱、亲吻；对于那些备受尊敬且还没有开始抱怨刚发生的“萧条”的富人来说，派对意味着契机和杜松子酒；但对那些有远见的人来说，派对上他们只是单纯地交谈。

沃姆斯医生无法掌控那些机敏的商人，但她身上有一种更好的东西，那就是深深的平静，因此她可以面容和蔼地坐在壁炉旁，对他们的谈论无动于衷。她面带微笑，既不会感到无聊，也不会兴奋到晚上睡不着觉。她明早十点有个手术，她的精神很好，也很平静。外科医生、船长和飞行员——是疯狂世界里最坚强的人。

安的目光穿过房间看着她，满眼羡慕。安无聊极了，她坐在沙发上，听一个年轻人借用他读过的杂志向她解释，在苏联凡是有关性的问题都得到了解决，接着他又简述了自己在农业产业化方面的重要想法（他出生在纽约，是一位拉比的侄子，对农业了如指掌，除了不知道他们在农场上种植的是什么）。

安故意打了个哈欠，说道：“到时间回家听广播了！”

她引起了一个人的好奇。一个强壮的红胡子男人走进了房间，他个子不高，但长得像一只红色斗牛犬，留着粗短的胡子，看起来具有挑衅意味；眼睛很传神，头发已变得灰白，额头倒显得清秀，青筋突出，明显要比那红脸颊更白；一看他的手就知道他是个职业拳击手，不过他护理得很好；他穿着漂亮的晚礼服，打着精致的领结。

从未有人向他介绍过安，但安曾在一次公开晚宴上见过他。他是纽约州最高法院法官伯纳德·道夫，跟林赛·艾特威尔是熟人，他曾帮助安当上了监狱管理员。他是一个称职的学者，裁决公平公正，却又因醉酒和嫖娼而臭名昭著。他在法学院发表过很多权威性的演讲，同时是本州内穿着最奢华、性格最乖戾的政界高层们的朋友。林赛曾告诉安，在有着1250万人口的纽约州的临时王室里，没有哪个寡头政治家比这位法官更具男子气概、更有能力、更为矛盾、更受尊敬或在私下更为奸诈。在政界，人们称他为巴尼·道夫。

他毕业于福特汉姆大学，获得了文学学士学位，以优异的成绩和杰出的棒球水平而闻名；读过哥伦布比亚法学院，在索邦大学读了一年；他是三所大学的名誉法学博士；据说他会说法语、意大利语、波兰语、依地语、英语和曼哈顿东区的语言，准确而流畅。他还加入了布鲁克林的麋鹿俱乐部，玩过一个典型的桌球游戏。他在纽约市铁路债券拥有最大权力，又曾连续打过三十二个小时的扑克。他可以引用巴尔扎克、左拉和维克多·雨果的话，却从未听闻迈克尔逊、密立根或康普顿。有人推测他是百万富翁，或许这种猜测促进了他的幸福与诚实。有报道称，他在莫顿街出生的那所砖房仍归他所有，等他累了就退休住在那里，自己做腌牛肉和卷心菜，只不过事实上这故事是假的。他在棕榈滩的布拉德利赌场和皇后区孤儿院都很受欢迎。他已经五十三岁了，却能够用十三秒跑完一百码。他是一个虔诚的天主教徒，据传也是三起离婚诉讼中的共同被告。他当法官当得风生水起，但他却常常愤怒批判那些一心想与他靠齐的律师们。

安看着道夫法官穿过人群趾高气扬地走到沃姆斯医生跟前。他那双敏捷的眼睛似乎把他经过的每一个人的灵魂都夺走了。他吻了吻沃姆斯医生的手，然后握住。有年轻人来与他交谈，他就快速地回以政客般热情的微笑，那完全是出于礼貌。

半个小时后，道夫法官走到了安那里，犹豫地瞥了她一眼，低声问道："我可以坐在这里吗？"接着就坐在她旁边的沙发上。一直与安单独交谈的那个真诚的年轻人离开了，她感到筋疲力尽，但她不得不鼓起勇气热情地说："有件事要感谢您。我想我能得到这份工作，多亏了您的帮忙。我给您写过信，但在监狱里的时候从来没有机会表示感谢。"

"哦。哦，是的。"

"我是斯图伊弗桑特工业之家的安·维克斯。"

他瞥了安一眼，比之前都要快，眼神变得更为敏锐。接着又摇摇头，每一根毛茸茸的小红胡子都像一根导线，迸发出火花。

“不是吧，亲爱的姑娘！你是管教所的管理员吗？你的眼镜呢？薄嘴唇呢？从你脸上怎么看不到闻到臭味时的表情呢？那殉道者的神情又在何处呢？”

“啊，可我比这些还要糟糕，法官。我的确是个管理员，我像母亲一般照顾着那些必须承受痛苦的可怜灵魂。”

“也许你说的是真的，但在我看来，你不像西部那些趾高气扬的女人，你看起来相当失望。”

“不是的，我只是有些忧郁。”

“因为这里的言论？”

“是的。”

“你是共产党员吗？”

“你怎么知道？我对这一无所知。当然了，我并不反对，但听这些人说话很无聊。”

“是吗？我到这儿来……”他瞥了一眼戴在宽大多毛的手腕上的表，“已经过了三十二分四十秒了，我听说这些人能解决除了房租以外的一切问题。我们出去喝一杯吧，干掉一个警察，然后我就判我们两个去你所说的相当好的监狱生活。”

他紧紧地盯着她的眼睛，毫不避讳，眼神里透露出他特有的惊人魄力。除了阿道夫·克莱布斯之外，安再没见过其他男人有这种魄力。道夫法官认为安十分热情、诱人且相当漂亮，他很乐意在她“漂亮的监狱”里和她好好生活在一起。

“说真的，”她乞求道，“我今晚感觉很糟糕。”

“是想你的拉塞尔了？还是说只是太孤独了？”

“你——”

“当然，我什么都知道。作为一个政客，我了解我的业务。今晚我进来的时候就认出你了。两年前，我们参加过同一个宗教协会的晚宴，你当时坐在演讲者那一桌右边的最后一张桌子上，你坐在——等等！等一下！别告诉我！”他那粗短的手指咔嘣作响，听上去十分干脆。“你坐在查理·萨贡博士和那个纽约大学的系主任之间，我当时在谈论学术上的——上帝保佑——飞机条例问题，我看到你从意大利还是维也纳皮箱里拿出土耳其烟在抽，我想——我一直在看你，你的嘴唇是那样甜美——一点儿也不像小镇上那些皱皱巴巴的女人！不过，当然了，作为一名优秀的法官，我抛开了那种邪恶的想法！”

安瞪大眼睛。因为他说的完全正确，安感到很无助。他一边朝她微笑，一边拉起她的手搭在他的胳膊上，这让安感到越来越无助。

“说实话！维克斯小姐，其实你了解自己，那些女人能够处于上流社会——愿圣徒们保佑她们，因为她们是一帮优秀的、敢自我牺牲而又可爱的高尚灵魂——但大多数情况下，她们冷血、谨慎而又专横；她们想凌驾于一帮温顺的、唯唯诺诺的女人之上，有的还想像公主一样受到社会的欢迎。但是，我告诉自己，尽管维克斯学识渊博、备受宠爱，但她仍然是一个跑得飞快的可爱的假小子，从小时候就是。而且，正如你想问的，安，我的确吻了布拉尼·斯通！”

他又一次朝她笑了笑，饱含温柔，紧紧挽着安的手。

她有点迷糊地朝他笑了笑，小声抱怨道：“我觉得我说过关于布拉尼·斯通的事了。说真的，你是爱尔兰人吗？”

“有四分之一的血统，另外四分之三来自伦敦鱼贩子、瑞典人和奥地利人。不过像所有坦慕尼协会的人一样，像艾尔·施密特一样，我当然是爱尔兰人了，就像赫伯特·休伯是加州佬一样。写篇关于解决种族少数群体问题的文章，把祖父辈们都搬出来替你做证。但听你的，让我们严肃些，亲爱的，有一件事我想无比认真地跟你说，谢谢你给我这么好的机会——你还记得吗？一个二十二岁的姑娘，名叫卡玛·克鲁特维奇，一名速记员？我在地方刑事法庭任职的时候，因为她伪造了一张小支票，我不得不判她入狱，我也没办法。我告诉她被假释的时候回来找我，她确实来了。她说，你接管斯图伊弗桑特后，对她比任何人都好，从她出生起就没有人对她那样好过。她说你让她待在你的办公室里，借给她书看，还常常和她一起喝茶。她真的很爱你！我想你应该知道她将和一个大男孩订婚了吧？”

“没错，上周我还请他们喝酒吃饭了。”

“真的吗！……她告诉我，如果她是男的，就算要犯下两起谋杀案也要娶你。对了，你知道哪有卖冰箱里冷藏的杜松子酒吗？叫马尔维娜去找至少得等一个小时。”

她注意到，他在厨房里抿了一小口，似乎很喜欢。他仰着头，胡子修剪得像亚述人一样。

“我们走吧，安，我听够他们说话了。要是还想了解什么，可以去看报纸。我们开车随便兜兜风吧。真是个美丽的夜晚，我们走吧！”

“好吧。”

安和巴尼·道夫上前打招呼离开时，沃姆斯医生稍稍抬起头来。安顿时感到自己很年轻，又有些心怀愧疚。

巴尼法官的车是一辆米色的敞篷车,红色的真皮座椅很低。整个车看起来像火车头一样长。他从隆隆的汽车里拿出一件毛皮长袍,快速地给安披上,没有刻意趁机触碰她。像车夫一样,他动作敏捷,表情平淡。

“我们要去哪?”她问道。

“没想好,就在长岛。你要是冷了,我们可以随时停下来找个地方。对了,我叫巴尼·道夫。”

接下来的路程,他没再说什么。他们穿过 59 号街桥,沿河是一派商业建筑的景色。虽然已经是午夜了,但几扇在五十层、六十层的窗户依然亮着。这么晚了,谁在那么高的地方?——是因为破产而绝望的人,还是大型商业公司在压榨着员工,还是小办公室恋人在通风塔幽会?车子晃悠悠地穿过街上的普通商店和萧条公寓,而后穿过一片堆放着百万吨废灰的崎岖废墟,冲向开阔的道路,风里可以嗅到咸咸的味道。他们的前面一片漆黑,除了帅气的米色引擎盖和一条有光亮的小道,车灯照亮了沙路堤和两边的树丛。车子马达很稳,车速达到六十英里时,像是在得意地哼着小曲。

寒意渐渐穿透毛皮长袍,看到她身体开始因寒冷而颤抖,他停了下来,默默递给她一个烧瓶,她喝到了上等的苏格兰威士忌。他将烧瓶塞进长袍,继续快速行驶。他开始说话了,不像在马尔维娜家里时那样语塞且笨拙,但语速很慢,好像很烦:

“喜欢这种感觉吗,安?”

“爱死了。”

“对吧。这是我逃离现实最好的办法。如果我们开到很晚,你介意吗?”

“什么——”

“明天你有什么重要的事情要做吗?”

“当然了!一直有事做!3701 号一直在偷门把手,其他东西都不拆,就为了把手放在里面;3921 号涉嫌吸食海洛因;3966 号突然变得虔诚,还告诉监狱看守大天使加百利说他错了;因为我的唐突,我的助手凯斯特太太又一次受到了伤害,她比以前哭得都伤心;新的散列公式已经过时了;五旬节的弟兄们想在教堂的弥撒时间举行礼拜。这是个民主的国家吗?我在做什么?出卖自己给教皇?天哪,的确是!”

“那我们可以继续往前开。我明天不用出庭,当然,我累不累不重要,只要你可以休息好。”

他的手握在方向盘上,似乎没有什么压力,就像吃饭一样轻松。他的眼睛一直盯着路面,但从来没有紧张过。她想知道——她怎么会想到他?她已经多年没有如此了——她想知道,如果阿道夫·克莱布斯还在世,是不是也这样开车。

除了知道他们在长岛的某个地方,具体去哪里她一无所知。她怀疑自己从未见过这条路,像电影里的路一样,虚妄而又缥缈。她什么也做不了,只能记住沙路堤、横竖交叉的短叶松针、加油站、午餐摊、孤零零的房子,然而所有这一切都在向后逝去,毫无意义。前面时而有红色的汽车尾灯,却又很快驶离视线,巴尼似乎没有转动方向盘。有一会,车头灯照着一辆停着的汽车有三秒钟,那辆车的前座上有一个女孩,她把头靠在一个男人的肩膀上。这时,巴尼抱了抱她,但没有看她,也没有要吻她的意思。

他突然说:

"很高兴你愿意出来,尤其是在今晚。我最近过得并不顺心,我马上要被新的立法委员会调查了。老实说,我赚了很多钱,我承认曾在市场上付过一大笔小费,但我认为我从来没有做过任何有背正义的交易。在我看来,我的司法记录就像钟声的响动一样清晰。不过,舆论之中,我犯过的任何错误都是纯粹的敲诈勒索。而那些我送走的孩子们看到媒体对我的私事嗤之以鼻,会不会心中窃喜呢!我很担心。你在这里对我来说是很大的安慰。安,好像有些话我不必说,你就什么都懂了。"

"他们有你的把柄吗?"

"是的。我对熟人总是太过疏忽。我认识赌徒、大盗、贪污的承包商、水桶店老板、各种可疑人物,我和他们打牌、喝酒。如果有必要,我就会毫不犹豫地把他们中的任何一个送进去,或者说我希望我会,但在被起诉之前,他们还是我的朋友。我觉得他们比那些下棋看歌剧的律师有趣得多,但他们的确提供给调查人员很多莫须有的线索!我哥们儿吓到你了吗?一想到今晚让你在他们中间,我就觉得自己太粗暴了。"

"没有,"她想了想,"真的没有,我当看守时的那些秘密如果被除了你和马尔维娜·沃姆斯以外的任何人知道,都可能会毁了我——因为我发现自己比大多数监狱管理员和警卫更喜欢,甚至钦佩囚犯。有些囚犯真的很坏,擅于谄媚,但多数囚犯只是更渴望挑战——不愿意一辈子被束缚在服装生产或出纳工作中。我在南方有一个很好的朋友,叫碧迪·瓦洛——我听说她现在在斯波坎经营一家餐厅,生意不错。她过去常来找我……"

安跟他讲了一刻钟的碧迪,然后问:"巴尼,现在很晚了吧?我看不清手表,我们要去哪?"

“是挺晚的了，我们得回去了。不过再往前跑两英里，我们就到乡村广场饭店了。我们在那里停吧，还能吃点冷火鸡，喝点冷藏啤酒。这家店差不多要关门了——我妻子和女儿(两个女儿——现在是年轻女士了)在欧洲，我只是偶尔去那里度周末。但是会有吃的，我们回去之前可以在那儿暖和一下。”

安心里想，他一直都在狡猾地朝他的老窝开去。她觉得自己应该为之感到愤怒。但她不能，因为她打心眼儿里喜欢他。

她想知道他的房子是什么样子的——是涂抹着各种颜料的崭新小屋、破旧的殖民风格别墅，还是带阁楼和灰泥墙的端庄宅邸。不管是哪种，她都不在乎。

以他们的速度，两英里用了两分半的时间。安还在沉思之时，车子已从水泥柱子中间穿过，行驶在四分之一英里弯弯曲曲的路上，压得路面上的碎石嘎嘎作响。随后他们来到一座巨大的乔治亚风格的房子前面，房子是由砖和石灰岩建成的。她觉得巴尼会按门铃，然后出来一个管家或脚夫开门。但他带她走到一个小侧门前，穿过一条白色通道，来到了一个家庭主妇梦寐以求的完美厨房——油毡地板、淡黄色瓷砖墙、长煤气灶、带罩子的煤炉、蒙耐尔金属水槽，墙上挂着各式铜锅，大的小的，肯定都是从法国进口的。

还有一个七英尺宽的冰箱，是电动的。

里面有啤酒、一份冷冻鸡肉、一份冷冻鸭肉、鱼子酱，食品柜里还有一大盒英国饼干。

“喝啤酒太冷了，你觉得呢?”巴尼说道。“我给你沏杯茶吧，喜欢喝茶吗?”

“太好了！我冷得要命。”

“真希望现在还不晚，那样我就可以给你做一顿完整的晚餐。虽然我可能是个文盲法学家，甚至哈佛人也能在手球上打败我，但我是殖民地餐厅外最棒的厨师。”他打开煤气、点火、伸手去拿茶壶的方式，以及稳妥的专业手法，证明他的话是真的。“连最好的调酒师都崇拜我炖的蔬菜烩肉，我的菠萝泡菜曾让流亡的德国王子觉得好吃到哭，就像喝了纯正的卢云堡。”

安想帮助他，但被他拒绝了。如果换作拉塞尔，他肯定会接受的。她又一次惊讶了，这个温柔的男人竟然对家务如此得心应手。她可以把巴尼·道夫看作一个营地、军队或战舰上的厨师，从而对他心生崇拜；而拉塞尔只会在厨房里忙活着，呆头呆脑地挡路。巴尼挽起衬衫袖子，她注意到他结实的肩膀。她坐在高脚凳上，开心地看着他，身体慢慢暖和起来。他熟练地做好了鸡肉三明治，又为鱼子酱配了吐司。只用了十分钟，他就把晚饭准备好了，他们在厨房的餐桌上吃了起来，没说什么话，只是讨论了一下法官、法庭官员和监狱专家的丑闻。

巴尼的胳膊肘搭在桌子上，用手拄着下巴，想透过安的眼睛读懂她的内心。

“外面太冷了，亲爱的。很晚了，今天就在这里过夜怎么样？明天一早，你说几点咱就几点出发。”

她应该拒绝，至少搪塞一下，但她确实想留下来。奇怪的是，在经历多年孤独之后，她和巴尼·道夫一起待在家里。她避开他的眼睛，用叉子在桌子上画着圈。她听到自己低声说：“好吧。”

巴尼绕过桌子来吻她，带着一种成熟的自然，这让她为之着迷，可她觉得应为此而感到震惊。他们沿着走廊走到一个门厅，墙上挂着一些她感觉自信又帅气的画像，然后上了楼梯。但安停住了，十分紧张。楼梯平台上有一张被长条灯照亮的画像，上面是一个冷酷、苗条而又高傲的女人，仿佛是用水晶做成的，旁边有两个女孩，看上去脆弱而骄矜。

“这位是你妻子吗？”安问道，语气里带着沮丧。

“是的，她叫莫娜。我们有两个女儿，长得很好看。”他边说边催促她上楼，然后把她带到一间卧室。这间卧室就像小特里阿农宫的一个角落，里面有一间花哨的浴室。化妆台是用玻璃和花边做的——她突然讨厌起那个巨大的粉红缎带的蝴蝶结。

“这不会是她的房间吧，巴尼？”

“不是，真的不是，这是一间客房。说实话，我觉得这看起来是一个未婚女人的闺房，这里面所有的装饰都不是我弄的。不过，这张床的床垫确实很好。我去给你拿些夜用品来。”

当他抱着一堆东西——包括浴衣、睡衣、面霜和一个大大的沐浴海绵——进来时，安又穿上了她在厨房脱下的披肩。她盘腿坐在梳妆台前的长凳上，背对着桌子，手肘倚在膝盖上，直直地盯着房间。

“在想什么，亲爱的？”他的声音在她身上流淌，像洗热水澡一样爱抚着她。

“没什么，不过——哦，巴尼，这么说有些突然，但是我恐怕非常喜欢你。几乎毫无防备！我觉得你也喜欢我。”

他吻了她，说明自己也真的很喜欢她，接下来自然而然地要做些什么。

“但我们不能在这里做爱，”安坚持说，“这是莫娜的房间，完全是她的。如果我们偏离正轨，偶然在某个旅店碰到，我倒是不在乎。但我不能伤害她，巴尼，我感觉在这里（也许我太傻了），她的灵魂无处不在。我不能背叛她，不能到那个地步。”

“看着我，下周你能和我一起出去度周末吗？”

“嗯，好的！”

“现在先睡个好觉，明天八点我叫你起床，这样你还可以睡五个小时，你可以在十点半换衣服到办公室，在路上我们再做计划，亲爱的！”说完，他吻了她一下，她喃喃地说了句自己也不清楚的话：“我好爱你！”

安梦见自己成了一个囚犯，站在身着法官长袍的阿道夫·克莱布斯面前。他讽刺地低头看着她。她爱他，怕他，又臣服于他。

她醒来时，巴尼正坐在床边，一缕晨光照了进来。他穿着睡衣，胳膊温暖地搂着她的脖子，但他的早安之吻有些令人失望般的简单，他只说了句：“起床吧，亲爱的，该去找那些小罪犯了。”

这里的水晶浴盐是大红色的，对安来说既新鲜又豪华。

一个曾经无处可去、冻坏了的仆人为他们准备了早餐，他们面前摆着烤面包、蜂蜜和咖啡，巴尼朝安微笑，让她感觉他们仿佛已经在一起生活了很多年。

39

3 月 29 日星期六午夜，他们乘坐米色汽车出发前往弗吉尼亚谷。汽车一路飞快地行驶着，仿佛要一路驶入春天。晚一些的时候，他们悠闲地吃了一顿好的，虽然是爱人了，但他们只亲吻过四次，一起吃过一顿晚饭而已。

换作平时，汽车行驶这么快会让安感到谨慎而紧张，但是今晚，似乎是因为巴尼·道夫多年来的迅速果断，安对他的车技满怀信心，并在路途中愉快地睡了一觉。睡梦中她只模糊地看到了城镇、铁路交叉口以及振聋发聩的地下通道。随后，她被愤怒的吵架声吵醒了。巴尼正在和两个戴着军官皮带的高大州警察争吵。她觉得巴尼似乎笑着递给了警察一张钞票和一瓶烧酒，接着又沉入了梦乡。她一直不知道当时是在新泽西州、宾夕法尼亚州、特拉华州，还是更远的地方。安穿着两件袍子，温暖而舒适，当她靠在巴尼的肩膀上时，他似乎从来没有疲倦过。他的手不断转动着方向盘，肩膀也随之持续平稳地移动着。

曾经有个晚上，睡梦中的安听到了微弱的声音，带着些许意识的她猜到可能是沃巴纳基镇的安妮·维克斯正坐在父亲的车子上："真好，这种感觉真好，我喜欢这里。"然后她隐约感受到一只胳膊环住了自己。

突然，察觉到舒适的晃动和嘀嘀的喇叭声已经停止了，安被惊醒了，惊慌地坐了起来。她发现自己一个人坐在座位上，车子停在城市的某个地方。不知在什么的驱使下，她下了车。这是一条狭窄的街道，弯弯曲曲的，在纽约很少见。一条狭窄的异地小道，两边是烟熏砖砌成的高楼。她眨了眨眼，十分渴望巴尼的身影出现。睡眼惺忪地看了一下周围，她发现前面有一个便餐馆。就在这时，巴尼拿着一个盘子从里面出来了，略带奇怪地笑着。安倍感安慰，接过一杯咖啡，那是她喝过最好、最温暖的咖啡。

“这是哪儿啊?”她咕哝着,又有了睡意。

“巴尔的摩,亲爱的,门肯和螃蟹的故乡,当然,两者并没有关系。”

“嗯——好吧,亲我一下。”

他们很快到了华盛顿的五月花酒店——旁边突然出现一家酒店,安十分困惑——这时巴尼说:“亲爱的,下来吃点早餐,洗漱一下吧,你这只贪睡的猫咪!”

(他说这些话的时候,语气是如此的轻巧,并不像拉塞尔那样令人厌烦)

他扶安下车,笑着说:“我不确定是否应该停在这儿,但我们需要休息一下,我有些困了。等我们到斯汤顿的时候,你就睡成一个宝宝了。你刚刚看起来就像个十岁的孩子,我会被当成绑架犯而被逮捕的——那时候就让一个共和党法官来审理这个案子!醒醒,亲爱的!有好吃的华夫饼!还有烤面包和蜂蜜!”

中午,他们到了“船长村”,进入一个有白色门廊的砖砌小客栈。客栈坐落在向阳山坡上,山谷的溪水潺潺,田野静谧。那里以前是一个种植庄园,草坪上开满了水仙花和秋葵,客厅的墙上有一把南方联盟将军的剑,就在白色壁炉上方。他们订的房间有宽敞的卧室,客厅里摆放着马尾毛做的家具和椭圆形框架的肖像画,草坪上有一个阳台,上面养着杜鹃花。安感觉除了她父亲在沃巴纳基的家之外,这里是第一个像家的地方,出于偶然,似曾相识。

他们大快朵颐,吃完炸鸡肉以及配着的玉米片和新鲜的豌豆,便睡了一下午。他们紧紧地、亲密地依偎在一起。那是一张巨大的黑胡桃木床,床头板上有雕刻的胡桃梨、花环和玫瑰,上面的百叶窗上有金色的条纹。

在船长村的日子看上去平淡无奇、无所事事,但他们很快就意识到,想星期一回去是不可能的。于是他们打了一通长长的电报,谎称有一些含糊不清的事务要处理,这样他们就可以在这儿待上一个星期。

他们一起散步、游泳、野餐,还一起打网球,虽然技术都很生疏,但速度很快,力度也很大。有一次,他们开车一路狂奔到里士满,在一个秘密的镀金俱乐部里度过了一个晚上。他们眼中只有彼此,都沉浸在乡间的空气和四月的泥土气息之中。安重新读了约翰·霍华德、伊丽莎白·弗莱、贝卡里亚——监狱改革的卫斯理兄弟和伊拉斯莫斯——巴尼咆哮着说:“见鬼,为什么在我看来,放弃经典的意大利语似乎是个好主意?我只知道‘due bananas’和‘quanto costa the fine’[1]这两个意大利语,还是为了探寻坦慕尼协会区领导玩牌的把戏而学

---

[1] 意大利语,due bananas 意为“两个香蕉”,quanto costa the fine 意为“最终成本是多少”。

到的。不过,也许上帝有他自己的想法吧。我如果坚持读书,现在可能是一所法学院的院长了,或者是美国最高法院的大法官,可是那样我就不会遇见你了,我想说比起在暗处与法官周旋,我更喜欢你的一个吻。”他继续低头沉浸在手中的《伊奥里奥之女》中。他坐在阳台的一张柳树椅上,一张小铁桌上放着一个虹吸管、一瓶上等的月光威士忌和一盒雪茄,身边的安穿着锦缎的睡衣和拖鞋,正在读《魔法山》,这是她第三次读这本书了。看到巴尼时,她把书放在膝盖上,满足地看了他一眼,在无形的快乐中,望向山谷中的绿色美景。

拉塞尔·斯伯丁(安愕然想起他俩的婚姻关系)总是略带多情地谈论着“玩弄”事物或“假装”,毫无节制地把这当作消遣,以至于安感到十分尴尬,就像一个胖男人在裸体主义的殖民地跳舞一样。而巴尼·道夫大概从他十三岁的时候,也就是四十年前,就没有再用过“假装”这个词了。在他的修辞中,“玩”这个词只适用于扑克牌、高尔夫球和棒球。不过他在暧昧、私密的情人游戏中却表现出色:假装她是害羞的飞行仙女,从来不会睡觉,如果他不来找她,她只会一直坐在原地看书。他投入其中,并没有喋喋不休地催促,而是让游戏在缓慢而甜蜜的单纯中进行下去。他很认真,也有足够的精力去完成。

她最看重、也最喜欢的一点是,即使不说话,他们也能马上理解对方。他们到一个迷人的教堂去参加那里的复兴活动,新圣徒的主教福音教派五旬节联盟。教堂的牧师(平日里是个出色的木匠)也许厌倦了那二十二个易激动灵魂会众老成员的老毛病,很高兴看到安和巴尼这两个新成员。他大声说道:“我想告诉你们,穿着漂亮的衣服,住在城市里,不会让人们免于谴责,因为他们的罪恶也不过来自衣着华丽。”巴尼的目光碰上她的眼睛,不需要一个微笑,也不需要轻声低语如拉塞尔的俏皮话,他们就充满了欢乐。

“哦,我怎么老是拿这两个人做比较呢!”她告诫自己:“太幼稚了!居然做比较!这对他们都不公平。”

事实上,她心里很高兴,拿更加不幸的日子与当下做比较,是人类幸福感的一个来源;躺在温暖的床上,回想过去那段寒冷的路途,是最轻松而又快乐的事。

她感到难以置信地快乐,快乐得有些过头了——特别是因为她知道巴尼也同样快乐。

他们之间总有第三个人存在——普瑞爱德,她的女儿。当然,正如在沃巴纳基镇的学校就读的人所说,安并没有采取任何措施阻止她的到来。她现在认为普瑞爱德注定是她和巴尼的孩子。想到像普瑞爱德这样的孩子，怎么可能是林赛·艾特威尔、拉塞尔·斯伯丁、拉斐·雷斯尼克、格伦·哈吉斯，或者阿道夫·克莱布斯的女儿呢？安不禁对此嗤之以鼻。

“我会有自己的孩子，就像拥有我的男人一样！”她发誓说：“劳动妇女有权得到她的孩子和爱人。哦，我想她们没有什么特权，可能连‘权利’都没有——只能有个好精力和好运气。但不管怎么说，我都会有的，巴尼和我会有女儿的！”

他们开车去最近的镇上买杂志。巴尼不止一次看向安，语气平稳地说：“我想你最好多了解一下这次对我的立法调查。可能我们一回到镇上，消息就传开了。要说我是完全无辜的有点夸张了，但你要知道，我真的认为自己对于刑事案件十分小心和谨慎，我从来不会感到无聊或者枯燥。不过也有一些民事案件——哦，双方都不存在真正的正义；只是两个同样邪恶的虚伪团伙和伪装成高尚商业公司的民主党派之间的战争罢了；在这些案件中，有时候我的审判有失公正——或者这样说更妥，我太过情绪化，站在了我更喜欢的那伙人那边，但我从来没有收过贿赂。我接触过市场，也了解新电车线路的位置，我还当过董事，但从来没有收过贿赂……虽然不知道这是否会减轻我的内疚，也许只是我更加懦弱罢了。不过他们抓不到我，揪不住我的尾巴。亲爱的，一想到你可能会因此担心，我就感到受宠若惊。我想知道，如果我不是受害的那一方，而更像是城里的滑头、狡猾的恶棍，你会介意吗？”

安闷不作声，在心底告诉自己，她所爱的这个人要远远好过所有那些讨人厌的悲观而又虚伪的公职人员。

她这样清楚地告诉自己，却没有倾听自己心底的声音。

后来她看到巴尼受到新闻界的猛烈抨击，被比他更狡猾的政客朋友们背叛，失去了温文尔雅的自信，变得日益黯淡，他在想自己是否应该辞职，如果真的辞职了，他要怎么熬过一天天乏味的生活。

“不！不会的！”安号啕大哭，紧紧抓住他的胳膊。“他们抓不到你的！如果你想改革，那就去做，但不要辞职！别辞职！叫那些人见鬼去吧！”

他转过头来看着安，感激地笑了。

他第一次谈到妻子莫娜是在一个夜晚，他们当时坐在阳台上抽烟，土耳其烟草的气味中夹杂着紫丁香灌木丛和湿草的味道。

“我在考虑你是否想过我有过很多情史？好吧，我确实有过，一点儿也不光彩。我从来没有试图隐瞒什么，很多事都是如此。我也没有感到遗憾，我想我从来没有为我所做的任何事感到遗憾。但对你除外——如果我告诉你一件直白而又诚恳的事，你可能会怀疑，但你的确是我在精神上和肉体上真正爱过的第一个女人；如果你愿意，我只要看一下有没有带支票簿，明天我们就出发离开，再也不回来了，永远不回来，我们一直走下去，直到抵达塔希提岛的椰子种植园。”

“因为无法忍受莫娜的完美，所以很多可爱的东西都让我感到好笑。她就像路易十六的一把镀金椅子，我这么一个高大魁梧的粗人渴望每晚都坐在上面，每晚都这样！所以你得去找个舒服的小枕头垫坐在上面。”

“可是，亲爱的，照你的比喻，我是什么家具呢？一张席梦思床垫？”

“不！你像一个王座，有着现代化装饰的王座！其实我的意思是：没有哪个明智的人能找出莫娜的不是来。她既正直、漂亮，又文静。她原本会成为基督教世界最好的女修道院院长。只用七分钟的时间，她就能把我从一个正常体面又能干的人变成一个满嘴脏话还笨拙的懒汉！如果你要做什么错事，那么她在你做之前就已经原谅你了，而你能做的就是继续做完让她满意。她太可爱了。啊，对了，天哪，和你在一起太高兴了！……莫娜六月会回到美国，这让我有点无奈。在那之前我每天都去找你，最好晚上也去，好不好？可以吗？”

安睡眼蒙眬地说：“好，每天——每天晚上。”

她像一只沉睡的小鸟一样嘟囔了两声。

他们只有过一次非常激烈的争吵，当时巴尼笑话安太“溺爱”囚犯了。最后安赢了，还没说完，巴尼就投降了。他承认，这些年来，他随手送进监狱的犯人有很多，却没太见过那些监狱，因此尽管感觉不自在，但还是答应安去参观一下。

“或许我理智一点，就不会提出这个问题了！”他事后说。

回纽约的路上他们开得很慢，感受着沿途春天的气息，他们在晚饭时间抵达纽约，就像赴一场不可推拒的约会。他们始终待在一起，巴尼到第二天早上十点才离开她。

第二天，安感到自豪而又快乐，她看上去十分和蔼可亲，虽然身旁并没有人。她打给拉塞尔告诉他自己回来了，而且愿意与他共进晚餐。

拉塞尔听闻兴致勃勃地来了，吹嘘自己这个酒店老板很成功，还带安去皮埃尔家吃晚饭。但晚饭后回到安的公寓时，他激动的情绪低落下来，开始羞耻地摸索着安，想要与她欢愉。他天真而又孤独，眼中的渴望不能再明显，因此安想到自己的快乐，再加上对拉塞尔的同情，便同意让他留下来。他认为是自己的魅力和智慧让他们那天晚上兴奋起来，还差点说了出来。在他看来，自己就是安的丈夫！

第二天早晨，安以必须赶往办公室为借口，把拉塞尔打发走了。他走后，她可怜地坐在那里，心里暗自悔恨："我真像个妓女！以后再也不能那样做了！这么快就对巴尼不忠了，竟然以'不伤害他的感情'为卑劣的理由和斯伯丁欢愉。那条癞皮狗，啊！我是怎么忍受的？我再也不会了，还好我多加小心了。但这只会让我觉得自己更肮脏……巴尼他怎么还不给我打电话呢？"

她溜进了巴尼要审理案件的法庭，坐在门边后排座位上。在众多翻阅文件或在长桌上聊天的律师中，她最终认出了纽约最著名的审判律师鲁本·所罗门。她心爱的巴尼对付得了这么厉害的人物吗？

庭务员指挥在场的所有人起立。安一下子站了起来，为大家对她男人的敬意而感到骄傲。这时，所有的人，包括鲁本·所罗门，都专心站在法官阁下的门口，看着巴尼身穿漂亮的蓝色西装，上面自然地披着黑色的丝绸长袍，安内心更加骄傲了。

她仔细看了法庭的装潢，显得相当得闷热和丑陋，棕色的灰泥墙上斑迹点点，其中一个污点形状很像非洲的地图。唯一的装饰便是法官高桌后面的两个金色束棒。但对安来说，这就像一个漂亮的房间，让人心情愉悦。

安意识到尊敬的法官伯纳德·道夫和伟大的所罗门先生之间出现了优势倾斜。

"法庭比任何人都更为清楚，对方虽然见识颇广，但提出的问题毫不恰当。"

"所罗门先生，需要我再次提醒你吗？这可不是在你的办公室里，这是纽约州的法院。如果你忘了，我会以藐视法庭罪来提醒你。你可以继续了，杰克逊先生。"

她心爱的巴尼啊！

要离开法庭时，安才发觉她和其中两位法官很熟。林赛·艾特威尔最近刚当选为纽约最高法院法官。她当时几乎没有注意到这个消息，所以现在没什么印象。林赛像是梦里出现的人，身影模糊且无关紧要。

她每天都去见巴尼，甚至是莫娜从欧洲回来的那天。

他将在晚上十一点与她会合，然后开车带她去长岛。下午三点，安的秘书——活泼的费尔德莫斯小姐兴奋地跳进来："哎呀，博士，猜猜谁来了，最厉害的道夫法官！"

巴尼从未到工业之家找过她，也很少打电话，打的时候也一直用代号"班尼斯特先生"。因为女子监狱内部就像基督教青年会、衣着讲究的进修学校以及女同性恋餐馆里的人一样，她们十分热情，脾气也十分火爆，会好奇地在一起八卦，也会三言两语地谈天说地。

"哦，对，是道夫法官。马尔维娜·沃姆斯医生和他一起吗?"安和蔼可亲地问，饶有兴致看着一份缝纫车间的报告，甚至有点专注过头了。"嗯——让他进来吧。看他有什么事?"

"你好，维克斯博士。"巴尼说着进来了。

巴尼脸色灰白，神情严肃，他穿着一件双排扣的蓝色外套，戴着翼领，黑色活结领带颇显高尚，还戴着一副可笑的大角框眼镜，手里拄着一根手杖。

她崇拜他——她的男人的穿着让他显得彬彬有礼，那套蓝色的粗哔叽，布料几乎和他在弗吉尼亚州穿的毛衣和手提包一样好。

她向费尔德莫斯小姐猛地摇了下头，示意那个移动缓慢的、满心好奇的姑娘出去。

巴尼匆忙地吻了她，而她喃喃地说："不……不要。"接着吻了回来。

"我做不到，"他说，"是莫娜，我下定决心要忠心，或许像情人一样。但她从跳板上下来时，宽容地看着我，她说——天哪，她太有礼貌了——她说'希望我这么早回家不会让你太心烦'。我告诉她我要出庭，然后——我就到这里来了。我要走了，现在就得走。我只是想见你一面，你知道，只是想跟你喝一杯，我多想跟你喝一杯！我们六点一起吃饭，好吗？六点，在布雷沃特，上帝保佑我，我要去长岛上冷静一下！"

巴尼开门的时候回了个电话，声音很大，不知道刺到了多少人的耳朵："是的，我没工夫，也许你们可以试着改变她。抱歉，我没时间去视察监狱。下午愉快，维克斯博士。"

接着就走了。

安笑话他的眼镜，笑话他留下来的样子，而这将永远停留在她的办公室里。

她很想哭，为一个有着红胡子的丈夫而被诅咒的好女人感到悲哀，为那个有个纯洁、高尚、节俭而又愚钝妻子的丈夫感到悲哀，更为自己感到悲哀，她被夹在那两个人中间，再加上小拉塞尔的烦扰，就像濒临死亡时增加的折磨一样。

三个半星期后，安发现自己怀孕了。

40

安一定会有自己的孩子的。她没再想过不要这个孩子，或许是因为这真的是巴尼的孩子，而不是那个懦夫拉斐·雷斯尼克的；或许由于内心的些许怯懦，她想让别人觉得这是拉塞尔的孩子，而以前没有丈夫的时候她只能把孩子抛弃掉；或许她真的良心发现，为之前没有留住孩子而悔恨，并因此学会了谦卑；又或者是因为她的年龄，她已经四十岁了，这可能是她最后一次孕育孩子的机会了。然而无人知晓这一切，包括她自己。可能是这几个原因相加，还有其他纷繁复杂的欲望掺在里面，但她并没有表现出来，没有为此感到困惑，也没有试图把自己想象成一个高洁而又诚信的人。她只是放声歌唱："我有孩子了！我要生下女儿了！我要为巴尼生孩了了！"

一个月后，直到完全确定下来，她才把这个消息告诉巴尼。

他喊道："太好了！我太高兴了！你不会不想要吧？"

"当然不会！我想要你的孩子，太想要了！"

"害不害怕？"

"一点也不，我健壮得很呢！"

"我太高兴了，不知道说什么好。我生来就是个宗主教，而你是一个群体的女首领。我们如果二十年前相遇，现在都有十个孩子了，个个调皮捣蛋。我们还会有一千英亩的农场，藏书成千上万，而我差不多也算体面，而不是一名官员。安！我们有孩子了！"

他们在安的公寓里。和现在一样，他们宁愿从酒店餐厅买了排骨和色拉回来吃，也不愿冒着遇到莫娜朋友的危险在餐厅里吃，更不愿对他们充满敌意而又满怀好奇的人表现出温和的态度。

吃过晚饭，巴尼收起了那张滑稽的牌桌，点了一支雪茄。安看着他，他刚刚还十分热情，现在突然满身疲惫、神情严肃。

“安，好好听我说。我没有猜测，我是认真的。我们的孩子要出生了，我们三个为什么不马上离开这里呢？想想我们可以去很多地方——巴黎、蒂罗尔、阿尔及尔、巴厘岛、德文郡、古巴，随便哪儿都行！我的钱照顾两个家庭足够了。我的女儿们都长大了，不需要我了，她们身上多少有些长岛社会存在的问题。她们认为我太过粗俗，这的确不假。我会想办法让莫娜和我离婚的，可是如果她不同意，怎么办呢？想想，在里维埃拉后面的山上建一座别墅，在阳台上吃早餐，你不用在监狱走廊上和凯斯特太太吵架，而我也不用待在闷热的法庭里听那些肥胖的政客们索要好处！我们不会只是逃亡者的。或许我曾经是位学者，想重拾学问，用六个月的时间我就能回到但丁和亚里士多德的水平了。还有很多你没触及的领域，你可以在那里打发时间。宝贝，你可以学习绘画、音乐、雕塑和建筑，单纯得像一只小白兔！我们的孩子长大以后除了摆弄收音机和打篮球，一定会有所成。真的，一定会的。我觉得我就没做过一件值得一提的事——也从来没有听说有哪个法官做过，他们只会像个演员一样，没完没了地念立法机关写的台词，至于那些立法机关，净是臭名昭著的剧作家。我想你有所准备。可能吧！但你还没完成应做的工作吗？一定要把一生都献给凯蒂·科尼亚克吗？要是你愿意，我两周内就可以出发。跟我走吧！好不好？”

“巴尼，我实在不知道该怎么拒绝你，但我知道我们不能这样。我想这是因为我们都是非常活跃的人。虽然不太现实，但是我们必须找一份工作。我们现在说学习亚里士多德、上音乐课还有探索克里特岛会让生活变得充实，但是真到那时候就不一样了。我们会变得焦躁不安，万分想家，接着产生矛盾，你可能就会离我而去。所以我想，或许唯一能留住你的方法就是找份工作，而不是做一个被说成‘整天就知道待在家里的女人’。再说了，我很喜欢现在的工作——而你的调查一旦结束，不再惴惴不安，你就会再做其他的。凯蒂·科尼亚克就像是一本已经读了四分之三的小说，我想把它读完，而且我已经说服了3921号的莎莉·斯文森，别号是科恩，她会戒掉海洛因，再说了，我不能一走了之！我们可以计划在一年后见面，假装偶遇，然后在意大利待一个月，但不能留在那里，否则以后会后悔的。我们的观点太过新奇，这可不是好现象。啊，亲爱的，我很想和你一起走！可是我不能，你也不能。我好崇拜你啊！崇拜你有趣的脸庞、好玩的红胡子，还有风流浪子的名声！”

直到午夜,安在床上辗转反侧(遗憾的是独自一人),看到银色沙滩上的一座黄色别墅里的两个人,才想起来他们将拉塞尔·斯伯丁抛之脑后了。

她虔诚地喃喃道:"上帝一开始就将两人拆散了,任何人也不要试图再将我们联系起来,就算是传教士也不行。"

作为一个完美的新教徒,她一个星期都没有见到认识大主教的巴尼,要是再谈论离婚和再婚一定会招致恶果的。他也许真的为安付出了很多很多,但安可能永远无法体会到。

安把孩子的事告诉了沃姆斯医生。

跟十三年前她向马尔维娜承认和拉斐·雷斯尼克的事情时的情景一样,她们坐在壁炉的两边,同一个位置,同一个公寓。但对于安·维克斯而言,这里和令人尴尬的怀孕处女的安有所不同。她容光焕发,眼神坚毅,高兴得要飘起来了,所以马尔维娜不必那么小心翼翼地表现温柔。

"什么?你说什么?天哪,安,这都要成习惯了!这次孩子父亲又是谁?是拉塞尔还是道夫法官?还是哪个坏人?"

"我从没跟你提过道夫法官!"

"你没有吗?好吧,我看到过你看向他的眼神,那可不算雅观,你可能刚好在约翰·德·洛克菲勒的教堂里歌唱特里斯坦和伊索尔德。"

"好吧。反正,没必要对家庭医生有所隐瞒。"

"天啊,可是,就算你说实话也没用,毕竟家庭医生因先天性白痴而出名。在他们看来,在地下酒吧奋战五天的后果就像胃流感发作一样,这就是医生的想法!你还要继续生这第二个孩子吗?如果——"

"生下来!没错!我必须生下来!我现在正在上帝的天堂里到处走动!但你要知道,这不是第二个孩子,这仍然是我们的普瑞爱德,以前我们没有选择留下她,现在她又给我们一次机会,上帝保佑!"

"是吗?真是有趣。你可以让我给《美国医学会杂志》和《基督教科学箴言报》写封信!哦,亲爱的,别难过!你看起来像一个自认为做了好事却被责怪的孩子,你的下嘴唇都在颤抖!其实我和你一样高兴,我猜巴尼也是,对吧?"

"他说他要'高兴死了'。"

"他最好是!哦,好吧,我不是女权主义者。尽管很久以前我自己过的时候,身边也有不少好男人,但希望我能亲自为你把关一下。不过光听我唠叨了,你好像有心事。(我觉得我就像是孩子的祖母一样——她还叫普瑞爱德吗?)"

“(她是真的唠叨!)的确有点问题,我在犹豫要不要告诉拉塞尔孩子不是他吗?”

“他不知道吗?他会觉得自己是孩子的父亲吗?”

“嗯,很有可能。以他那自大的心理,他肯定会说是他的。”

“那就别告诉他。”

“为什么不告诉?”

“为什么不告诉?我的天哪,你居然问为什么不告诉他。告诉他有什么好处——除了你那自我主义,你还把它当成一种崇高的荣誉感,还对谁有好处?对你有好处吗?对孩子有好处吗?对巴尼有好处吗?给他平添一个想要置他于死地的敌人?还是对拉塞尔有好处?告诉他被戴绿帽子了?最重要的是,如果普瑞爱德有朝一日知道这件事,对她有什么好处?不要问为什么不告诉,好丫头,你应该说为什么要告诉他呢?”

“因为拉塞尔会发现的,到时候他只会更加愤怒、更加心痛。我不擅长说谎,但愿我能!可是对他而言,这似乎太不公平了,就像把糖果从孩子手里抢走一样。我可能会对巴尼或对你撒谎,试着逃避它。不过或许你说得对,我会好好考虑一下的。”

离开沃姆斯医生家后,安去街角的药店给拉塞尔的公寓打了个电话。当时才十点。“啊,好的,一定要上来,一定要来!”对方乞求道。

他出来迎接她,一见面就迫不及待地说:“我跟你说,亲爱的,我在这里交了些朋友,有汤森德·贝克、马丁博士和朱莉娅·凯西,还有几个特别高大的酒店人员。汤森德——去他的,他一直想骗我说你不会回来,我告诉他们你就要回来了,现在我在纽约的酒店管理部门安顿下来了,很高兴你打电话来!你要回来吗?留在这里吗?”

“也许吧,以后再说。”

(“对普瑞爱德来说,拉塞尔会是一个好父亲。他爱孩子,会和他们一起玩骑大马的游戏。他们不会觉得他腼腆,也不会发现他的道德信条。他会大声给他们读故事听,甚至会给他们换尿布。他不会像巴尼那样严厉,也不会喝醉……好想巴尼啊!今天中午我还看见他了!”)

这些想法在她跟着拉塞尔进屋的时候从脑海中一闪而过。

“拉亚迪·安根尼尔曼,今晚很高兴介绍我著名的宝贝老婆,我宣布,这位是安·维克斯·斯伯丁博士——”

(“天啊!我想按法律来我确实是‘斯伯丁太太’!”)

“——她同意本次会议主席的意见，即两个已婚夫妇有各自的公寓，他们可能工作不同，无论各自的工作有多忙，这个尝试完全没有任何矫揉造作的绝对意义，而且从现在起，他们将再次联系起来!”

顿时，坐在椅子、沙发和钢琴凳上的人发出了一片欢呼声。

拉塞尔既乐观又自信。对商业的敏感让他更加确信自己是一个见过世面的人，而且在慈善场合和城市公寓的价格方面，他表现得比以前更加淡定自如，他提出了廉价旅馆生意的奥秘之所在：每一万码棉布都有价值，酒店甜品中的胶质也潜藏着巨大收益，防止游民在大堂和厕所闲逛，以及广告牌的价值是安装在铁路终点站附近和游客密集的道路上。他就像考古学家或骨科医生一样博学，当客人离开时，一个“高大的酒店人员”把安带到一边告诉她：“我跟你说，拉塞尔给我们的工作提出了很多新想法。虽然你现在也干着有趣的工作，但这样一位能创造、有想象力的丈夫，一定会带给你许多乐趣。”

拉塞尔自信地认为自己掌握了一切，即使跟安单独在一起的时候，也没有意识到自己被算计了，而且毫无防备……

“现在快坐下，安妮，我们好好‘交流’一下，好吧！我说的是诗歌！但是听我说：我一直在反省，我知道自己错在哪儿了，我从来没有把管理人员的那些原则落实到私生活中，但我可以谦虚地说，我在慈善事业和商业上都相当成功。以前就算是我觉得对的时候，也常哄骗你，可是没有坚持；当然了，我知道高傲的女人看不起不做首领的男人。我跟你说，我从商业里学到了很多，除了这些，还学了很多现实的东西。(因为你，我才进入其中！这真是我做过最明智的事了!)所以现在——我们别谈什么琐事了，也别说如果、而且和但是这样的话，我们把它变成一个跟商业一样的提议，然后做决定，就这样！做一对已婚夫妇会做的唯一正常和可能的事：当然就是一起生活！如果你不能兼顾家庭和工作，就丢掉那份该死的工作！我现在养得起你，就算是在大萧条时期也养得起。你会成为全新的女人。如果你待在家里好好休息一下，从合适的立场考虑问题，我是说合适的角度，你就不会把自己看得那么严肃了。好啦！我们把这当作一笔交易，以后不再谈了好吗?”

“不过，拉塞尔，有点事儿我们要说清楚。”安把帽子扔在沙发上，一下子坐在椅子上，又点了根烟，接受审判并不会令她感到难过。他喜气洋洋地站在她面前，即将被自己征服的小安看上去似乎很任性，但在自己守住的秘密面前，她还是喜欢他的。

“出于某些原因，拉塞尔，我觉得回你身边比较好——”

“啊！说得好可怕！浪漫一点儿——”

“——但前提是我们要面对现实。拉塞尔，我怀孕了！”

“嗯？”很明显，他想起了他们那晚的意外欢愉，两个多月过去了，他眼里闪着光：“这也太棒了！我简直要高兴疯了，亲爱的！我一直想要一个孩子。哦，天哪，太想要了！”他猛地扑倒在安身旁的地板上，使劲地亲吻她的手。“孩子！我们可以陪他一起玩，看着他长大，还可以教他——说不定他能避免我们犯下的错误！告诉我让我做这些事情！我要送他去普林斯顿！我们的孩子！你肯定还想再生一个！”

“拉塞尔！这谈何容易啊。也许是我太傻了，但我得告诉你，孩子不是你的。”

“你什么意思？那是谁的？”

“好吧，肯定是我的。”

“那个男的是谁？孩子有多久了？”

“两个月多一点。”

“那——我想想，那就有可能是我的！”

“哦，是的，有道理，但也可能不是。听我说，拉塞尔，我不会被人质疑，也不会被欺负，更不会装腔作势。这孩子是我的，永远都是。我没有权利要求什么，哪怕一丁点儿也没有。你可以把我赶出去，不过那有点荒谬，因为到六月，我就负担得起车费了，还会有一所不错的公寓。我无药可救了，我马上就要有孩子了，我太高兴了。对了，这是个女孩儿，不是男的。但她一定要有个家。我相信你会成为一个好父亲。一个女孩应该有个爸爸，尽管她是我的，以后一直是！但我毕竟是妈妈！你没有任何义务或要求抚养她。但你口口声声说想要我，想要个孩子，这是我的孩子——可能这是你对她的出身全部的了解。你想要我吗，连同这个孩子一起？”

“我的天哪，你这个女人！至少在这种情况下，别像个迂腐的老处女把一个男孩晾在一旁可以吗！”

“可能我的确有些无情，只是——这件事随便说说不容易，况且这样的事也不是每天都有！”

他们都笑了一下，气氛缓和了许多，但他随即又严肃了起来。

“安妮，我不会假装自己觉得没受伤。我曾经希望有一天你会想要我的孩子，不管怎样，一开始你很有激情，可是后来——我不知道我做了什么。哦，亲爱的，我一直不明白，是什么让你变得对我如此冷淡、厌倦，甚至恼怒！啊，亲爱的，我太痛苦了！一部分是因为你，还有一部分是我一直疯狂地想要一个孩子……我从女性杂志上剪下婴儿的照片，藏在书桌里，总是想象着晚上回到家，有个可爱的小家伙摇摇晃晃地在水泥路上朝我走来，然后我把他（她）举到空中，他（她）哇哇地叫我'爸爸'。"

说着，拉塞尔神色变得痛苦，大汗淋漓。

在与巴尼度过了悲伤而又异常沉默的两周之后，为了让普瑞爱德有一个父亲，安搬去跟拉塞尔一起住了。

41

安已经四十岁了，在这个年纪要孩子绝非易事，但这比获取朋友的信任要来得容易。在安的小心翼翼和焦虑不安之下，他们度过了一段美好的时光，间接体验到了愉悦的感觉。她不断思考着内心的想法，但眼下的快乐迷惑着她。

拉塞尔想让她每天晚上九点上床休息，结果总是差强人意，她在四点就醒了，然后一直躺到八点。她这样对拉塞尔而言十分方便，便于他们欢愉。帕特·布兰布尔想让她来新罗谢尔住，这样每天上下班，她宁愿更加疲倦，也不愿待在城里喧闹。朱莉娅·凯西（任职于中情局）让安尝试一下素食主义和日光浴。工业之家的副主任凯斯特太太催促道："天啊，我们都很自豪，我们要迎接一个宝贝了！这里的全体员工都会宣布这是我们的宝贝！我建议你请上四五个月的假，全身心地投入到这项神圣的孕育职责中去，怎么样？"

安甜甜地说："哦，凯斯特太太，你考虑得太周到了，可是我实在不能让你承担所有额外的责任。"可她暗自气冲冲地说："是啊，正好给你机会钻进来，好假装神圣地抢走我的工作！"

另外两个人没有感到大惊小怪：沃姆斯医生和巴尼·道夫。

安坚持要马尔维娜·沃姆斯做她的妇产医生。安想起她做贫民区社会改良团体工作人员的日子，她说："这些所有被诅咒的男产科医生认为，怀孕'只是一个正常的过程'，还为此得出结论说，晨吐并不恶心，分娩也不会感觉疼痛！我现在一点也不想同情他们。我不想被人捧着端着，我想被当成主管维克斯。可是真到分娩的时候，我却希望得到所有人的同情和关注，真的！"

巴尼没有说太多，他已经问了她十几遍"感觉怎么样"了，生怕再多问一遍就会激怒她。他只是把她抱了起来，倚在自己肩膀上。

在和拉塞尔一起度过两个星期之前，她觉得自己太愚蠢了，迟早会被这愚蠢害了自己。出于冠冕堂皇的理由，她给自己设下了圈套，为了孩子的幸福，她的计划堪称完美，她急于开始实施，却发现自己被困住了。她成了和工业之家的所有女人一样的囚犯——她更像个囚犯，秘密在这所牢房里总是被视为神圣的。

两个星期即将结束，每晚睡觉时拉塞尔都让安枕在自己胳膊上，为她准备只有奶油泡芙和草莓冰激凌苏打的饮食，喋喋不休地为她讲睡前故事，为她表演《万花迎春》，还给她准备散发着黑水仙香气的热水澡，她身穿柔软的浴袍沐浴其中。

他总是过分体贴、过分宽容，而且心心念念地想让安承认这点——不，她歇斯底里，只能挤出“过分”一词。

他把安当作一个因偷窃或恶作剧被抓住的孩子，而她焦虑的父母则决心把她当作美好事物来爱。

拉塞尔在做燕麦粥。在大萧条的第一年，成千上万的雇员被解雇或减薪时，他已经从每年12000美元飙升到15000美元。在炖牛肉、帮助公共淋浴、防止偷毛巾、节约白炽灯用电以及所有其他有关维持廉价旅馆的方面，他简直是一个无懈可击的天才。他曾花3美元买一个房间，而今年他在找1美元的房间。他不是商人，而是工业工程师，有理想的工程师！要从这位节省的老拉塞尔身上获利，简直是痴心妄想。他很成功，一年能够赚到1.5万美元，他对妻子当医生、主管还是演说家已经没什么印象了，如今的他每天都穿梭在基瓦尼斯俱乐部、鞋业和皮革业的会议上以及餐饮和餐馆协会的年度宴会中，给人们做发言。等他成为百万富翁时，他会去资助各所大学，不再满足于区区的法学博士头衔，而是成为响当当文学博士、民法学博士，甚至是神学博士。

他可以嘲笑这个小女人的自命不凡，无视她恼人的虚荣心，继续对她温柔体贴。他的温柔让人无可抗拒！他每晚九点送安上床睡觉，半个小时后再进来把她在看的侦探小说拿到一边，然后帮她关灯，盖好被子。第二天早上，他会端茶进来。如果她睡得正香，他就叫醒她，这样就能看到她被照顾得很好而感到满足的情景。

虽然拉塞尔不知道是谁毁了安——他从朋友那儿听到了些伯纳德·道夫法官的消息，但他知道那不可能是真的，因为他从未见过道夫，安也从未收到过他的来信和电话——虽然不知道那个人是谁，但拉塞尔还是善良地保护着安和可怜的孩子，让她们免受那个罪魁祸首的纠缠。

安知道拉塞尔正在慢慢发现她的秘密。亲爱的拉塞尔啊，他笨手笨脚地让他们又一次靠在一起！她知道，每次打电话的时候，卧室的门就会被慢慢推开，拉塞尔可能在听。

她叹了口气，并非故意夸大，只是她觉得无论是在工业之家，还是在铜头峡监狱，都没有一个囚犯像自己这样，自愿地被关得那么紧。可她没有一句怨言，没有丝毫生气的迹象，她忍受了。因为她知道，一旦开口，就会停不下来，紧接着当晚她就得离开拉塞尔，然后普瑞爱德就失去爸爸了。

“再说，”安感到心烦意乱，“拉塞尔真的很好，也很宽容，我要将这场游戏进行到底。”

当然，她没能通关，她每天都会想到道夫法官，绝望地在幻想中亲吻他，而后者从来没有来过一封信，或是打一通电话。

州长任命了一个由立法机关成员组成的委员会，包括退休法官和几名法学院院长，来调查该州的法院和法官们。巴尼很担心这项调查的结果，但与其他法官相比，他显然不是调查对象。调查进行得很顺利，他们审问了各个地方法官和法院书记。新闻界起初因希望看到一桩可怕的丑闻而感到兴奋，后来发现结果并没有什么报道价值。

巴尼松了一口气。他对安抱怨说：“不会有事的，他们很蠢。如果我是委员会的成员，我会选择询问孩子们。”

道夫从一个朋友那里借了间公寓，他可以和安在那共进午餐，或者在错过午餐时喝点茶。他们自己做饭，懒的时候就把碎麦片和奶油混在一起吃。公寓位于东河的一个巨大的房子里，因此安不太可能被跟踪。但以防万一，她总是乘坐出租车(疯狂而又奢侈!)在两三个街区外的拐角处停下。她感觉有人在跟踪她。拉塞尔、眼红她的工作的凯斯特太太，还是巴尼的敌人？如果被拉塞尔或凯斯特发现并说出去，那也是一种解脱，但比起让巴尼低头妥协，她几乎宁愿放弃他……

无论他们在午餐时说了什么，焦虑总是如影随形。

“安，我恨拉塞尔，我想杀了他。”

“我倒不恨他，我只是——哦，他只是使我在壁前地毯上作呕而已，我是个罪人。”

“你我都不是罪人，宝贝，你俘获了我的心。我曾经认为我可以永远爱他们，也可以离开他们。我曾经认为自己在这个世界上是人上人——令人尊敬的伯纳德·道夫、巴尼法官——和每个年轻的小伙一样，我已经完全爱上了一个女人。我到这里来，坐在地板上，捧着你的下巴，努力让自己看起来聪明，我们不能再这样下去了！我们得私奔，普瑞爱德也可能在很小的时候就得开始习惯不正常的父母。我们走吧！”

他们可能已经远走高飞，濒临崩溃。接着调查的来了，他不能，或者安认为他不能“在危难下辞职”，更不用说逃跑了。如果说这只是一个无关紧要而又保守的理由，在他们看来，这同样意味着无可否定的现实。

他们每天都会见面——这两个算不上年轻的浪漫情人，在一个很小的餐厅里咀嚼碎麦片，而不是在月光下的长廊里伤心流泪。餐厅里有仿制的裸露横梁和格子窗，窗户开在一个三英尺宽的砖制通风井上。

他们像是漂流在与世隔绝的地方。再也不会有什么事发生了，他们的孩子会慢慢到来，但依旧还没来。拉塞尔会一直唠叨她，凯斯特也会一直满眼嫉妒地盯着，希望安不得已放弃那份工作。而在巴尼那边，莫娜对他的平凡感到冷淡而又厌恶。

接着巴尼爆发了。

尽管那所借来的公寓并不整洁，却是他们唯一的容身之所。安到达之时，巴尼喊道：“我做到了！我丢弃了过去！昨晚，其实什么事也没有——说实话，莫娜非常有礼貌，给我倒了威士忌，我跟她说；‘我想你不喜欢这样，你愿意离婚吗？我会给你理由。不用担心影响到我的工作。那已经不值钱了。’”

“然后——”

“哦，情况不太好。她说：‘我永远不会跟你离婚的，尽管我很想摆脱你和你那些庸俗的政治朋友，但是为了我们的家庭，为了我们的宗教信仰，还有我这些年一直都很忠贞专注，我在等你厌倦了你的那些情妇们，然后转身欣赏我的单纯。’天哪！她就像一盏水晶吊灯，太像了！”

“你有很多个女朋友吗？”

“遇见你之后吗？没有，一个也没有，你相信我吗？”

“嗯。”

“我很高兴你这么做。在这种情况下，这恰好是事实。不过，我觉得不能把这作为一般的先例。亲爱的！”

“你知道的，对吧，巴尼，如果我们三个真的一起私奔了，我们结婚与否对我来说不会有一丁点儿的影响吗？只要我带走你，莫娜就是受到别人支持的……

我从来没有告诉你:我知道你是一个很好的天主教徒,或者会是,只要你愿意,也知道你想要离婚并再婚之前,内心与焦虑所做的斗争。

“啊！你怎么知道!”

“至于普瑞爱德,她会欣然接受她父母的一切。哦,她可能会变成像莫娜那样的女士,或者像珀尔·麦凯格那样的宗教政治狂热者,不管是哪种,她都会不赞成我们的行为。我们可能会坐在济贫院的台阶上,一起抽着烟斗,看着她坐着劳斯莱斯从眼前驶过!”

“好吧,也许不算太糟。我发誓济贫院里有比坐劳斯莱斯更有趣的言谈和皮纳克尔牌,打扮着去吃饭也没那么麻烦——啊,天啊,我甚至不能像拉塞尔那样开玩笑！太荒谬了。你和我生来就是要一起流浪的——带着普瑞爱德和很少的行囊！……拉塞尔、莫娜！我们到底是怎么被那些陌生人束缚住的？亲爱的,一想到我爱上莫娜并哄骗她嫁给我的罪孽(以前是对她和我自己,现在是对你,以后对普瑞爱德而言),无论我收过什么贿赂,都是合乎道德的。我的动机全都出于怯懦。你知道,我满怀雄心,我想要成为州长、参议员,我知道自己有那个精力,不幸的是,我既喜爱庸俗又想要消遣。我想,和像莫娜这样没有激情、不出差错又矜持的人一起生活,我必须变得谨慎又严厉。我天生鲁莽,娶了个尼姑,我曾试着逃离,结果当然失败了。我活该,但其他人不应该受到伤害。啊,上天,我要回归道德了！我明白了,爱情总是令人神志丧失。”

巴尼多年来用心投资的证券正迅速贬值,这让他不太高兴。在他参与投资期间,不管他多么喜欢那些看似友好的扑克游戏,他从来不去赌,而坦慕尼协会的枢密顾问官则把这些游戏当作放松娱乐,决定几百万人的政治命运。他从来没有购买过保证金,而是投资了直布罗陀铁路、钢铁、汽车等安全的股票,结果直布罗陀股票悄悄地一路下跌。他说:“要是我有足够的判断力,把所有的钱都换成银圆,坐在码头上,一个个地扔到东河里,也会得到同样多的乐趣,这也算是一种合理的投资。”

大萧条已经持续了一年。有一件好事,就是宴会上没什么可谈论的了,至少人们不再讨论禁酒令了,这个话题十年来一直占据着美国的思想界。有少数人,甚至是总统和银行家,不再说“我们已经走到了拐点处,正处于上升阶段;大萧条将在三个月内结束”。有人开始怀疑,美国从1890年到1929年间的闻名繁荣是否还会重现;还有更少数人在思考是否应该抛弃过去的那种想法,即一个家庭没有一台收音机、两辆汽车,或者不能保证家里每个成员都拥有一间卧室和浴室、皆为乡村俱乐部的会员，那么这个家庭在精神上是失败的，道德上也有危险，通常是对神的冒犯。倘若这种思想被抛弃，这片伟大的土地是否能有所好转呢？

大萧条并没有让安沮丧，反而让她感到兴奋。她再次认为贫穷是自然降临的，并不致命。她觉得，如果她和巴尼在某个时候、某个地方过起了穷日子，那他们也许会成为两个崭新的、紧绷的、瘦弱的灵魂，爬向那片广袤的土地。

共产主义女预言家珀尔·麦凯格在工业之家拜访了安。

“我想和你私下谈谈，安。”她用校长的口气说。

“好的，费尔德莫斯，你先出去！”安对她的小秘书说。

门还没有被关上，珀尔就问：“你让她叫你‘维克斯’吗？”

“没有啊！”

“那你为什么叫她‘费尔德莫斯’？”

“因为她很喜欢我。”

“所以你就利用了她？”

“没错，就像你利用我臭名昭著的好脾气，给我带来坏消息一样，不管是什么。有话直说！”

“消息并不确切，但是——安，我曾经对你抱有很大希望。我以为你是我们这些工人和永不妥协的共产主义者中的一员。但是，你为了一把银子、一条挂在外套上的丝带就离开了我们，你从来没有谴责过市长或州长，看上去很满足于为其工作。可是我听说你和一个富有的政治受贿人员在一起。”

“哦，别再把我的个人罪孽和它缠在一起了！”

“现在这个时候，你不能那样，我们正处于历史的危机之中。一名革命者必须具有品格，没有时间去犯那些随心所欲的小罪。现在发生了特别可怕的事情，整个煤矿开采的情况，特别是西弗吉尼亚州和肯塔基州，简直就是一场战争——”

“亲爱的姑娘，我自己也知道一些南方工业的事情。我在铜头峡的时候——”

“对，你以后也会继续谈论曾经去过那里、曾经战斗过，并因此感到得意。你觉得你还是个无产阶级和革命的罪犯教育学家，自由主义者就是这样愚弄自己。很快你就会对监狱和其他资本主义制度感到非常满意，你甚至都不会知道，你将发表演讲，把自己说成一个激进分子，对这头巨兽而言，你的用处比任何一个公开的反动派都大!”

“嗯——我告诉你,珀尔,今晚我会把我那受贿爱人赶出小镇,然后打开监狱的门,让所有的女孩都离开,她们走出监狱时,我会给她们每人一本列宁的小册子。你满意了吗? 好了,我很感激你再次拯救了我的灵魂。但是现在,我很忙。费尔德莫斯——! 进来做笔录。”

但这次谈话确实给她造成了一定的影响,同样,她对自己说:“珀尔的话里隐藏了太多。”但内心装着普瑞爱德和巴尼,她随即就将一切忘记了。

一月来临,她该停止工作等着孩子的出生了。她觉得自己身体很好,也很正常,但是很胖。从前她的步伐一向优雅,现在却缓慢而又笨拙,一有小痛她就会害怕。但愿孩子能出生! 但愿自己能越过这个坎儿!

成为一个软体动物,真是令人恼火,连在平地上随意走动都成了一大难题。

42

他们都提醒安，分娩最多疼一个小时就过去了，并说："上帝，不知道什么时候会生！但不要担心，阵痛的时候你就知道了，好吧！医院已经为你准备好了房间。二十分钟后到那儿，我半小时后就到。"只有医生一言不发。

凌晨三点，安一下子就惊醒了，她感觉肚子疼得厉害，像要爆炸了一样。以前她从来不知道会这样痛苦，什么牙痛、耳痛，还有少女时期摔断一条腿的疼痛跟这相比，都变得微不足道。在疼痛的洪流中，她拼命挣扎，仿佛将要窒息，却又无能为力。

但同时她又很高兴。"来了！普瑞爱德要出生了！我要变回常人了，不用再做臃肿的人抱枕了！"

不可思议的是，她现在比以往任何时候都更需要巴尼，她无法忍受拉塞尔竟然跟她在一起，竟然还可以触碰她。（即使疼痛万分，她还是惊叹道："丈夫——情人！我们用词多疯狂！如果有了丈夫，那个人就是巴尼。拉塞尔是我的情人，我太虚弱了，不能推开他。"）但为了孩子，她必须忍受拉塞尔在自己神圣的时刻，在身旁忙碌。她得打给他——必须起来——尽快去医院——不。疼痛消失了。她吸了口新鲜空气，在需要打电话之前她还有一个小时的时间，她虚弱地伸手去拿手表。这时，第一次阵痛刚过七分钟，紧接着第二次阵痛爆发了。

她不再幻想，坐起来大叫："拉塞尔！"

拉塞尔闻声飞奔而来，像一个大球裹着褪色的豆绿色绒布睡衣，这是他冬夜最爱穿的睡衣。他动作敏捷，温柔细心，使安喜欢上此刻的他。（"倘若这个男人只是一味地让人反感，就咒骂他，这样的生活是多么简单！"）他联系了医院和沃姆斯医生，并让公寓的看管人员打电话叫来了一辆出租车，所有这些都在一瞬间完成。安躺在床上，心里觉得安全了，自己足以承受极大的痛苦了，而这份痛苦正以七分钟的频率间隔出现着。在痛苦的驱使下，她抛弃了所有尊严，她扭动着身体，撕扯着床单，疯狂地抓着床边的木板，听到自己惊恐地尖叫着。

她对突发的阵痛一无所知，而且过于虚弱和松懈，不知道接下来发生了什么。事后才知道，拉塞尔和女仆把她抬起来，帮她穿上了长袍睡衣和拖鞋，围上了围巾，扶她穿过走廊进入电梯，然后进了出租车，一直到走上医院的台阶。她看到马尔维娜·沃姆斯神奇地出现在那里，有点困惑。

这时，阵痛来得更加频繁，每隔三分钟一次。她紧紧地握着一个健壮护士的手，直到那个护士觉得疼痛。不一会儿，安就被阵痛麻醉了，她意识到那只是一场不停的飓风，在飓风中她失去了知觉，完全没有分娩疼痛感。

这与她一直以来经历的痛苦不同，她没有因现在的痛苦而感到荒废和无用，这种痛苦似乎有意义，因为她在创造生命。如果因身体受了重伤而像个孩子一样号啕大哭，那么她在精神上就胜利了。这样的牺牲不为别的，只为缔造生命，为了创造奇迹。她听到马尔维娜在不停重复地喊："用力——不要睡过去——到时机了我会给你打点麻醉——用力——试着用劲儿！"她十分崇拜马尔维娜，听从她的努力用劲，直到振奋人心的一刻，马尔维娜和蔼可亲地说："现在可以把她带进病房了。"

她觉得自己在放声唱歌。她相信巴尼在那儿，便举起沉重的胳膊向他挥手。但是，走廊上所有护士和喜极而泣的拉塞尔向那边看去，只有一个脸色苍白、头发蓬乱、裹着毯子的女人一动不动地躺在担架上，一言不发。

安从脑海中的雾霭、灰色的灌木丛中走了出来，奥斯卡·克莱布斯、格伦·哈吉斯、利尔·希西伽、埃莉诺·克雷维科尔还有巴尼·道夫的脸也消失不见。她似乎躺在一个空白的房间里，旁边坐着一个穿着白色围裙和蓝色硬格子裙的女人。她很困惑，她必须把一切都捋清楚，她要马上弄明白。但在此之前，必须先休息一下。她一次又一次地从迷雾中走出来，立刻发现自己在病房里，甚至还为自己的敏锐颇感骄傲。她嘴巴很干，她试着抬起手，放在肚子上，她抿了抿嘴，突然觉醒，她意识到自己已经不再像热水袋那样臃肿和脆弱了，而是奇迹般地又瘦又结实，她想自己一定是生下孩子了。

"哦！哦，护士，告诉我！孩子——"

"孩子非常好！一切都很完美。"

“那我女儿——”

“你生了一个特别可爱的小男孩!”

“胡说!”

随后护士把孩子带了过来。

她告诉安,是一个很健康的大男孩,8.25 磅重。但她不敢去碰他,他的纤细手臂、小手以及小鼻子太过脆弱。虽然不是肤白貌美的仙女所生,但他的皮肤也没有太过泛红和皱巴巴,红润的头上有着淡红色的细发。她确信,以后会是一头浓密的红发。“哦,你这个小芬尼亚人!你这个可怜的爱尔兰人!我亲爱的宝贝!”安跟孩子打着招呼。

不过,巴尼·道夫的这个儿子抓住安的乳房想要喝奶时,却一点也不柔弱。

两天内,她就会把所有认为她怀了女儿的人称作傻瓜。

用不上四天,她就开始计划孩子今后要去的哥伦比亚大学、柏林大学和索邦大学的课程了。

但是,由于她从来没有想过除了普瑞爱德以外的其他名字,所以给孩子起新名字的时候就少了一点自信,少了一点作为母亲的坚持。

生完孩子的第一天下午,晚些时候,拉塞尔喜气洋洋地走进来了。孩子是十一点出生的,从那时起,他就一直接到祝贺的人打来电话,并从地下酒吧购买香槟来招待酒店和慈善事业中那些很重要的人。他欢呼道:“太好了,一切都很顺利!你几乎没有什么痛苦。”

“啊,我做到了,我生了!”

“好吧,不管怎样,你知道我在想什么。我见过孩子了,他看着挺像我的。(然而拉塞尔的皮肤黝黑,孩子皮肤泛红。)现在的问题是,既然我们有了这个大宝贝,我们该叫他什么呢?不过,你先说叫什么好呢?”

“哦,我,呃,我还没想好。”

“那我先说我想的——我只是建议,用他爸爸的名字怎么样?就叫他小拉塞尔·斯伯丁。当然,你不喜欢的话,我们再考虑别的。”

安气得说不出话来。她躺在床上,一脸忧愁地看着他——她希望如此。她发现拉塞尔开始相信孩子是他自己的了,用不上几个月,他就会坚信如此。从法律上讲,孩子其实是斯伯丁的。但凡这个事实被更改,没有人会比他这样一个意志薄弱的人变得更加固执。因此尽管想开口咒骂,安还是很有礼貌地说:

“我没太在意过小名,这个问题不好说,而且孩子随时都有危险,除非奇迹般地受到他父亲的庇护。”

“是，也许你说得对，你觉得叫亨利·沃德·比彻·斯伯丁怎么样，我觉得听起来很上档次，他可以叫自己‘沃德’或‘比彻’，都是好听又高级名字，哪怕他不喜欢，但为了这样一位伟人，选择顺从一下又何尝不可。这个社会到处都是不值钱的煽情主义，还有在讲坛上布道、想要博得公众关注的人，所以他随时可能会被遗忘。当然了，你知道的，我是一个不可知论者，但我仍然尊重我们祖先们古老坚定的精神品质。”

“但是，拉塞尔，”安虚弱地说，“要从希本上尉一生来看比彻的话——他让比彻成了一个十足的江湖骗子，而不是什么领袖——”她咽了一下唾沫，躺在那张硬邦邦的小床上，脸色苍白，但她勇敢地把想说的说了出来——“那个，呃，像我们这样的自由主义者是希望得到尊重的。”

“那都是胡说八道！希本根本不知道他在瞎说什么！事实上，我和比彻是远亲——他可能是我母亲的第四个堂兄——所以我知道，他算是那个时代最伟大、最勇敢而且最有远见的思想家。就这样，亨利·沃德·比彻·斯伯丁，真是个好名字。”

“我会考虑的，亲爱的。我感觉要筋疲力尽了，现在最好让我休息一下。”

“你说得对，好，那我今晚十点前再过来。我永远忘不了我的‘小妇人’给我生了个英俊的儿子！……沃德·比彻……那些该死的势利眼的东部大学太缺乏民主意识了，我觉得应该送他去一所中西部州立大学学习！说真的，我真庆幸自己是爱荷华州人！”

安和她的夜班护士秘密约定，等十点前拉塞尔来的时候，护士假装很焦虑，然后快速把他赶出去。

她得逞了。

当拉塞尔迫于那种在美国交通警察、英国内阁大臣秘书以及所有护士身上常见的严厉态度而离开时，安给她的儿子——她的儿子！——喂了第一顿迟来的晚饭（她的胸脯颤抖得厉害，像被情人的手抚摸过一样），然后扭曲地躺着，筋疲力尽，却没有睡着。安错过了一些事情，她尝试让自己不去想那是巴尼，却发现自己不停地在揣量，到了这个年纪，自己是否还有时间给巴尼再生一个孩子。

安看着门慢慢地开了，好像是自己开的，巴尼站在门外，朝她笑着。安向他伸出双手，挣扎着想要起来，巴尼见状飞快地走到她跟前，坐在床沿上支撑着她，轻轻地亲吻她，没有说一句话。他扶着安再次枕在枕头上，抚摸着她的脸颊，这时她感到自己完全康复了。

“圣徒们保佑你!”他说,“我今天一直在给马尔维娜·沃姆斯打电话。所以孩子出生十分钟,我就知道了。我一直站在街对面的门口,直到斯伯丁(那个混蛋!)走了而且确定他不会回来了才敢进来。但我不会再这样偷偷摸摸了!”

“你是怎么进来的,等到护士们下班后吗?”

“连贿赂带要挟,还有诱惑——真是恰到好处。我这里还有一封马尔维娜的信,怕有需要,就一直留着。”

“你看到我们的孩子了吗?”

“当然!”

“怎么样?”

“非常好。”

“可你之前说想要一个女孩,会不会介意?”

“那是骗你的,其实我想要一个机灵鬼怪的男孩,这是我唯一的儿子!听我说,我不会把他交给什么该死的拉塞尔的——那个小伙子——”

(“但他太令人感动了!”)

“——而且我不会再把你交给拉塞尔了,我不知道要怎么做,但是——这个我们以后再说,等你恢复力气……我爱你!”

“亲爱的,我们给他取什么名字?”

“马修,跟着我父亲的名字。(不,他不是那个酒馆管理员的儿子,虽然我父亲更糟糕,是个承包商,力气很大,很幽默,却没什么素质)此外,迈特是孩子的昵称,意味着诚实又正派。”

“嗯!就叫迈特·道夫,我的儿子——我已经害怕他了!迈特!真是世事无常!我还是个女孩的时候,就想要是我有一个儿子,我会给他取一些美好又浪漫的名字——女小说家的名字——彼得、劳尔或者诺尔(这个名字特别适合夏天出生的宝宝!),也可以叫杰弗里或者丹尼斯,没想到最后叫迈特!我喜欢这个名字,还有你!这身棕色的西装很好看!以前从没见过,在英国买的吗?”

“在这里定做的,一个来自马尔岛的名叫希瑟的人做的,好闻吗?试一下。”

“挺好闻的,有个男人曾带我去过苏格兰高地散步。”

“嗯,林赛很喜欢那儿,但不得不说,他从来没有一天走路超过五英里。”

“哼!你总是知道得太多了。如果我们结婚了,半夜在房间看到你的情人,我可不会离开。”

“你不会见到的!前几天我还见过你的朋友林赛。”

“太好了,留着他。我爱上了一个狂野的芬尼亚人,而我不想跟任何高尚的人相处——那个就知道睡觉的！是林赛吧？我不记得他的名字了，我谁也不记得——”安打了个长长的哈欠，“在这个世界上，我的眼里除了巴尼和迈特，别无他人。”

“你现在该休息了。”

“再陪我一会，拿把椅子过来坐，一会再走，牵会手。”

巴尼用温暖的双手紧紧握住她的手，这让安很有安全感，接着她很快睡着了。过了一两个小时，她听到护士的叹息，带着常有的恐惧和心底的感伤被惊醒了。醒来发现巴尼仍握着她的手，一动不动，在柔和的灯光下，她看到他僵硬地坐着，嘴里叼着一支没有点燃的雪茄。安很难受，他的胳膊一定疼得要命。“亲爱的，快去休息吧！”

巴尼吻了她昏昏欲睡的眼睛，没有说话，表示跟她道晚安。

“在女权主义者时代，”她沉思着，飘然入睡，“我曾经认为，亲吻、爱抚、轻拍，所有这些肢体接触都是粗俗的，只适合高中男孩、挤奶女工、多愁善感的老处女和哼着《月亮、六月与银勺》的人。什么牵手？太庸俗了！我本以为会有一段崇高的精神上的浪漫，坐在心爱的人对面，讨论市政燃气工程的资金！我有崇高的精神上的浪漫！但是现在我觉得，在这个特殊的日子里，巴尼的手就像上帝的庇护之手一样让人温暖又心安！”

43

格林泽尔小姐是位优秀的家庭保姆，她来自瑞士，活泼又年轻，对语言、保持房间整洁和照顾孩子方面都有着瑞士人所特有的热情。育儿室布置得很好，专门为迈特一个人准备的，并未将其父母纳入考虑的范围。除了婴儿床、一套小衣服和两把直椅外，里面什么家具都没有。墙上没有贴什么带小黄鸭的壁纸，也没有耳熟能详的座右铭，可以随意涂刷。在他们看来，安比一般失业的年轻母亲更兴奋、更有计划，因为她更有责任感，那种责任感像是要建成一座桥梁或完成一支舞蹈。

她每天都很想从工业之家给格林泽尔小姐打电话，却从没打过。回家时，尽管担心她离开之后，工作不知道会成什么样子，但一想到坐地铁马上要见到迈特，这些烦恼都烟消云散了。到达公寓的时候，她开始不停地担心是否发生了什么事。她随意地把帽子扔在大厅里，蹑手蹑脚走进育儿室，像极了正面临一场疾病危机。

看到孩子的一瞬间，她觉得迈特肯定是世界上最漂亮、最强壮、最聪明的婴儿。在晚宴的时候她试着控制自己不告诉人们这件事，但是内心又清楚地知道这个不平凡的孩子可以像小猫一样把脚叠在一起，然后等三个月大的时候他肯定能认出妈妈来，他的小指甲是那么完美，像杏仁一样，除非有特殊情况，否则他从来不哭。

让她忧伤的是，两个月后自己不能再给他喂奶了。为此她必须付出代价，被人们怪异地认为是一个“自由的女人”。

显然，拉塞尔跟安一样对迈特尽心尽力，她常常希望他别那么尽心，就像她希望他别对一切事都那么上心一样。拉塞尔带来一些连小孩子都没见过的奇怪玩具:可爱的毛茸茸的羊羔、小狗和小猫,它们的绒毛上仿佛爬满了细菌,还有好玩的小木熊。让她惊讶的是,宝宝会用它敲打自己的前额。他一边对宝宝说着儿语“小宝贝,乖乖”,一边挠着宝宝的小脚。事实是,这个小顽皮非常喜欢这种可爱的做法,并且快乐地叫喊着,让一切变得更糟。在这一刻,安心生怀疑,迈特是否真的会成为伏尔泰一样的伟人,他是否真的是巴尼的孩子。

最后,在没有受到公众力量阻拦的情况下,趁着宝宝入睡了,拉塞尔试图将宝宝介绍给拜访者们看。

格林泽尔小姐阻止了他的行为,但其实是安安排她上前拦住这位慈爱得理所当然的父亲。

这小小的婴儿充满了魅力,安看着他一点点长大,没有什么疏忽大意或意外发生,只是简单美好地相信他比任何其他朋友给她看的婴儿照片都要漂亮。但是一旦想到她在工作方面的烦恼,以及与巴尼见面变得越来越危险,她对拉塞尔愈发坚定地要做她的情人的事就感到越发恼火。

除了在黑暗之中摩挲着双手之外,拉塞尔一直不愿承认有爱的拥抱这种事情,这已经成为他日常生活逃避的一部分。但是现在,他感到愤怒,言辞变得足够犀利了,他提醒安自己允许她的回归并把姓氏给了一个可能不是他亲生孩子的宝宝,已经是非常慷慨了。他意识到她在想她的情人,甚至可能在想和他上床。这一切都是千真万确的,所以虽然安头脑相当清楚,但是难以对他进行严厉的回应。

她想收拾好所有行李,带上迈特永远离开。

可是她不能,她不能带着迈特离开。

哪怕是刚刚,她也不能去找巴尼,不只是因为他的地位,还有调查人员对他造成的威胁,以及他正忙于他大女儿的出嫁事宜。他的女儿现在“自己过得很好”:嫁给一个从事外交工作的男孩,他的父亲是一位公司顾问,在长岛拥有一处地产。

在《纽约周日报》的“社会版面”上有西尔维亚·道夫小姐的画像——一位将在三月结婚的可爱新娘。

安把这些画像拿给万分好奇的小迈特看(这时拉塞尔和格林泽尔小姐已经出去了)并告诉他:“那是你同父异母的姐姐,迈特,你能认出她吗?”

迈特打了一个嗝。

一种可怕的吸引力,也许也是出于孩子气吧,安前去参加了婚礼,任何与巴尼有关的事在她心中都无比重要。她在人群中尽量往后钻,到圣帕克里特大教堂的遮篷旁边，站在一个胖似出租车屁股的爱尔兰老妇人后面，看着队伍走出来。

西尔维亚看起来——

“好吧，她看起来有新娘的样子，我想我从来没有这样的经历。”安心想。

她的新郎——

“他看起来像一个大学生，我想想，我和他是什么关系？”

然后巴尼来了，在一片欢呼声中，她从未意识到他很高大，或者只是因为那顶锃亮的大礼帽、光滑得像蛇皮的男士晨礼服、白色的手套、贵族戴的护脚和那根金手杖？安带着喜爱又愚蠢的爱慕之情注视着他：“那是我的男人，在那儿！”她真想把这件事告诉那个爱尔兰女人。

但是她针对的人是莫娜，道夫夫人，那个清白无辜的人对安来说已经变成“那个该死的女人，那个榨取巴尼的水蛭”。

这确实有点扭曲和疯狂，不过这是安第一次看到莫娜，她正站在巴尼身边。

好吧，她和楼梯转弯处那幅画像上一样沉着、高傲，身穿一件漂亮的貂皮长外套，领子很高。水晶一般——真是那样，但画是缺少灵魂的，仿佛肖像画家故意为之。她看起来暗淡无光，鼻子比画上的更尖，嘴巴也更薄，总的看上去有一点点类似木乃伊。

“优雅却没有活力，而巴尼这个充满野性的芬尼亚勇士却只能和她一起生活！”安想着。

在她去乘地铁的路上——在费尔德莫斯小姐崇拜她、凯斯特太太妒忌她、囚徒们要求见她并让他们的生活得到改邪归正之前，她还没有恢复自己重要的女性地位——地铁的空气里散发着陈旧的味道，人群拥挤，在列车转弯时挤到她身上，要把她的手臂挤掉了。安看到了事情的本来面目：有钱有势的道夫法官和他那美丽的、同样有权而富裕的妻子，在这个美好的社会中受到高度欢迎，能够为自己的女儿买到子爵官位；这些重要人物参加了他们女儿的婚礼，而他们的女儿现在得到了为葡萄牙使馆的三等秘书调制鸡尾酒的机会；安作为一个职业妇女看着人群中这支骄傲的队伍，她是巴尼下贱的情妇……

“但事实不是那样的，巴尼，对吗？可是假如巴尼不爱我了，我该怎么办，我会死掉的，就算是迈特也不能让我活下去。”

她为此十分担心。费尔德莫斯小姐对安在罐装菜豆上的坚持表示惊讶（虽然她总是处事不惊）。

四点，巴尼打电话给“犹太问题少女保护之家”，希望维克斯博士能在五点来看他，并与她们当中一个比较难对付的女孩进行一番交谈。留言中说“会有您感兴趣的事情。”

“犹太保护之家”原来是位于第八十四街的一家地下酒吧，周围有许多拖欠债务的少女，所以她们常被当作身份卑微的人。

安进来的时候，巴尼严肃地站了起来，戴上他的礼帽，演戏似地拍了拍帽子的顶部，然后转了一圈又一圈。

“我帅气吗？”他问道，“像不像威斯敏斯特公爵？你可能再也见不到我这样了。”

“为什么穿得这么华丽？”

“你不记得了吗？我告诉过你，西尔维娅今天结婚了。”

“是的，我想起来了，我挺希望去看一看的。”

“真的吗？（迈克！准备两辆马车！）早知道这样，我应该把请帖给你——我还以为你不想见莫娜，你不会喜欢她的！至少，我不喜欢！不过我很抱歉——”

“没关系。也许我一看到你这么英俊，就会跳起来，把你从她身边拉开。”

“来吧，我们去下一个婚礼！我另一个女儿订婚了。看看你多美，亲爱的！”

那是她唯一一次对巴尼·道夫撒谎，即便推断一下就能知道。

在一个低劣的非法咖啡馆里，两个痛苦的人都试图表现得轻松和幽默。

随着巴尼离自由的日子越来越近，他的女儿们都顺利地找到了归宿，安开始着迷于一种想法，那就是脱离拉塞尔与日俱增的控制，逃到巴尼的身边——哦，她很内疚，她并没有生他的气。她知道是自己那令人愤怒的拒绝态度激怒了他，他变成了一个好色而冲动的“小伙子”。他在安洗澡时冲进了她的浴室，净讲些蹩脚又令人尴尬的下流笑话。他（安确信）故意刺破一个热水瓶，让水洒满了他的床，以此作为那天晚上想要和她一起睡在沙发上的借口。当她提到客厅里的长沙发时，他理所当然地刻薄起来：“因为太困了——就今晚——如果你不介意的话。”

她没有为自己辩护。

“真不幸，”她想，“这种受到称赞的维护贞节的行为却可能比卖淫更龌龊、更卑鄙。我害怕那个可怜的人，而他一直表现得很正派，也许只是有点正人君子的样子罢了。我必须离开，可怎么才能带迈特一起走呢？我必须走，格林泽尔、迈特和我，我们住在郊区的农舍，再找一个每周只要付 5 美元的女孩帮忙准备晚餐和洗碗，我还是承受得起的。”

可十分不凑巧的是，第二天晚上，在一系列尖酸的道德指责之后，拉塞尔对她做出了一番灵魂拷问：

"还有一件事，你以为你是个无比称职妈妈。去你的！我听过你向其他的老女人吐露你只是喜欢照顾迈特（我仍然不喜欢这个名字，叫'沃德'听起来会更聪明、更有独创性）——为什么你更喜欢照顾他，而不喜欢对着囚犯发号施令，不喜欢跟那些爱管闲事的人讲话！是呀！你的牺牲精神就是付钱给格林泽尔小姐，让她做所有肮脏的工作！首先，当然，如果你有丝毫考虑过我们的孩子，而不仅仅是为了自己的便利和荣耀，我们完全可以在郊区买一套房子。在那里，他可以呼吸到新鲜空气，过上安静的生活，培养起正派的勇气，而不是在这个臭气熏天的、喧闹无比的城市！"

"可是，拉塞尔，我们刚结婚的时候，我想在城郊买幢房子，你却坚持说我们需要凭理智做事——"

"哈！'理智'！你知道你和我之间的区别是什么吗？我可以成长，我会抛弃陈旧的思想。曾经有一段时间，我认为商人都是些会胡言乱语的笨蛋，压根儿不会去想什么'理智'。但是，我告诉你，我学到的跟这不同，我想要迈特长大后，周围有很多热心、务实且做事高效的人，就像你在弗农山或者科斯科布所具有的影响力一样，他会成为股票经纪人、牙医或者广告男模等等，而不是身边全是一些流浪汉、激进分子或者纯粹的理论家。现在，我要你听我说——如果你能暂时忘记你自己！下个星期天我们租一辆车去威彻斯特，看看能不能租到一间郊区的房子。"

"住在那里会更难见到巴尼，"她一面想，一面温顺地说，"我很乐意。"

拉塞尔全权代表安和她的儿子迈特做成了一笔不错的交易，他以每英里 25 美分的价格租了一辆豪华轿车，他们就是坐这辆车到纽约的高级郊区找到了他们的茵尼斯弗利岛①。

距离上次安与巴尼·道夫一起连夜驱车前往弗吉尼亚山谷已经有一年零两个星期了。

拉塞尔谈到了大萧条、弗农山的火车服务、迈特需要吃的鱼肝油、大萧条过后的日子，以及投资的佩勒姆房地产。安笔直地坐在鸽灰色的坐垫上，一根接一根地抽了很多烟。

---

① 茵尼斯弗利岛（the lake isle of innisfree）的原型是爱尔兰民间传说中的一个仙岛。

他们看了十几所气派的房子，这些房子配有两个车库，离高速公路很近，也很安静，价格从2万英镑到3.5万英镑不等，均没有超过1200平方英尺的草坪和漂亮的树木。

安知道，现在拉塞尔已经攒下了1万美元，她自己(沃巴纳基镇的女儿)则薪水微薄，且出狱的囚犯还向她借了不少。安努力地攒了3000英镑，她说，这是他们之间唯一的存在。

“但是，上帝啊，我们不必一次性付清全部的价钱。也许可以先付5000英镑，其余的在十年内付清。”

当他听到法官说“十年苦役”时，安吓得惊慌失措。她会被抓吗？拉塞尔会不会凭借弱者的优势欺骗她，好让她未来十年一直陪在他身边，并且帮他支付剩下的房款，以免“他在为自己和孩子买了房子并回去工作后感到失望”？

她不知道陷阱在哪儿，但能嗅到它冰冷的铁锈味。

通过一个声望不错的商人，他们确定了一座在斯卡斯代尔附近的房子。房子是安喜欢的样子。在这些大厦、灰泥、空心砖、都铎一格鲁吉亚式、加利福尼亚一西班牙式、埃文斯顿一殖民式以及康涅狄格一瑞士式的房屋中，有一幢孤零零的、破烂不堪建于1860年的农舍，交通便利，距大街只有四分之一英里。这座房子要价5000美元，是用很好的木料建造的。房子里有一间大客厅、一间厨房、两间大卧室、一间小卧室，没有餐室，有自来水，但没有浴室，还有一条通往主街的门廊，可以俯瞰长满茱萸的山谷。

它被称为“海盗首领”小屋。当安问起这个名字背后的故事时，经纪人解释说：

“哦，对了，大家都这么叫，知道了？”

安在脑海里快速地想着，迈特和格林泽尔用一间卧室，自己用一间，还有一间小卧室给巴尼——至于他晚上用不用那就管不着了。

“这个老房子真是可爱又充满乐趣。”她说。

“什么，你疯了吗？它就是一个残骸，根本没法住。”拉塞尔说。

回去的路上，拉塞尔最满意的就是他们看过的一所现代房子，房价要2.5万英镑，不过可以在八年内付清。听说那里面曾有个男人被抓进了新监狱，关进了死囚牢，安被吓得了一身冷汗。

她告诉自己，要“勇敢面对问题”，不能再混日子了。

她可以和巴尼一起逃去欧洲。尽管经济大萧条，但他仍然有足够的钱，而且他几乎每天都在关注航班信息。但他们都上了年纪，不能再加入任何欧洲组织了。“我十岁的时候，巴尼二十四岁，那时我们就应该认识并应该想到这一点的。我们太疏忽了！”他们会成为永久的游客，像动物园里的老鹰一样，毫无存在的意义。迈特将无处扎根，会成为一个半吊子，混在众多微不足道的人当中，永远默默无闻；他会遇到许多美国的伯爵夫人和各种女人，而她们的生活目的之一就是尽可能多地从前夫那里捞到赡养费，她们不负有任何责任并活得骄傲而荣耀；他会遇到模仿自由诗体的作家，遇到没有当过兵的神秘上校和从未练习过用药的医生，这些人可从未接触过贵族；他还会遇到侍者、骑术师和小白脸，静静地纵酒狂欢，吸着令人怀疑的可卡因——这是一个属于欧洲的世界，但绝不属于外来人员，这里遍布着缺乏风度的游手好闲者、没有自信的强盗，连兰花也黯然褪色。不！对于迈特，忍受拉塞尔那摇摆不定的道德观也比忍受这污浊不堪的生活环境要好。

或者她安下心来做拉塞尔的妻子和爱人，对其他事情充耳不闻、冷漠以对？但是对迈特来说，有这样一位母亲是一件好事吗？他是否会为之愤怒？

或者她自己抚养迈特，独自应对孤独，如果巴尼愿意继续下去，她会做他的情人。但他会不会厌倦这种处处碰壁的事情呢？奇怪的是，尽管巴尼在政治上左右斡旋，对熟人尤为偏心，还有风流韵事，但他却不是一个钩心斗角的人，也不打听别人的秘密。他从不隐藏自己的身份，他是朋友，抑或是正直的敌人。等迈特长大了，能听懂同学们的窃窃私语时，这种不正常的婚姻对他会有什么影响呢？

“或者”，安说，“无论我做什么都是错的，那又何必担心呢？你以为这些都是由你来决定吗，是不是有点儿太天真了？当然了，你只会随波逐流，未来什么事也不会发生——永远也不会发生。”

然而，1931 年 4 月 3 日，星期五那天，突然之间，一切都拉开了帷幕。

44

4月3号周五下午三点，3921号囚犯曾在工业之家被指控勒索和贩卖毒品，而安确信她现在已经摆脱了海洛因，得到了释放。她（萨利·斯文森、莎拉·科恩和苏·史密斯是其别名）在办公室里喝着茶，为收到10美元而感激涕零，说维克斯博士是她的施恩者，是她的神，事实上就是她的上帝。

同样是在星期五的一个午夜，萨利因殴打受人尊敬、遵纪守法的门卫遭到逮捕。当时，她喝了很多的酒，在去警察分局的路上，在巡逻车里她用藏在怀里的一块石头攻击一名警察，还唱起了《阿尔芒蒂耶尔小姐》。

由于当时纽约没有什么特别的新闻，一名法庭记者认为这名3921号或许是个不错的题材，就和她谈了谈。萨利，3921号，心里极度不安与悔恨。她说，在她刚被释放出来的工业之家里，她非但没有受到良好的教育，反而受到了更多的纵容，简直成了一个毫无规矩的女孩。萨利发现记者对此异常感兴趣，而她自己正缺少异性的关注，便补充说当时就因为一起小小的敲诈事件她就被送了进去，那时自己还只是一个单纯的乡下女孩，没接触过酒精和尼古丁，更别说毒品了，但是后来在监狱里她跟着一群放纵的女人学会了喝酒和抽烟。

周六上午，《纽约时报》就在第二页刊登了这则新闻，正好为两位焦虑的曼哈顿著名传教士提供了素材，他们现在知道第二天要去向渴望学习的教堂会众讲什么了。但他们已经宣布了布道的标题，分别是“匪徒与福音”和“审判何时到来”。在周日上午，这两个传教士做了几乎相同的布道，都提到了萨利·斯文森小姐的案例，证实了犯罪的兴起是因为监狱成了奢靡和懒惰的滋生处，以致罪犯们不再畏惧他们肮脏的把戏会招来严重的责罚。一位仁慈的牧师专家主张恢复对罪犯们的惩罚，其他人则提出了一种新手段，就是把罪犯们单独囚禁数年，让他们除了读《圣经》和思考自己的罪恶之外，什么都不做。

安看到这些星期一早上的爆炸性新闻，笑了笑，没有人会把这些早在1800年就已风靡的教义当真。

那天下午，她收到一封匿名信：

> 听闻今日的布道，看完今天的报纸，人们终于知道你这个披着羊皮的狼了。

那天早上，工业之家的办公桌上有十九封辱骂信，其中三封是匿名的。早在安还没到办公室之前，报社就设法给她打电话了。她很愤怒，准备好了反驳，但她决定——当然缺乏理智——避开记者，并避免公开露面，认为这才是明智的选择。她请了一天假，去康涅狄格州找了帕特·布兰布尔，直到午夜才返回。

星期二一早看到报纸的时候，安正吃玉米片和奶油，瞬间要疯掉了。一份有点耸人听闻的报纸《旗帜》用了整整一页的篇幅报道了“可怜的萨利与工业之家”一案，标题为“宫廷监狱会诱使人堕落和犯罪吗?”很多其他的传教士站出来“挽救”这个国家，其中一人在接受采访时表示，他得到权威消息，在“某女罪犯感化院”，机构的负责人与囚犯们一起吸烟，不敢管教他们。弗拉特布什的一个女性组织几个月以来一直反对俄国、威士忌、无神论以及混合浴，但不管怎么表决心，都无法引起公众关注，于是借此机会对安进行谴责，要求州长派遣调查组对工业之家进行调查。这次他们得逞了，他们把决议打印在一个框里，周围都是些太过模糊的女性肖像，看上去像是救护车女司机、莎孚的核心成员，或是“他们在法国如是做”的第三公司的职员，但她们被称为“反对刑罚制度腐化的弗拉特布什杰出社会女性”。

由州长派遣调查组！安现在勃然大怒，她真正了解到巴尼之前的感受了。

整页报纸都围绕着对安的助手兼好姐妹凯斯特的采访。

在维克斯博士被秘密地召唤出镇时，凯斯特太太向记者表示，他们可能对萨利·斯文森小姐太宽容了，他们在试验通过关爱那些女孩们，让她们变得善良；而凯斯特太太本人不同意这种方法，因为她的经历或许要比大多数作家都更为丰富。接着，她又说她的上司维克斯博士和其他工作人员都是非常值得人们喜爱的人，因此她愿意以自己的实际经验来帮助他们检验自己的方法。

读到这里，再愚钝的读者都会发现，如果凯斯特夫人有权有势，就能结束这一切无稽之谈，停止溺爱那些邪恶的人，并提出一些像暗囚室、猫、面包与水等等新颖的惩戒措施来让他们变善良。

安像气旋一样飞快地走进工业之家，不等摘下帽子，便按铃呼叫费尔德莫斯小姐，压低声音说："把凯斯特叫来——马上！"接着，她问那个满嘴脏话的副主任："凯斯特，《旗帜》上那篇采访是你说的吗？"

"啊，太可怕了！我当然没说！他们派了一名记者来，我跟他说不想和他谈，只说了我们愿意采取新方法，然后他就走了，一切都是编造的！"

"凯斯特，我今天本来要去费城的一个妇女俱乐部的午宴上发言。我要你和我一起去，你最好现在就去准备，马上！今晚很晚才能回来，所以你明天早上之前不必来报到。这是会议记录，上面有主席的名字和午餐的地点，这是你的票。你最好快点动身，赶上十点的火车。我会给他们打电话说你会去。费尔德莫斯！给我菲拉德菲娜的号码，快！拜拜，凯斯特。"

凯思特太太走开了，安打给一位她认识的《旗帜》的记者。那个人是马尔维娜的忠实信徒，他问了另外一个人，那个人又问了别人，就这样询问了十五分钟后，他才打电话给安，告知她是凯斯特太太自己把采访内容登在《旗帜》上的，记者只是加了一条导语和两段描述。

那天，从早上九点一直到晚上十一点，安在监狱里待了十四个小时，大部分时间都是坐在自己的办公桌前。

费尔德莫斯小姐在半夜拖着疲惫的身子回到家时，对家人说："天啊，这是什么日子啊！开玩笑呢？听着！我好几个月都没见主管这么开心了！她之前说起话来感觉垂头丧气的，但是今天，乖乖，她精力充沛得很，嘴里装了炮火似的，不断跟人讲故事，还一直在笑，简直了！天哪，我真想看看她的孩子！我敢打赌，那婴儿现在就能同时对付吉恩·唐尼和马克斯·施默林！"

的确，那一整天安都在自言自语："试着做决定吧！我好白痴！这当然是为我自己做决定，我就知道会这样。孤独的安加上孤独的迈特，工作也毫无起色。没有丈夫……但我依旧期待着巴尼偶尔会来，不要因为我回到了安·维克斯的工作岗位而厌恶我！"

她拿出关于凯斯特太太的档案，把《旗帜》的采访和注解贴在上面，然后打给了州长，那个一直对她很友好且支持她进行任何改革的人。

"我听说你今天受到了一点打击，"州长说，"这是好事！这也许能为你日后成为州长提供契机。"

"但愿不会！囚犯们不得不留下来听我的演讲，州长，但是听众可能会离开我。我想让你了解一些有关我的助手以及敌人凯斯特太太的情况，她想夺走我的位子，她自己写了采访（我有证据能够证明）来攻击我……这位凯斯特太太是民主党领袖米克·丹佛的表亲，还是北州共和党领袖沃尔顿·皮贝克的嫂子。我还没就任，他们就把她弄到这儿来了。她在奇南戈县一所高中念完二年级，却因考试成绩严重不及格被退学，从那以后她就再也没有受过任何学术训练。她住在西北部费尔利亚村舍的妇女管教所里，当时的暴乱很可怕，有人指控她在食物供应上贪污，还把不听话的人吊在横梁上，只让他们的脚趾接触地面，结果其中一个人死掉了。可是他们对这件事秘而不宣，也没有设法对付她，只是让她离开，后来她回到了东部。”档案里还有十几条这样的信息：“我让她待在这里，时刻盯着她，这样她就不会做什么出格的事，如此一来，那些政客们也就不会干涉我，让我继续干下去。现在我要去辞掉她，如果她不同意，我就起诉她。我敢肯定她不知道我手中有多少把柄，我希望得到您的支持，可以吗？”

“你对这些东西有把握吗？能证明吗？”

“是的，还有文件以及证人的姓名和住址。”

“那我会支持你，祝你好运，博士。”

“多谢了，州长。”

“我希望，”安回忆道，“当时能叫他‘阁下’，这样听起来妥当些。但我恐怕做不到……费尔德莫斯！给我接扬克斯市的哈德逊房地产公司。马上！”

她对那个陪着她和拉塞尔去威彻斯特的房地产经纪人低声说：“我是维克斯博士，是斯图伊弗桑特工业之家的。你曾帮我看了一些房子，是吗？是这样，如果你坚持的话，我是拉塞尔·斯伯丁太太，你还记得斯卡斯代尔边上的那座古老的小房子吗？叫‘海盗首领’小屋的那座？不，我不想要更大的房子，而且我他妈一点也不在乎——抱歉，我是说——好吧，我是想说——我一点也不在乎一定要有什么瓷砖铺的浴室和垃圾处理炉。这座房子你开价 5000 英镑，房主能接受的最低价格是多少？嗯？噢，简直是胡说八道！（上次看房子的那个星期天，这位拉塞尔·斯伯丁太太还那么温顺！）我可以接收 3600 英镑，先付 2500 英镑，剩下的近两年内付清。当然了，你和房主商量一下，告诉他们尽快做出决定，否则我就收回报价。怎么样？哦，太荒唐了，现在经济这么萧条，什么都卖不出去，他们能赚到钱就很幸运了。”

安想放声歌唱。

“我和迈特要有一个家了！也许巴尼会在星期天过来……让我想想，如果马尔维娜要来，我就住这个小房间，把我的大房间给她。等巴尼来的时候——太好了！”

让人惊喜的是，犹太问题少女保护之家打来电话说：“新闻报道估计对你有些影响，有什么需要我做的吗？好的！”

不一会又来了一个电话，对方用疲惫的声音说：“是安吗？我是珀尔，珀尔·麦凯格。我收回之前说过的话——其中一部分！我很高兴你受到了反动派的抨击。亲爱的，也许这会让你回到我们这边，祝你好运，你这可恶的旧自由派！”

安给各家报社打电话时，他们的言辞时而粗鲁无礼，时而充满虚假的热情，她已经在计划小屋的整修了：春天的时候，草坪上开满了水仙花，那儿有一个小花园，里面种着百日菊、大丽花和风信子，四周种着紫罗兰，还有一张铺满了猫脸形的三色堇床单的床，尽管那种花并不时髦，却是她最喜欢的。她一边斥责或哄骗着各大新闻编辑，一边计划在小屋增加一间浴室（但只有一间，用白松木壁板装修，而不是无用的瓷砖），并决定把客厅贴上老式壁纸，装上白色壁炉架……“让我想想——新迦南那家小店的旧壁炉架很便宜——你好，是的，对，我是斯图伊弗桑特工业之家的维克斯博士，我找你们主编，马上——维克斯博士。”

她邀请镇上每一家报社发表一篇采访工业之家的报道（最好是女性，不过不是也没关系），在无人监督的情况下，跟里面的任意囚犯或警卫谈话，从而得到真相，以回应那些布道者和弗拉特布什的爱国女士们。

记者们来了，安没有热情地接待他们，只是问他们：“你们是愿意自己过去，还是让警卫带你们进去？”

采访过后，他们向她保证，坚定地支持她，并询问什么时候可以和她一起吃午饭？

这时她松了一口气，空出一点时间来考虑是否要在小屋的楼梯上铺陈旧的破地毯。

哈德逊房地产公司打电话给她，说可以按照安的条件将这座小屋卖给她。

随后她打给弗拉特布什，并邀请“杰出社会女性俱乐部”的执行委员会一起喝茶。

杰西卡·范·图尔曾是铜头峡监狱的重刑犯和大圣人，现在在底特律开办一所职业女性大学，安想让她来担任这里的副主任，但可能性不大。

最后一个记者在晚上十一点离开了工业之家，安吻了费尔德莫斯小姐，略带歉意地说：“今天辛苦你了，可怜的宝贝！”然后她自己也回家去了，她今天太高兴了（她偷偷地溜进去看了迈特一眼，看见他拳头紧握着睡着了），因此她对拉塞尔的态度也变得温柔起来，和他在一起也很开心，以至于安回到屋内时不得不迅速地锁上门,并趴在门上听听门外是否有拉塞尔愤怒的声音。在她看来,这是合情合理的。星期三早晨,她起得很早,悠闲地看着报纸上关于工业之家的真实报道。她首先看到《记录者》的第一页、第一栏的顶端大标题写道:

两名法官因收受巨额贿赂被纽约大陪审团起诉

巴尼·道夫法官与亨利·西弗尔特法官被指控在女王宣誓案上判决不公正

大陪审团分组会议的研究数据调查得到意外结果

安觉得所有报纸对工业之家的报道都会是正面的,但她并没看,也再也没去看过。

45

整整四天，安耐心听完了人们和巴尼的对抗。马尔维娜·沃姆斯坐在她身边，握着她的手，嘴里愤懑不平地说着什么。安忘记了自己的挣扎，她真希望凯斯特太太现在能够打她一拳，要是能拿凯斯特出口气，也算是一种解脱。

这两个女人过去认为自己是女权主义者、正直的公民、诚实的工人阶级，她们至死忠于一个男人，而那男人在那沉闷和不通风的法庭上，全然像个谦逊有礼的骗子。

一开始安并没有发现，直到她注意到墙上有一个形状像非洲地图的污点，才察觉到当初她正是在这里看到法官巴尼·道夫穿着绸袍走了进来，并对那些对他肃然起敬的人点头致意。现在又有一位法官，穿着不同的绸袍，坐在同样象征着法律神圣不可侵犯的双金束棒下面的那张高写字台前，当他进来时大家都站了起来，对他神圣不可侵犯的智慧感到满意。

安刚进来的那一刻，还以为新法官是林赛·艾特威尔呢，但并不是。“真是十足的讽刺。”她愤怒地说。

她很少去看法官，巴尼坐在桌旁，她看到了他的后脑勺，他显然无动于衷。她还看到莫娜·道夫在第一排的一边面无表情地坐着，还有在嚼口香糖的陪审员们，他们昨天还是杂货店或某汽修厂的主人，今天就摇身一变，成了非比寻常的尊贵之人。

令人沮丧的是，这个案子非常简单，是某个大型下水道的承包商将部分工程分包给分包商，分包商随后提起诉讼，要求获得更多报酬。巴尼是本案的主审法官，他坚持为主承包商做出裁决，并在主承包商成为董事后做出裁决。同时，他还存下了 10 万美元，对此他无法解释，或者说不愿去解释。

这场审判就是一种让人厌倦的数字陈述，听起来像癌症一样枯燥和要命。

但在第二天下午，安回头一看，发现拉塞尔·斯伯丁正坐在后面，怒目而视，她不再感到沉闷和疲惫。她低声对马尔维娜说："哦，我的天，是伊格纳茨！出去后我们分开走。"法庭快结束的时候，她试着用妻子常用的随意语气对拉塞尔说："奇怪的案子，你竟然对这有兴趣，伊格纳茨。"

拉塞尔只是咕哝了一声，随后二人一起走进了大理石铺的走廊，他说了一声："看！"这时，巴尼和莫娜突然出现在他们面前，巴尼停住了脚步，抓住了他妻子的胳膊，想试探她的反应。莫娜看着他们，神情严肃。拉塞尔眉头紧锁地看着，安觉得自己看起来就像一个被抓到和情人在一起的女学生，只有巴尼看上去兴高采烈，一点也不尴尬。

"噢，莫娜，这位是维克斯博士，斯图伊弗桑特工业之家妇女管教所的所长。对那些我们送进去的女士们都很好……维克斯博士，这位是我的妻子。"

"您好，这位是我的丈夫，拉塞尔·斯伯丁。"

"我想我们在沃姆斯医生家见过一次面。"巴尼说。

"是吗？我不记得了。"拉塞尔充满攻击性地说。

莫娜·道夫用一种模仿伦敦上层社交界里的腔调谦卑地说："但我听他叫你维克斯医生[①]，斯伯丁太太。"

"是的。我在工作上继续用我的娘家姓。"

"哦？真的吗？这很有趣，那你为什么离开医疗行业了呢？"

"我并不是你所谓的医生。"

"哦？还有其他形式的医生吗？你真有趣，不过我们得快点了，巴尼。再见，很高兴遇见你们。"

走廊里只剩下拉塞尔和安，安看到马尔维娜已经在这场暴风雨爆发前逃走了。

接着她朝楼梯走去。

"你等等！"拉塞尔咆哮道，"有几件事我们要说清楚，现在！立刻！在你有机会想出任何新的谎言之前！这个骗子道夫以前是你的情人吧？"

"为什么说'以前是'？现在也是！"

"哦，所以这次你不打算撒谎了！好啊，现在开始，那就是以前！我坚决不

---

① 英文里的"博士"与"医生"为同一词(Doctor)。

准你再见他，不管什么时候，不管在哪，也不准你再来参加这个恶心的审判，来见你这个受贿的情夫，明白了吗？”

“哦，好啊，”安十分疲倦地说，“很好，今天午夜前我会搬出你的公寓，我、迈特和格林泽尔会一起搬出去，当然，这次是永远。”

“可是，安！安！我不想让你走，不想让你离开，更不想让迈特走！我爱他！不管他是不是我亲生的，他就是我的儿子！”

不顾旁边经过的一位目瞪口呆的警官，拉塞尔直接率性地哭了起来。

在午夜降临之前，安和迈特还有保姆住进了一家旅馆。

审判的最后一天，莫娜的女儿们和她坐在一起，她们跟母亲一样安静而又冷漠，而且都长着鹰钩鼻。“她们要是知道了，一定会恨死我的！”安一想到这里就哆嗦了一下，但是她并未放在心上。在辩护和申诉的陈述环节，她聚精会神地研究着陪审团的表情，绝望地抓着马尔维娜的手。她看到了陪审团成员皆神情呆滞，无聊地打着哈欠，肩膀靠在椅子后背上。

“他们永远也不会明白——巴尼不是那种人——最坏的情况也不过只是像他的组织那样玩玩把戏，他需要钱也是为了养那些该死的情妇，而不是留给自己花——就算他做错了什么，他以后也不会再犯的——哦，我可以让他们无话可说——他们永远也不会理解他。”安痛苦地说……她是女权主义者、专业的社会工作者，还是职业犯罪学家。

她激动地注视着那位审判团团长，那个肥胖又傲慢的男人嘴里正叼着一支雪茄。

巴尼的首席法律顾问对巴尼的证词进行总结，重申他的客户“不能透露承包商之间那几十万的信息来源，因为这将涉及泄露一个至关重要的房地产交易，不仅会让他的合作伙伴陷入窘境，甚至可能会毁了他们。所以，道夫法官勇敢而坚定的沉默并不能说明这场无故起诉所暗示的结果，也不能说明他是密谋者和受贿者，而是反映了这样一个拥有至高荣誉的人，宁愿遭受谩骂和不公正的惩罚，也不愿在谈判时背叛他的合作伙伴，而后者虽然无法予以公开却是公正不阿的”——那位博学的辩护律师有着雪花石膏般光洁纯真的眉毛和温柔的眼睛，当他为其同伴申诉时，安满眼柔情而又天真地看着，陪审团的团长微微摇着头，大口大口地吸着雪茄，冷笑着。这时原告律师大声说：“道夫先生在法律方面所具备的才能越是体现出他之前的学识、敏锐以及不可弹劾的位置，就越能直接地说明：他的犯罪行为应当立刻受到裁决。”——陪审团团长听到后点了点头，接着啐了口唾沫。

那位法官身材矮小，温和又慷慨，却十分令人生厌。中午，案子交给了陪审团裁决。

安试图在他们回来之前出去透透气，马尔维娜向她保证，这样做对她们两人都是明智的。于是她们百无聊赖地待在走廊里，忍着酸痛的脚来回踱步，又溜到一家药店买了一个麦芽牛奶蛋，接着，饮料还没喝完就惊慌失措地冲了回来。

巴尼和莫娜还有他的女儿们一起走了出来，仍然面无表情地等待着。他一看见安和马尔维娜就精神一振，毅然向他们走去。“别担心。我知道判决是什么，你知道，他是一个训练有素的法学专家。判决一定是‘有罪’!”

莫娜和两个女儿站在二十英尺远的地方，透过眼镜别有意味地盯着安。

巴尼选择无视马尔维娜，不顾一切地叹道：“哦，天哪，安，如果能和你再出去过一个周末，我不介意他们判我在马纳瓦塞特监狱服五年刑期！我觉得我得回家了……安!”

安看着巴尼和他的妻子慢慢下楼离开了。

马尔维娜突然说：“我想巴尼是有罪的吧?”

“是的，我想理论上是。”

“好吧——”

这是沃姆斯医生和维克斯博士之间唯一一场关系道德的对话。

安看了看表，觉得陪审团离场差不多已有一个半小时了。

但实际只是二十五分钟。

她想去见见林赛，也就是艾特威尔法官。的确，这是个好主意，可以打发一些时间，她会客客气气的。是的，可能会去……啊，或者在不久以后，还没确定。

“我们可以绕着公园走走。”马尔维娜说。

“好，走吧。”

她们没有走向楼梯。

而是坐在一个宽大的窗台上。

“我完全可以赶回市郊，看完病人再回来。”马尔维娜说。

“哦。”

马尔维娜没有去。

三十一分钟过去了。

又一个小时过去了，她们又走去那家药店，然后再回来。安咕哝着：“我要去这栋楼里摸索一下，几分钟就回来，你在这儿等着。”她必须一个人待着，只有这样，才能想出一些既明智又有用的主意。

但她什么也没有想出来，她依旧感到无助，在法律面前，她就像利尔·希西伽面对瓦尔多时那样绝望。

随后她看到了巴尼和他的妻子。他们坐在空荡荡的法庭里，背对着半开的门。安盯着他们——完全没有意识到自己在窃听，在很大程度上，她觉得自己是这个家庭的一部分——她听到莫娜用平稳的高嗓门说：“孩子们和我才是受苦的，你安全躲起来的时候，我们必须面对你带给我们的耻辱。不过我们会等你出来的时候再背起十字架，然后尽量宽恕你——”

“是吗？”巴尼粗声粗气地说。

安逃走了。

陪审团在下午四点七分重新落座，法庭里很快就坐满了人，茫然的安从马尔维娜的慰藉中抽出身来，坐到了莫娜的旁边，而巴尼坐在莫娜的另一边。

“你怎么看，是否？”书记官嗡嗡地问。

陪审团团长咕哝着：“有罪。”

安看向莫娜，她的嘴唇微动，正在祈祷，接着又看向巴尼，他也在祈祷，但安并没有注意到这些细节，因为她自己也在祈祷。

当两名警员从栏杆后面走出来时，巴尼站了起来，向他们点了点头，然后走上前坐在他们中间，那是被证明有罪的人所待的位置。

法官没有推迟宣判，他显然早就准备好了，最终他宣布：

“……也许你会忏悔，从而得到宽恕，也许此事将日复一日回荡在你的脑海中，使你意识到，一切并非无缘无故。现在我宣布，被告被判处执行六年强迫苦役。”

他们带着巴尼从后门出去，安想跑向他，向他道别，但她不能。在痛苦的沉思中，她不知道自己在做什么，不知道自己身边的这个女人也是巴尼的一部分，而巴尼又是她的一部分，她抓住了莫娜的手。

莫娜“啊”的一声跳了起来，挣脱她的手，低头看着安，如同踩到了一条响尾蛇。她奋力挤出法庭，而安却弓着背坐在那里，所有的骄傲、尊严和勇气统统消失不见了。

46

安·维克斯博士正着手准备遣散她的助手(她自己称其为“开除”)——善良的凯斯特太太。

“凯斯特,我给你一个主动辞职的机会,就像懦弱的老板们经常做的那样。如果你不同意,那我就辞掉你。自从我来到这里,你就一直在暗中算计我,虽然没搞出什么转移资金的名堂,但是一直在阻断我的工作。所以,如果你签了这个——这是你的辞呈,里面写的内容足够体面,这是我写的。”

“你以为这样你就能摆脱这一切了吗,维克斯小姐!我有朋友——”

“是的,我知道。你昨晚十一点在州参议员奥·图洛汉的家里跟他见过面。不,我没有雇私人侦探,但我在市警察厅中有一些好朋友。我想,你所谋划的每一个细节我都记下来了,我也没有把那份档案原稿放在办公室里,所以晚上我下班后,你再怎么去找我私人保险柜的密码也没用!”

“你——等一下,维克斯小姐——”

“维克斯博士!”

“——我才不管你以为自己已经抓到我什么把柄了,但我抓到你的了!你一定觉得自己很风光吧!维克斯博士,维克斯警长,斯伯丁·维克斯,不管你叫什么,如果大家知道你是一个奸诈法官的情妇,而这个法官正在马纳瓦塞特服刑,会怎么样?去啊!把我送上法庭,看看会有什么罪名指控你!我是不会辞职的!”

“凯斯特,这说明你根本不明白,我才不在乎你指控我什么,我不在乎失去我在这里的工作,只要能摆脱像你这样的‘致癌病毒’就好。我完全可以从商赚钱——只要我能……顺便问一下,为什么在费尔里村舍管教所吊死那个女孩后，他们没有以谋杀罪起诉你？你没听说吗？以前庇护你的司法部长两个月前死了。好了，别吵了，在这里签名，我们就是好朋友，我不会在背后诽谤你的。”

凯斯特太太签字了。

安坐在办公桌前，在吸墨纸上乱七八糟地画着，心里暗想：“该死的！你真是令人毛骨悚立！这就是你控制员工的方法吗？手段可真低劣！”

“不！我不会向自己道歉的！这些天的闹剧已经发生了。抢劫犯谋杀走私犯；总理被暗杀；飞行员撞毁了农舍，烧死了里面的老妇人；婴儿被绑架杀害；国王们被赶出自己的国家，只能在廉价旅馆里忍饥挨饿；卫理公会主教被指控操纵股票和选举；亿万富翁选择自杀并被证实生前犯了伪造罪；五岁的小男孩在漂亮的郊区玩黑帮游戏，杀死了三岁的男孩——还有黑帮成员，刚带人出去兜风就射杀了他们，接着冲回家给过生日的老婆献上花；一个骨瘦如柴的印度人只喝羊奶，这使整个大英帝国都为之困惑；一个十四岁的、从未实施过强奸行为的黑人男孩因强奸罪名被判死刑，最高法院法官庄严地对此做出了宣判；不该出现的潜艇和不该停留的飞机；上百层的高楼，以及十五岁男孩在高速公路上以每小时七十英里的速度驾驶机动车，而其中几天确实没撞死人。在这个有着1.2亿人口的国家里，一些狂热分子让有毒的杜松子酒替代了啤酒，臭名昭著的杀人犯在街上游荡，同法官在餐桌前相谈甚欢，英国公民因公司报告造假而锒铛入狱。在这个世界里，如果我和凯斯特之间平平静静的话，那我想自己肯定撑不过巴尼被判入狱这件事。”

“真希望她真的敢反击我，倘若全世界都知道他是我的情人，该是多自豪的事！”

她去了马纳瓦塞特州监狱。

安可是个监狱专家，在她看来，那些阴森高耸的墙壁像活死人的坟墓一样，能把七月的雷云割得粉碎，却一点也不可怕；墙上那些胳膊上挎着枪的卫兵也一点都不吓人；但是一想到巴尼作为一个罪犯和苦役犯被关在这里，她不由得担心起来。她认识很多罪犯，所以觉得他们大多数人都跟她的其他朋友没什么不同。但是旧的感受又涌上心头，使她觉得这一切都足够愚蠢、毫无用处，她天真地相信那个超级爱哭的婴儿、国家、石墙、铁栅栏的大门、难吃的食物，以及愚蠢到连电车售票员都做不了的警卫会神奇地使巴尼·道夫这样的听话匪徒转变为基督教青年联合会的领袖。

她递上自己公务卡，在监狱长办公室受到了接待。在去那里的路上，她确实对巴尼有一丝恐惧，因为她向下看了看牢房的走廊，闻到了消毒剂、蟑螂、廉价食物和呕吐物的陈旧气味。在体面的工业之家里，她几乎把监狱的这些都忘记了。

监狱长是熟人，他比他所看守的罪犯要好。他们曾在监狱会议上站在统一战线上，反对死刑，争取更多的假释和狱警的更高报酬以及更多的监狱教育。“太惊喜了，维克斯博士！你想来看看我们这里的商店吗？”

“稍后再看吧，不过——也许有些唐突，但是我想和道夫法官单独谈谈。”

“嗯——的确，这不符合规定，他本该在访客室会见访客的，但你我既然是老友，我想我可以帮你安排……让你在这里见他……对了，我得离开半个小时，没有人会打扰你的。”

她想知道监狱长知道多少，但也只是随便地想了想，并不担心。她的一生中永远不会感到羞耻的就是对巴尼的挚爱。

监狱长叫来巴尼（那一刻对安来说十分郁闷，因为他对一个警卫说：“把37896号带过来。”），并且把她留在屋里，门开着，能看到外面的办公室，里面有六个囚犯办事员，他们穿着松松垮垮的灰色制服，神情忧郁。安听见外面的门开了，办案人员抬起头来，喊道：“哎呀，是亲爱的老法官，把我弄进来的混蛋，现在看看他！”“早上好啊，丢人的阁下！”“哦，天哪，你现在看起来一点也不像法官，像个骗子！”接着有人笑着说：“你这个伪善的骗子！”巴尼匆匆走进办公室，低着头，没有看见她。他也穿着不成形的灰色狱服，胡子拉碴，手上满是老茧，脏兮兮的。他抬起头，惊讶地嘟哝着：“啊！他们没有告诉我是你！”他关上门，犹豫不决地站着。安抱住他，他把头沉重地搭在她的肩膀上，他们在狂喜中喃喃自语。

“我会等你的，巴尼，我告诉迈特你会回来的，我会尽力去赚钱，买下‘海盗首领’那座房子——只要你想和我们在一起！”

“天知道我多么想去，很快的。不过听着，安，你肯定不想让迈特有一个坏蛋父亲。”

“可他已经把那个坏蛋当爸爸了！而且你不又是一个恶棍！”

“哦，我是，我是——我是好人，但我有很多罪过，至少从理论上来说，无论是法官、参议员、外科医生还是主教，只要位居高位，就不该犯任何原则性错误，这是我应得的，听我说！”

他们面对面坐着，看到巴尼胆怯地坐在椅子边缘，安感到心疼，比看到他粗糙的脸庞和那双他曾引以为傲却沾满污迹的手更加心痛。和往常不同，他说话非常急切，一点儿也不冷静，就像一个人在孤独中深思熟虑，渴望在他的审计师厌烦之前得到他所能得到的所有解释。

“我想在那个肮脏的案子中，即使他们没有‘表达感激’，我也会得到同样的判决，就像他们说的那样，我想我会的。我认为自己比许多其他法官都优秀，从来没有人能贿赂我，让我做出一个我认为是错误的决定。而且你都不知道，在这个敲诈勒索普遍的时代，他们没少尝试，我从来没有私自释放过一个贩卖私酒的骗子或杀人犯，也从未阻止假释委员会把一个违反假释条例的人送回去。”

“但是我现在知道了，我是最软弱的一个，我就是一个中立者、一个妥协者，我没有变得更高尚，而是变得现实了。我应该是一个彻底的完美主义者，不会从任何案件相关人员那里收取哪怕 5 美分的雪茄，或者是一个彻头彻尾的贪污者。坦白地说，今天大多数的职业，从卖牙膏到广播布道，都是一种贪污，谁要是有利不争，那他就是一个傻瓜。而我就不争，我是受人尊敬的……与著名的大人物以及许多纯洁的公民一样，我为走私犯们抓到臭名昭著的杀人犯，我既不是狼也不是猎狼犬。但面对贪污时人们的软弱和谨慎让我觉得恶心。以后出去了，我要改掉这些毛病。我想当敲诈犯或者圣人，只要能让老男人迈特·道夫的儿子居于人上。如果你真的能等我(哦，上帝，我希望你能等我——但为了自己着想，你千万不要等我——但我还是希望你能等我!)，如果你真的等我，我一定会试着成为圣徒，你也会的，除了你有一点制造私生子的倾向——我亲爱的!”

“我会等你的！我会在监狱门口等你！有本事你甩掉我!”

“你知道，我不会剩下很多钱来应付大萧条等等，我过去确实建立了一个信托基金来照顾莫娜和孩子们。不，不用管她们，但对我们和迈特来说，就没那么好了，我大概能凑足 1 万美元，我们可以去西部，找个农场什么的，但是去不了希腊群岛了。那里是燃烧的萨福恋爱和歌唱的地方，恐怕我们永远也看不到他们了。”

“可我只在乎一件事，你能陪着迈特一起玩，即使我是职业女性——一个监狱看守！哦，现在我每天都很烦，一想到自己是监狱看守，而你是囚犯，我就很难受，那像产痛一样折磨着我!”

“有一件事很奇怪——话说我之前提到成为一名优秀法官的事，现在我已沦为阶下囚中的一员，而且喜欢上这里的人(尽管那些可爱的小家伙也拿我当法官这件事开玩笑,天知道,我不会因此而责怪他们)——我明白犯人中有多少好人,我也明白当我苛刻而又正直地给予最严厉的判决时,我也许是最恶毒的,而我多愁善感而又宽厚的时候,也许是最容易伸张正义的。我从没想过自己会沦为囚犯,从没想过会疯狂地爱上一个聪明的女人,也从未想过我会质疑法官的最高权力,那权力决定着一个人在某些情况下是否应该在发霉的地狱里度过八年、十年或十五年。显然,我从没想过……哦,我在胡言乱语些什么!我已经在监狱里沉默了两个月!跟我多讲讲迈特和你的事吧,越多越好!"

"可怜的一双手,它们看起来好粗糙。你应该坐在办公室里,或者在书房里。"

"不,那些我都曾得到过了,如今我将那些都视作卑鄙的行为,我想忏悔,我试着缝麻袋,但那没什么用!我过去常和别人讨论这些。刻意、矫情,又自以为是!不过,我不想要任何帮助,他们给我什么我就接受什么,事实上,我现在唯一想要的就是尽可能多地同你见面。快!有人来了!"

在监狱长进来之前他们匆忙吻了一下。

之后,安一个月去见巴尼一次,等待的时间似乎越来越长,而六年的时间,从青丝到白发,让人难以忍受。

47

当安平生第一次留意到这乏味的艺术时，她惊讶地发现，自己能从中赚上一笔大钱。她认为百万富翁的首要品质不是其有序的规划，不是选择助理的天赋，也不是他们对人们未来需求的预测，比如汽油、袖珍烧瓶和红色包里的燕麦片等有趣的问题，而是他们能足够愚蠢，从而愿意牺牲自己的生命来赚钱。

她会为巴尼和迈特找一个家。

她现在住的公寓比以前住的酒店套房大，但不那么时髦，价格也更便宜。对她来说，最贵的就是迈特的保姆，还有他喝的牛奶和他的白色羊毛外套。她买下了‘海盗首领’小屋，但（自然而然地）她发现，配备家具、浴室以及重新布置杂乱的院子要比她预期中的花销更大。

她曾上过俱乐部秘书们的当，那些人给她写信说："我们很想让你为我们做演讲，只是恐怕我们今年的财政收入并不多，所以我们只能给你除了报酬以外的回报。"如今她聘请了一位讲座代理人，这个人对于信贷优于现金没有任何概念。每周有两到三个晚上她都要去哈特福德或巴尔的摩参加各种论坛、俱乐部或教堂讲座，每次的费用是 50 到 150 美元不等，演讲主题都与罪犯、女权主义、教育以及称作"心理学"的模糊又神秘的主题相关。

通过马尔维娜·沃姆斯，安得到一个机会，为报业集团的一个名为"避免女孩走错路"的部门撰稿。这引起了她的极大不适，她始终无法确定究竟是巴尼对下水道案子的判决更有罪，还是她对报业出售新闻的行为更有罪。但在那个夏末炎热的晚上，当时巴尼服役三个月了，在九月充满生机的星期天早上，那时安渴望带着迈特逃去威彻斯特山，以及在寒冷的冬夜她穿着一件外套和一件法兰绒睡衣坐着工作，她艰难地为工作的女孩们思考着答案（有时候，真正有结果的事情少之又少，它们往往蕴藏在问题和答案之间），那些小镇的女孩或者担惊受怕的女人，她们想知道如何去爱，如何保护自己，想知道清醒的情人是否比一个醉酒的丈夫更好，还有如何找回被“少年管教所”夺走的人性，以及奢华生活的尽头是否总是通向绞刑架。

安的写作风格中既没有香草，也没有龙蒿或者峨参，这是文学中一种诚实的典范。但她是那么认真，她不停地努力，从班戈到圣何塞，她给成千上万的人留下了印象，也确实取得了实实在在的成功，赢得了反对她的那些旧人的心。

拉塞尔打电话（徒劳地）到她的公寓邀请她，以一场颇为尖刻的谈话结束：“你知道好笑的是什么吗？我做生意的时候，你说我唯利是图，后来你又为报界编写这种毫无意义的废话！”珀尔·麦凯格打电话说安的文章对美国特勤局的五年计划没有任何贡献。但是马尔维娜对文学的品位单调透了，她说：“亲爱的，了不起啊，我常常觉得这些可能意味着什么。”还有巴尼，他的品位很好（他最喜欢的作家有赫尔曼·梅尔维尔、塞缪尔·巴特勒、萨基和沃德豪斯），但巴尼从来没见过这些文章，也不知道有这些文章。

安养成了溜进旅行社、铁路公司和地政局偷宣传西部果园和牧场的小册子的习惯。那些小册子上的内容很像五旬节派的牧师对于天堂的描绘，她每天都能看到自己和巴尼还有迈特在圣克拉拉山谷的樱桃园里，或者在哥伦比亚河的苹果园里漫步。她陶醉于色彩强烈的如画的山峦和马道中，或沉迷于藏在橘树林深处的小屋中。但她对风景本身并不是很热爱，她总是把这看作一个背景，对她的丈夫和孩子来说，这个背景漂亮、宁静又安全。

她要完成的任务一个接一个。为了原谅巴尼，她总是不断恣意地买东西，她逼着自己加入国家妇女联盟委员会去做监狱检查，为此需要经常会见州长的顾问。安巧妙地（或者说她希望如此）提到巴尼的名字和优点，似乎觉得巴尼被宣判有罪的事实对这样一个男人来说已经成了惩罚。

在委员会里，她发现伟大的女性安·维克斯博士已经不像以前那样有名望了。他们尊重她的学识，但也监视着她。她意识到，虽然她让凯斯特太太闭嘴了，但还是有很多关于她“品德”的流言蜚语。她是沃巴纳基镇主日学校的女孩，是博恩特皇家女子学院的学生，她一点也不在乎被议论，只要她能看上去得体优雅，直到巴尼被释放。

最艰难的就是为了巴尼去采访法官林赛·艾特威尔，那就像看到巴尼作为一个囚犯被带出来一样使人痛苦。

他们分手后的四年里，安在招待会或委员会会议上偶然见过林赛三次。他们互相礼貌地问候了对方的另一半，回答时适当地撒了个谎，表现出那该死的热情。

她把电话打到他的办公室，林赛的办公室距离他们击垮巴尼的那个恐怖的地方只有几英尺……

林赛变得更瘦削了，头上的白发也更多了，看上去疲惫不堪，就像一只老灰狗。

“非常荣幸，安——我还可以这样称呼你吗？”

“当然了，林赛，我希望一直如此。”

“你看起来不错，你的丈夫好吗？”

“你是说拉塞尔？”

“嗯——怎么了——”

“当然了，我真傻——太健忘了。说实话，我和拉塞尔分手了，我好几个星期没见他了。”

“哦，我很抱歉！”

“没关系，我一点也不觉得遗憾。我们是友好分手的，只是发现彼此不合适。”

“哦，好，好吧。但是你的孩子——我听说你有孩子了——我很高兴，安，还有，我可以说有点嫉妒吗？抱歉，我不太记得是男孩还是女孩了……”

他们只寒暄了十分钟，她就忍不住说：“林赛，我有件非常重要的事情，紧紧牵动着我的心，想让你靠关系帮帮忙，只要你不觉得我太多愁善感，我想请求赦免巴尼·道夫法官。”

林赛愣住了：“道夫法官吗？不过你怎么对他感兴趣呢？”

“他是，呃，马尔维娜·沃姆斯的好朋友，当然也是我的好朋友。”

“要是他还有朋友，我还以为他只有这些朋友呢——原谅我的冷嘲热讽，不过你要知道，我认识他！——我认为他们不过是些监狱里的政客和走私犯罢了。”

“但你不会了解他的！他虽然有过——或者说有着——一种很差劲的恶习，但从另一角度看也是一种高尚的美德：不管加入哪个群体，他都忠诚于它。就像他们说的，他是照章办事。”

“就像他们说的，亲爱的安，他的按章办事非常糟糕！我想知道你能否明白法官的荣誉对我来说意味着什么？如果我告诉你，我对道夫法官就像你过去对那个卑鄙的看守人或者随便什么人一样——你过去管他叫'队长'什么的，就是在铜头峡的时候——你千万不要觉得我太狭隘或太严厉了，我想你知道我的自尊心有多强，我甚至可以说我对你有多喜爱。谦卑地说，我承认以前我们见面时，我之所以不想经常见你，不是我不愿意，而是我太胆怯。但是就像我说的，那些日子里你一直满怀热情地秉持着更高的社会道德标准，而我是做不到的。但现在，我绝对不会，无论是在言语上还是行动上，我永远都不会去援助这个依靠职位便利违背准则的人，这是他应得的惩罚，我不会帮他减刑的。

"他这该死的廉洁！该死的美德！那个男人完全不吃诱惑这一套！尤其是他那最让人讨厌的没有迂回余地的语气。"安在地铁里想。

但是她并不擅长咒骂，只能一次次安慰自己，不去想那让人沮丧的事实，即巴尼那漫长的刑期。他将继续忍受那非正常化的生活，无法与她一起生活。

到下一个月，也就是四月，距离安和巴尼在维吉尼亚山谷度过的日子已经两年了，距离他被定罪也已经有十一个月了。她不止一次想过要自杀，但是一看到迈特，她就不想逃避了，迈特笑得那么开心，爬得那么快，还会咯咯地笑着叫"妈妈"。

到了五月，天气变得很热。有天晚上，安似乎再也无法忍受在报社的工作和那间公寓了。公寓位于第 108 街，离中央公园不远，迈特可以尽情在那边的草地上、绿茵间玩耍，呼吸新鲜空气；然而，东河对面的地区，布满了潦草涂着黑漆的防火梯、啤酒厂、住着煤贩子的黢黑地下室、合理的肉铺、匈牙利咖啡屋等，而在一群破败的灰色廉价公寓里，偶尔还会有一座有着一百年历史的木屋。那个地方还没有完全变成一个贫民窟，它与贫民窟的主要区别在于它缺少活力与阳光。那儿没有披着头巾的犹太族母亲们坐在门口的台阶上聊天；那些在街上乱丢东西、玩球、在嘟囔的卡车下摔倒的孩子们，跟贫民窟里饥肠辘辘的吉卜赛人相比，并没有那么快活。但在这个炎热的夜晚，家家户户开着窗，孩子们的声音太大了，他们的尖叫声对安来说就像一种疼痛，这尖叫声反复击打着她的头顶。她站在有着防火梯的摇摇欲坠的阳台上，闻着不远处飘来的煎鱼、卷心菜和洗衣店的潮湿的气味。

在未来漫长的四年里，巴尼必须待在监狱里。即使因为表现良好而获减刑，她是他情妇的事情也会人尽皆知，她会为此丢了面子，失去工作，在这个失业期，她只能委屈就业，找份能做的工作。因为突然之间，不稳定的工作让成千上万的独立女权主义者感到恐慌，换作以前，她们会轻松地说：“哦，我可以随意指使我的丈夫和父亲，对了，还有老板。毕竟，你知道的，我能一直在家等着他们回来！”但是现在，她们不能在家干等了，不能再无忧无虑了。对男性老板来说，这是赚钱的好时机——除非他们自己不想干了。

迈特现在还是纯洁的，没有被玷污过，难道他以后也得沦落到跟那些孩子们一起在垃圾堆、破纸堆还有垃圾桶里玩耍的地步吗？

她听到有人在敲起居室的外门。她的公寓里还雇了一个清洁工，因此还算有些讲究，但这个人软硬不吃，安很难说服他去打电话联系客人。形形色色的小贩、乞丐、可疑的慈善推销员都会来敲门。她叹了口气，走到办公桌前，在打字机上敲着：“……因此，那些觉得自己必须反抗父母的女孩们可以在做决定之前，先读读那部著名的戏剧《李尔王》——”

又有人敲门，她漫不经心地说：“哦，进来吧。”对方没什么反应，她抬起头来，巴尼·道夫正站在门口。

安目瞪口呆。她坐在那里喘着粗气，口齿不清。然后生活开始了翻天覆地的变化，她知道那是巴尼，她哭着跑向他，把他拖进房间，锁上了门。他可能是逃出来的！她让巴尼坐到一把椅子上，跪在他身边，抓住他粗糙的手吻了吻。这时，巴尼的胳膊颤抖着。

“好了，没事了。州长今天赦免了我，我得到释放了，甚至都没有假释。振作起来！安，亲爱的，宝贝！”安紧紧搂着巴尼的脸，抽泣着，她从来没有哭过。

她努力照顾他，匆忙跑去厨房给他拿一杯威士忌苏打，但她把冰块弄碎之前，又跑回去三次，以确定巴尼还在。他已经控制住了自己，让自己尽量看上去很轻松，他试着笔直地坐在椅子上，但没过一会儿，就重重地瘫坐下去了。

他的脸是那种只有监狱和医院的人才有的灰白色，他的嘴唇紧闭，不再像以往那样吐出些轻松幽默的话，他的头发似乎是用一把钝了的花园剪刀剪的，衣服皱巴巴的。但最让安心疼的是他的眼睛，它们紧紧地盯着她，恳求她照顾一下他。不，应该是求她让自己留在这里，直到他休息过来。

但她在心底欢唱道：“我会让他恢复好起来的——嘴唇、眼睛还有手！”

他惊奇地大口喝下一杯威士忌，咕哝道：“天哪，这是我一年来第一次喝到！我跟你说——”

“先别说，等等！”安跑到卧室，拿来一双拖鞋，解开他的鞋带，为他穿上。

“怎么，大小正好合适！为什么——”

“我一年前买的，巴尼，为你买的。”

“嗯,这里的服务要比铁窗里好!”他几乎笑了。

她突然想起了自己曾经十分喜爱拉斐·雷斯尼克的那双红拖鞋,不禁感到羞愧难当。生活被紧密联系在了一起,即使通过拖鞋。她已经忘了,哭着说:“发生什么了,巴尼,这是怎么回事?”

“对了,我想是你的朋友林赛·艾特威尔法官帮了忙。”

“真的吗? 哦,太好了! 是我误会他了。”

“是的,确实是,他带着一个律师委员会的负责人去找州长,理直气壮地竭力恐吓他关于把我一辈子都关在监狱里的事,我想至少州长很生气。之后,没有任何通知,他突然赦免了我。监狱长今天下午来到了裁缝店(我现在是个不错的裁剪师了!)他咧着嘴在笑,我那时真想用剪刀捅他,但他说:‘法官,来我办公室一趟。’然后他让我在他自己的屋子里换衣服。我当时很茫然,直到我坐上火车才意识到,天哪,我被释放了! 我可以走上街了! 可以和陌生人说话了! 可以去公共图书馆了! 可以买烟抽了! 我还可以去找你了! 可我还是很迷茫,我看起来一定很糟糕,但这阻挡不了我,一点也阻挡不了,如果你愿意帮我……只要你需要我,我就会来的!”

该说的话她都说了。

他揉了揉眼睛,放下只喝了四分之一的杯子:“我想我最好慢慢来,我还不习惯,不,差点忘了,故事还没完,这件事不知怎么就被报社知道了——不过再发晚报已经太迟了——记者们当时正在监狱的前后门等着,监狱长用套头衫罩住我,用一辆洗衣车把我偷偷送出来的。我想,我做的唯一有用的事就是来找你! 所以说,记者们会比以前更关注我,我今晚得去长岛了。但是,安,我的安,在面对他们和她之前,我必须和你待几分钟,享受一下欢乐的时光。”

“你不许去! 你今晚要待在这里,不可以! 你……”

她跑到电话前,像是年轻了十岁一样,异常快活:“是奥沙利文租赁公司吗? 我要一辆豪华轿车,现在就要! 去斯卡斯代尔,我是斯图伊弗桑特工业之家的负责人,安·维克斯博士,开到108街我的公寓这,尽快!”

挂了电话,她又跪在他身边,只是现在已经不紧张了,他也一样。

“我买了‘海盗首领’的小木屋,你还记得吗? 那里实际上只有三间装修好的房间,但我们今晚就过去,去度真正的蜜月。我每天都得回来,但我会尽快赶回去,你待在那儿,直到你愿意去面对记者……还有莫娜和你的女儿们,可以吗?”

“好!”

“同时，亲爱的，让你的律师安排好一切，见一下记者，告诉记者你是坐游艇逃走的，因为你要摆脱那不公正的监禁生活以及那群耿直的傻子们。”

“我知道，但我品行端正的新生活要从撒谎开始吗？”

“没错，这个特殊的家庭最近已经有太多的牺牲了，我亲爱的！到现在我们还没亲吻一下呢！为此我已经梦想了一年了！”她的话让人觉得不可思议。

“也许我们已经不再需要接吻了。”

“我不信！”

“好吧，如果我们发现自己的兽性并没有因为忏悔而减少，我也不会感到奇怪。哦，天啊，安，我简直不敢相信，这怎么可能，我正和你在一起，是无罪的了！我甚至可以和你说很多话！”

在车子来接他们之前，他踮着脚尖走进育儿室，站在那里久久地沉思着他的儿子。在微弱的灯光下，他睡得那么安详，异常美好，没有被生活玷污。一只滑稽的戴着红色帽子的灰色法兰绒猴子玩具摆在婴儿床的床尾，巴尼吻了一下迈特，接着蹑手蹑脚地走了，面带笑容。安看到这一幕，努力忍住不让自己流下眼泪，因为巴尼的笑容太过凄凉。

在去斯卡斯代尔的路上，巴尼紧紧地握着她的手，即使在俯身吻她的时候也从未松开。但他们谈得并不愉快，很现实地谈到了财务方面。他可能还剩下8000英镑或1万英镑，而她骄傲地告诉他，除了一部分用来买小木屋，她还攒下了2万英镑。

“我们可以去西部，到他们不知道的地方，”她说，“买一个农场，住在那里，直到你重新被允许进入酒吧，或者此类地方。”

“在此期间，或许我可以卖掉房产，”巴尼说，“我很擅长做这个。”

“但当务之急是，我们得先干完正事，拉塞尔很快就会和我离婚，我想莫娜现在也想要跟你离婚了，或者说你希望她那样做吗？”

“当然了！”

“现在，我们继续平静地一起生活吧。管它什么丑闻！就算我被解雇，与那些政客见面的时候我也会心情雀跃的。有个州参议员朋友，他曾付给我1万美元，让我帮一个女孩逃走！这会是一场盛大的决定性战役，然后我就可以开始另一份工作了。（我总会找到工作的——你不妨去适应它——它只会让我更顽固地成为一个女权主义者，去恋爱！）对了，只要我们选择了这一切，就不会有绯闻一说，旁人们都会认为我们自有打算，你觉得怎么样？”

“太好了，我要休息一个月，可是，亲爱的安，在你面对战斗、为生计而奔波的时候，我不能坐在家里，在花园里闲逛，此外什么也不做。如果我有一个月的空闲时间，我们不如一起前往西部，马上开始工作，那样的生活一定很有趣。若要一个月一个月地领养老金，那我还不如期望你根本没有买那座小木屋！”

“哦，好吧，我也早已想到你可能会有不同意见，所以我找了一个临时买家，他会用稍低一点的价格买下房子，一开始没打算跟你说，除非我知道你究竟是怎么想的。你觉得俄勒冈怎么样？那里有苹果、山脉、迈特，还有你和我。”

“嗯，我不太喜欢苹果，我一直觉得那是一种冷冰冰的水果，但我想用一年的时间去登山，然后——”他一下子放下她的手，摩挲着下巴，面带严肃地说：“安，我想我要忙起来了，我会在房地产上赚100万美元。”

可是安并不相信，那种毫无依据发财的日子或许已经过去了。但令她高兴的是，在两个小时内，那个苦苦哀求的、挨打的男人又变成了一个雄心勃勃、爱吹牛的男孩，每个明智的男人内心深处都是如此。

过了一会儿，他又烦躁起来：“你说你不怕出丑闻，但你有没有想过，从监狱那边辞职会容易些？”

“不行！你不明白！我不觉得我做了什么需要辞职的事，和你在一起并没有错！辞职也没用，他们只会觉得我在逃跑。”

“可若是那些丑闻会对迈特的未来产生影响呢？”

“听我说！现在是一个新的时代，等迈特到了十六岁，他需要查字典才能明白‘丑闻’这个词的意思。不！那个善良的老海盗、惠灵顿公爵曾教给我一句座右铭：‘公开吧，都见鬼去吧！’”

他们到了小木屋，她深爱着巴尼，甚至不让他今晚再去欣赏她的嵌壁式书架、亚麻布床单和彩绘家具。直到月亮升起，他们还坐在外面，紧紧依偎一起，他们对生活充满了信心，彼此心照不宣。

安醒来的时候，天已经亮了，巴尼不在他们楼上的房间。她吓坏了，难道他真的越狱了，去她那儿住一晚？她跑到窗前，然后停了下来，温柔地笑着。

巴尼正在楼下的新花园里踱来踱去，衣着随意，叼着烟斗。他停了一下，抖动着烟斗。安猜想他正在计划怎么布置玫瑰花坛更好看。

当她下楼时，巴尼已经为她准备好了早餐。

“你真是太好了，巴尼！”

“咖啡怎么样？真的好喝吗？真的吗？”

“非常好喝！”(碰巧真的好喝)

“嗯，那就好，安！”

“是，我的大人。”

“我觉得种玫瑰的那片土地太不够肥，你应该多施点料。”

“好的——”

“即使我们真的去西部，我也不会急着卖掉这个地方，我们有——我应该说你有——一笔极好的投资。”

“当然，你想怎么做我就怎么做。”

“在监狱的时候，我读了你在《经济学杂志》上发表的关于犯罪和结核病二者关系的论文。我怀疑你的数据有问题，我能再去看看吗？”

“哦，真的吗？那真是太好了，哦，巴尼！”安温柔而又陶醉地说。她是一个被俘虏的女人、自由而又伟大；她是女权主义者，既懂得持家又充满激情，既可四海为家，又可蜗居乡村。

巴尼在房间里踱来踱去，安惊恐地发现，他正无意识地遵循着一个固定的模式：往前走九英尺，右边走两英尺，然后再往回走九英尺，往左走两英尺，又往前走九英尺，始终不变。他嘟囔着：“在任何事情上批评你都是我最不应该的，亲爱的！”

安尽量装得若无其事地说：“巴尼，你有没有想过，我们现在都逃出牢笼了，我们应该感到高兴不是吗？”

“是的，可——”

“是你，是你和迈特把我从拉塞尔·斯伯丁的牢笼里救了出来，那是充满野心的牢笼，是渴求声誉的牢笼，也是我自己的牢笼，现在我们都出来了！”

“是啊！我们自由了！”说着巴尼又在地上来回踱步起来，只是步子不再是九英尺加二英尺的模式了。

译后记

美国女权主义的第一次浪潮兴起于19世纪40年代末，终于20世纪20年代。这一时期，妇女对女权运动的关心主要聚焦在法律问题上，即对妇女选举权的争取。辛克莱·刘易斯创作的这本小说《安·维克斯》首次出版于1933年，详细记述了出生于1890年的女主人公安·维克斯40岁以前的人生经历。在时代的大背景之下，具有“英雄主义”的安的人生故事反映出刚过去的女权主义浪潮里一名女权主义者的人生的跌宕起伏与矛盾挣扎。

作者辛克莱·刘易斯(Sinclair Lewis，1885～1951)出生于美国的明尼苏达州，是一位小说家、短篇故事作家和剧作家，主要代表作有《大街》《巴比特》《阿罗史密斯》等。1920～1929年是他文学创作生涯的黄金时期，1930年他以其“雄健有力、栩栩如生的语言表达和绝佳的创作才能以及笔下机智、幽默和鲜活的作品人物”，成为美国第一位获得诺贝尔文学奖的作家。他的作品里常常会出现对两次世界大战间隔期间美国资本主义与物质主义的批判性观点，同时，他对于当代职业女性的刻画也使得他的作品深入人心，赢得了不错的社会反响。

《安·维克斯》中的女主人公——安，就是这样一位现代女性。书中曾提及她在童年的一次主日学校的课堂上，针对老师所讲述的“索多玛城的毁灭”，提出了“罗德不顾妻子化为盐柱，只顾自己逃跑”的观点，这也是书中第一次明确体现出她“追求平等”“不畏教条”的思想与人生态度，虽然当时的她还不足以充分认识到这一点。进入博恩特皇家女子学院读书后，安在历史系副教授格伦·哈吉斯的影响下，终于对自己从小被灌输的“信仰”产生了怀疑，她退出了自己正担任要职的基督教女青年会，转而投身于更丰富的社会活动。1912年，毕业后的安·维克斯步入了社会，更亲密地接触到了当时正在兴起的妇女选举权运动，并成为其纽约指挥部的组织者，与多名女性一起为选举权奔走效命，甚至还曾因此锒铛入狱。后来美国卷入了第一次世界大战，而出狱后的安对选举权运动失去了兴趣，早已谋就他职。然而这一切，才刚刚开始……

雄心勃勃且感情充沛的安·维克斯无论在当时或是现代人的眼中并不十分讨好，她渴望平等、勇于变革、善良单纯的性格固然值得尊敬，但从人生的方方面面来看，她时而也会显得过于自我、少有顾忌，甚至引致某些评论人士称"对可怖恶心之事不适者，请远离此书"。

不过，今天的读者再看这本小说定会有毫不过时之感，里面的许多角色依旧生活在我们身边，里面的诸多观念依旧在与今天的社会碰撞着、交响着。身为男性的作者竟能将一位女性矛盾而纠缠的内心描绘得如此真实细腻，着实令人敬佩，而每一位阅读此书的人，都仿佛在与安·维克斯共同成长——从一个女孩开始。

本书为国家社会科学基金一般项目"20世纪二三十年代美国文学中的中国文化生产研究"(17BWW020)的阶段性成果，也是教育部产学合作协同育人项目(201802083024)的成果之一。

孙昶临、钟京伟、韩晓洁等负责本书的整体选材、策划和审阅。章节翻译分工大体如下：韩晓洁负责第1～7章，张铭负责第8～13章，张曼负责第14～19章，戴璇负责第20～24章，李梓负责第25～29章，魏强强负责第30～36章，陈瑛负责第37～42章，宋扬负责第43～47章。

感谢为本书的出版倾注了情感、汗水的译者以及山东大学出版社的朋友们，由于大家的辛勤付出，本书才得以按时付梓。由于译者才疏学浅，书中不当之处，尚祈读者批评指正。

2022年3月